文治
© wénzhì books

检察方的罪人

[日]雫井脩介 著

乔蕾 译

四川文艺出版社

1

"好了……"

合上白色封皮的教科书，最上毅抬眼看向新六十期的司法实习生们。

"研修到今天结束了，你们就要奔赴全国各地进入实际业务的实习了。你们很快就会接触到真实的案件，对手将会是鲜活的人。"

经过一个月研修的实习生们，眼中丝毫不见松弛和懈怠。新六十期，他们实际上是司法制度改革后才就读法学研究生并通过新司法考试的第一批学员。这批值得纪念的律法新星的眼中都闪烁着为了梦想努力并且切实取得成绩的人所特有的光芒。最上一边感受着炙热的目光，一边掷地有声地告诫、激励他们。

"你们的手里握着一把剑，这把剑就是法律。这是一把无比锋利的真正的利刃，可以称得上法治国家中最强的武器，极恶之人看到它的剑锋都会害怕。所谓法律工作就是以法律为武器来审判人的工作，你们拼命学习的就是它的使用方法。"

十五年前的最上仿佛就坐在眼前这些实习生的身旁。当年的自己，和如今的他们一样满怀希望吧。过去的感觉已从记忆中被唤起，可是却模糊得不是很真切，只记得二十多岁时的时光几乎全部奉献给考试、学习，好不容易如愿以偿地拿到检察官的入门票，却全然不记得有像今天的实习生们那样明快的神情。

"不过……"最上眯起眼睛继续说，"刚开始你们可能会焦虑。因为现在你们手上的剑还只是道场剑，在这里草拟的起诉或者不起诉裁决书，就好比在用竹剑练习，谁也不会因此受伤，可是今后你们要真刀真枪地跟对手决斗，到那个时候，套路的剑法往往不太管用。"

最上嘴角缓和，向实习生们微微一笑。

"不过刚开始这样也没关系，只要知道实践出真知，随机应变就可以了。一百桩案子就需要一百种对应方法，知道这些就足够了，今后一旦习惯了就能自成剑法，一眼看到关键，在那里使上浑身力气挥上一剑，劈开恶人的面具，那才是检察官的最高境界。"

最上说完，抿了抿嘴唇，显露出稍许和众多罪犯作战的岁月中自然练就的威严，继续说道：

"千万不能大意，不要以为你们借助的那把剑是万能的。跟穷凶极恶的坏人交手，难免会有一筹莫展的时候，害怕是解决不了问题的，持剑的人必须成为勇者起来战斗。十年后、二十年后的日本会成为什么样子，是成为能够安心生活的和平社会，还是成为每天担心卷入犯罪的动荡社会，检察官们工作的成果将会成就未来社会的样子。希望你们将这些铭记在心，立志成为有勇气、有决心的法律人，并在今后的实践修行中以此激励自己！我的讲话就到这里！"

最上宣告课程结束之后，教室里自然地响起了热烈的掌声。最上嘴角微扬，轻轻点着头回应大家。

"承蒙老师的教诲！"

离席的实习生中，一名年轻的男子一脸明快地笑着走过来。冲野启一郎……男子的眼神中，带着这些实习生们特有的光芒——甚至可以说是天真。

"你的实习地应该是福冈吧？"

"我的第一志愿是东京，不过应选的人很多，落选了。"虽然听上去有点遗憾，但是冲野的脸上全然不见任何郁闷。

"马上要变冷了，福冈不是正好嘛。我当初的实习地是仙台，初次上任是在札幌，意外地跟九州没有缘分，还是羡慕你啊。"

冲野听了这话，爽朗地笑了笑，眼睛直直地望向最上。

"老师刚才的话我已铭刻于心，"他略带腼腆地接着说，"在这一个月的研修中，老师的检察课程最让我入迷，怎么说呢，我感觉检察官的工作非常适合我。"

事实上，这并非冲野单方面的自以为是。在最上看来，他积极努力的样子，在这些实习生中也是非常出众的。

"那就最好了。我看了大家的草案，也知道你是块好料子。起诉书写得很好，直接交到法院也完全没有问题。"

"哪里哪里！"

冲野谦虚地摆了摆手，不过脸上还是露出了开心的表情。

"你的意向从律师转为检察官了吗？"

听说冲野开始实习时的志愿是律师。

"是的，现在转向检察官了。"冲野表明心迹继续说，"也许会很难，不过还是想挑战一下。"

最上上任检察官的时候还没有那么多的应征者，不像现在众人挤着过独木桥。

随着扩大律法人数路线的推进，新司法考试的合格者们蜂拥进入律法界，现在即便取得了律师资格，也很难轻易入职律所，更不要说很快独立起来保证有很高的收入。检察官既是国家公务员，又能获得高于普通官员的收入，这让很多人重新选择检察官作为出路，结果，现在门槛越来越高。

司法考试本就竞争激烈，再加上研修过程中像最上这样的教官会随时考查学员的能力，所以很多法院、检察院、有名的律师事务所会从研修的优秀学员中挑选人才。

冲野从成绩上看并没有达到能够吸引大型涉外事务所的程度，不过好在如此也不会受到其他干扰，对于检察厅来说，也许该是值得庆幸的事。大学毕业后就进了法学研究生院，新司法考试也是一次性通过，他的能力是毋庸置疑的，表里如一的直爽和正义感，再加上那股无所畏惧的冲劲，这样的年轻人哪怕本人没有意愿，最上都想拉拢他。

"好的，你的想法我明白了。"

从实习生中挑选合适的检察官意向者推荐给录用负责人，也是教官的工作之一。最上基本决定把冲野放在优先推荐的名单上了。

"对于立志成为检察官的人，要说的话，刚刚我已经说过了。希望你打起精神来，在实践学习中努力加油。"

"好的。我想成为最上老师所说的那种检察官，精练法律之剑，将世间的恶一刀斩断！"

最上眯着眼睛点了点头。面对这样的最上，冲野严肃的表情稍稍放松了一些继续说：

"不过，刚刚老师的话，我有一点不太明白。您说法律之剑绝不是万能的，可是随着学习的深入，我却越发觉得法律已经包罗万象，几乎可以说是人类智慧的结晶。如果这世上有法律之剑无法惩办的罪恶，是不是并非这把剑无能，而是用剑之人的剑术不精湛呢？"

"嗯……"最上苦笑似的闷哼了一声，抚着下巴说道，"法律的确是人类的智慧，不过说到是不是能够包罗万象，那就不一定了吧。世间纷繁复杂，且千变万化。我不是想提出什么难解的问题，嗯……比如说……公诉时效的问题。"

去年修正法开始实施，杀人罪等重罪情况下的公诉时效期间由十五年更改为二十五年。

"我倒是觉得对于重罪不需要时效。"

听到最上不屑的语气，冲野有些吃惊地轻抬起下巴睁大了眼睛。

"虽然法学中列举了不少时效应该存在的理由，不过总结来说那只是安慰罢了。本来针对案件情况具体判断就好，没有必要一刀切。如果因为人的能力不足捉不到罪犯那也是没办法，但是以法律来划分界限的话那就是法律的失职了。"

法律之剑，通过这一点就能看出它的缺陷……最上是这样想的。

"不过，"对于最上尖锐的说法，冲野略带茫然地说道，"从十五年变成二十五年，虽然还不够理想，但是也说明法律在随着时代的变化而进步吧。"

"确实，"最上说，"如果时代有这样的需求，也许时效最终会消失。可是即便今年修正了法条，也不能挽回那些去年新法实施前就已经到了时效的案件，就算今后时效被废除，那么，在那之前已过时效的案件是不是就只能放任不管了？那些逃脱了的罪人应该会躲在角落里暗笑自己赶在好时机杀了人吧，我一想到这些就觉得无法忍受，所以我会说手中的剑并不是万能的。"

看到冲野略显严肃的表情，最上忽然意识到自己言重了。

"哎，不是要跟你辩论法律议题，只不过随便聊聊而已。"

最上想就此敷衍过去，冲野却摇摇头，脸上现出敬畏的表情。

"不，听了您的话，我有种恍然大悟的感觉。虽然还在实习，我却对现行法太过信任了，听了您刚才的话，我才意识到对任何事情都不能失去怀疑和批判的精神。"

这种一本正经的反应，反而让最上有些不太舒服。

"而且，"冲野目光闪烁着继续说，"怎么说呢，我觉得这就是检察官才会说的话。原来在现场和罪犯战斗过的人说出的话能这么有范儿！"

"是吗？"最上耸了耸肩膀，"这些话你能明白……说明你确实适合做检察官吧。"

听了这话，冲野开心地笑了。

"最上！"他们向教官室走去的途中，后面有人喊道，回头一看，律师前川直之疾步走来。

"这工作终于结束了！一个月的时间也够长的！"

前川在市之谷大学法学部和最上是同届，也是北海道出身，住在同一个宿舍，属于同一个法律研究会，而且座位就在对面，这是一个和最上有着不解之缘的男人。

年纪上，浪荡一年考入大学的前川年长一岁，不过司法考试比最上早三期通过，后来选择做律师，现在在东京的月岛成立了一个小事务所，不管是民事还是刑事，承办各种琐碎案件，也就是所谓的"街头律师"。

比起民事诉讼，愿意承接回报并不丰厚的刑事案件的律师并不多，而且做不到足够的案件数也无法保持战斗力，所以很多人从一开始就不愿意接触刑事案件。在这种世道下还愿意做刑事辩护，可以说是好人的标志了。前川确实是一个非常热心的人，自己通过司法考试之后对最上的备考也非常关照，三年后最上通过考试时，他看起来比自己通过时还要开心。在那之后，不仅参与过刑事被告人的辩护活动，积极地参与犯罪被害者的志愿活动，还做过母校的法律研究会的指导员。作为这些活动中的一部分，这次的研修，也是律师会拜托他来讲授刑事辩护的课程。

月岛的事务所这些年虽然没有扩大，不过好在他本人也并不在意。

"教官的工作还是很有意思的嘛，看着这些实习生，回想起自己的过去，心态也年轻了。"前川和最上并肩走着说道。

"我们也有过青春时代啊。"

"感觉就像是昨天的事。"

最上听到点点头，轻声笑了笑。

"不过，一边沉浸在感伤里，一边还要想着早点回去工作赚房租吧。"

"你可真懂我！"前川嘿嘿地笑着拍了拍最上的肩膀。

"不过比起房租，家政阿姨的工资才更让人头疼。"

"这就是现实，再觉得像是昨天，十五年前也不可能是昨天了。"

"我懂的呀。"前川笑道，"不过，这样和你说着话，不知不觉就像回到了学生时代。"

"旁人看起来无非就是两个大叔在聊天。"

"别这么说！"

前川哈哈一笑，继而略带认真的语气一转。

"对了，有些事想跟你说。"他开口说道，"北丰宿舍的女主人理惠太太，在上野的医院住院了，据说情况不是很好。"

北丰宿舍是最上他们借住过的学生宿舍，位于根津。在最上他们还是学生的时候，还稀稀落落地有一些像这样有女管家照看的学生宿舍或者寄宿公寓，不过现在已经很少了。

北丰宿舍原本是北海道一家公司为东京分公司提供的员工宿舍，主要在经济高度发展期前后使用。后来，也就在最上刚上大学那会儿，北丰宿舍又成了市之谷大学专门为出身北海道的学生提供的便宜的学生宿舍。据说这都是托那家公司社长的福，他是市之谷大学的毕业生，曾在校友会中担任干部。最上也是经学生会介绍入住了那里。

当时管理学生宿舍的是名为久住的一家人，出身北海道的一对中年夫妇和上小学的女儿。据说丈夫久住义晴曾在宿舍所属的公司工作过，因工伤隐退，做了宿舍的管理人。虽然拄着拐杖走路的样子有些可怜，不过为人爽朗，经常跟最上他们这些学生玩成一片，一起打麻将、下象棋。

最上称呼"太太"的久住理惠也是喜欢照顾人的温柔女人。因为玩乐或者学习忘记时间晚归的时候，想着是不是要饿肚子了，可是只要理惠太太发现了，就会做出暖心的夜宵，完全不嫌麻烦。从这位东京的母亲身上，学生们受到了不少宠爱。这种古老而美好的温暖，就蕴藏在曾经的宿舍生活里。

而就是这位理惠太太患上了癌症，现在生命垂危。虽然现在还不到六十岁，可是据水野比佐夫这位宿舍的前辈说，已经病到说不出话了。

"我们一起去探望一下吧？"前川对最上说，"如果现在不去，可能就再也见不到了。"

可是最上并没有搭话。

前川的目光投向最上的侧脸。

"还是不甘心吗？"前川这样问道，本想等着最上回答，最后还是放弃似的叹了口气。

"如果还是不甘心的话，我就一个人去吧。对不起啊。"前川神情落寞地点着头说。

"叔叔葬礼的时候，还以为你是因为离得太远。"两年前在新潟地检的时候，最上从前川那里听说久住义晴过世，也没有去参加葬礼。

"无情吧？"最上喃喃地反问。

"在说什么哪。我不会那么想的。"前川摇头，"每个人的表达方式不同罢了。"

感受到了前川在照顾他的情绪，最上沉默地接受了这个说法。

"毕竟你曾那么宠爱小由季，小由季也很亲近你。后来变成那样，到现在都无法释怀，也是自然的。"

在宿舍生活的时候，最上经常辅导久住夫妇的独生女由季的学习。家庭教师的费用虽然只是些零食或者水果，但最上也并不在意这些。怕生到即使看到宿舍的学生们也会退回房间的由季，慢慢对最上敞开心扉，每次解决了问题都会露出开心的笑容，到后来亲昵到还会缠着最上让他陪她玩耍。最上就像对待妹妹一样，很乐于做她的玩伴。

北丰宿舍建筑本身是栋陈旧的租赁公寓，最上毕业的时候，已经很难有新的学生入住了，现在的学生已经很少会满足于四张半榻榻米大小的宿舍了。

最上也在毕业后搬进了位于驹入的一间六张榻榻米大小的公寓，一边打工，一边努力准备司法考试。后来听说北丰宿舍的学生越来越少，变成了普通打工族也能入住的单身宿舍。他也想过偶尔去玩一下，让久住夫妇看看自己的现状，他也看看由季成长的样子，不过想要尽快通过司法考试，早日立足的焦虑使得他一直没能涉足根津。

就这样，毕业后的第四个夏天，最上得知了由季被杀的消息。

他只有那时去了一次，却是为了给由季守夜。

然而，就连那一次回去，也令他有些后悔。

失去爱女的久住夫妇陷入无尽的绝望，而几年来止步于司法考试的最上却帮不上任何忙。

看到那个样子，也完全能够想象那之后夫妇俩的人生会变成什么样。

到了现在再去确认那个结果，实在太痛苦了。

而且……

时至今日，他依然无能为力。

那之后已经过了十七年。

由季案件的追诉时效已经过了。

"哦，对了，奈奈子还好吗？现在应该是中学生了吧，正是比较头疼的年纪吧？"

前川有意换了话题，问起最上女儿的近况。

可是，由季的音容却在最上的脑海中挥之不去。

2

检察官通常是每两三年便变更赴地以积累经验。

新任检察官最初会分配到东京地检或者大阪地检这样大型的检察厅，从细小的工作开始照葫芦画瓢。

三年后会下放到地方，称为"新任毕业"，不过只是稍强于新人而已。只是地方上人手少，眼前的工作硬着头皮也要做，既要对嫌疑人调查取证做笔录，又要陪同庭审参与举证，就这样迅速地锻炼成长起来。

到了第四第五年，又会回归大型检察厅，大型检察厅被称为"A厅"，所以这段时期的检察官也被称为"A厅检察官"。

过了这个阶段，就称为"A厅毕业"，基本上成为可以独当一面的检察官了。

2012年，从检第五年的4月，冲野启一郎被分配到东京地检的刑事部。

前一年，冲野作为A厅检察官从地方的地检支部调配到东京地检的霞之关，先是配属于公审部，担任东京地检的公审陪同。与小型地方法院、支部不同的是，在东京地检这样的大型检察厅里，搜查和公审会分属于不同的部署。

那之后第二年，冲野又从公审部调配到了刑事部。东京地检的刑事部是有近百人的大组织。说到检察厅的重点部门，大家都会想到对大型经济案件等独立搜查的特搜部，可是冲野却对特搜部没有特别的憧憬。

比起报纸上那些影响巨大却千篇一律的经济案，冲野原本就对震惊世人的重大刑事案更感兴趣。再加上他在地方地检支部时，参与过某全国范围内报道的重大杀人事件从起诉到审判员公审的过程，亲临现场参与大案处理的经验给了他很大的影响。

在那个案件的审判中，检察方请求判决被告无期徒刑。虽然当时被害人家属对凶手怒不可遏，但是从量刑来看，那已是极限了。不知是不是主检察官和冲野等检方的热血立证感染了审判员，最终按照检方请求判决了无期徒刑。受难家属表示感谢警察和检方的用心侦查，愿意接受审判结果，听闻至此，冲野感到自己的工作有了回报，这比听到前辈们安慰的话更能让他热血沸腾、百感交集。

跟恶性案件交锋，在精神上并不轻松，需要心中时刻铭记被害人以及家属们痛苦悲伤的言语，让罪犯得到相应的惩罚。如果立证稍有怠慢，就有可能被虎视眈眈的律师钻了空子，造成量刑不当，判以轻罚。不过也正因为责任如此重大，这份工作才有价值吧。

东京地检的刑事部，虽然检察官的人数不少，但是工作内容是基本固定的。像冲野这样的年轻检察官大多会去支援缺少人手的搜查工作，经验老成之后会根据处理的案件类型成为独立负责人。

其中之一，就是本部系检察官。

当确定是杀人等恶性事件后，管辖的警察署会成立搜查本部，警视厅本部也会出动搜查一课等精英刑警，组成数十人的大规模的搜查阵营。

负责那些需要设立搜查本部案件的人，就是本部系检察官。

盗窃、伤害等算不上大案的情况下，通常在警方逮捕嫌疑人并将其送检之后，检察官才会接触案件。而成立了搜查本部的案件，检察官则会从初期搜查阶段开始参与，需要亲临案件现场，旁观司法解剖，列席搜查会议。

警方是根据现场获得的情报，用多年的经验和直觉来锁定嫌疑人。而检察官则是假使逮捕了犯罪嫌疑人，从法律的角度冷静地分析是否收集到了在公审中能够证明罪行的证据，针对搜查中的不足以及逮捕判断给予警方建议。案件搜查并不是逮捕了犯人就大功告成，如果没有在法庭上展露真相，让罪犯接受应当的裁罚，那么搜查的付出和努力都会付诸东流。被害人以及家属自不必说，哪怕是为了回报参与搜查的众多相关人员付出的努力，检察官背负的责任都是无比重大的，甚至可以说，案件越重大，责任就越是沉重。

冲野原本就只对那些需要本部检察官处理的案件感兴趣，现在既然来到了刑事部，心里想着如果能跟本部检察官的工作挂上钩就好了。

不知应该说是幸运还是有缘，冲野司法研修时担任检察教官的最上毅刚好在刑事部的本部系中任职。听说在普通检察官中起码要到副部长级别的资深检察官才能就职本部系，也就是说最上现在已经积累了足够胜任的经验。

从公审部调职到刑事部之后，冲野立刻到最上的办公室拜访。去年刚到东京地检时也有过简短的问候，但是这次同在刑事部，又是不一样的感觉了。

"嗬，现在已经完全是检察官的神气了嘛！"

最上眼角皱纹舒展开来，从座位上站起来迎接冲野。

他紧致的身材和做教官时没有丝毫变化，不过每次见面冲野都会觉得他作为资深检察官的威严更添了一分。

东京地检的办公室，比起冲野之前所在的地方地检支部办公室要大上一圈。面前是一张巨大的办公桌，透过背后的窗，日比谷公园一览无余，协助检察官工作的助手事务官以及受审人用的小桌子摆在一旁。在门口的地方，有一套宽敞舒适的会客沙发，最上让冲野坐到沙发上。

"这么久没有拜访，真是不好意思。"

"确实同在一个屋檐下也很难碰到面，不过跟末人和三木倒是经常会聊起你。"

末人麻里和三木高弘与冲野同为 A 厅检察官，去年分配到刑事部，今年 4 月和冲野轮换，调入了公审部。

"我也经常听他们提到您，每次都想着要再见一面，结果不知不觉一年就过去了……"冲野缩了缩脖子说道。

"你是光顾着眼前的工作了吧，冲野君的话，估计就是这么一回事了。"

最上的话语间不经意地带着安慰的口吻，这让冲野深深感受到了他温和的性情。

"我原本以为会碰到最上先生您负责的案子……"

"嗯，"看到冲野的苦笑，最上嘴角显露出一丝笑意，"我现在在这里做的是本部系的工作。"

"我听说了。"

最上点了点头继续说道："如果有大案发生成立了搜查本部，我会过去进行搜查指导或者提供咨询建议。这就是我的职责。不过需要我亲自跟踪到起诉的案子并不多，大概就是在逮捕犯人前后跟副部长商量商量交由谁来负责。谁都不愿意只做些盗窃啊、色狼啊之类的案件，都想负责大案，由我独占就对不住大家了，而且我也吃不消啊。"

"原来如此。"

"嗯，不过也正因为如此，去年一年和公审部没有很多来往。"

"原来如此，我也经常在地裁一待就是一整天，所以碰不到面也在情理之中了。"

"嗯，就是这么一回事。"

"不过，也就是说今后您负责的本部案件也有可能分配给我，对吗？"

明知道有些难为情，冲野还是说出了口，最上却像理所当然一样地点了点头。

"那是当然。去年交给末入他们做过，当然也很期待你的表现了。复杂的案件暂放一边，我想着普通的案件可以放心大胆地交给你们。"

所谓复杂的案件，指的是否认案。嫌疑人本人的自供在法庭上是最好的证据。如果嫌疑人否认罪行，就只能依靠其他证据来证明其有罪，那么法庭上交战的难度就一下子提高了。

"否认案也是没关系的。一直以来都是按照您教的，手持律剑，在关键处奋力挥上一剑，借此已经将几个人绳之以法了，这个能力我还是有的。"

他并不是想自卖自夸。审讯成果通常能看出搜查检察官的能力，他确实曾让几个拒不认罪的嫌疑人招了供。能够熬得住内心的罪恶感撑住二十天审讯的人并不多见，只要耐心地坚持下去，总有一天会缴械投降。

听了冲野略显自大的话，靠坐在沙发上的最上笑了。

"还是这么意气风发嘛。相当不错！好，那就尽快给我看看你的本事吧。"

"非常期待！"

冲野说着，朝最上微微一笑。

"最上先生真是个好人，就是我心中理想检察官的样子了。"

冲野对面坐着末入麻里，她把啤酒杯抱在胸前，眼神迷离地轻喘着说。在酒精的作用下，她的脸颊绯红。

"哟，这是迷上最上先生了吧。"坐在冲野旁边的三木高弘插话打趣道。

"不是这个意思啦，我说的是作为一名检察官。"麻里一本正经地急着反驳道。

这是配属到东京地检的 A 厅检察官们的同届生聚会，去年聚过一次，这次借着部署调动的机会，久违的同届生们再次聚到了一起。

"嗯，我懂。"

冲野接过话来。面容姣好的麻里，虽说是同事，却总能让人一眼看到她的女性魅力，如果她的口中说出对某个男人心生仰慕的话，确实会让人联想到比较复杂的感情，不过如果那个人是最上，冲野倒是非常理解。

"这倒是，最上先生确实很会照顾人，这一点我也没有异议。"三木耸了耸肩膀，这样说道。

"好人和好检察官还是不一样的。"分配到了公安部的栗本政彦用微醺的口气继续找碴，"好的检察官里可是没有好人的。"

"才不是呢。"

"那得看所谓好检察官的定义是什么了。"三木说。

"哦？好！那就说说看，好检察官到底是什么样子。"栗本环视着这家居酒屋包间里的每个人，指着坐在最边上的人说，"好，就从那里开始吧。"

"那种审讯不停的人呗。"

"够直白。好，下一个。"

"不审也能让人认罪的那种人吧。"

"哟，这个难度够高啊。来，下一个。"

"办公室里收集了很多高级红酒的人。"

这样的答案一出，大家都笑了起来。

"下一个，你。"

被指名的麻里很认真地回答说："相信正义的人。"

"嚆，大家听到了吗？是正义哦，正义。这可不是一般人能随口说出来的词哦。"

"没错，"面对栗本的挖苦，麻里不为所动地继续说，"相信的人就能说出口。"

"那我倒要问问，所谓正义是什么东西？真遗憾这世上根本不存在正义，就算有，那也是伪善者的幻想罢了。"栗本玩世不恭地说。

"才不是你说的那样呢！"

"下一个。"栗本无所谓地指向冲野。

"就是正义了。"冲野挑衅似的说。

"喂!这里也有个伪善者。"栗本不耐烦地提高了声音。

"正义的解释很简单,那就是法律的执行。"冲野手一挥,用戏剧性的语气继续道,"最上检察官曾经说过的,用法律之剑一剑劈开恶人的假面,这才是真正的检察官。"

"法律可没那么锋利,"栗本说,"要举起双叉戟,戳中要害。"

"栗本检察官是这么说的,"三木模仿着冲野的样子抑扬顿挫地说,"用法律的双叉戟抵住罪犯让其不得动弹,这才是真正的检察官。"

"说得好!"栗本笑起来,拍着手说,"检察官只能做到这种程度,不能太自以为是。"

"你是在自嘲吗?"冲野发话了,"既然这样想,还做什么检察官?工作有什么意思?"

"当然有意思。"栗本冷冷地笑了笑,"如果手里拿着剑,就会紧张到喘不上气来吧,用双叉戟慢慢玩弄不是更有意思吗?"

"这就是栗本所谓的好检察官吗?"

"没错。换句话说,好检察官都是虐待狂。"栗本说,"绝对不是什么好人,正义什么的不信也罢。狠狠地抓住罪犯的弱点,毫不客气地虐待打压,直到他跪地求饶,一想到现在的遭遇就后悔自己做了坏事。能做到这种地步才算好检察官。"

"真是跟你说不通。"冲野摇头,"怎么可以用个人嗜好对工作说三道四。"

"正义不也是类似个人主义嘛。"

"正义不是个人主义,是要在社会上推广开来的。"

"把个人理想强推到社会层面，这太自以为是了。正义在现实中是实现不了的。你把一个罪犯押送到法场的瞬间，正义就崩塌了。为什么呢？因为总会有人做了同样的恶事却刚好没被发现，这样就会出现不公平，世上就会产生不满，这个问题就算把警察和检察的人数增加数倍也解决不了，这是法制之下的现实。做了四年检察官总该明白这个道理吧。"

"歪理！说什么把罪犯绳之以法就是正义崩塌，简直就是歪理。"

冲野嗤之以鼻地说完，把啤酒一饮而尽。其他人多是在旁边一笑了之，冲野却总想跟他辩出个所以然来。跟栗本这种玩世不恭的人争辩，肯定是要吵起来的。

从居酒屋出来，和栗本的斗嘴还在继续。

"冲野，你真不适合做检察官。要是想代表正义，还是早点辞职去当街头律师吧。"

"栗本你才应该辞职去做个无良律师，那才适合你。"

在新桥地铁站前吵吵闹闹着，冲野跟他们的住处不同，于是分开了。

等回过神来的时候，麻里正站在冲野的身边，两人相视苦笑了一下。

"真是的，这人性格怎么这么扭曲……"冲野哼了一声。

"或许是冲野君太耿直了吧。"

"这是怎么啦，怎么连你也……"

本想说几句抱怨话，看到麻里摇了摇头，冲野顿住没有再说下去。

"不过我觉得这样也挺好的，我感觉冲野君能成为很棒的检察官。"

忽然被这样出其不意地表扬，冲野一时不知脸上该做何表情才好。

"感觉冲野君你的容貌也跟去年不太一样了呢。专心工作，就会变成这样吧。"

听了这话，冲野不好意思地挠了挠头。

"其实最上先生也说过，我现在越来越像检察官了。"

"那就没错啦。"麻里说完微微一笑，"为了有朝一日得到这句话我也得努力啦。"

自己选择的道路没有错……得到了麻里的认可，刚刚跟栗本唇枪舌剑的烦闷在不经意间消失不见了。

从最上手上接到工作，是大概过了一周的时候。

早上九点半来到办公室，和冲野一起工作的陪同事务官橘沙穗端了茶过来。

陪同事务官主要负责笔录之类的事务性工作，可以说是检察官的左膀右臂。沙穗不仅工作上稳重可靠，而且心思缜密，体贴入微。平时说话不多，脸上施以淡妆，戴着眼镜坐在位子上清清爽爽的样子，不怎么起眼，却给人一种通透的感觉。沙穗对冲野很是敬重，这在一起工作了一个星期就感觉出来了。明明比自己小三岁，却每天受到她的各种照顾和帮忙，冲野有时觉得比起事务官，更像是得了个秘书。

这一天，正喝着沙穗倒的茶，看着负责的案件的资料，桌上的电话响了起来。沙穗拿起电话，听了内容之后跟冲野说：

"最上检察官希望您过去一下。"

"跟他说我马上就到。"

说完，冲野起了身。

冲野心中预感会不会是上次拜托的事情，来到最上的办公室后得知，果然不错。

"想请你帮忙审问一个人。"

"恭候多时啦。"

"手上的工作没关系吗？"

"没关系的。"

和刚刚上任时不同，冲野现在已经具备了同时操作十件、二十件案子的本领。

"有个参考人，警察怎么努力也没能让他开口。"

"参考人是？"

"目击证人。"

"证人不肯松口？"

如果是嫌疑人，不肯认罪并不稀奇，但若是证人拒绝开口，那对于搜查方来说就显得不太有水平了。

"我跟他因为其他案件交过手，不是一般地嘴硬。"

"是吗？"

连最上都觉得棘手，这反而让冲野更感兴趣了。

"他叫诹访部，从美术品、珠宝饰品到枪支，跟黑社会有生意往来，就是所谓的掮客。"

最上解释着，嘴角露出一丝笑意。原来是试探。这应该是盘算着给年轻气盛的青年检察官带来个难缠的对手，看看他到底有多少能耐吧。

"明白了，请交给我吧。"

冲野若无其事地应承了下来。

据说是一桩正准备以杀人或伤害致死罪起诉的案件。

主犯北岛孝三被捕之后已经招认。北岛为了女人心生嫉妒，对被害男子施以了暴行。

还有一名共犯，叫中崎真一，由于私人的金钱关系对被害人怀恨在心。

可是，在审讯中崎的过程中，他不仅否认了自己的罪行，还说跟主犯北岛根本没有碰过面。虽然手机里留着跟北岛的通话记录，可是他一直强调他只是单方面地听了北岛对被害人的抱怨，拒绝了协助作案的要求。

但根据主犯北岛的供词，他曾和中崎在六本木的酒吧密谋。在去酒吧调查的时候，确实有酒保记得北岛和中崎曾在同一张桌子上说过话。

然而在实际取证的过程中，证言却变得模糊起来，始终得不到确切的口供断言跟北岛碰面的就是中崎本人。警察对此的理解是，中崎背后有不良团体撑腰，酒保心存恐惧才不敢做证。

在跟酒保坚持不懈地接触中，出现了当时也同在酒吧的另一位常客诹访部利诚的名字。据说疑似是中崎的人和诹访部好像认识，两个人还有过三言两语的交谈。

如果诹访部能证明确实在那儿和中崎见过面，就可以补充酒保的证言，按照北岛和中崎确实见过面的事实来进行举证立案。如果诹访部的证言与酒保冲突，酒保也有可能心一横就说出更具体的内容。

可是这个诹访部却守口如瓶。

这可能是黑道生意人的习惯吧。

正看着相关资料，听说诹访部到了，冲野让沙穗去休息室把他带过来。

没过多久，沙穗领着诹访部走进了房间。

这是一个身形消瘦、眼神凌厉的男人，身上穿着大翻领双排扣灰色西装，是过去常见的款式。

看起来五十岁的样子，和实际年龄相符，不过从他的举止中还是能看出五十岁普通男人所没有的独特气质。目光相遇的瞬间他就开始本能戒备，不给别人可乘之机。虽然到现在冲野已经审讯过很多的地痞流氓，不过和他们相比，诹访部还是有着微妙的不同。

这是独狼的风格。

等到他把风衣交给沙穗，坐到审讯椅上，冲野已经非常确定，这绝不是个好对付的家伙。

"聊天的对象是小哥你吗？"

坐下来的诹访部有些意外而又干净利落地跟桌子对面的冲野搭起了话。

"我听说是最上检察官，心里想着见见老朋友才来的。"

"这个案子由我——冲野来负责。"冲野回道。

"这么年轻的检察官。"诹访部愉快地眯了眯眼睛，"是实习生吗？"

虽然最上说过他越来越有检察官的样子了，不过冲野原本就是娃娃脸，实在看不出已经过了三十岁。以前也曾遇到过一些审讯对象或者警察对他态度轻慢不当回事，不过每次冲野都会用他天生的好强心扭转局面。

"我不是实习生。"冲野支起手肘向前探了探身子，盯着诹访部说，"诹访部先生，请你好好配合我们的调查，我会尽量保持礼貌和客气，希望你也能做到。"

诹访部嘴角显出笑意："冒昧了。"

"不过，有言在先，我不想强迫你说话，也不想找碴吵架，只是希望你配合我们的调查，仅此而已，明白吧？"

可是诹访部却眼眉一低，轻轻摇头说："真不巧，我对于你们为什么要找我谈话，可是一点兴趣都没有。之前跟警察们也说过了，我身上没什么需要跟你们交代的事情。"

"可是，2月29日晚上十点左右，你在六本木里名为木星的酒吧喝酒吧？有那天开封的标记了日期的威士忌可以做证。"

诹访部略带不快地皱了皱眉。

"真是的，明明还没去过几次……说话这么随便的店，真是再也不想去第二次了。"

"这是对犯罪调查的配合，作为市民这可是应尽的义务。"

"作为市民就理所应当怎样，这在我生活的世界里可行不通。"诹访部一边这样说着，一边摇了摇食指，"我是个生意人，客人想要的东西，我弄到手之后卖给他，这是我用来吃饭的营生。我没有店面，可是还能继续下去是为什么？就是因为信任。我卖东西，可是不卖人。这个大家都知道，所以才会信任我。"

"现在有人死了，不是谈出卖不出卖的时候吧。"

"人死了跟我有什么关系？"诹访部若无其事地说。

冲野吸了口气，继续问道："顺便问一下，你和中崎是什么关系？"

"不过就是个认识的人。"

"不是你的顾客吗？"冲野皱起眉，"如果没有生意来往，只是个认识的人的话，就算做了证也跟信用没关系吧？"

"判断有没有关系的人是我。"

"是不是有顾客跟中崎关系比较好？"

"这个嘛，不知道。"诹访部并不把他放在眼里，耸耸肩膀继续说，"我说得明白点，中崎会不会因为共犯被判重刑，我根本不在乎。我只是不想作为证人跟这件事沾上关系。"

真是个难缠的家伙。

不过还是要想办法搞定他。

"明白了。那先把录口供的事情放一边，"冲野做出退步的样子，从正面突袭，"那天在酒吧里遇到中崎了吗？"

不过诹访部轻松避开了。"这个嘛，不知道。"

"那我换个问题，总不能说在这个酒吧里你跟中崎一次也没碰到过吧？"

"不知道。"

"怎么可能不知道？不限于那天也可以。如果是一次也没有，应该非常清楚才对。"

"就算在那天之外我跟中崎在酒吧碰过面，你问这个也没有意义吧？"

"当然有意义，而且我说的不是除了那天，而是不限于那天，也就是说包含 2 月 29 日。"

"随便是什么，我都没有回答的义务。"

"那是为什么？不过是聊聊天，这种事情就算是写进笔录也没用处。"冲野把钢笔和本子往旁边一挪，向诹访部两手一摊，"不明白你为什么不肯回答。"

"如果是聊天，我更愿意跟旁边这位小姐姐聊聊。"诹访部坏笑着朝沙穗下巴一点，把气势愈盛的冲野顶了回去，"在你不明白我为什么不回答之前，我也不清楚我为什么非要回答。"

"你看你也这把年纪了，没必要这么较真吧。"冲野语气缓和下来笑着说，"我调到刑事部不过一个星期左右，正想好好努把力，好不容易碰到个有缘的，结果连聊天都不愿意，也太凄惨了。"

"是吗？"诹访部一脸不快地摇摇头，"要承认你工作认真也可以，不过除此之外，我无话可说。当时酒吧里还有其他人，你去问问好了，总能找到愿意回答的人吧。"

"比如说？还有其他你认识的人吗？"

"我只是说店里还有其他人，详细的事情你去问酒保不就知道了。"

冲野翻了翻资料，在纸上画了张酒吧的草图，放到了诹访部的面前。

"你坐在哪里？"

"不知道。"

"不知道是什么意思？是不记得了，还是不想说？"

"我没有回答的义务。"

"也就是说不想回答，是吧？原来如此，比说不记得要好一点。酒保说你每次去基本会坐同一个位置，要是不记得就说不通了。"

"既然已经问了酒保，就没必要再问我了吧。"

"是这里。"

冲野向前探了探身子，用笔指了指吧台的一个位子。

"其他客人坐在哪里？"

"不知道。"

"这里，这里，还有这里。"冲野指了指吧台入口处和两个桌位，"酒保的话没有错吧？"

"他既然这么说了，那就是吧。"

冲野点头继续。

"坐在吧台的这个人像是上班族，桌位旁的两个人是情侣。"

说着，冲野用笔点了点最里侧的桌子。

"跟这对情侣隔了两个桌子的这个位子，是店里最适合聊天的好位子。这里空着很奇怪啊。这对情侣明明可以再进去一些的，为什么没去呢？估计是因为最里面坐着的两个男人看起来有些危险，想着还是稍微离远一点好……对吧？"

"不知道。"诹访部面无表情地摇摇头。

"离这个位子最近的人，坐在这里，也就是你。在这个位子喝酒，是不可能看不到里面是谁的。先不说记得是谁，总能记得这里有人吧？"

"不知道。"

"又是不知道啊。里侧位子的某个人，到你旁边来，跟你打了个招呼，你顺便请他喝了一杯刚开的威士忌。这个你总该记得吧？"

"不知道啊。"

真是个难缠的人，但是从来不说不记得了。冲野感觉这是他的特点，是他特有的说话方式。

这是不是可以作为突破口？

"是不记得吗？"冲野出其不意地试着问了问。

诹访部眯起眼睛幽幽地盯着冲野。

"你请喝威士忌的人正是中崎。已经说到这里了，总该想起来了吧？"

"我刚才已经说过了啊。"诹访部低声说。

"是不记得，还是不想回答？"

"不想回答。"

冲野感觉快要把他引到关键处了。

"那天晚上，你请喝酒的人是不是中崎，你说的是不想回答，而不是不记得了，这从客观来看不就等于承认了吗？"

冲野带着笑意对诹访部发问。

"如果不是中崎，只要说不是中崎就可以了嘛，还能向中崎卖个人情，不是吗？"

"不知道。"

诹访部有些不耐烦地回答。

"不是不知道，事情就是如此！如果不是，你明明可以直接说中崎不在那里。"

"如果我说不记得呢？"

诹访部盯着冲野看了一会儿，想要弄清楚冲野的套路。

"这个问题不应该来问我。"冲野挑衅似的笑着回答，"如果是真的不记得，就直接说不记得好了，当然了，如果你笨到连这种事都不记得的话。"

冲野感觉对方有一丝动摇，不过这个感觉只有一瞬间，诹访部开始笑了起来。

"小哥你真是有意思啊。本来不想把你当回事，不过看着你这张学生脸一副盛气凌人的样子，真是让人火大，干得不错啊。"

"如果是表扬，我很开心。"冲野回答。

诹访部不爽地笑了笑，手指晃了晃指着冲野说：

"不过，你以为凭着这点气势就能让所有人认输，那你就错了。'我可是万里挑一的精英检察官，这个趴在地上靠贪婪地寻找值钱的东西过活的肤浅的家伙，只要我稍稍动动脑子，就能轻易让他投降'……NO，NO，这个世界可没你想得那么简单。"

"这是怎么了，像是拳击手在倒地之前拼命叫嚣耍赖嘛。"冲野丝毫不示弱，"什么让你这么不高兴？"

诹访部一脸可笑的表情，抬起手指向冲野。

"如果不是就说不是，如果不记得就说不记得，你这样说是没错。不过我没有必要特意说不是，我对中崎没有那个义务，当然我也没有笨到必须说出不记得。"

"既然如此，不是很好回答嘛。"

"不过，我也没有回答的义务。"诹访部把头往前一伸，小声说，"也没有笨到要上你的当。"

"是吗，"冲野尽量不让脸上露出难办的表情，接着说，"这不已经基本承认了嘛。"

"想要拿到口供吧？本来要把我击倒在地，结果现在鼻青脸肿的是小哥你啊。要是拿不到口供肯定很难办吧，心里着急吧？上司是最上检察官吗？那个人可是只要下定决心，不管用什么手段都会把我搞定的。他肯定对你期望很大，心里想着诹访部这个人虽然有些怪，不过证人口供还是没问题的吧。辜负了他的期望，估计他会非常失望的。这样想想，小哥你也怪可怜的。"

诹访部的这番话撩拨着冲野的神经，一股怒气冲上心头，几乎让他乱了阵脚。冲野强撑着，脸上不动声色。

"看你可怜，那我也来出道题吧。"

诹访部的话让冲野皱起了眉头。

"如果我的问题你答对了，我可以在你想要的笔录上签字。哪一天的什么时候，在哪里跟谁碰了面，只要你写上了，我二话不说就签字。如果让我到法庭上做证，我就说稀里糊涂签了字，反正酒保是这么说的，我跟中崎也不是不认识，那么也有可能见过面吧，但是我不认识什么叫北岛的人，也不记得在酒吧里见过。到时小哥你再旁敲侧击，强调一下审讯的合理性，这样在法庭上也是可行的吧。"

确实，虽然不提倡，不过形式上是行得通的。只要在笔录上签了字，即使以后本人想撤回口供，也会被当作优先证据。

"什么问题？"

"小哥你打过麻将吗？"

"……电脑游戏也算的话。"

"呵，"诹访部闷声笑了下，"这说法是工作需要？还是代沟……嗯，随便了。小哥你这么自信，肯定错不了。不过条件必须得公平。如果你赢了我就签字，如果你输了的话……"

诹访部满脸堆笑地瞄了一眼坐在事务官位子上的沙穗。

"就让这个小姐姐陪我一天吧。"

"说什么鬼话！"冲野不自觉地提高了声音。

诹访部摇摇头："从不卖人的我都准备出卖别人了，要是没有这点赌注，就没必要打赌了。"

"这是违法赌博。"

"说什么呢。"诹访部哼了一声，"又不是真打麻将。只不过是出个麻将的问题而已。答案没有随机性，只要好好看就能答得出。解答了题目，就能拿到报酬，就是这么简单。"

"不行。"

"为什么不行？不需要口供了吗？"

连什么问题都不知道，怎么可能答应这么危险的条件。

"不相信自己？不过从小哥你的口气来看，倒是对自己信心满满的样子嘛。"

诹访部再一次朝冲野晃了晃食指。

"另外，最上检察官像你这么年轻的时候，可是轻而易举答对了的。"

又开始挑拨离间。冲野心中腾起了胜负心，冷静的判断力开始动摇。

"我没关系的。"

沙穗忽然在一旁开了口。

"欸？"冲野怀疑自己听错了，不可思议地盯着沙穗看。

"检察官，我无所谓的，你答应他吧。"她一脸认真地说。

"说什么呢！别说傻话。"

诹访部在一边开心地笑了："还是小姐姐有胆识，要让你做检察官才好。"

"那一天怎么跟你共处，是我说了算吧？"沙穗跟诹访部确认。

"放心，我不会绑架你的。就用两个人都能接受的方式度过美好的一天，跟普通男女一样。"诹访部把手放到沙穗的桌子上，用腻歪的语气继续说，"有想去的地方我会带你去，想看看不一样的世界，我也可以带你见识见识。"

"检察官，答应他吧。"听了诹访部的话，沙穗并没有改变心意。平时文静老实的样子，却出人意料地非常大胆。

"如果不答应他，这个人估计是不会说的。"沙穗又重复了一遍。

"喂喂，你看小姐姐都讲到这个份儿上了，还不同意吗？"诹访部在一旁起哄。

"……是什么样的问题？"

冲野保留了些余地，还没有下定决心，却被诹访部理解为接受了赌注。

"好好看着。"

诹访部脸上露出笑意，手指在面前的桌子上游走。

知道赌注已经开始了，冲野只能下定决心。既然打了这个赌，就必须赢。他把杂念从脑子里驱散出去。

"现在开始盲打麻将。"

"你说什么？"

完全不明白盲打的意思，冲野不由得插了句嘴，诹访部用手制止了他。

"当然，我会尽量做得容易理解。今天的问题就是猜猜盲打的是什么牌。"

诹访部在空无一物的桌子上用手比画出四个长方形。

"要保持想象力和注意力。可以按照牌的种类分成不同的颜色。比如万字是红色、筒子是蓝色、索子是绿色、字牌是黑色。这个是万字的一组，从一万到九万，每四个排成一列。"

好像桌上真的放了装着麻将牌的盒子，诹访部一个一个地说明，这是筒子，这是索子，这是字牌。

"字牌从左到右按顺序是东南西北白发中。把八张不需要的牌拿掉，总共是一百三十六张牌。好了，把它们翻过来从盒子里拿出来。"

诹访部装作依次把四个盒子拿起来，扣在桌子上。

然后开始洗牌。

万字的红色、筒子的蓝色、索子的绿色、字牌的黑色，配合着诹访部手部的动作，冲野脑中变换着各种形状。

"看好了啊。能不能猜中可关系着你工作的成败。"

虽然动作很慢，诹访部的手却一直没有停下。

一直这样盯着看，感觉脑汁都被搅起来了。脑子里拼命追逐的四色大理石纹路，慢慢崩溃了。

"就洗到这里吧。"

诹访部停住了手。冲野对自己脑中浮现的四色花纹能信任到什么程度，已经完全不知道了。

"好戏从现在开始。马上开始码牌，一次拿两张牌。"

诹访部重复做了几次伸手把牌拿到面前的动作。

"呀，太长了……算了，就这样吧，好，码起来。"诹访部这样说着，把排成两段的其中一排码到了另一排的上面。

"呵，小姐姐你这儿的牌太少。你手小，只码了这么一点儿啊。好，我这里有七堆，放到你那里，这样就正好了。"

诹访部一边说着，一边把自己面前右侧的一部分牌移到右手边沙穗的面前。

如此一来，已是完全摸不清楚状况了。

"我是庄家，掷骰子了！是十，就是从小姐姐你这儿开始。"

诹访部假装掷出骰子，从沙穗面前拿了牌。

一共是一百三十六张牌，正好每人三十四张牌，也就是每人十七堆。

沙穗面前原本是十堆，有七堆是诹访部拿来的，也就是说诹访部最初拿到手里的四张配牌，就是诹访部自己码起来的最右侧的四张。

明白盲打的意思了。

不过也只知道了这个而已。

"给你，给我。"

诹访部装作把牌配给其他人，把自己的牌也摸到面前，三次之后，从自己面前的牌堆里摸来了十二张牌，最后两张牌来自左手边，也就是上家。

然后，打出了其中的一张牌。

"差一张听牌。"诹访部这样说着，目中无人地对冲野笑了笑。

差一张听牌，也就是说最后摸来的两张牌中，如果有一张能用的话，就听牌了。

"那么，到底和的是什么牌？"诹访部说，"这就是问题了。"

怎么可能知道？

再集中精神也是有限度的。

而且，所谓的答案，不过是诹访部说了算而已。

不管回答什么，只要诹访部坚持说错了，游戏就结束了。

可是，现在到了一决胜负的关键时刻，忽然说他无理取闹，冲野觉得又会显得自己无能。

"答案只有一个。"诹访部看出了冲野的郁闷。"其实不难，我再说一遍，最上检察官当时是一猜就中的。"

掩饰起内心的烦躁，冲野狠狠地瞪了他一眼。

只能硬着头皮回答了。

最右端应该是黑色的字牌。

这不过是心理作用得出的结论，接下来就交给直觉吧。

"大三元。"冲野回答。

诹访部眉头稍稍一动。

随后脸上显出嘲笑的表情，摇了摇头。

"错了！"

虽然没有信心答对，不过既然说出了答案，心里就暗自希望是正解。被这么痛快地否定，冲野一时感到虚脱。

就在这时，沙穗不经意地从一旁插话进来。

"绿色，你把代表索子的绿色都聚到了一起。"

"你也玩麻将吗？"诹访部看向沙穗，不可思议地发问。

"我不懂麻将，不过看你手上的动作，应该把绿色都拿了起来。"

"哦，看得很仔细嘛。不过，不知道和什么牌也回答不了啊。"诹访部冷笑道。

"是九莲宝灯吧。"沙穗居然能看得出，这让冲野也大吃了一惊，不过现在也只能相信她的眼睛了，"一色的和牌就是九莲宝灯了。"

看着替沙穗回答的冲野，诹访部脸色一僵。

过了几秒钟，他脸色一变，得意地笑了起来。

"错了！"

诹访部摇晃着肩膀笑着说。

"可惜哦，小姐姐，可惜啊。这位小哥瞎蒙猜不中的，你居然答对了一半。看在你如此努力的分儿上，我收回我的条件吧。"

他笑容一敛，长长叹了口气。

"不过，从你漏看了最右边的发开始，就得不到满分了。"

"绿一色……"

冲野愣愣地嘟囔了一句。

如果能看到沙穗的程度，那么猜中也不是不可能，就看是先想到九莲宝灯还是绿一色。一边找答案，一边怀疑怎么猜得中，结果不知不觉就看走了眼。

"真是太可笑了！"冲野赌气似的甩出一句，心里充满了挫败感，已经无话可说了。

"哈哈哈！不好意思引得你大动肝火，不过你已经没有机会反悔了。"

诹访部冷冷地笑着说。

冲野敲开最上办公室的门。

房间里，最上坐在办公桌前正打着电话。

很快电话结束了，他往手账上记着什么，抬头问冲野："怎么样？"

"这个诹访部，有点难办。"冲野忍辱汇报，"从我的心证来说，在酒吧跟中崎碰了面这一点是可以确定的，只是他不肯明确承认，也不打算配合录口供。"

以为最上会面露不快，结果他一副淡然的样子。

"是吗，那就让他回去吧。"

"欸？"这么爽快的反应让冲野一时不知所措。

"不是没办法吗？"

"倒不是没办法……"冲野吞吞吐吐，"如果是嫌疑人还好办，他又不是嫌疑人，也不知道该不该再强硬一点……"

"强硬一点能解决问题吗？"

被最上这样一问，冲野一时词穷。

最上看到他的表情，扑哧一声笑了。

"怎么回事，像拔掉了牙齿的老虎一样。"

"呃……不是的……"

"嗯，不要垂头丧气的，你要知道这个世上会有这样的对手存在。"

"这样没关系吗？"

冲野担心会影响搜查，可是最上却毫不介意地点点头。

"还有其他证人，应该可以弥补。"

即使最上最初是不抱期望地故意把这个工作交给自己，现在的情形也让冲野没有立场再多说什么了。

"您当时让他开口了吗？"

最上没听明白，稍稍歪了歪头。

"在空白桌子上装作打麻将的样子，他说您当时猜中的。"

"嗯……"最上哭笑不得，"原来跟你也用了这一招。"

"您可真能猜啊。"

"你没猜中吗？"最上半开玩笑地说，"我猜的时候还挺容易的。不过当时已经清除了外围障碍，可以说是瓮中捉鳖了。他是嫌疑人，我足足审了二十天，他自己也撑不住了。苦于没有台阶下，于是自己出了题，说如果猜中就只好承认了。当时大概是这种情形吧。"

在今天的诹访部身上，冲野没有感觉到一丝一毫的示弱。即使是那种游戏，也会因为对方心理状态不同，出现优势和劣势的差别吗？

"当然，我也是觉得只剩最后一步就能击溃他，所以很拼命。那时没记错的话应该是绿一色。从一开始就只仔细观察他移动索子和字牌时的手势，到后来集中精神看下来，感觉绿色的牌都被他聚到了手边。不是九莲宝灯就是绿一色，印象里有他摸到字牌的手势，于是回答了绿一色。那个家伙就这样缴械投降了。"

最上说着，做出了一个双手投降的姿势。

为什么自己没能看出来呢……冲野想要回忆个究竟，可惜无论如何也想不出，不由得叹了口气。

回到自己的办公室之后，按照最上的指示，一份口供都没有拿到就放了诹访部。

"小哥，这也不是值得丧气的事情啦。"

诹访部得意扬扬地说完，脚步轻快地走了。

没有经历过真正的胜负较量，一旦危机来临也很难身临其境，才会在一决胜负的时候漫不经心，失败之后才回过神来，只剩下怅然若失。

不过这也算不上真正的较量，顶多是没得到证人的口供，对搜查也没有任何影响。司法考试比这复杂多了，当初倾注了全部的心血，自己才是那场极致的头脑风暴的胜出者。

冲野心中的懊恼让他不禁想到这些。不，正因为意识到了这些，他的心中才会如此懊恼。

"检察官……"

冲野想去吃个午饭顺便让自己冷静一下，刚刚站起身来，听到沙穗跟他说。

"刚才冒失了，实在抱歉。"

她说完乖顺地低下了头。

"不，你别往心里去。"冲野勉强地笑着回答，"再说你看得比我准，果然是聪明人。"

称赞着出身国立大法学部的沙穗，冲野不自然地耸了耸肩膀。

"我之前学过珠算，所以对心算比较拿手。"

沙穗既没有谦虚，也没有反驳，而是思考之后认真地回答。

"原来如此。我一直学习法律，从没尝试过那种思维方法。也怪我小瞧了他，只把他当成了性格不好的小混混，想着刺激一下总能抓到狐狸尾巴，也没准备其他方案。"

"听说他以前加入过将棋的新进棋手奖励会，本想做职业选手的。可惜没有成功，于是开始拿将棋、麻将赌钱，也因此跟黑道搭上了关系。"

貌似在冲野去请求最上指示的时候，谘访部跟沙穗闲聊了这些。跟调查无关的事情倒是说得挺多，冲野哭笑不得。不过这些事情对他来说已经无所谓了。

"这脑子如果用在正道上该多好，"冲野无奈地说，"真是的，这世上净是些不好对付的家伙，真是讨厌。"

"不过我感觉您刚刚已经把他逼到悬崖边了。他一开始含含糊糊，中间忽然烦躁不安起来，应该是您的问话逼得他心神不宁了。真是太可惜了。"

"所以你是为了助我一臂之力才要加入那个游戏的？"冲野嘴角一歪做了个鬼脸，"没能达到你的期望，实在抱歉。不过好在不需要你跟那个家伙交往一天，真是松了口气。"

"就差最后一步了，实在太遗憾了。"沙穗还在为没能拿到口供懊悔，"不过听说最上检察官当时也是花了很大的功夫，而且这次他不过是个证人，不肯开口也实在没有办法了。"

"我刚刚听最上先生说了。他说当时诹访部是嫌疑人，已经排除了其他障碍，马上就要招供了。今天原本就处于劣势，最上先生从一开始就没抱希望。"

"真是可惜了，没能'辜负'最上先生的期望。"

看着真心为自己感到遗憾的沙穗，冲野心里的烦躁很快平静了下来。

"嗯，没办法，等下次好好努力吧。"冲野明快地朝沙穗笑着说，"好了，我们去吃午饭吧。"

"好的。"

沙穗也一扫消沉，开心地点头。

3

"嘿！来了来了！"

最上在银座周边的那个居酒屋单间里刚一露面，就看到这两个人已经松开了领带，正开怀地手握着酒杯迎接他。

"只有你啊，不亲眼见到都不知道会不会真的来，太好了太好了！"

律师前川说着把身边的椅子拉开。

"我说来肯定会来，我哪有那么难相处。"

最上的话，引得两个人轻声笑了起来。

"不自知才最恶劣呢。"

最上过去确实很少参加喝酒聚餐，所以才会给人这种印象吧。不过现在就算不拒绝，这样的聚会也越来越少了。二十多年前，为庆祝前川顺利通过司法考试而聚起来的七个人，有人考试失败了，有人考试合格却离开了东京。今天如果最上不来，就只剩下前川和同为律师的小池孝昭二人对饮了。

"最上，你的眼神越来越凶狠了嘛。"

举杯之后，最上刚刚喝下了第一口啤酒，坐在旁边的小池冷不丁冒出来这句毫不见外的话。去年回到东京跟两位相聚时，也听他说了同样一句话。据说检察官的工作做久了，脸上自然而然就会变成现在的神情，不过最上觉得这多半是朋友间的调侃。

"小池你是越来越发福了嘛。"最上出言反击刚才调戏他的人，"在大律所工作有那么多油水吗？"

"说什么哪。"小池晃着肉肉的双腮笑道，"哪有什么油水，实在太忙难免偏食了而已。"

"那看来是太忙了。"

最上说着朝旁边的前川看了一眼，不觉一惊。

"前川反倒瘦了很多啊。"

倒不是跟小池对比，前川原本就是纤瘦身材，现在更觉得颧骨突出，脸颊深陷。

"哦，这个家伙把胃切除了，刚才一直在聊这个的。"

"把胃切除了？"

"是癌症。"前川不好意思地笑了笑，"好在没有全部切除，现在体重也恢复了一些。"

"怎么回事，真让人吃了一惊啊。"最上认真地盯着前川说，"什么时候的事？告诉我的话还能去看看你。"

"嗯，也想过要告诉你们，不过这不是什么好事，而且一旦要手术，需要处理的事情也很多。"嘴上说了这么多借口，其实还是因为前川不想给周围人添麻烦。

"去年一起喝酒的时候就听说体检有问题了。"小池皱着眉头说，"当时我就注意到他脸色很差。"

"这样啊。"最上轻轻叹了口气，"那真是够受的了。既然狠下心来做了手术，至少今后可以安心一些了。"

"嗯，总之能活下去了。"前川耸了耸肩膀说。

"还能喝到好喝的啤酒，足够啦！"小池举起酒杯笑言。

"不过，真没想到这个年纪就……"前川一脸认真，"一听说是癌症，就不是受打击的问题了，得时刻做出最坏的打算，人生观也会不一样了。"

"这个是肯定的吧。"最上点头。

最上虽然没生过大病，不过三年前送别母亲的时候，也是思考良多。看到死亡，自然会联想到自己的人生。如果关乎自己的生死，则程度更甚吧。

"是不是觉得死刑制度也有好处了？"小池开玩笑地问前川，"只有死亡摆在眼前的时候，罪犯才会思考它的意义，如果没了死刑判决，就没有这个机会了。"

"我其实没觉得死刑制度是错误的，当然你说得也没错……这个问题比较难哪，不是自己得了癌症就可以轻易找到答案的。"

大学时期，朋友之间讨论到死刑制度，只有一个人提倡废除死刑，那就是前川。看到他一本正经据理力争的样子，总是忍不住要欺负欺负他，其他的朋友也是一样，所以最上经常联合小池他们一起驳倒他，就像孩子气的调戏，一看到前川因为争辩不过而涨红的脸就特别开心。

人的想法是不可能突然一百八十度转变的，到现在关于死刑也有很多话可以说，只是前川不知从何时起已不像学生时代那样贸然说出希望废除死刑了。

最上觉得是因为北丰宿舍管理人夫妇的女儿由季被杀事件吧。

小池和其他备考的同伴没有入住过北丰宿舍，所以察觉不到，"前川经过社会磨炼也成熟一些了嘛"，这样简单开个玩笑就结束了。

不过，就算最上想到了前川心境变化的原因，理解他的心情，也不会特意去确认。前川在他的律师生涯中，曾经为死刑犯人做过辩护，也曾积极参与支援被害者的活动，肩上担负着衡量犯罪与刑罚的天平一路走到现在，心中早已没有那些一言以蔽之的论断了吧。作为检察官的自己，也不会再像学生时代那样轻率地宣扬某个观点，只是一心考量着给罪犯量刑而已。

"小池靠企业法务吃饭，轻松自在自然什么都敢说。"

最上这样揶揄着小池，化解了这场争辩。

"喂，"小池半开玩笑地还嘴，"你是想说只有你们代表正义，我只是帮资本家赚钱的工具吗？"

"我可没这个意思。"最上哭笑不得地说。

"我可要告诉你们，这个世界是靠经济运转起来的。如果经济崩盘，这个世界就会变成地狱。自杀的人，抑郁症患者，家庭破碎，不知道会产生多少你们想象不到的牺牲者。请你们好好理解一下我们对于支撑经济命脉的贡献。"

"说得太对了。"最上老实地表示同意，"学生时代从没想过法庭之外还能当法务，当然更没想到那才是最赚钱的。你眼光最独到，是真正的聪明人。"

"什么吗，这是在表扬我？听起来明明是讽刺嘛。"小池还击。

"没有，不是讽刺，如假包换的真心话。如果敢对大律所的合伙人律师讽刺挖苦，那只能解释为嫉妒了。"

最上忍住没有笑出声，小池嘴里一直嘟囔着："讽刺，这就是讽刺。"

"有一件重要的事，"仿佛回到学生时代，喋喋不休的斗嘴由前川结束了，"丹野现在怎么样了？我挺担心他的。"

去年聚会的时候，除了在座的三个人，丹野和树也在。

丹野到三十五岁左右一直做律师，后来接受了执政党——立政党公认，参加众议院选举竞选，顺利当选，华丽转身成了议员。他为人并不强势也不善权谋，其实并不适合做政治家，不过凭借着做事勤恳不怕吃苦，近年来也在政权中担任过国交省的副大臣、政党调副会长等要职。

可是就在去年，立政党中的大人物——政治家高岛进，被怀疑接受了承包海洋土木工程的 MARIKON 公司的幕后捐款，周刊报道之后受到了广泛关注，为此丹野周围的形势也不妙了起来。丹野不仅仅效力于高岛集团，还是高岛的女婿。

有传言说在高岛集团为稳固体制策划筹款时，正是丹野将

MARIKON 公司和高岛撮合起来的。据说是利用了国交省副大臣时期和 MARIKON 公司建立起的关系，而且当时列席了现金赠予的现场。

各大媒体纷纷相传，从年初开始东京地检特搜部对此事展开了秘密侦查，现在正对丹野等涉案人员进行随时审问。

"对了，这正是最上管辖的范围呀，"小池用责备的眼神看向最上，"现在搜查是什么情况？"

"不知道。"最上表情淡漠地摇了摇头，"虽然都在地检，但特搜部是完全独立的，不会有任何情报透露出来。"

"里面总有你认识的人吧？问都没有问过吗？冷血的家伙啊。"

"我在名古屋的时候在特搜部工作过，它是单独的组织，能掌握到搜查方向的只有部长、副部长，充其量到直接负责的检察官，其他的搜查检察官都不过是跑腿的。这些事情问了也是白问。"

"就算是问到了也不方便透露给我们吧，不能责怪最上的。"前川自言自语地说，"不过，最上你是怎么看的？丹野有可能被捕吗？"

"这我也不知道。"最上叹了口气，"不过，特搜部的目标是高岛进吧。"

高岛进是下任首相候选中最有可能胜选的，而且相传要出任党首选举，在这个时候爆上台面的嫌疑，从时机上来说会造成公众很高的关注度，特搜部的士气也会因此高涨起来。

"不过，我觉得不可能只攻击目标而不波及其他吧。"

听了前川的话，最上点点头。

"嗯……一开始很有可能会把丹野作为目标。问题的关键在于这次捐款是高岛集团作为政治团体接受的，那么是谁决定了不计入收支报告书，谁是知情人，这些特搜部都会一一追查。如果有证据证明全是高岛一人所为，特搜部倒是不会越线，但是事情不可能那么简单。如果特搜部的观点是由丹野提案，高岛最终同意，那么丹野的处境就难办了。"

"丹野不可能提案的。"前川苦着脸说，"他最讨厌那些卑鄙的事情。"

"政治世界本身就比较特殊，有些事情不是讨厌就可以逃避开的。"

听了最上的话，前川皱起了眉头。

"你也觉得丹野可能有罪吗？"

"我没这么说。我们都知道他的为人，可是特搜部并不会因为他看上去清白就手下留情，对政治家们只要深究总能找出点问题来的。"

虽然最上借用了特搜部的名义，但其实他自己也认为不管丹野如何洁身自好，只要在政界就很难独善其身，即使参与了这场暗中交易也不奇怪。自然而然想到这些，是因为受到了工作潜移默化的影响吧。从这一点也能看出，最上和对丹野深信不疑的前川，两个人所处的世界是多么不同了。

"故意没有把捐款记入收支报告书，就说明要在不便公开的地方上用钱。这种事情恐怕高岛已经做过很多回了，这次只不过是碰巧被发现了。丹野不可能安排这种事情，无论如何都不可能的。"

小池愤愤不平地说完，忽然话锋一转，挠挠头继续说："可是像高岛这种位高权重的大人物，不会轻易落入特搜的网中吧。把丹野推出去做替罪羊，才是我最担心的。"

"如果最上在特搜部，就不会像现在这样心急如焚了。"前川郁闷地说，"现在的情形得考虑到最坏的结果，万一他被捕了，就得组成辩护团来支援他。"

"我虽然是个刑事门外汉，不过只要能出力，绝不推辞。"小池立马响应。

特搜部的追查非常严格。不管是大公司的领导，还是高级官员，抑或是政治家，只要有漏洞就会彻查到底，纠缠不休的审问调查甚至能颠倒黑白。前川他们的担心不无道理，只是作为最上来说，实在找不出合适的语言。

"丹野肯定能渡过这次难关。"

一个人小声地嘟囔了一句，最上将杯中的啤酒一饮而尽。只是，这最后一口酒，最上感觉到一丝苦涩。

从居酒屋出来之后，小池说还要加班，留下一句下次再聚就上了出租车。

最上和前川回家的方向不同，不过两人一起走到了车站。

"一不留神大学毕业已经过去二十五年了，大学时代真是弹指一挥间。一起学习的那些同伴现在都有了各自的立场，这也算是岁月已逝的证据吧。最上你也要注意身体。我们虽然听说过不少故事，但很少能够感同身受，很多事情直到失去了才会知道珍惜。健康，是最重要的。酒也要适可而止。"

过去喜欢换着场子喝酒的前川说完笑了笑，最上也没有打算要去第二家，于是约着下次有机会再聚，两人便在地铁站口分开了。

夜有些凉。

和旧友们的再会，通常会让人沉浸旧事遗忘今朝，可是今夜却有些不同。

每个人都生活在别人所不知道的现实里。

下了电车之后走在回家的路上，最上忽然很想打电话给丹野，可是他意识到一时兴起打这个电话有些不妥，最后还是把手里的手机放回了口袋。

回到家已过了十点半。

妻子朱美正在客厅里一个人看着韩国明星的DVD，对回来的最上没有任何反应。

几年前还是和睦家庭的氛围，可是自名古屋的那段生活之后总觉得缺了点什么。特搜部任务繁重，最上本就无暇顾全家里，而女儿奈奈子进入高中后，比起待在家最上更愿意出去跟朋友在一起。去年转到东京地检的时候，高中还未毕业的奈奈子和朱美留在了名古屋，最上一个人到东京赴任，今年奈奈子考入了东京的女子大学，好不容易一家团圆了，却已经不是从前的样子了。

最上泡好澡，朱美还在不厌其烦地看着DVD。

"我下个月去旅行，到时拜托了。"

朱美眼睛盯着电视，顺口说了出来。

"去哪里？"

"韩国呀。"

语气中透出的意思是"那还用问"。

"又去啊。"

两个月前她才刚刚抛下考试中的奈奈子，跟着韩剧粉丝从韩国旅行回来。还不只这些,听说去年从名古屋也兴冲冲地跑出去了三次。其中有两次是背着最上出门的，最上事后知道责怪她怎么可以把奈奈子一个人留在家里，她也只是回了一句"她已经不是需要担心的孩子了，没关系的"，理直气壮地敷衍了过去，而奈奈子也一副完全不介意的样子。

"奈奈子去哪里了？"

注意到女儿不在家，最上问道。

"她说开始打工了。"

"打工？要到这么晚吗？打的什么工？"

"这我就不知道了，你去问她吧。"

朱美不耐烦地回答，调高了电视音量。

最上断了话茬，索然无味地站在狭小的客厅一角，朱美在结婚前后见过前川几次，想着应该跟她说一下前川胃癌手术的事情，可是按照现在的情形，听到她不上心的回应怕是只会影响心情，想想还是算了。

"我去睡了。"

自言自语般说完，最上走进了卧室。

现在这样的生活，表面上看起来，可以用"平和""幸福"，或者"圆满"这些词语来形容吧。

可是，最上心里却觉得空落落的。

最上躺在床上，抬眼望着漆黑一片的屋顶，轻轻地叹了口气。

4

继负责谘访部的听审已经过了十天，冲野被再次叫到了最上的办公室。

一直担心着会不会因为诹访部的事情让最上对自己大失所望，得知最上依然如往常一样关心自己之后，冲野多少放下心来。

"手头上有紧急的工作吗？"

最上向急忙赶到办公室的冲野问道。

"没有，没关系的。"

手头的事情并不少，不过所幸没有马上要去审讯的预定，而且就算有，冲野也会取消预定，优先处理最上的工作。

"之前听说你对本部的工作很感兴趣。"

"是的，如果有能帮上忙的事情，请叫我。"

听了冲野的回答，最上点点头继续。

"大田区发现了两具遗体，据说可能是谋杀，警察厅那边联系过来说，要在蒲田署设立搜查本部，我现在正打算去参加现场验证、遗体的司法解剖还有搜查会议，你要不要一起来？"

"好的！"冲野兴致勃勃地回答。

"到底是什么案情还不清楚，不过根据情况，也许简单搜查过后就能找到线索抓到犯人，到时你直接负责立案吧。"

所谓立案，就是指起诉。即使案情简单，能很快抓到凶手，可这种出了两名死者的恶性事件，很有可能要申请死刑判决。一想到这些，冲野立刻热血沸腾起来。

"橘，我们出门吧。"

回到自己的办公室，冲野对沙穗说。

"我们要去杀人事件的搜查本部。如果查出了犯人，之后的事情有可能由我负责。"

冲野被最上喊去的时候，沙穗就做好了会有新工作的心理准备，所以听到冲野兴冲冲的声音，沙穗立刻站起身来说了一声"好的"。

最上也和搭档的事务官长浜光典一起出来了。

长浜是一名三十五岁左右踏实可靠的事务官。像最上这样级别的检察官，搭档的事务官也会是具备相当经验的老手。

"先一起去案发现场吧。据说遗体已经运到了蒲田署，不过现场勘查还在进行，警察厅一课也在那边，叫我们过去看看。"

"现场在哪里？"

"是多摩川附近位于六乡町的一处农家。听说遗体已经开始腐烂，是死后数日才发现的。"

长浜跟冲野他们解释完毕，借了车来直接充当了司机。和基本上只是往返于检察厅和法院的普通检察官不同，本部系的他们已经习惯了出差吧。冲野被长浜催促着，和最上并肩坐在了后边的座位上。

载着四个人的汽车出了检察厅进入首都高速，向位于东京南部的蒲田全力驶去。

案发现场在京急高架桥边上。在狭窄的小巷里面排着的一家民屋，周围被禁止入内的警示带围了起来。

下了车之后走在前面的长浜看了看那户民屋的玄关口，跟正在现场勘查的搜查员打了声招呼。

"进去吧，听说七系的青户警部在客厅。"

为了不干扰勘查，他们穿上鞋套踏上了玄关。

附近几家老旧的民屋靠在一起。这一家也和周围一样，有些年头了，不过面积很大，玄关也很宽敞。从正在走廊上工作的搜查员们身边走过，里面就是客厅了。

"哎呀呀，你好你好。"

跟走在冲野前面的最上打招呼的，是一个五十岁上下的浅黑皮肤的男子。眼镜夹在短短的头发上，看起来这就是青户警部了。七系是处理恶性案件的警察厅搜查一课的一个班组，青户大概就是系长了。

"现在情况怎么样了？"最上没有寒暄而是直奔主题。

"死了至少两天以上，收拾起来没那么容易。"

青户用细长的眼睛左右扫视一圈，回答道。

"是凶杀没错吗？"

"是被刺杀的，应该没错。"青户用手指着客厅一角贴成人形的标记，窗帘上沾染了一大片褐色血迹，"如果愿意，可以带你们去司法解剖现场，两个人都是腹部、胸部和背后被刺了四五刀。"

"原来如此。"最上盯着窗帘上的血迹低声发问，"两个人都住在这里吗？还是一个人在其他房间？"

"是住在这里的一对老夫妇。"青户打开自己的手账，戴上了之前架在头上的老花镜。

"都筑和直，七十四岁。都筑晃子，七十二岁。两人是被害人。倒在这里的是先生，夫人倒在对面走廊。"

最上朝着青户手指的客厅里侧走去，冲野也跟了过去。

磨砂玻璃的拉门后面是檐廊。对面的窗子里能看到外面是摆了盆栽等的内庭。现在空当的地方被蓝色的罩布遮起来了，按照从刚才玄关过来的印象，里面的庭院有五六平方米。搜查员们正在那里忙活着。

泛着黑光的走廊一角沾着更深颜色的血痕。

"在客厅刺杀了先生之后，把逃走的夫人追到这里刺死的吧。"最上一个人喃喃自语。

"应该没错。"青户应声说。

"房间看起来并不怎么乱。"

最上看向客厅。

"看起来确实如此，不过细节正在调查中。这对夫妇在附近有一间老公寓和其他出租的房子，据说房租到现在还是现金交付，所以那些现金很有可能在这里。还听说他们曾经借过钱给几个相识的人，这些方面也需要再调查看看。"

"比起流窜盗窃，了解这方面内情的熟人作案的可能性更高吧。"

"没错。"青户回应，"准备在交友关系方面，包括仇怨等重点筛查。"

"凶器找到了吗？"

"是小型的三德刀，在行凶的时候刀刃折断了，有一半断在了夫人的后背，刀柄没有找到，估计是凶手带着逃走了。"

"是家里的刀吗？还是凶手带来的？"

"还没来得及仔细调查，不过我想多半是外面带来的。厨房的刀具很齐全，和凶器三德刀的大小不符，而且生产厂家也不一样，应该不是在厨房拿了刀再行凶的。"

被害人两人，预谋行凶，而且涉及金钱关系，这是一起必然会申请死刑的严重恶性事件。冲野听着说明，身体深处涌起一股冰冷的感觉，不自觉地浑身紧绷了起来。

第一发现者是被害人晃子的妹妹和妹夫。妹妹原田清子每周会跟姐姐打一次电话，而且家住在川崎大师，离六乡不远，所以会每个月互访一次喝喝茶。清子昨天打晃子的手机没有打通，打家里的电话也没有人接，心里放心不下，于是跟丈夫过来看看。

发现的时候玄关的拉门上了锁，于是夫妇转到内庭，看到檐廊的窗子被窗帘遮了一半，而晃子就躺倒在被窗帘遮住的地板上。两对纱窗都是关着的，里面的一对没有上锁，看来犯人应该是给玄关上锁之后从内庭出去的，这样是为了让凶案晚点被发现吧。

"如果是熟人作案，调查一下相关人员的不在场证明和凶器的购买途径，应该能缩小搜查范围，另外，还收集到了数个指纹和目击信息，情况我会随时跟你汇报。"

最上听了青户警部的话之后点点头，认真地看着搜查员们取证，忽然想起了什么似的目光停在冲野身上，跟青户打招呼：

"对了，忘了介绍，这是我们刑事部新来的检察官，想让他跟踪这个案子，所以带了来。"

"我是冲野启一郎，请多多关照。"

经最上介绍，冲野和沙穗一起跟青户警部交换了名片。

"最好是个比最上通情达理的检察官。"青户脸上还是严肃的表情，嘴上却开起了玩笑，"还有少量证据没有到位也能放心接手的检察官才是我们最需要的。"

"遗憾的是，案件的进展我会继续关注，而且他也不会因为年轻就轻易妥协的，所以还得拜托青户系长努力找出让凶手哑口无言的证据来。"

"这下有得忙了。"听到最上的回答，青户耸了耸肩膀说道。

被害人的司法解剖定于傍晚时分在城南大学的法医学研究室进

行，冲野等人也一同前往。

"旁观解剖之后可能会没有食欲，不过进食之后再过去可能会恶心，你们选哪个？"

"趁着能吃的时候先吃饭吧。"

最上这样回答青户，于是冲野等人先到蒲田署领了中餐的外卖。沙穗也点了一份麻婆豆腐，只有长浜因为有过看解剖之后吐了的经历，在旁边默默地等着大家用餐完毕。

用餐之后连抽根烟的时间都没有，就乘坐警察的车一起前往城南大学。

由青户领着走到大学里的法医学研究室，领了罩衣、长靴、口罩、帽子和手套等，穿着完毕后进入解剖室。房间里并排着两台解剖台，上面分别放着男女老人的遗体。

在实习生阶段也曾参观过司法解剖。虽然没有像长浜那样吐过，不过说实话，冲野很不擅长。仿佛进入了另外一个世界，不敢相信律界居然还有这样的工作。在一旁望着教授认真地把遗体里的内脏摘取出来测量重量或者长度的时间，会让那一整天都留下阴影，更何况对于没有医学知识的人来说，有很多事情理解不了。

不过，在冲野看来，被害人的悲惨遭遇会比文字更为真实地传递出来，让人恨不得立刻惩处凶手为被害人报仇雪恨，哪怕为了加深这种心情，也很有必要旁观解剖。

除了冲野等检察相关人员，还并排站着刑警和研究室的工作人员，这时负责的教授出现了。

"今天人很多嘛，是大事件？哦，两具尸体，看来是大事件了。"

教授自言自语地嘟囔着站到了解剖台前。

"好了，开始吧。"

双手合十拜祭死者之后，便开始了解剖。

虽然4月已经半，好在这些天是还需要穿着外套的寒凉天气，所以遗体腐坏的程度并不太严重，不过，一定程度的腐臭味还是穿过口罩飘了过来。

确认了和直遗体上刺伤的位置、形状、大小，测试了直肠的温度。

"现场的数据呢？"

看了警察们获得的现场气温等数值，教授点了点头说。

"大约七十二小时吧。超过五十小时，不到一百小时。"

大概是死后三天的样子。

从胸部切开到腹部，内脏一个一个被取出。

"你们看，心脏上有个洞，这个就是致命伤。"

教授把从遗体中取出的心脏握在手中，把致命伤的位置指给冲野他们看。

然后把它放到计量器的小托盘上，给鉴查员们拍了照。

到了检查胃内食物的阶段，一阵腥臭的味道袭来，异臭也更加强烈。

"最后的晚餐是什么？哦，天妇罗，是天妇罗乌冬啊……饭后四五个小时吧。"

教授细致地查看着刺伤的位置，解剖还在继续。一旦过了痛感被害人惨状的阶段，时间就像是在苦行，眼前的一切被生生揉进了脑子里，口罩让呼吸变得困难，站在那里只觉得视线也模糊起来。

"有些脂肪肝，不过身体还是健康的，起码还能活十年。"

全部确认结束后，教授把内脏迅速放回体内，趁助手缝补的时候开始解剖晃子的遗体。

"从背后刺进去的时候，刀尖碰到肋骨折断了。刀在先生那儿磨钝了很多，夫人这里是用了很大力气刺进去的。"

光是听了说明都觉得疼痛难忍。教授说着将晃子的脏腑切开来，她身上没有直达心脏的刺伤，不过动脉被切断，虽不至于一刀毙命，但也可以推测出是在很短的时间内丧了命。

"这个人也是动脉有些硬化，不过只要注意养生，至少还能再活十年吧。"

教授把内脏放回她体内，轻声叹了口气说。

而后，他眯起眼睛又看了一圈。

"今天这么多人，居然没有人逃走嘛。"

快到极限的冲野庆幸自己没有成为唯一的逃兵。看了一眼旁边，长浜的脸色也不太好看，估计在想着同一件事吧。

"大家心里都充满了干劲。"青户警部扫了一眼冲野等检察人员之后这样说。

"那搜查就拜托了。"教授说完一个人率先走出了解剖室。

"没关系吧？"

被青户带着走出房间之后，最上问冲野。冲野感觉这句问候更像是调侃，于是假装平静地回答说没关系，还装作从容地问身边的沙穗是否还好。

"是的，我很好。"沙穗若无其事地回答。

"这种事情往往女孩儿更有耐力。"

最上之所以这么说，估计是沙穗的脸色比冲野看起来更平静吧。冲野没办法，只能无可奈何地蒙混过去。

"接下来会在蒲田署举行搜查会议。"最上说,"现场勘查、司法解剖,再加上侦查会议,参与这三项前期侦查之后,你心里就会不由自主地感觉到,这个案子不再是旁人的事情了。抓捕到犯人之后再介入的案子当然也会带来责任感,不过感觉还是不太一样。"

最上的意思冲野已经领会到了。冲野并没有在现场取证搜查,也没有在司法解剖时手握手术刀,他只是旁观而已。可是这些已经足够让他有了深入案件的实感。他下定决心,只要需要他发挥作用的时机到来,一定不会辜负这么多搜查人员的努力,让惨死的被害人沉冤得雪。

当夜幕降临,他们奔驰在八号环线上,朝蒲田署驶去。到达之后,冲野随最上一起在会议前跟负责搜查的干部们打了招呼,蒲田署的林署长、北野副署长、山濑刑事课长,从警视厅出差来的松井搜查一课课长,以及田名部管理官等。

搜查会议从九点半开始。会议室前方并排坐着搜查干部,警视厅机动搜查队、搜查一课的刑警、蒲田署的刑警,以及鉴定科员们坐在对面,冲野等检察人员坐在最后面的位子上。

会议上,从白天在现场和解剖室中判明的事实,到搜查员们去附近实地取证收获的情报,全部汇报总结了一番。

根据查访得到的消息,三天前,也就是4月16日傍晚四点半左右,住在附近的两户主妇说隐约听到过惨叫声。

还有,客厅内的橱柜抽屉中的小型保险箱里发现了数十张借条,是都筑和直向几个熟人借钱的手写借条。从金额上来说,每个人总额从二十万日元到八十万日元不等。

另外，这个保险箱的钥匙是放在橱柜的其他抽屉里的，可是据都筑晃子的妹妹原田清子口述，平时钥匙应该是放在卧室的某处，因为她曾经看到晃子从保险箱拿保险保单，当时是从卧室里取出钥匙的。

所以从证言可以推测，凶手在行凶时有可能从保险箱里拿走了自己的那份借条或者有过相关的举动。被害人的钱包没有动过的痕迹，把存折的收支和房租收入等比对起来，应该有数十万日元现金作为生活费用留在家里，或者作为借款借给了某个人，根据这些行踪，搜查人员正对保险箱和橱柜附近收集到的指纹进行细致地分析和调查。

和直在退休之后，靠着房租和年金收入生活，经常去离家相对较近的大井赛马场和川崎的赛马赛车场。据清子说，借钱的人可能是在这些地方认识的马友。

如果凶手是那些人，也许可以推测出和直在生活和交际中警惕性不高，以致落入了别人的圈套。

不过，和直本人并不是会为赌博身败名裂的人。他在油脂工厂工作到退休，将女儿养育成人嫁到千叶，没有大富大贵也没有赊债欠款，只是作为一个普通的市民过着普通的生活。晃子对园艺感兴趣，也是个非常普通的老妇人。清子说虽然晃子有时会对丈夫赌马的嗜好表示不满，但除此之外夫妇两人可以称得上圆满。

虽然现在还不清楚行凶的动机是什么，不过不管有什么样的理由，杀害了两个人的罪恶行径都是不可原谅的。这毫无疑问是一场必须考虑以死刑起诉的恶性事件。

到现场附近实地调查来收集目击证据，同时进一步调查老夫妇的交友情况，领导在确定了以上方针后，结束了侦查会议。刚刚聚集了几十名刑警的房间里，充满了他们想要破案的昂扬斗志，在其中感受了一个小时的冲野也热血沸腾地走出了会议室。

"辛苦了。"最上轻轻拍着冲野的肩膀，"怎么样，感兴趣吗？"

最上在问这是不是他感兴趣的案子。

"非常感兴趣。"

听到冲野的回答，最上轻轻点了点头。

"我明后天要去跟踪其他案件，所以这个案子先拜托给你两天。每天花点时间来确认一下搜查的状况，当然如果凶手有了眉目，希望你尽早汇报。"

"好的，请交给我吧。"

在最上的嘱托下，冲野怀着充实的心情结束了这一天。

"今天忙到这么晚，辛苦了，今后一段时间要天天跑蒲田了，一起加油哦。"

冲野这样安慰着沙穗，沙穗的脸上却全然不见任何疲惫之色，清爽地点了点头回了一句"好的"。

5

蒲田的老夫妇刺杀案成立搜查本部的第二天，最上从上午就来到品川署强盗致伤案的搜查本部，重要嫌疑人的审问渐入佳境，最上时而听听从取证室汇报来的情况，时而跟负责的管理官就申请逮捕令的时机进行讨论。

傍晚时分，嫌疑人在警察的穷追不舍下终于说出了真相，迎来最终胜利的最上跟下令申请逮捕令的管理官握了握手，走出了搜查本部。

　　第二天在巡回了两三个侦查本部之后，返回东京地检，趁副部长肋坂达有空，就品川署的强盗致伤案嫌疑人被捕送检后的措施进行了会谈。关于蒲田案，连日来冲野把搜查状况整理成资料交给了长浜，最上扫了一眼发现并无较大的进展，心想暂时交给冲野没有问题，于是有意识地把注意力放在了眼前的工作上。

　　又过了一天，长浜来向最上请示：

　　"冲野检察官来问最上检察官今天有什么安排。"

　　当时跟冲野说拜托他跟进两天，他想着最上差不多要一起同行了吧。

　　蒲田案在现场没有发现可以直接锁定犯人的证据，而且行凶之后过了些时日，最上判断这个案子两三天之内不可能了结，所以才派冲野来监督搜查情况。不过从时机上来说，现在确实可以到搜查本部看一看了。是很快就能结束了，还是意外地需要更多时间，应该可以做初步判断。

　　不过，品川强盗致伤案的嫌犯会在今天送检。这个案子的负责人是副部长安排的年轻检察官。在警察面前认罪的犯人一旦面对检察官却忽然翻脸不认账的事情时有发生，所以作为本部主管，即使不需要负责审讯，也想知道自己亲眼确认逮捕的嫌犯在送检之后会如何供述。

　　一番斟酌之后，最上让长浜回复冲野，拜托他再跟进一天，并且从搜查本部回来后，提交一份更为翔实的报告。

品川强盗致伤案的嫌犯是下午送过来的。负责审讯的检察官做了辩解笔录，并没有发生最上担心的反悔，供述基本和警察的笔录一致。

最上心想干得不错，稍作休息之后跟各处电话联络完毕，正感到如释重负之时，晚上长浜接到了电话。

"冲野检察官说蒲田的报告书已经整理好，我去拿回来。"

"好，我去吧。你可以先回去了。"

长浜一向顺从，于是把包拎在手上跟最上说了再见。最上从座位上站起来，从冰箱里拿出几罐啤酒，朝冲野的办公室走去。

敲了敲冲野办公室的门一看，坐在办公桌旁的冲野正慌忙站起身来。

"早知道是您亲自过来，我就送过去了！"

"没关系的。"最上坐到沙发上朝冲野招了招手，"来，先喝一杯吧。"

"那就不客气了。"

冲野把报告拿在手上，坐到最上的对面招呼搭档的事务官过来，"橘也过来喝一杯吧。"

"可以吗？"

听到冲野的召唤，橘沙穗没有客气，坐到了冲野的身边。一同去蒲田的时候冲野就感觉得出，她有胆有识，没有表面上看起来那么柔弱，和自己性情很是相投。

"感觉还要多久？"

最上从冲野手中接过报告问他。

"我想还需要些时间。"冲野回答，"关键证物和目击证言出乎意料地少。现在警方把借条中留下姓名的人作为首要搜查对象，正在逐个筛查不在场证明。"

"嗯，估计会是这样了。"

最上在前期搜查时也感觉到这是搜查的线索，解开真相的关键正在此处。

"不过，我感觉抓住名单上的人逐个筛查，查出凶手的可能性并不高。"

"哦？"最上拿起啤酒喝了一口，眯起眼睛看着冲野，"动机是借钱，但是凶手的借条没有留在现场？"

"嗯，"冲野认真地点点头，"我感觉凶手把借条拿走了。"

"保险箱上有采集到那对老夫妇之外的指纹吗？"

"保险箱有指纹被擦过的痕迹，那对老夫妇的指纹也没有留下。"

"反过来说，这是凶手动过手的证据了。想把自己的借条拿走，需要从一打借条中找出来，其他的借条上没有留下指纹吗？"

"鉴定科正在调查，借条用的是粗糙的和纸，即使凶手碰过也不一定能采集到能用的指纹。"

"所谓关键证据少，指的就是这些方面吧。根据你的判断，凶手能想到擦掉指纹毁掉证据，应该是个有点小聪明、脑子相对灵活的人，不过既然陷入了金钱纠纷，就算有些小聪明，身上也必然存在使自己堕落的漏洞，总会在哪里露出破绽的。"

"如果是马友，调查下来总能找到的。明明借过很多次钱，结果哪里都找不到借条，岂不是很奇怪？既然借钱是作案动机，就不可能只是十万二十万日元的事情了。"

"嗯……"

虽说证据不足，但还不算毫无头绪。最上这样想。

"我跟青户警部要求过了，跟借条名单上的人问话时，要着力问一问那个人了解到的被害人的交友关系。"

听了冲野这句语气强势的汇报，最上笑了起来。

"干得不错嘛，毕竟光听警察的话也显示不出我们的能力。然后青户怎么说？"

听到最上的问话，冲野脸上现出有些苦恼的表情。

"他倒是很痛快地答应了，不过他说还想听听您的意见。"

最上扑哧一声笑了出来。

"是吗，那等我跟他碰了面，把同样的话再说一遍。"

去年最上曾因为一桩杀人案跟七系的青户警部共过事，跟其他搜查一课的系长相比，他算是更愿意听从最上意见的搜查干部。案件搜查只有到了检方提起公诉并且取得妥善裁决的时候才有意义，青户能清醒地认识到这一点。

反过来说，他看起来刚正不阿，却有着与之不相称的狡黠。按照检方的要求进行搜查，如果今后出现问题也请检方承担责任，他曾经做过类似的事情。去年的杀人案中，被告人突然在法庭上否认了之前承认过的杀人动机，最终虽然在检方的立证下认了罪，但是辩方律师的说法也有一定的说服力，最上一直在旁关注着审判的进行，禁不住冷汗涔涔。

那时最上就感觉到警察在调查时恐怕有些牵强。听到最上说如果得到这样的供述就能以杀人罪起诉，便顺水推舟，或者是理解成检方想要这样的笔录，总之，最终他只是把形式做好便把嫌疑人送来了。

既然青户身上有这样狡黠的地方，那么检方就必须做好准备。而且，即使对方投出的球不完美，也必须接下来。光凭嘴上厉害，可是只要看到反弹球便放弃接球，把责任全部推给警方的检察官，是青户最讨厌的。冲野还很年轻，所以青户还不确定他是否可以信赖吧。只是，最上因为去年的那件事，被他视作了即使投球不稳也会努力接住的人，不知这算不算值得开心的事，不过，警方和检方，确实需要如同棒球中的投手和捕手一样的信赖关系。

最上把喝了一半的啤酒放到桌子上，打开了冲野的报告书。

从庭院一侧的檐廊到客厅，以及玄关处的走廊上采集到了沾有泥土和血迹的足迹。据推测是拖鞋。应该是凶手先穿着拖鞋跑到院子里，再从那里返回家中，可能是去拿放在玄关的鞋子。可是现场没有发现沾有泥土和血迹的拖鞋。穿着拖鞋逃走，说明凶手当时非常慌张，不过因此少了一件物证，对凶手来说，可以说是幸运的。没有目击者看到穿着拖鞋的人在周围走动。想来的确是这样，即便穿走了，拖鞋也很可能在某处被凶手换下。

玄关处发现了几处足迹，推测是凶手的，鞋长二十六厘米左右，不过貌似穿了很久，以致鞋底老化采集不到像样的纹路，想要锁定卖家估计会比较费力。

在玄关换上了拖鞋，说明一定是那对老夫妇认识的人，来借钱或是来要求延迟还款的可能性比较高。客厅的桌子上没有招待客人用的茶杯，可以看出此人并不受欢迎。

在玄关、客厅和厕所等处也收集到了那对老夫妇之外的几枚指纹，其中可能包含了凶手的。不过，总而言之，没有可以锁定凶手的证据，是本案现场的特点。看来不是凶手运气好，就是他预谋得周全了。

将报告书翻过一页，上面记录着现场保险箱里借条的名单。目前正在向名单中的人询问情况，同时对这些人的周围展开调查，进而查找隐藏其中的那对老夫妇的交友关系。

名单上列着十一个人的名字，同时标记了年龄、住址、职业、借款金额和前科等，其中多是中老年男人。最上不经意地看着名单上的名字，忽然感觉眼前一亮。

他把名单重新看了一遍。

松仓重生，六十三岁。

这个名字引起了他的注意。

一定在哪里见过。

跟某个案子扯到过关系吧。

可是纸上并没有记录前科。

不过最上记忆的大门开始颤动了起来，他已经感觉到了。虽然还不能完全打开，但是已经预示着这是个重要人物，记忆的钥匙转动了起来。

好好想一想，一定能想起来吧……

最上忽然感觉抓到了这个名字的出处。

他不禁屏住了呼吸。

莫非……

松仓重生，应该是这个名字。

或者只是相似？

不知道。

最上思绪一下子乱了，他沉默地坐着，不禁痛苦万分，深深地呼出了一口气。

"怎么了？"

冲野一脸惊讶地问道。向旁边一看，沙穗也在用一样的表情看着自己，最上这才意识到自己刚刚的表情太可怕了。

"没什么……"

最上只是摇摇头，避开了他们的视线。本想找个借口敷衍过去，可是一句话也说不出口，最上借着深呼吸让自己冷静下来。

"明天我也去蒲田。"

看完报告，最上故作平静地对冲野说。

"明白了。"冲野回答。

"那么今天早点回家休息吧。"

最上说完，拿起空的啤酒罐站起身来。本想闲坐一会儿才拿了酒来，可惜现在完全没有了心情。

"辛苦了。"

身后传来冲野和沙穗的声音，最上走出了办公室。

已经二十三年了。

那是距离现在将近四分之一个世纪前的事情了。

最上学生时代曾借住在北丰宿舍，管理人久住夫妇的独生女儿由季被人杀害了。

由季当时是中学二年级的学生，如果还活着，现在应该到了结婚生子的年纪。

时隔四年，最上再次见到由季时，她已经成了棺中之人，眉眼间已经是一副少女初长成的模样。如果顺利长大，应该很受男孩子们欢迎，很容易得到幸福的吧。

可是由季却再也不能长大成人了。明明一副马上会睁开眼睛对他说"毅，好久不见，你怎么样啦？"的样子，可是现实中，她却永远地闭上了眼睛等待着几个小时后被火化成灰。那景象看起来是那么不真实。

被白色围巾盖住的细颈上面，残留着手勒过的红黑色印记。

"喉咙都被捏断了，那么纤细的脖子，太可怜了……"

北丰宿舍原先的租客水野北佐夫哭着移开了覆在由季脖子上的白巾，这一幕深深地刻在了最上的脑海里。

那位水野，从市之谷大学的法学部毕业之后进入通讯社担任政治记者，由季事件过了大概一年，从通讯社辞职，成了周刊的签约记者。他得知由季案的搜查陷入困境，于是毅然决然换了工作。

没过多久，水野所写的《根津女子中学生被害事件——一名可疑男子》的报道在《日本周刊》上刊登了出来。

水野说这是一篇真实的"小道消息"。警方也因此接到了不少投诉。虽然文中隐去了姓名，但是读者读过之后能清晰地判断出谁是可疑的人。如果放到现在的标准，杂志社也许会在报道前再仔细斟酌一番，不过过去确实相当大胆。后来还出现了其他杂志进行后续追踪，不过始终没有迎来警察逮捕此人的那一天。

如果是政治家的渎职案或者经济案，往往外界的舆论报道能影响搜查的进展，不过由季的案子不属于此类。搜查之所以停滞，是因为警方没有找到决定性的证据，水野本想通过这篇报告从背后推动警方的搜查，遗憾的是，计划落空了。

听说警方在审讯时也花了很大的功夫，但是那个家伙死不认账，厚着脸皮逃得干干净净……

水野把深入采访得知的事情经过讲给了最上他们听。

不仅如此，他还将没有报道出来的搜查细节整理成了采访笔记，分发给了最上、前川这些北丰宿舍的舍友。不知道他这样做在期待着什么，也许搜查原地打转没有进展，使得他心中一直在怀疑自己转行做杂志记者的意义吧。如果不是通过这样的方式和最上他们分享内心的绝望，可能很难支撑下去。

无法考证水野在采访时捕捉到的内容有多少真实性，不过，不得不感叹他调查的深入。虽然最上后来上任检察官成为搜查方，但是仍然没有办法拿到跟自己工作无关的迷案资料。由季的案件经历了怎样的搜查，最上是通过水野的采访笔记得知的。

现在这份采访笔记放在自家书房的书架上，和其他的案例研究资料放在一起。

回到官邸，客厅里散落着韩国旅行指南，朱美正看得如痴如醉。最上顾不上她，一个人走进了书房。

数十年了，这份资料再也没有打开过，只是每次搬家时从一个书架移到另一个书架上。最上扭开台灯，将这份资料抽出来，放到桌子上打开。

最上一页页翻看着水野这份 A4 纸大小的多达十多页的采访笔记，寻找着想要的内容。

松仓重生。

果然是这个名字。

由季案件中，被视为最接近真凶，却因为没有关键证据而未能被警察逮捕的人。

从出生年月来计算，今年六十三岁。

是他没错了。

最上大口喘着粗气，激动的情绪难以自持，不由得一把抓住了桌子的边缘。

由季二十三年前已成灰烬。

而这个男人在这二十三年里逍遥自在地活着。

原来他在这里。

根据水野的采访笔记，二十三年前的 7 月 29 日晚上八点十分左右，由季惨死的尸体在自家书房被发现。夫妇二人为了夏日祭的事前准备外出了两个小时，回家便看到了凄惨的一幕。

久住一家住在北丰宿舍楼的一层，有客厅、夫妻的卧室和由季的书房兼卧室共三个房间，另外带有厕所、洗手台和浴室。厨房用的是给住客提供伙食的食堂。从食堂出来有一条走廊连通了这一家的房间。

走廊和食堂的出入口有一道门，从走廊一侧将门把手中间的旋钮拧上就算上了锁。睡觉的时候一般会关上这道锁。虽然平时这道锁不关，但是宿舍的住客们不会私自进入走廊。最上他们如果找两夫妇有事，也只是打开这道门往走廊伸个头喊一声。当然辅导由季学习，或者找男主人义晴喝酒的时候，会进到房间去的。

根据现场查证，当时这道门没有上锁。夫妻二人不记得自己是否锁上了门。或者由季用心地锁上了，但是在缝隙里将锁具滑开也并不费力，所以不管怎么说，犯人从这里侵入的可能性非常高。

犯案五天前发生了一件事，让久住夫妇一直后悔当时没有问清楚。由季和朋友外出画暑假作业里要求的画，傍晚回来时胳膊和腿上带着擦伤，裙子也被泥土弄脏了。据警方调查，有目击者说当日看到根津神社前有女中学生身上穿的裙子带着泥土边跑边哭的样子。

久住理惠看到女儿的伤问她怎么了，由季只是回答说在神社摔了一跤。那明显是由季为了不让母亲担心撒的谎。

由季的遗体经过司法解剖，发现不仅手肘和膝盖这些看得到的地方，阴部和大腿内侧也有刚刚见好的撕裂伤和擦伤。由季书桌的抽屉里发现了像是从药店买来的擦伤药。

另外，房间里还发现一把扳手，也被认为跟这一系列事情有关。扳手是家里的东西，上面的指纹是由季的，也就是说由季为了防身将扳手放在了身边。

从这一系列关联事件，搜查部门推测了一种犯罪情形。

在被害五天前，凶手在根津神社发现了正在画画的由季。一开始她和朋友一起，后来朋友先走了。随后凶手接近由季并将她引到僻静的地方，实施了暴行。由季的体内没有采集到男人的体液，所以无法明确到底到了哪种程度，但是毫无疑问是非常野蛮的。

五天之后，尝到甜头的凶手趁由季的父母外出，侵入由季的房间想要再次行凶，结果由季手持扳手让他无从下手，于是为了不让由季动弹便掐住了她的脖子，就这样将她掐死了。

水野在报道中对暴行留下的伤痕一笔带过，但是笔记中记录得非常详细。受到伤害却无法跟任何人诉说，只能将恐惧压在心底，自己买药来处理身上的伤口，害怕噩梦重演拿着扳手护身，一想到由季的这些样子，最上就难过得不得了。即便如此，如果她还活着，也总会有个未来，可是凶手却连这也粉碎了。

北丰宿舍的建筑是纵长型的长方形，久住一家的玄关在道路一侧。住客用的玄关在右边朝里的中间位置，走上住客用玄关，正面是楼梯，右边是走廊延伸过去连接着三个房间以及厕所。二楼有八个房间，最上借住过的是205号房间。

食堂在玄关左边。两个长桌配着几把圆椅，料理台和普通人家的厨房并无二致。

建筑的构造并不复杂，不过能想到通过食堂偷偷潜入由季房间的，应该是熟悉内部构造的人，结合五天前发生的事情，凶手执着地以由季为作案目标，搜查自然而然朝着调查住客及其交友关系的方向发展。

当时学生住客有四人，一楼两个房间和二楼两个房间。一楼有一个房间闲置。四人中有三人因为暑假回家或者出去旅行，房间已经空了很长时间。留下的一人是住在二楼的叫作稻见的大四学生，为参加就职活动留了下来，当天因为感冒卧病在床。

二楼剩下的六个房间都是有工作的人，从二十岁到六十岁年龄跨度比较大，以在乡村工厂或者建筑工地工作的工人居多。

二楼203号房间，也就是正好在由季房间正上方的房间里，住着一个在金属板工厂里工作的四十多岁的男人，名叫高田宪市。经常到高田房间来玩的同事，就是松仓重生。松仓四十岁，七年前跟妻子离了婚，一个人住在日暮里附近的公寓里。当时正值泡沫经济时代，制造业工厂也很繁荣，但是松仓赚下的钱并没有用在支付孩子的抚养费上，而是基本花在了吃喝玩乐上。他和高田都是单身且年龄相仿，所以经常一起玩乐。手头宽裕就出入繁华的商业街，手头吃紧就到各自的住处就着下酒菜喝喝小酒。那年4月，自从高田租到了那个房间，松仓就经常出入北丰宿舍，久住夫妇也知道这个人。

案发现场的由季房间里，没有留下可以认定松仓是凶手的证据，这就是搜查陷入困境的原因所在。

不过，正因为调查了住客及周边相关人员的情况，才将松仓锁定为最重要的嫌疑人。

松仓的同事，也就是北丰宿舍的住客高田宪市，当天不在房间里，而是和其他友人到北千住吃饭，有了不在场的证明。

二楼除了回老家的学生之外，还有人或者加班，或者上夜班，或者因吃饭或泡澡外出，案发时间留在房间的有三个人。其中稻见称因为感冒，案发时正在蒙头大睡。

住在高田隔壁的202号房的叫作大桥的男人，当时正在自己房间里看电视观战夜场比赛。他说电视的声音让他完全没有注意到一楼的动静，不过接近案发时间的七点多钟，曾听到隔壁房间有敲门的声音。同时，住在207号房的叫作古川的男人也说听到过二楼某个房间有敲门的声音。按说虽然在隔壁，大桥在房间里不可能分辨清楚是203号房传来的敲门声，不过他说因为203号房经常有访客来，常能透过墙壁听到人说话的声音，所以想着那时可能就是203号房。根据警察的调查，另外一侧的隔壁和对面的房间都没有人曾约定过来访。

据大桥说，敲门声响了几次，没有听到门开的声音，访客知道房间的主人不在便离开了。

同时，松仓的同事高田的证言也很有意思。

在案发日的前一天，因为加工金属板时的加工处理与指示书的数字不符，松仓被专务臭骂了一通，还被责令深夜重做。第二天中午，松仓一副闷闷不乐的样子邀请高田说要不要在工作结束后一起去上野附近玩。松仓之前有点小钱的时候经常邀请高田去上野的电话俱乐部或者桃色沙龙之类的风俗店玩乐。不过，当天高田因为常年在九州单身赴任的老朋友回了东京，两人约好如果有空就见上一面，所以高田以"今天有点说不准"的含糊回答拒绝了松仓的邀请。工作结束后松仓也没有过来搭话，高田以为此事已经过去了，于是回到北丰宿舍跟朋友电话联系之后就去了北千住。

不过在松仓看来，将"今天有点说不准"的回答，理解成"今天也许可以"也并不奇怪。一个人回到公寓郁闷难消，还是想出去转转时想到先去高田的地方看看，也是顺理成章的。

还有，高田记得松仓曾经好几次提到住在楼下的由季，甚至有过"长大后会是个美人吧""下面的毛长全了吧""楼下晾着的内裤是那个孩子的吗"等性暗示露骨的污言秽语，曾让高田目瞪口呆、面红耳赤。

另外，关于脚印，也能捕捉到松仓的影子。

鉴定科在由季房间的窗户外侧找到了几个相同的脚印，猜测是凶手偷看由季房间情形时留下的。结果发现，脚印和案发时自称感冒在 206 号房间睡觉的稻见的一双旧运动鞋是一致的。

稻见在春天时买了新鞋，将那双旧的运动鞋一直放在玄关鞋柜上面，原本想着和新鞋替换穿，结果鞋子买回来之后，旧鞋一直放在那里没有动过。北丰宿舍的鞋柜上面还堆放着几双其他住客的鞋子，案发后，稻见的那双鞋便不见了。

据高田说，松仓曾有一次在鞋柜上挑选合脚的鞋子穿，虽然不记得穿的是稻见的鞋，但是松仓平时的鞋子尺码是二十六码到二十六码半，而稻见那双鞋子的尺码正是二十六码半。

只是，搜查员去松仓公寓查访时并没有发现稻见的鞋子。同时，如果单纯考虑脚印，也不能排除稻见本人犯罪的可能性，所以不能作为有力证据。当然，稻见也曾被视为目标嫌疑人，不过案发当天上午他曾去附近的医院就诊并且买了药，而且，由季五天前在根津神社遭遇暴行的那一天，他是出去接受就职面试的，这些情况辨明之后，搜查干部中大多数人认为把他视作凶手很牵强。

在缺乏关键证据的同时，还有其他证言削弱了追查松仓的力度。

关于案发当时的不在场证明，松仓最初说一个人在自家公寓，后来很快改了口说跟在场外马券出售点相识的叫作柏村的友人一起喝酒。柏村是住在汤岛的八十岁的独居老人，做证说当日跟松仓一起喝酒的。据说松仓经常请他买马券喝酒，他相信就算松仓被人怀疑了，也一定是被冤枉的。

可是在搜查员转换说法反复追问的情况下，这个柏村的证言表现出前后矛盾。比如说关于一起喝酒时的细节，一会儿说从九点开始喝了两三杯，一会儿又说从太阳下山开始喝到两人酩酊大醉，再加上没有可以辅证的客观证据，有人说不能作为不在场证明，应该彻查松仓。但同时也有意见认为，如果他作为辩方证人在法庭上做证，会很难对付。

不管怎么说，只要找不到决定性的证据，就很难让松仓自首。松仓看穿警察手中缺乏证据，审讯时各种推诿避重就轻，使得警方始终无法下达逮捕令。搜查干部中也有人对松仓犯案的说法提出质疑。如果松仓是凶手，那么由季在根津神社受伤时，就该认出了此人，明明很害怕再次遇害，为什么不对周围的人说？这样推测的话，就不能排除陌生人作案的可能性了。

最上这些了解由季的人，很清楚她遇事喜欢独自承担的个性，但是不熟悉她的人，很有可能会被这个疑问影响判断。

可是，搜查并没有进行到需要查访最上这些多年前已经退舍的人的地步。换句话说，搜查进行到一定程度时松仓浮出水面，基本判定了他是凶手，但是能否在法庭上举证，成为影响搜查成败的关键。虽然搜查干部中有人持不同意见，但是现场心证已经基本成立，结果松仓却从那张无法收紧的网中逃脱，搜查失去了目标，案子只能不了了之。

如果没有这些消息，也许大家只能理解为这个案子没有像样的线索，不得不无疾而终。多亏了水野成为杂志记者奋不顾身地采访报道，让最上知道了曾经有过这样一个重要的嫌疑人。这件事意义重大。

这次的蒲田事件是否与松仓有关，还不得而知。

不过，最上感觉这把倾注了执念的接力棒，已经交到了自己手上。

6

冲野坐在办公桌前，把昨天交给最上的报告重新看了一遍。

最上读着这份报告，手里拿着啤酒走进这间办公室时的平静温和忽然不见了，脸上是前所未有的严肃表情，眼睛里甚至透露出危险的气息。

冲野甚至感觉窥到了这个身经百战的检察官身上可怕的一面。

可是……

这份报告到底有什么内容可以激起搜查检察官的本性？

按照最上的指示，这份报告比以前更加翔实。

不过在冲野看来，这里面不过是些细枝末节的线索。

真凶拿走自己的借条，把现场的痕迹消除干净之后逃走，冲野觉得报告书连他的影子还没有找到。

可是最上的表情像是发现了什么。

到底是什么呢？

冲野反反复复看了几遍，还是不明白，不得不放弃。

"时间差不多到啦。"

听到沙穗的声音，冲野抬起头来。

"好的，出发吧！"

到最上的办公室一看，他们也正准备出门。

"出发。"

最上说完，走出房间后便没有再多说一句话。脸色虽然不像昨天那么严肃，不过这沉默总感觉有些特别的意味。

最上和冲野傍晚之前到达了蒲田署。本来参加搜查会议可以再晚到一些，不过为了提前跟青户警部碰个面，这个时间刚好。

"你们好，你们好。"

青户把冲野他们带到搜查本部旁边的待客室，坐到沙发对面露出了习惯性的笑容。

"百忙之中辛苦了。"

"这两三天在跟进其他案子，对不住了。"最上说，"搜查的近况我听冲野说过了。"

青户对待冲野多少有些不以为意，加上冲野毫不示弱，大着嗓门追问搜查细节，两人之间难免会有些摩擦，可是一旦面对最上，两人之间立刻客气和谐了起来，真是不可思议。

"昨天既然由冲野先生详细说明过了，那我这边其实也没有什么值得讲的新线索了。"青户瞥了一眼冲野，无奈地笑了笑，"非要说的话，有人提到被害人家中除了借条还应该有记录了借款返还明细的账本。如果是分期返还的话，按理说应该有账本，可是到处都找不到。"

"怀疑是凶手拿走了吗？"

面对最上的提问，青户点头说："现在正在对借条名单上的人进行查访，有几个人说当初还钱的时候，被害人是当场记到账面上的。"

"这样说来，应该是把借条也拿走了吧。"冲野插话，"跟被害人交往密切，借了钱但是一张借条也没有，这样的人应该很好找出来的。"

"先不要着急。"最上不动声色地制止了冲野。

"先从眼前的线索开始梳理比较符合常规。"最上将目光转向青户继续说，"名单上的人物之间也有可能隐藏着什么，这些不都是正经人。当然，如他所说，也许还会有其他可疑的人出现，不过首先应该把名单彻查清楚。"

"原来如此。"青户附和道。

"逐个叫到署里查问不是更好吗？"

听到最上这句话，青户嘴角露出了笑意。

“最上先生，我之前还担心你对这个案子不感兴趣，看起来不是这么回事啊。”

“那是当然，”最上说，“这样的大案谁会没有兴趣。”

“名单里面，确实有几个人是有些不良嗜好的。还有几个人是有前科的。就算凶手抽走了借条，也不一定全部拿走了，留下二三十万日元借条的人其实可能借了更多。”

“借条上是五六十万日元的人其实可能借到了几百万日元。”

听到最上的回答，青户轻轻一笑。

“不管是被害人账户存取款的记录，还是借条的平均额，看起来不会有人借了四五百万日元，不过一两百万日元倒是有可能。既然能做出那么凶残的事情，估计不会只借了一二十万日元吧。”

冲野觉得没有借条出现的人最奇怪，最上和青户却认为名单中的人物已经足够可疑。这恐怕是企图以最短时间破案，还是准备扎扎实实地长期作战的区别吧。不过冲野手上也没有证据可以反驳。

“比如这个叫小杉祐吉的男人，”青户用手指敲着本子说，“有盗窃和伤害的前科，我们的人去查访的时候，感觉他有些焦虑，举止也不太自然。他说案发时在东京市里，不过还没拿到实际证据。”

“没有不在场证明的，还有其他人吗？”最上问。

“有，宫岛、关口、内藤、松仓、片山、和田，接下来还需要进一步调查，不过目前算上小杉的七个人，差不多一半以上还没有不在场证明。”

“等一下，”最上一边说着一边在冲野的报告书上做着标记，“宫岛、关口、内藤、松仓和……”

“片山、和田。”

"嗯……"最上盯着标记过的名字嘟囔了一声。

"当然，还有可能是其他人受人指使作案，不能大意。"

最上轻轻点点头，开口说："不过首先是这七个人，所有的调查先从这七个人开始吧。"

最上语气平淡，却带着不容置疑的坚决，冲野在一旁也感受到了说服力，如果自己站在警方的立场，应该也会很信服吧。

"有道理，就这么办吧。"青户应和着。

青户感觉我还欠火候而对最上有种特别的信赖，原因大概就在于此吧。冲野这样想着承认了自己的不成熟。

冲野把其他检察官拜托帮忙的案件调查结束之后，大概三点，让沙穗跟长浜联系一下。

"问问他今天准备几点去蒲田。"

接到冲野指示拿起电话的沙穗，还没有出声就放下了电话。

"好像不在位子上。"

"是吗，那直接打电话给最上先生吧。"

听了冲野的话，沙穗再次拿起电话，不过最上的内线也没有接通。

"我打长浜先生的手机试试。"

这次终于联系上了，和长浜聊了几句之后沙穗说。

"两个人已经去了蒲田署。"

"欸？"

虽然没有明确约好要保持共同行动，不过冲野心里一直是这么认为的，所以不觉吃了一惊。

"可能是从其他现场直接过去的吧。好，那我们也出发吧。"

冲野不是没有想过如果提前过去明明可以打声招呼，不过最上已经不再是冲野的教官了。现在每个人都是单枪匹马的狼一般的检察官，自己必须紧紧跟在后面，冲野这样想着拿起了公文包。

到了蒲田署，会议室里只有长浜一人，正在安静地看着法律书籍。

"最上先生去哪里了？"

听到冲野的问话，长浜朝走廊的方向扭了扭头。

"那七个人的审讯开始了，和青户警部到听审室去了。"

"欸？去参加审讯了吗？"

"不是的，旁边的房间有面单面镜，可以看到里面的样子。"

一般听审室里会设置一面单边可见的镜子，为了让被害人在不被发觉的情况下指认嫌疑人，或方便搜查干部来观察听审的情况，又或者供监察员过来监察审讯人员在审讯过程中是否有违规行为。在蒲田署，隔壁的小房间能看到听审室内部的情形。

可是，作为一名本部系检察官，居然参与到还不确定跟本案有关的参考人的审讯，这等同于警方搜查干部的做法不禁让冲野吃了一惊。与其说这是本部系普遍的做法，倒不如说更像是最上个人的习惯吧。

冲野感觉这样磨蹭下去会掉队的，于是也想去找最上他们，不过估计大家正在黑暗的屋子里认真观察里面的情况，不好这样冒冒失失闯进去，于是决定留在原地等他们回来。

大约过了三十分钟，最上和青户一起回到会议室。

"辛苦了。"听到冲野的问候，最上轻快地回了一句"你来啦"。

"之前说的七个人中，叫宫岛的那人来了，我来看看审问的情况。"

"这样啊，情况怎么样？"

"嗯，应该是无罪，感觉跟这个案子无关。"

青户也点点头表示赞同。

"另外，昨天青户提到的小杉也取得了不在场证明，案发时正在品川蒸桑拿，服务员可以做证，摄像头也拍到了。"

"是吗？"

按照解剖结果，案发时大概是当天下午三点到六点，再根据周边有人听到惨叫的时间进一步确定为四点半左右，据此询问相关人员的不在场证明，就可以把不需要花费精力的人排除在外了。

"后面还有五个人吧？也会像宫岛一样带到这里来吗？"

"今天还带了片山来的，不过上午已经审完了。结果最上抱怨我为什么没有告诉他。"青户语气轻松地说。

"欸？这么说来，也希望您告诉我一声的。"

看到最上如此积极地参与现场，想到自己束手束脚只会停滞不前，冲野不禁有些着急。

"如果可以，下次也请让我旁观审讯吧。"

冲野跟青户提了要求，他很爽快地答应了。

"嗯，比起事后叽歪，让你们亲眼看到调查现场更方便我们做事。不来现场净说些风凉话的检察官毕竟也不在少数。"

得知青户并不讨厌检察官多管闲事，冲野更感到现在不是瞻前顾后的时候。

"最上先生真是努力，我也得加把劲儿了。"

跟去其他搜查本部的最上他们分别后，冲野和沙穗一起回了霞之关。在路上，冲野对沙穗讲了今天的感受，这也使得他的心情不觉间更加紧张了起来。

7

旁听了对宫岛的审讯后，第二天下午，最上和长浜到达蒲田署搜查本部的时候，冲野和橘沙穗已经在了。

"真早啊。"

和他们打过招呼，最上跟坐在会议室前方座位上正在打电话的青户交换了下眼神。

不一会儿，青户的电话结束，朝最上一行人走来。

"今天准备把那七个人中的另外三个人带过来。"他快速瞥了一眼手里的本子，"关口、松仓、和田。关口在做夜间警备员，今天休班一会儿就会带过来。松仓在旧货商店打零工，准备等他工作结束后傍晚左右带来。本来和田也是准备傍晚带来的，不过听说他要去医院，我们也是以协助调查为名义，所以不能太过强硬，只能等他看过医生之后再带过来了。"

青户平平淡淡的说明中，松仓的名字一出现，最上便开始热血沸腾了起来。好比武者战前的斗志已被唤起，却用手缓缓地扫过头发，先将这种情绪压制起来。

"关口一直嗜赌如命，喜欢跟人借钱。老婆为此跟他离了婚，还以胁迫罪起诉过他，五十多岁了还没有着落。前些年起诉借贷公司高利贷的诉讼盛行，他不知是找了律师还是用了其他办法，讨回了四五百万日元，从那之后就摆脱借贷公司了，不知道是不是现在那笔钱用完了，跟被害人借了钱，借条上剩下的不过二十万日元，实际到底是多少还要仔细问问看。"

青户的这些说明从耳边扫过，最上思考的只有一件事。

希望真正的凶手是松仓。

不管遇到什么案子，最上从来没在搜查过程中想到过希望犯人是某个特定的谁。这个人可能是无辜的，那个人肯定是有问题的，他都会在一定证据的基础上进行判断，而现在这种没有任何根据的甚至可以称为愿望的情绪，是他进入检察机关工作以来从未有过的。

然而，最上心中正前所未有地澎湃着。

目前这个凶杀案还无法确定凶手是谁。

松仓是凶手的可能性非常高。

最上想要赌这一次。

也许表面上最上看起来冷若冰霜，不过一股无法掩盖的怒火一直藏在他的内心深处，长久以来的星星之火现在熊熊燃烧了起来。

现在凶杀案是没有时效的。继时效十五年延长到二十五年之后，前年实施修正法终于废除了时效。曾经跟冲野说过的话实现了，法律追赶上了时代。

然而，被时代遗留下的，是改正法之前时效已经成立的案子。

比如由季的案子。

犯人成为漏网之鱼。

松仓重生。

即使他现在承认了以前的罪行，也没有人能够裁决他。

如果他是这次案件的凶手，那么上次的报应延续到了现在。

无论如何，这次都必须做个了断。

让他连同由季案件的罪过一并偿还。

不久，一位年轻的刑警走进会议室和青户耳语一番，青户指示一二之后转过头来面向最上他们。

"关口带来了，我们开始吧。我现在带你们去隔壁房间，不过希望只有最上先生和冲野先生两个人过去。"

于是长浜和昨天一样等在这里。长浜正在准备副检察官考试，是个非常有能力的事务官。不相关的事情从不爱出风头，需要待命的时候无论多久都会耐心等候。现在有时间可以完成事务工作，也能准备考试了吧。再说今天有冲野的搭档橘沙穗一起，应该不会觉得无聊。

"审问由我们组里的主任森崎警部负责。出了声音会影响审问的对象，森崎也会分心，所以拜托在小房间里一定要安静。"

青户压低声音做了说明之后，带最上他们走到听审室。把一号听审室旁边房间的门轻轻地打开，慢慢走了进去。

最上和冲野紧随其后。

青户打开墙壁上的旋钮，微弱的灯光亮起，房间里的样子模模糊糊地显现了出来。细长的小房间里放着一张简单的长凳，他们先坐了下来，让眼睛适应房间里的光线。

听审室的墙上有一扇半张报纸大小的窗，上面装的是单面镜，从灯光较亮的那边看上去只是一面镜子而已。

因为和听审室只隔了一道薄薄的石膏板，天花板附近还设置了通气孔，所以对面房间里的说话声和在同一个房间听起来并没有区别。

"哎呀，真是讨厌啊，我肯定是被怀疑了吧？"

"怀疑什么？"

"还问怀疑什么，都带到听审室了，不是完全被当成犯人了吗？"

"哪有，只是因为在这里可以安静地说说话而已。"

沮丧得快要哭出来的声音是关口，居高临下地随口应付着的是昨天负责审讯宫岛的森崎警部。

"拜托放过我吧，我跟那件事真的没有关系，我跟都筑先生只是赌马的朋友，或者说是酒友也可以，我们之间没有任何仇怨，根本不可能跟凶杀这么恐怖的事情扯上关系的。"

"我会提问的，你没必要急着撇清关系。我们不是怀疑你才把你叫来，因为你跟都筑先生生前关系比较亲密，所以想问问看是不是会有线索。"

"可是昨天就有警察来问我都筑先生被杀的时候在哪里啊。"

"这种问题谁都会问一问，发生了这种事，连被害人家属都要问。"

"可是，因为当时回答得不清楚才把我叫过来的吧？"

青户站在镜子前静静地看着对面，过了一会儿慢慢地退下来，坐到了长凳上。

最上站起身来，透过镜子看向听审室。

一张小小的桌子两边，两个男人相对而坐。靠近门的这一边坐着的是森崎，大约四十多岁，比最上年纪小，跷着二郎腿闲聊的样子，腰背却是挺直的。话语间虽然感觉不到力道，却动用着小心思把话题从对方口中引导出来，这是昨天最上感觉到的。

关口背向着这扇无法打开的窗，胳膊搭在桌子上，略微驼着背，正沮丧地哭诉着。

森崎就关口提出的不在场证明展开，仔细地盘问起来。在反复确认之下对方的话是否符合逻辑，是审讯中要观察的重点。

相同的事情问了几遍，虽然关口一副烦躁不安的样子，但是并没有出现前后矛盾。

最上退回长凳，冲野迫不及待地走到镜子前。

最上坐定之后闭上眼睛竖起耳朵听着旁边的对话。

"生活上转得过来吗？没有为钱烦心？"

"虽然没有富余，不过还能勉强撑着。"

"可是实际上不是在跟都筑先生借钱吗？不是因为需要钱才借钱的吗？"

"那不过是一时之需……牙一直不好搞得头也疼得厉害，想要好好植颗牙才需要钱的。"

"是吗，不是为了赌马吗？"

"一开始借钱是为了赌马，也就是三五万日元，只要发了工资很快就还上了。"

"不好意思，你工资大概多少？"

"到手二十万到二十五万日元。"

"哦，跟都筑先生借的钱还剩多少没还？"

"十二万日元。"

"最初借了多少？"

"二十万日元。实际借的是十九万日元，当初约好还二十万日元。"

"后来是怎么还的？还款日之类的还记得吗？"

森崎细致地询问着借款的细节，果然借条上的金额和实际的欠款余额不一致。

欠款的事情暂时告一段落，话题转到被害人与关口的交集。可能是森崎问话的方式巧妙，关口在森崎的仔细追问下，明显自如了起来。

"也就是说最初跟都筑先生去赌马是去年的春天，是一年前左右对吧？一般多长时间去一次？"

"一开始是一个星期左右一次，后来是一个月一两次吧。"

"只有你们两个人去吗？"

"去的时候多是我们两个人，在大井观战的地方基本就那几个，经常会碰到熟人。都筑先生经常会跟在那里遇到的人聊聊天，我不怎么擅长跟人相处，一般就在角落里自己待着。"

"经常见到的都有谁？"

"样子和名字我对不起来呀……"

"把你知道的回答出来就好，比如说都筑先生常说的名字。"

"名字的话，宫先生、小松还有圭三先生的名字经常听到，还有小弓，开始我以为是女孩子，后来才知道是个大叔。"

"等一下……宫先生是谁？"

"是宫岛。"

"哦，是宫岛啊，那么小松是谁？"

"不是松沼，叫什么来着……头发花白眼角下垂的那个人……"

松仓。关口支支吾吾想不出，最上脑海中已经浮现出了这个名字。

"松仓，哦对了，叫松仓。"关口好不容易想起来。

"松仓啊。那么圭三是谁？"森崎不动声色地继续询问。

"圭三是入江圭三，小弓是弓冈。"

名单里有入江的名字，不过很早就查到了不在场的证明，所以不在那七个人里面。弓冈的名字没有在名单里出现过。

"弓冈是个什么样的人？"

森崎也注意到了这个名字。

"小弓是个料理师，以前在一家生意不错的店里工作过，特别喜欢赌马，甚至为了看比赛不顾工作，后来就被开除了。都筑先生喜欢说教，据说以前还教训过他，说他是个会为了赌博倾家荡产的人，得知道节制。"

"那个人也和你一样跟都筑先生借过钱吗？"

"这个我不知道……不过他一旦着了迷就什么都不顾，就算借了钱也不奇怪吧。"

"年纪有多大？"

"还不到六十岁吧。五十六七岁的样子。"

"叫弓冈什么？"

"这个……我只知道他的姓，不知道他的名字。"

关口和他只见过三四次，还没有亲近到开口聊天的程度，最后见面大概是两个月前。森崎看出被害人的交友关系只能得到这些线索了，于是再度转到关口本人不在场证明的话题。

同样的对话再听下去也不会有收获了，最上拍了拍青户的肩膀静静地走出房间，青户和冲野跟在后面走了出来。

"你觉得怎么样？"青户跟上最上，并肩问道。

"很难说，"最上回答，"不在场证明的供述倒是前后出入不大，不过是否全部可信，下结论还有点早。"

"嗯，他不过是自说自话，还没有找到证据。"

"不过我感觉他身上没有杀人犯的味道。"

"我们当时查访的人也是这么说。借条金额对得上，而且十万二十万日元程度的借款也不至于杀人。"

"弓冈这个人可能有问题。"冲野从后面插话，"这个名字没有在借条名单上出现过，感觉很可疑。"

凶手把自己的借条从被害人保险柜中拿走了，这符合冲野最初的判断。从客观来说，这个推测具有一定的说服力，调查员中也有不少人持相同看法。

不过，现在的最上是不会轻易接受这个说法的。

"这也不好说，那个男人到底有没有借钱还不知道。"

最上一句话把冲野的气焰打压了下来。

"可是……"冲野一时语塞，不服气地嘟囔了一句就没有了下文。

"关于被害人的交友关系，其他人也提到过两三个我们之前不知道的名字，总之，先将这个人记下来吧。"

最上谨慎的态度得到了青户的赞同，把冲野的话轻松搪塞了过去。

"下一个准备审问谁？"

回到会议室之后，最上掩饰起急切的心情向青户询问。

"松仓。"

青户回答之后，脸上现出意味深长的表情。

"关口看起来像个有故事的人，这个松仓比起关口更有意思。"

他轻轻扫了一眼会议室前方干部席上正在翻看调查资料的田名部管理官，继续说道。

"我们的管理官田名部一直在搜查一课，已经快二十五年了，听说他刚来的时候正好参与了一桩重要嫌疑人是松仓的案件调查。"

"哦？"最上不动声色地附和了一句。

"是根津的一个女中学生被杀案，松仓最有嫌疑，不过到最后没能逮捕，据说是缺乏证据，最终不了了之。这对于田名部来说是很难遗忘的经历吧。听说他在报告里一看到松仓的名字就想起来了。"

"原来如此。"

最上淡定地回答，看向干部席上坐着的田名部。二十三年前……正是他刚刚从所辖刑警选拔到搜查一课的时候吧。现在应该已经过了五十岁。头发三七分白发明显，看上去年龄要大一些。带着银边眼镜，位居管理者的模样。

最上听了青户的话，感觉自己不经意间找到了同伴。原来搜查本部里也有人正为二十三年前的仇热血沸腾。

"那个松仓还没有不在场证明吧，"最上冷静地询问松仓的事情，"还有其他可疑的事情吗？"

"是这样的……在案发当日的傍晚六点左右，被害者手机里收到一通松仓的未接来电，还有一条短信说想过去玩一下，这在某种意义上足够意味深长了。"

如果是六点左右，具体来说应该是在四点半的作案时间之后。在近年发生的案子里，经常有凶手靠电话或者短信来扰乱搜查。

"另外，在被害人家的玄关等处发现的几枚指纹，他的指纹也包含其中。当然这不是他一个人的问题，不过至少可以放进嫌疑人名单了。"

可能性很大……最上不由得想。也许他多少有些私心，不过他感觉松仓是真凶的可能性确实很高。

"接下来怎么办？时间还有些空余，要不要连他一起见了？"

"当然要。"最上回答。

离傍晚还有些时候，最上本想到附近的调查本部去看看，因为在意松仓的事情一直没有动身。对于检察官来说，有些工作需要跟时间赛跑，有些工作则需要按兵不动。在特搜部跟多个检察官一同行动的时候，有时等上级的指示一等就是一整天。等待已经习以为常。

最上在一旁看着长浜用学习来打发时间，这时青户走了过来。

"来，看一下这个。"

他把笔记本电脑放到最上面前，冲野等人也聚了过来。

"这是现场附近便利店的监控摄像头。"

液晶屏上监控的录像播放了出来。

"这里外面有个男人。"

一个黑影走到入口附近，很快就离开了。近处的监控录像往往能拍到清晰的画面，可是面前的画质有些粗糙，再加上是透过玻璃拍到的，实在看不清楚容貌，只能通过黑影大概推断是个男人。

"这是什么？"

"这个男人往便利店的垃圾桶里扔了什么东西之后离开了，据说是拖鞋。"

被害人家中那双疑似犯人穿过的拖鞋不见了。

"店员在处理垃圾的时候发现了一双拖鞋，不过已经被垃圾回收公司带走了。"

"上面有血迹吗？"

"据说看起来是湿的，应该是在公园或者哪里洗过了吧。听说印象里是一双灰色的拖鞋。这是案犯当天下午五点多的录像，时间也比较符合。"

如果是被害人家中的拖鞋，不见了的那双应该是灰色的。下午四点半左右被害者家附近的住民听到了惨叫的声音，和五点多钟的影像时间也符合条件。

"只有这么多影像吗？"

"目前只有这么多。"青户耸了耸肩膀，"想要确定人物是有些难度，不过可以采集脚印，目前正在寻找那双被回收走的拖鞋。"

录像重新放了一遍，最上凝视着画面。

如青户所说，仅凭这个录像很难确定到底是谁。身穿黑色上衣，个子不高，只能了解到这些。

这个男人会是松仓重生吗？

最上希望接下来透过那面镜子看到的，是眼前这个身形。

过了五点，青户再次来到最上一行人的位子面前。

"松仓到听审室了，我们走吧。"

听到招呼，冲野也一起站起身来，这时前方干部席的田名部管理官将笔放下也站了起来。

"我也一起去吧。"

田名部在会议室出口处跟最上等人会合之后说。

"听说是以前案子里追踪过的人吗？"

最上将话题抛出，田名部点了点头。

"我翻出以前的手账确认过了，是他没错。当然，不能因此说他一定跟这次的案子有关，不过我还是会很在意。"

田名部走在前面，一起向听审室走去。

进入一号听审室的邻室，田名部直接站到了镜子前，灯光昏暗之下看不清他的表情。最上和青户等人坐到长凳上，侧耳倾听审讯室里的对话。

"凶手还没有找到吗？"

松仓的声音沙哑，带着着急的情绪，听起来让人有些不舒服。

"是呀，所以把相关的人再喊来问一问情况。"

森崎的语气和之前没有分别，还是一样的不紧不慢。

"我到现在还无法相信，都筑先生居然会遇到这样的事。明明夫人也是个好人……"

仅凭声音最上感觉这些话像是在装糊涂，是因为成见才听起来如此吗？

"可是都筑先生借了钱给不少人吧，有这些麻烦事才会招来祸端。"

"虽说是借钱，但他是心怀善意的呀。实在想象不出来居然会遇到这种事情。"

"你也借了钱吧？大概多少？"

"我记得还剩大概四十万日元吧，除掉以前已经还了的，应该不到四十万日元……差不多这么多吧。"

"原本借了多少？"

"应该是去年年末和上上个月借的，正好是五十万日元……嗯，没错的。"

"从什么时候开始像这样借钱的？"

"认识之后没过多久吧，四五年前。"

"是从赌马开始认识的吗？"

"嗯，在大井碰巧坐在一起，他请我喝了啤酒，嘿嘿。他当时中了大彩，心情特别好。"

"说起都筑先生，是比较大方的吗？是个好人？"

"怎么说呢，喜欢照顾人吧。想要一起来的人开心的感觉吧。"

"所以有人因为赌钱不够，就会借给他吗？"

"是这样的。"

"有没有赌钱之外的，比如说因为生活费之类的借过钱？"

"嗯，除了赌马的钱，基本就是玩乐的钱了。"

"酒钱之类的？"

"嗯嗯，差不多。"

"还有花在女人身上的钱？"

"嘿嘿，这个偶尔也会有，到了我这个年纪不知道什么时候就不行了，要趁着还有力气，嘿嘿嘿。"

"你看上去还精神得很，肯定没问题的。"

"嘿嘿嘿。"

松仓猥琐的笑声在最上耳中显得特别刺耳。

"不过都筑先生不会借了之后就不管了吧，如果还钱晚了，会有抱怨的吧。"

"不会，我每次只要有钱进账就会还的，没有被他催过。"

"你说的四十万日元，大概需要多久还清？"

"嗯，工作上有时候能拿到钱，有时候拿不到，有钱的时候大概能还十万日元吧。"

"赌马有赌赢的时候吧？"

"这种时候也有的。"

"到现在为止，跟都筑先生借钱有被拒绝的时候吗？"

"没有哦。没把欠款还上又去借钱的时候，倒是听他发过牢骚，嘿嘿嘿。不过最后还是一边抱怨着一边把钱借给了我。"

"那时候总额累计到多少了？"

"有接近一百万日元吧。"

"借了不少嘛。"

"嗯，那个时候也是碰巧这样了，嘿嘿嘿，没过多久不赌马了就都还上了。"

松仓好像完全没有意识到自己被怀疑了，说话的样子听起来有些漫不经心。

或者，是他无耻到能掩藏起内心的紧张？

之后，森崎审问的话题转为跟都筑一起赌马时结识的人，松仓举出了宫岛和弓冈的名字。

花了很长时间仔细观察听审室内情形的田名部退到了长凳，最上本想立刻站起身来霸占那面镜子，最后还是忍住了，不动声色地等站起身的青户看完。

"还有，有一天你给都筑先生打电话和发短信的吧，你发短信说能不能过去打扰一下，希望你再仔细回忆一下那天的事情。"

"嗯，电话没有打通，短信也没有回。"

"你没去他家吗？"

"是的。"

"你没想过他为什么没有回复你吗？"

"这个怎么说呢，我没想太多，当时只是觉得他可能在忙吧。"

"可是过了一两天都没有回啊。"

"当时是想去他家拜访的，如果过了当天不就没有意义了，结果到了第二天我自己也忘记了。"

"哦？说你想要过去的短信是在哪里发的？"

"在蒲田站附近吧。"

"那天是休假吗？"

"不是的，跟到我家来的警察也说过的，那天四点多工作就结束了。"

松仓在兼职做旧商品回收，有时会开着轻型卡车回收旧家电，有时会在仓库里整理回收品。下班时间根据当天的回收量会有不同，不过多数会在四点左右下班，他向森崎这样说明。

"出勤卡上显示的是四点零二分下班。"森崎进一步询问他的不在场证明，"给都筑先生发短信是在六点钟，这之间你干了什么？"

"这个我也对警察说过了，在常去的那家中餐馆喝酒的。"

"是蒲田站附近的'银龙'没错吧？"

"是的。"

"几点到几点在那里的？"

"工作结束之后过去的，发短信之前出来的，应该是六点之前吧。"

"工作地点离蒲田站不远吧，从那里走过去的吗？"

"不是，骑自行车的，因为从家里骑自行车来的。"

"平时都是骑自行车吗？"

"是的，走路的话要花三十分钟。"

"你说在'银龙'喝酒喝到六点，有其他客人在吗？"

"嗯，应该是有几个人在，不过可能没有人待那么长时间。"

"有遇到认识的人吗？"

"嗯，说起来，我跟老板倒是稍微聊了几句。"

"可是既然你经常过去，老板总能看到你吧，那么他也分不太清楚看到的是那一天还是第二天啊？"

森崎此言一出，听审室里陷入了一阵沉默，气氛慢慢变得微妙起来。

"那个……都筑先生被杀是大概几点钟？"松仓声音紧张地问道。

"我们现在只有一个推测，而且这种事情也不能告诉你。"

"可是你们既然这么问我，是不是那天傍晚左右的可能性很高？"

"当然，因为是重要的时间段才会问得这么仔细，你什么时候在哪里跟谁见了面，如果有这样的证据就告诉我们吧。"

"'银龙'不算吗？"

"嗯，老实说光凭这个有点站不住脚，因为没有具体的从几点几分到几点几分的证明。实际上，我们去问了'银龙'的老板，他说你那天到底有没有来他记不清楚了，而且就算你去了店里，最多一个小时，也不可能待了近两个小时。从蒲田站到都筑先生家里，骑自行车不过十五分钟吧，仅凭这些的话，很难判断你跟这件事到底有没有关系。"

"欸？"得知自己被怀疑了，松仓的声音有些颤抖，"我可以明确告诉你，我对天发誓跟这个案子一点关系都没有。"

不知道森崎对这句话是否点头回应了，他没有出声，最上听到的只是沉默。

"那天你想去都筑先生家是为了什么？"森崎低声问道。

"为什么？因为比较闲啊。"

"没有想要借钱或者还钱之类的事情吗？"

"想着聊聊天顺势借个四五万日元，如果不能就算了。"

"可是你想借的时候从来没有不给过吧？"

"这倒是的，不过我也是看都筑先生的心情才张口借钱的啊。"

"你想着借点钱于是打了电话又发了短信，可是没有回音，然后你做什么了？"

"那个……没办法就回住处了啊。"

这个回答里面有些欲言又止的吞吞吐吐。

"没去都筑先生家看看吗？"

森崎也像是察觉到了，向松仓抛出了这个问题。

"没，没有……我直接回家了。"

松仓的声音里有一瞬的惊慌。对于在隔壁那个昏暗的房间里面屏息凝神仔细倾听的人来说，哪怕只是很短的一个瞬间，都是无法含糊过去的。

这个家伙在说谎。

最上的直觉这样告诉自己。

最上不由得站起身来。

松仓重生。

让我来看看你的真面目。

最上走上前去，碰了碰站在镜子前的青户的肩膀。

有些吃惊的青户注意到最上之后，退下来把位子让给了他。

最上屏住呼吸，朝镜子里面张望。

森崎的面前，坐着一个六十岁上下的男人。

就是这个家伙。

黑白参半的短发有些邋遢。

黝黑的脸上布满了皱纹，但是身形壮健看不出老态。身材不胖不瘦，个子略小却毫无赘肉，看起来很结实。

他身上穿着一件奶油色夹克衫。

这微妙的亮色和便利店摄像头捕捉到的黑影无法重合，让最上有一瞬间的恍惚，不过很快地，他在脑中补正了亮度，几乎可以说是一厢情愿地认定，就是这个男人。

"你那时想借钱是要做什么？"

森崎忽略掉松仓刚刚的不自然，继续问话。

"那个，嗯，用来玩喽。借不到这个钱也没有关系，不过钱包富裕的话，想逞逞强的时候就能多些胆量。有时候先借个几万日元，还没花的时候工资到手了，就直接还回去了。"

"连用不用得着都不知道就去借钱吗？需要付利息的吧？太浪费了吧。"

"不是的，要是只有四五万日元，不谈利息他也会借给我的。"

"哦？那写下借条的那些，是达到一定金额的时候吧？"

"嗯，应该是的吧。二十万日元之类的时候吧。"

脸上是强装的笑容。从侧脸望去，低垂的眼角透露出一丝软弱，却又若隐若现出不容轻视的狡猾，全然不见六十岁男人应该具备的从容和威严。在最上眼中，这副相貌实在卑微鄙陋。

对松仓的审问持续了一个多小时，森崎警部转换着问话方式反复询问了松仓当天的不在场证明以及和被害者夫妇的交往情况，松仓的回答中并没有不自然的疑点。最后森崎做出了认可的表情，将其放归。

最上等四人在隔壁一直陪听到审问结束，仿佛被这一个多小时沉默的气氛影响，四个人无言地返回了搜查本部。过了一会儿，青户向最上试探地问："你感觉如何？"

最上看向他，停顿了一下，然后一鼓作气说了出来。

"说实话，我觉得他很可疑。"

"哦？"青户面无表情地盯着最上，询问他的真实想法。

"不在场证明不充分，在距离凶案现场只有骑自行车十五分钟车程的地方喝酒，我想这不能成为证据。"

"而且松仓说他在店里两个小时，可是店长却说没待那么久。"青户附和着最上的说法。

"另外，被问到在案发当日没收到短信回复，有没有去被害者家的时候，他回答得吞吞吐吐，听起来像是在说谎。"

"就是你忽然走过来的时候吧。"青户嘴角显出笑意，感到出乎意料，"我也有同感。当他明显意识到自己被怀疑的时候，声音和脸色都紧张了起来，还眨了好几次眼睛，不怀疑都让人觉得可疑了。"

"田名部先生怎么看？"最上试着向那位念念不忘由季案的管理官询问道。

"对于我来说，恐怕很难用理智的眼光看待松仓，所以我暂不评论吧。"田名部脸上冷静的表情看不出任何变化，"正因如此，您的意见才至关重要。"

最上明白自己无法冷静的心情不在田名部之下，不过这份自觉只需要深藏在心底。而且，除去私心他也可以确信松仓是可疑的。

"门铃和玄关的拉门上采集到的指纹中有松仓的，而且指纹比较新，有充分的理由可以怀疑他。但是客厅的保险箱和逃走路线上的内庭屏障上面没有找到指纹，这一点比较薄弱，并且，没有凶器，没有目击证人，所以现在还没办法轻易判定。不过这个男人是值得好好追查的。"

听到青户严谨却倾向性十足的话，最上点头以示支持。

"首先应该盯牢松仓才对。"

"没错，行动确认之后，过了明天再叫来审问几次。"

"再找个负责人仔细筛查一下周围比较好。"最上说，"这个案子自然需要关注，不过如果能查出其他问题来，可以在万一需要的时候多一条出路。"

听到最上表达出万一调查陷入困境不惜用其他罪名逮捕松仓的意见，青户有些吃惊地抬起了头，将目光移到田名部身上，等待他的回答。

"知道了，应该能查出问题来的。"田名部如此答道。

"另外，把松仓涉案的根津案的搜查资料拿给我吧，我想看一看。"

最上若无其事地提出要求，青户确认过田名部的眼神之后答应了。

晚上还有对一位参考人和田的审问，可是最上惊讶地发现自己提不起任何兴趣，跟青户、冲野一起在听审室的隔壁房间听了一会儿之后就走了。

在和田身上没有看出疑点是一个原因，更重要的是，最上对松仓是凶手已经确信到超过自己的想象。

"最上先生，"辞别搜查本部，走出蒲田警察署的间隙，冲野愁眉苦脸地开了口，"警察像是要集中调查松仓了，这样真的好吗？"

听到这句冷水一般抛来的疑问，最上目光凌厉地瞥了一眼冲野。

"什么意思？"

"听他的审讯，感觉没有什么特别的疑点。"

"是吗？"最上尽量用平静的口吻反驳，"在我听起来他倒像是在说谎。"

冲野听了这话轻轻地点了点头，不过还是不甘心地继续道："我们知道田名部管理官因为以前参与过的案子所以认识松仓。管理官特意说出不便评论，但是就算他不把心里的情绪表达出来，周围的人也是能感觉得到的。我自己有被他情绪影响的部分，怎么说呢，感觉在那个昏暗的屋子里的时候，被管理官的想法控制住了一样，等我意识到这一点再重新回顾松仓的审讯，我感觉就疑点来说，他和之前的关口，以及之后的和田没有多少区别。"

冲野虽然年轻，却能敏锐地观察到当时情景下的暗流涌动，而且能够坚守住不为所动，这不禁让人赞叹。

只是，在那个昏暗的房间里，涌动着的并不是田名部一个人的宿怨，还有最上有过之而无不及的仇恨。正因如此，青户才会被影响，冲野也意识到心绪受到了冲击。

"你这话很有意思啊。"最上无奈地笑了笑，"我倒是打算理性对待的。在此基础上，我的判断是他很可疑。"

"不是……那个……当然是这样的……"冲野不好意思地弱了下来，"不过我还是觉得现在这个阶段就锁定他一个人，风险有些大。"

"谁也没说要锁定他，只是让调查队里的几个组去查一查松仓的底细，把查出来的情报精查之后再看有没有可疑的地方。现在还没到单方面追查的阶段，这个大家都知道。"

听到最上这样说，冲野可能感觉到自己杞人忧天了，放下心来回了一句"原来如此"。

8

从蒲田署回来，和沙穗一起钻进办公室把拖后了的工作收拾妥当。沙穗快到终点时间，正准备回家时，冲野问了一句：

"橘，你是怎么看的？"

"什么事情呢？"

"蒲田的案子。最上先生他们对今天审讯的松仓起了怀疑，可是我却怎么都摸不着头脑。我感觉松仓曾是以前案子中的重要嫌疑人才是被怀疑的主要原因，另外，这次参与搜查的管理官的想法起了很大的作用。"

"我没有听到审讯，所以无法发表意见。"沙穗冷静地回答。

说的也是，冲野微微苦笑，忽然意识到自己并不是在询问她的意见，只是需要一个人来倾听而已。

"我想不通他的动机。凶器是凶手带去的，说明是有计划地犯案。

目前只发现凶案的起因跟借钱有关。可是松仓的借条在现场只发现了两张，金额是五十万日元，后来还了一些，剩下的大概四十万日元，这跟松仓本人的话对照没有不自然的地方。比如说原本借了更多，有百十来万日元，犯案之后拿借条的时候漏掉了这两张，可能性也是有的，不过我觉得这个有些难以理解，而且如果是这种情形，那么跟松仓的对话中应该会有数字不合的地方出现，可是他连借钱的时间都回答出来了。"

"凶手把自己的借条拿走了，是您一直以来的观点。"

"是的，应该有的返还记录找不到了，说明是凶手拿走了，那么顺手把自己的那份借条拿走也是顺理成章的。"

"这样的话，说明凶手的形象和松仓不符哦。"

"不符合。"冲野点头，"现在只是因为没有明确的不在场证明，给被害者打了电话发了短信，在玄关采集到了指纹，以及在过去的凶案中被调查过，就判定他可疑。最上先生肯定地说那个人在说谎，可我还是搞不清楚状况。"

"我是这样想的，"将一切收拾妥当，把包放到桌上，沙穗挺直腰板坐在椅子上看向冲野，"再怎么说是本部系，也很少会有检察官逐个参与警方对非重要嫌疑人的审讯，这是最上先生自己的行事习惯吗？在初期调查的时候他看起来不怎么上心，可是品川案结束之后，他就把精力全部转移到了蒲田这边，我当时想，真不愧是能干的检察官。不过，现在感觉最上先生投入的程度和田名部管理官类似于旧恨的情绪不知何时呼应起来了。"

可能是这样的……冲野听了她的话后想。

"这么说来，是不是只有我太冷血了，不知道这是好是坏。"

按理说应该自己比别人更加热血的，现在却感觉往后退了一步，这让冲野觉得自己有些无趣。

同时，冲野心里生出了一丝不安，是不是像最上、田名部、青户这些身经百战的人能感受到的东西，自己却察觉不到。

"可是您这样也很好啊。"沙穗有些难为情的样子，不过还是下定决心说出口，"我认为既然您有这样的想法，就必然有它的理由，最上先生的看法也不一定都是正确的吧。"

听到沙穗这番几乎是无条件信赖自己的鼓励，冲野心中添了一些勇气。

"谢谢，听到你这样说我很开心。"

冲野不好意思地笑了。"好，回家吧！"冲野将这烦闷的心情抛到了脑后。

第二天，把其他前辈拜托的审讯完成整理好笔录之后，冲野和沙穗来到了蒲田署，发现最上和长浜正坐在会议室的后方位子上。

"辛苦了。"

冲野打过招呼看了一眼最上正在翻开的资料，那是一眼就能看出经过了不少年代的褪了色的一沓资料。

"是根津那桩案子的调查资料吗？"

"是的。"

长浜回答。最上正入神地看着资料，没有回应刚才的寒暄也没有任何表情。

"一桩很凄惨的女中学生被杀的凶案。"

长浜叹了口气，心情沉重地抿紧了嘴唇。

长浜坐在最上前面的位子，等他读完这份调查资料。

最上翻过最后一页，仿佛雕像一般陷入了沉思，一动不动。

"可以让我看一看吗？"

听到这句话，最上终于把资料轻轻放下，并没有看向冲野。冲野甚至觉得刚刚不应该打扰他。那是一副冷若冰霜的表情。虽然见面很多次了，还是会禁不住惊讶原来最上会有这样的一面。

冲野有些紧张地把最上放下来的资料拿到手里，翻了开来。

那是从昭和过渡到平成，泡沫经济时期的案子。一对北海道出身的夫妇，是一栋学生宿舍的管理人，他们的独生女儿在父母外出时，在书房中被人勒死了。

被害女中学生身上残留着几天前被人强奸的痕迹，加害者执着地以她为目标，潜入家中企图再次行凶，遭到被害人的反抗，而将其杀害。

作为重要嫌疑人进入搜查视线的，是单身宿舍里住客的朋友——松仓重生。当年四十岁。七年前因为家庭暴力跟妻子离婚，过上了吃酒好赌的单身生活。

从被害人脸上采集到了疑似凶手的唾液，衣服上采集到了疑似凶手的汗液。血型和松仓一样是 AB 型。

另外也采集到了几处指纹，但是上面多是摩擦过的擦痕，对照指纹所需的特征点被毁坏了。其中最清晰的那枚指纹和松仓的指纹相匹配的特征点有三个，可是指纹对照匹配点需要十二个以上，所以无法成为证据。

然而，仅三个一致也可以说是千分之一了。当时宿舍的住客以及进出过的相关人员中，像松仓一样血型和指纹多处吻合的人物再无其他。

除此之外，在案发时间段的某个时间点，有邻居听到松仓友人的房间有敲门的声音。另外，松仓的友人也证言说他曾对被害者女中学生有过性暗示的言辞。

读了这份资料，当时松仓确实已经落入了搜查网中，可是结果却没能抓捕归案。原因之一，是松仓的相识中有人做证在案发时跟他一起喝酒，妨碍了调查。在警方看来，这份可靠性还有待商榷的证言，有可能影响法院的裁决。

另外一个更重要的原因，是经过了多达十五次的审讯，松仓本人都没有松口认罪。曾经讨论过以伤害前妻的名义将其逮捕的，可是由于时效到期，最后只能无疾而终。

直接指向松仓的证据过少，女中学生向父母以及周围人隐瞒数日前被性侵犯的遭遇，都成为破解真相的阻碍。能打开这种艰难局面的，不管到了什么时代，都需要依靠审讯官的手腕来让嫌犯松口认罪。如果在这里得不到起死回生的成果，就很难找到突破口了。

就这份资料而言，松仓最有嫌疑。对于搜查干部来说，是可以选择全力提出逮捕的。可是，到了法庭上又会如何呢？如果碰到厉害的辩护律师，很可能会被判定为无罪吧。作为检察官，面对这样的搜查结果，一般认为应该让警方找出更为确切有力的证据，否则就无法立案裁决。实际上，当时的本部检察官就算说了这话也在情理之中。最终这场凶案不了了之，原因正在于此吧。

所谓未解决的案件，就是仅仅看了调查资料，就会让人心情沉重难以释怀。不难想象田名部这些当时的搜查员心中会是怎样的遗憾。

冲野轻轻叹了口气，合上资料交给了长浜。最上还没有回过神来的样子。

没过多久，调查资料传到沙穗手中的时候，刚刚外出的青户出现在会议室，朝冲野他们走来。

"怎么样？跟本案是否有共通点还不好说，不过就案情而言，是不是很有看头？"

听到这话，最上脸上终于有了表情。

"本不该不了了之的。"他轻轻摇了摇头，小声说道。

"如果是最上先生，你会下令逮捕？"

"当然。"

听了最上的回答，青户点点头。

"当时的负责人如果是最上先生就好了。田名部也这么说。"

"案发四年之后有进行过 DNA 鉴定吧？"最上朝资料看了一眼说。"现在应该能得到更准确的鉴定结果了。"

资料上说，借着鉴定科导入了 DNA 鉴定的机会，这个案件的搜查班组把凶手的唾液和汗液提交检测，可是检测机关的数字结果无法判定是松仓。DNA 鉴定准确率不高，很难成为法院审判依据，这是当时的实际情况。

可是现在检测技术突飞猛进，把过去案件中的遗留物拿去 DNA 鉴定，最终改变了事实认定进而推动了裁决的事情时有发生。

"其实田名部在拿到这份资料的时候，也想到了这件事，已经向当时的搜查负责人问过了。"青户说，"田名部大概是考虑虽然过了时效，但是毕竟跟这次的案件有关联，想着只要有机会就试试吧。可是，当时的负责人回复说，可以用来鉴定的遗留物检体已经没有了。

当时是想着能起死回生，将本就不多的检体全部提供给了鉴定机构，可是在鉴定中途就被消耗殆尽，也没有得到准确的数据。真是窝囊。"

只见最上把拳头紧紧握了起来。

"田名部想借这次的机会做个了结。现在正针对今后松仓的审讯，跟森崎商量对策。我倒是希望如果能通过那起过了时效的案子撬开松仓的嘴，或许能顺带把这次的案子也解决了……"青户说到这里，看了最上一眼补充说，"当然，如果真凶是松仓的话。"

"能从上次案件中逃脱，说明他不会轻易认罪的，最好做好心理准备吧。"最上低沉着声音说，"看情况可能需要二十天彻底地审一审了。"

利用其他罪名实施抓捕的搜查手段并不光彩，尽量不采用这种方式是搜查人员的共识，但是最上多次表示不必为此犹豫不决。

"这方面我们也派了人手，有消息了我通知你们。"

可是……

虽然青户说了前提是松仓是真凶，可是最上和青户现在却在基本判定松仓是凶手的基础上推进搜查。根津案确实仅仅看过资料就令人恼火，不过那跟本次的案子不是一回事。在这一点上，必须分辨清楚才行。

"问话中提到名字的人后来怎么样了？"冲野将话题截断，向青户询问。

"什么？"

"不是提到过弓冈之类的吗？还有另外的几个人，借条名单里没出现过的名字。"

"哦，那个当然也在进行了，调查有结果了也会通知你们的。"

青户冷淡地回答。

第二天晚上会进行对松仓的第二次审问。冲野白天急急忙忙把眼前的工作处理好，带着沙穗飞奔向蒲田。

"这么早就传唤第二次，他本人肯定能感觉到被怀疑了吧。"

冲野在车站前面的立食荞麦店里狼吞虎咽地吃着月见荞麦面，嘟嘟囔囔地说道。

"应该会吧。"

沙穗一只手撩起头发另一只手动着筷子回应了一句。

搜查本部以田名部和青户为首，正在把松仓作为重要嫌疑人采取行动。最上给予了认可，换个角度看，甚至让人觉得是最上从背后助推了一把。

在这种情况下，冲野感到防止他们太过性急，冷静地及时刹车才是自己的职责。

可是，到达蒲田署之后，从提前到达的最上口中得知警方在周边取证时收集到了新的线索。

"有证言说，在案发日傍晚看到松仓骑着自行车在被害者家附近转悠。"

松仓自称当天工作结束后，到蒲田站附近的中餐店喝酒，给都筑和直发了短信没有得到回音，便骑着自行车直接回家了，可实际上，附近的居民看到他出现在都筑家前面的路上。

"已经确认骑自行车的是松仓吗？"

"准备今天审问的时候让证人到隔壁指认。"

现在的阶段还不能肯定那个人就是松仓。

不过冲野意识到自己已经在动摇了。

没有去都筑家。

听到松仓的这句话，最上说感觉他在撒谎。

可是冲野却没有察觉到。

果然最上他们发现真相的直觉比自己更胜一筹吗？

真凶是松仓。

是有可能的吗？

不久，在干部席和部下交谈过后，青户走了过来。

"对松仓的审问开始了。据说在现场附近看到松仓的那个婆婆来了，先让她指认之后再到隔壁去吧？"

面对青户的问话，最上回答说知道了。

指认没花多长时间。走进会议室的一个调查员跟青户耳语几句之后，青户再次朝冲野他们走来。

"确认是松仓。"

被这个结果惊得倒吸了一口冷气的冲野，跟青户开了口。

"我可以问问那个婆婆吗？"

"可以倒是可以……"

青户说着看向最上，看到最上也很感兴趣的样子，于是点了点头。

"这个地方不合适，我们换个地方吧。"

于是一群人转移到了隔壁的待客室。

不一会儿，被女调查员带着，走进来一个看上去七十五岁以上的老妇人。让这位叫作尾野治子的妇人坐到沙发上，冲野开始问话。

"那天你看到那个男人，是现在在听审室里那个男人，没错吧？"

"是的，一看到他我就想起来了，就是他。"

尾野治子嘴里发出假牙有些松动的含混不清的声音，语调也因为意识到自己在协助调查而提高了一些。

"在哪里看到的呢？"

"在都筑家前面的路上哦，我正带着狗散步，看到他摇摇晃晃骑着自行车从都筑家的方向过来，跟我擦肩而过，等我朝都筑家方向走的时候，他又回来，骑到都筑家门前停下来盯着他家看，我超过他之后，他又从我背后骑过来朝大路走了。"

"还记得是大概几点钟的事情吗？"

"五点多，还不到五点半的样子吧，因为我是看完四点钟的电视节目，准备了一会儿之后出门的。"

"自行车的样子和骑车男人的穿着，你还记得吗？"

"自行车就是普通的样子，女孩子也能骑的那种，不是新车。"

"穿着呢？"

"大概吧，我记得是比较低调的衣服。"尾野治子做出努力回忆的样子。

"是不是黑色的衣服？"

最上从旁边不经意地插了一句。

"是黑色的吧。"尾野治子不太肯定地回答，"感觉是今天这样的装扮，不过也可能是黑色的吧。"

"不好意思问一下，尾野夫人您视力还好吗？"

听到冲野这样问，她自信地笑了。

"我到现在都在更新驾照信息哦。"

"是吗？"

说话的内容清晰明确。虽然关于穿着的记忆有些模糊，不过看过面容断定是本人的话，这样的证言是可以在法庭上使用的。

"这回接受了吗？"

目送尾野治子走出待客室之后，青户问冲野。这话听起来像是揶揄。

冲野只是点了点头。这样的话，确实应该质疑松仓。

青户在便笺上写了几笔，撕下来之后说了句"我们走吧"就站起身来。

沙穗和长浜留下，冲野和最上一起跟上青户。走到一号审问室时停下来，青户敲了敲门。

一位调查员探出了头，大概是负责记录的，青户把手上的字条递给他，看审问室的门关上之后，走到隔壁把冲野他们带了进去。

"出了'银龙'之后的事情我想再仔细问问。"

拿到字条得知指认结果的森崎迅速提出了这个话题，冲野坐到了椅子上。

"几点走出'银龙'的？"

"稍微喝了点啤酒，记不太清了，我想大概是六点钟吧。"

"你说记不清了，可是出了'银龙'之后给都筑先生打电话发短信的吧？"

"是的。"

"那时是几点？"

"大概六点吧。"

"嗯，那么离开'银龙'的时候应该是六点之前吧？"

"……是的。"

"你说那之后没有收到回复，就直接回公寓了。"

"是的。"

"等短信回复等了多久？"

"二三十分钟吧，在附近转了转。"

"所以回到公寓是七点之前？"

"是的。"

"没收到回复，没想过去都筑家看看情形吗？"

"没有……没想到那么多。"

"没考虑过？"

"是的。"

"没去都筑家是吗？"

"……嗯。"

带着怀疑去听，确实能感觉到松仓的回答中隐藏着一些不自然。

"不过……"一直用漫不经心的口气问着话的森崎，瞬间变得严肃起来。

"附近有人说，那天的傍晚，六点之前，看到你在都筑家前面的路上骑自行车。"

松仓瞬间词穷，沉默持续了好一会儿。

青户站在镜子前，一动不动地盯着里面的情形。

"那个……哎……我也不知道怎么回事……"松仓终于支支吾吾地发了声。

"不知道什么？"

"不是……那个……"

"不记得了吗？你发短信说要去他家里的时候啊。"

"啊，那个，记忆里面乱成一锅粥了……"

"说你目不转睛地盯着都筑家看。听起来确实像你的风格。"

"唉……"松仓挤出一声粗重的喘气声，"是吗……"

"不是'是吗'，难道不是这样的吗？都有人看到了，这件事是蒙混不过去的。"

"哎呀……那个……当时喝了酒所以……"

"你也没喝到酩酊大醉吧。所以，到底去了还是没去？"

"那个……是的……可能是去过吧。"

"到都筑家去过的对吧？"

"是的……对不起。"

听到这句话，冲野的心脏像是遭到了重击，心情一下子紧张了起来。

果然，如最上所言。

那么他的谎话到底到哪一步。

听到松仓自己承认了谎言，青户慢慢退下来，坐在了长凳上。

最上依然低着头，没有任何动作，像是调动了全身的感官，集中精神听着对面的对话。

"过去的时候是电话和短信之后，还是之前？"

"那个……是之前。"

看到最上没有要动的意思，冲野站起身来走到镜子前，望向荧光灯笼罩下的听审室。

和前几天一样，穿着奶黄色外套的松仓，略微驼起背来，不安地一会儿挠挠头，一会儿扭扭脖子，脸上浮起的汗珠显示出他不同寻常的焦灼。

"大概几点？"

"大概……五点半吧。"

"这不是很奇怪吗？"森崎目光尖锐地看向松仓，"五点半到他家去，那之后到了六点钟，再问是不是可以去打扰一下？"

"不是，哎呀，但是是真的。"松仓狼狈地提高了音量，"想着家里会有人所以过去的，结果完全没有回音，所以我就到附近转了转，没有看到有人要回来的迹象，就回到蒲田车站去了。在那里打了电话发了信息，实在没有回信就回家了啊。"

"你觉得他家会有人，是为什么？约好了的？"

"没有，不是约定好的，不过当天赛马场也没什么有意思的比赛，感觉应该会在家吧……嗯……而且就算都筑先生出去了，我心里想着起码太太也会在家……"

"再问一遍，你几点到几点在'银龙'？"

"这样的话，应该是四点多到五点多吧。"

"然后去都筑家的吗？"

"是的。"

"然后，做了什么了？"

"只是按了门铃……"

"回答呢？"

"没有回答。"

"然后呢？"

"敲了门，想着要是没有上锁，就打开门缝喊一声，可是门被锁上了。"

得知家中无人，在家门口转悠了一圈，看到没有人要回来的样子，所以回到了车站……松仓结结巴巴地回答。森崎重新问了一遍，松仓的回答还是一样。

"为什么在家门口的时候没有打电话？与其专门回到蒲田车站，不是应该在家门口转悠的时候联系吗？"

"是这样没错，那个时候不是没想到嘛……本来想着直接回家算了，可是回了家又没有事情做。"

森崎把常识中感觉不自然的地方都拿来仔细过问。松仓的回答虽说不得要领，不太符合逻辑，但是人本就不是始终按照逻辑行动的，这样理解也就不觉得奇怪了，至少冲野是这样认为的。

可是，他已经在一个重大问题上撒了谎，当这一点明确之后，他的话已经不能完全相信了。冲野也不知该如何评价他的话是好。

"你为什么说谎说你没去都筑家？"

森崎对这个话题的细节反复确认，低沉着声音问道。

"对不起。"

松仓低下头谢罪，额头撞到书桌上。

"不是对不起，我在问你你为什么说谎。"

"因为……就是一不小心……"

"一不小心？你是不是经常这样一不小心就撒谎？"

"不是不是，没有的事……偶尔昏了头吧……听到都筑先生被杀，害怕了……"

"为什么害怕了就要说谎？"

"嗯……本来没有任何关系的，结果就因为碰巧那天去了他家，要是被怀疑就麻烦了，所以就……"

"不喜欢被错当成凶手？"

"是的。"

"你啊，普通人是不会这么想的吧。朋友被人杀害，如果那个时间正好去了他家，应该会很努力地回忆有没有发现可疑的人，或者有没有奇怪的事情发生来帮忙找到凶手吧。不是吗？"

"是的……对不起。"

"是不是因为做了亏心事才会这样想？"

面对森崎毫不留情直中要害的追问，松仓无言以对，只能拼命地摇着头。

"我换个话题，你啊，"森崎声音压低了下去，"在蒲田之前住在哪里？"

"啊……住在府中。"松仓嘶哑着声音回答。

"喜欢住在赛马场附近嘛。府中之前呢？"

"在横滨。"

冲野肩上忽然搭了一只手。是最上。

冲野把位子让给目光冰冷地盯着镜子的最上，退回到椅子上。

"横滨之前呢？"

"在上野。"

"你说的上野，是日暮里吧？"

"啊，是的，是日暮里……"松仓含混不清地改了口。

森崎停顿了一会儿，提出了下一个问题。

"根津的案子还记得吗？"

没有听到回答。

"那是很久之前的案子了，不过这次的搜查本部里面有人负责过那个案子。"

"是的，那个……记得。"

松仓声音小到几乎听不见。

"当时被怀疑得很惨嘛。"

"唉……那个……"松仓支支吾吾。

"没必要遮遮掩掩的，案子都已经过去好多年了，早就过了时效。"

面对不紧不慢说着话的森崎，松仓只是用"是"或者"不是"这些算不上是完整句子的音节支支吾吾地应和着。

"是因为那件事情的影响吗？"森崎问，"不想被警察怀疑，所以撒了谎？"

"嗯，说实话，是的。"松仓答道，"对不起。"

森崎没有回应，只是压低了声音继续说。

"或者因为之前在警察面前支支吾吾就蒙混过关的成功经验？"

"不是，没那回事……"

否定之后的话轻到听不到了。

"我们只在这里讲讲，你老实告诉我，根津的案子是你做的吗？"

森崎的声音轻到像是耳语，不过还是清清楚楚地传到了冲野的耳朵。

"不是的，根本不是。"

刚刚一直为难的声音，忽然变成了如此有力的回答。让人感觉他一直在等待这个问题。

此时只听到一段沉默。应该是森崎在紧紧地盯着他，揣测他的真意。冲野想去看一眼里面的情形，可是最上站在镜子前面一动不动。

"对这种过了时效的案子再含糊过去也没什么好处。有些人因为解不开谜团寝食难安，我只不过想让他们心里痛快才问的。

"这种事情时常有的。凶杀案比较少，不过过去确实有人做的坏事揭穿之后，知道已经过了时效，反而拿来吹牛，说话的人是一脸得意啊，我们自然是懊恼，光听他讲却抓不住他，这当然懊恼了，不过因为他说出来了，警察们脑子里能明白那个案子到底是怎么回事，也算吃一堑长一智了，所以心里懊恼的人也会心存感激的。这是真的哦。"

一个人说着话的森崎讲完之后，又是一段沉默。

"听说当时没找到合适的证据。偶尔是会有这样的案发现场。怎么说呢，是犯人的贼运强吧，没有目击者啦，采不到指纹啦，这些都算贼运。这次的案子我总感觉有点这个意思，不过，我可不打算让它成为无头案。"

森崎几乎是自言自语般地继续着。

"当时警方很多人都觉得除了你不会有其他凶手，你逃得很漂亮啊。"

"我没有逃！"松仓大声反驳，"我不是凶手，是因为大家认为不是我做的，所以才没有逮捕我。"

"那你就错了。"森崎冷冷地否定，"看了当时的资料，没有人认为你是无辜的。你只不过是贼运强逃掉了而已。"

"请不要再说了。那么久以前的事情，我的嫌疑早就洗清了。"

"谁说洗清了？当时警察里面没人这么说吧？"

"反正我不是凶手。"

"你不过假装不知道把事情蒙混过去的吧。如果不是脸皮足够厚，是赖不过去的。嗯，我们聊到现在了，你确实是这么干的呀。"

"拜托不要说了。"松仓哭丧着脸说，"警察们总是先入为主，上次是，这回也是，不知不觉就扯到其他事情了。"

"嗬，很会讲嘛。"森崎冷笑着讽刺，"算了，今天暂且先听你这么说。不过我还会再问你的。别用这么讨厌的表情看我，我没想着要欺负你。听好了，我是想给你机会，给你解脱的机会，你给我好好想想，这不是虚张声势就可以的。侥幸了一次，是不会有第二次的，年轻的时候先不说，到了现在这把年纪你好好琢磨琢磨吧。即使你想蒙混过去，我们也不会放过的，劝你三思。"

森崎不愧是身经百战的刑警，说出了这番魄力十足的话。

"DNA鉴定你知道吗？根津案之后不久，警察拿去科学鉴定，但是初期的精确度有问题，没有达到可以作为证据的水平，不过这些年鉴定技术突飞猛进，可以通过留在现场的汗液或者唾液来确定凶手。就算是过了时效的案子，证物可是不会丢掉的，只要上面一声令下，很快就能再次鉴定。到时候你到底有没有作案就真相大白了。"

事实上，已经没有足够用于鉴定的检体了，森崎却在这一点上撒了谎并且做足了功夫。无言以对的松仓会是什么表情，不难想象了。

"怎么看？"回到会议室之后，青户看着最上的脸色，询问起听审的感想，"森崎刚才很努力了。"

"嗯，不愧是优秀刑警。"

最上称赞了森崎，这位警察以魄力动摇了松仓的内心。"松仓内心是受到震动的，通过他的表情可以看得出。提出DNA鉴定的时机刚刚好，我觉得还可以盯得更紧些，下次就说为了再次鉴定，提取松仓的口腔黏膜吧。"

"那就这么办吧。"青户说，"告诉他两三个星期之后出结果，心理上给他紧迫感。"

"事先准备些可以提出逮捕的材料。"最上进一步说，"我也去争取上面的许可。有个二十天，他会投降的，只要他承认了根津的案子，这次的也能解决了。"

青户毫不犹豫地点头："要是有合适的证据，那是再好不过了，不过现在只能这么办了，去他家里搜查之后，总会有收获的吧。"

青户也认为，就现状来说，手上还缺乏逮捕他的王牌。最上的立场本应该冷静地对激进的调查进行阻止，现在看起来却有些急躁。

感觉手上证据不足，冲野也有同感。完全依靠嫌疑人自首，搜查是很难有结果的。

不过，今天冲野没有把自己的意见说出口，见识过一次松仓的谎言，这次还是乖乖听话吧。

挖出过去的案子让松仓自首，待他松口之后再突破这次的案子，这种做法需要花费很大的功夫，而且未来不可预测。

但是冲野不得不承认，最上他们对事件核心的解读能力，以及识人辨物的敏感嗅觉，自己是不可同日而语的。既然他们锁定了松仓，那么松仓是真凶的可能性确实非常大吧，冲野现在也这样觉得了。

不过如果松仓真的是凶手，自己会大吃一惊吧……

刚开始旁观松仓的听审时没有任何预感，仅凭这一点冲野就深感意外。

不过，现在他已经被视作重要嫌疑人。

这个案子将来会成为什么样子，已经完全无法预测。

9

"被害人赌马朋友里那个叫弓冈的男子，身份已经查明，所以特来汇报。弓冈嗣郎，五十八岁，住在大森东。"

旁听过松仓的审讯之后，最上直接参加了搜查本部的例行搜查会议，坐在后方位子上侧耳听着每个负责人的汇报。

"那个弓冈暂时不用接触，也许以后有需要，不过现在有其他事情需要优先处理。继续收集周边的情报，注意被害人的纠纷、品行、生活变化方面有没有特别需要留意的地方。"

在前面指导会议进行的青户对部下的报告做出了指示。

弓冈嗣郎是在审讯关口时提到的都筑和直的赌马同伴，在都筑的手机中留有他的通话记录，借条中没有他的名字，从某种意义上来说，是个应该重视的人物。只是，没有借条，目前也可以理解为他仅仅是被害人马友中的一人。如果现在轻易接触，那么万一他在这个案件中是个重要角色，因为目前正对松仓集中调查而白白让他起了戒心，导致警方对应不及时就危险了。

所以青户应该是觉得，相比之下，应该优先集中精力调查松仓，当有必要接触弓冈时，再全力以赴主攻弓冈吧。

可是……

这次的案件，凶手有没有可能不是松仓呢？

最上没有认真思考过这个问题。如今这个疑问在他脑海中闪过，可是他并不想深究。

自己是确信松仓是凶手，还是希望他是凶手，他分辨不清。

想要断定他是凶手，手上的证据少得可怜。可是不管缺少多少证据，他都不想暂缓追究松仓的脚步。每次听过松仓的审讯，他都觉得必须竭尽全力逮捕松仓，原因就在于他内心坚信松仓就是凶手吧。

不管怎样，应该全力调查松仓，证据随后一定能找到的。

会议结束之后，送来了慰问大家的啤酒，最上顺势跟警察们喝了一杯。

"辛苦了，"最上打开啤酒罐上面的拉环，向站在近处的森崎警部微微举起，"今天对松仓的审讯很精彩。"

森崎精悍的脸上表情显出些许缓和，回应着向最上举起了手中的酒。

"田名部和青户让我按审讯犯人的标准审问。"他咕噜喝下一口啤酒之后继续说，"我听说检察官也认为他没说实话。不过今天只开了个头。"

"这个开始很重要啊，他已经明显动摇了，森崎君又对此强势围攻，明天之后的样子很值得期待啊。"

"根津的案子，估计很快就能水落石出了。"森崎自信地说，"过了时效起了很大作用。"

"DNA 鉴定也发挥了很大作用。"

"是的，一鼓作气提出了这件事，看他反应很明显，那就是做了亏心事的反应。看来不久的将来一定可以把他拿下了。"

最上期待地点点头："这第一里程碑很重要哦。"

"请交给我吧。如果凶手是他，我一定会让他招认的。田名部也跟我唠叨了不少，我会把这作为分内之事做好的。"

森崎志在必得地说完之后，脸上随即露出了一丝为难之色。

"只是，我感觉这跟解决这次的案子不是一回事。趁势了结那是最好，不过他应该不是那么好对付的人，甚至可以说和根津的案子一样有很棘手的地方。去了被害人的家，却因为家中无人回去了，之后想着再试试于是打了电话，做法虽然奇怪，但是在关键之处并无矛盾地保住了自己的清白。某种意义上说，完美得令人恼火。不知是故意的还是偶然的，根津的案子和这次的案子都没有决定性的证据，凶手仅凭着运气好是无法逃脱得如此干净的。他这个能守住底线避开搜捕的厉害角色，该怎么打破，得好好琢磨琢磨。"

"如果他招认了根津的案子却没能解决这次的凶案就失去意义了，一气呵成追查到底吧。"

听到最上的这句话，森崎将手中啤酒拿到嘴边，眼角露出细小的笑纹。

"在这一点上检方也得下定决心统一战线哦。"

"那是当然。"

"根津的案子为什么会无疾而终的……我虽然只是听田名部说，感觉当时负责的检察官的态度影响很大。对于检察官来说，那些铁证如山的案子处理起来自然方便，只要证据不足，就可以跟警察要求说没有自首就不能起诉，这一点通常情况下没错，但是情况不同，搜捕有时是有极限的，有时候运气会偏向凶手，不是每次都能得到一百分，碰到难题哪怕再努力也只能得六十分，那个时候检察官能否说一句'之后就交给我吧'就很关键了。如果能有这样的信任，那么我们也能各方周旋，也许还能再加上五分、十分。"

"我看过根津案的资料了。"最上说，"如果我是那个案子的负责人,我毫无疑问会坚决逮捕,提出起诉的。最终只到协助调查的阶段,这对案情的影响很大。虽然曾经策划以旁案逮捕,但是进展并不顺利,如果当时一鼓作气逮捕了松仓,也许他就招供了,结果在关键的时候,因为他没有松口就放过了。"

"原来如此……有机会的话想好好问问松仓。"森崎轻轻一笑,"我相信您说的话,既然您已经表明决心,那我只能加油努力了,等我揭开他的真面目吧。"

同样都是精干的警察,比较起来的话,青户喜欢隐藏起自己的本意见风使舵,而森崎则是豪放大胆喜欢正面交锋的类型,头脑清楚,能够抓住要害把犯人掌控于股掌之间。

听到他意气风发的说辞,相信二十三年前的真相大白于天下的日子便指日可待了。最上默默地承认了心中兴奋雀跃的心情。

第二天早上,最上六点钟醒来,身旁朱美没有要起床的动静,最上留下她,走出了卧室。

最上刚刚听到客厅里有窸窸窣窣的声音,环顾了一圈,发现奈奈子抱着矿泉水瓶睡在了沙发上。

"喂,你这是在哪儿睡呢。"听到最上的声音,她微微睁开眼,睡意蒙眬地嗯了一声。

"刚刚回来的吗?在哪里玩到这么晚?"感觉不久之前还是孩子的模样,如今却戴起假睫毛,眼线浓重得像是另外一个人,他明白这副装扮在同龄女孩中并不稀奇,不过还是不禁皱起了眉头。

奈奈子腻烦地皱了皱眉,拢起头发慢腾腾地站起身来。

"只是打工的事情啊。"她小声嘀咕着。

自从开始晚上打工，奈奈子就过起了最上工作结束回家后她还没有回来，早上最上出门之前还一直在自己房间睡觉的生活。

　　前几天好不容易碰了面，最上问她在打什么工的时候她也只是冷淡地回了一句"酒吧"就结束了。

　　最上也知道最近很流行一种女子酒吧，也就是年轻女孩隔着柜台接待客人的酒吧。奈奈子好像就是在那种店里打工到深夜。刚听说的时候，最上曾经苦口婆心地劝她找个像样的工作，她却毫不领情地回了一句"不用多管闲事"。

　　最上并不认为这种深夜工作是需要特别忌讳的不健康的世界。年轻时自己也曾徜徉于商业街的霓虹灯下，所以他知道在那里工作的人的快乐。

　　可是另一方面，那个世界很容易招引犯罪也是不争的事实。回想自己当年，不知女儿有没有当时自己的分辨力和自制力。

　　明明是自己的女儿，却无法理解她的想法，这真是不可思议的感觉。随着她的长大，这种感觉就越发明显，这是能用个性或者代沟这样的词汇来解释的吗？最上想来想去找不到清晰的答案。

　　在家里实在看不出她青春活力的样子。如果随波逐流地虚度光阴，那么她是不会快乐的，可是就算最上指出来，女儿也不会认可的吧。

　　"大学一年级一早有早课的吧？来得及去上课吗？"最上明知是唠叨还是说出了口，奈奈子懒洋洋地嘴里嘟囔着些什么去了自己的房间。

　　如果久住由季还活着，会怎样长大，又会如何度过她的青春？最上最近有时会想到这些。

有些胆小怕生，可是一旦打开心扉，会毫不吝啬地绽放俏皮可爱的笑容。那是有着北海道人血脉的邻家女孩儿般的纯真可爱。在守护她的人们眼中，用双手呵护起的这棵温柔的萌芽，在数年之后，一定会绽放成为女人的巨大魅力。

可是，那个确凿的未来却连同生命一起被无情地夺走了。

奈奈子是在那件事过去了数年之后出生的。不知不觉奈奈子已经超过由季的年纪，经历着由季不可能经历的岁月。

当然，这只是最上内心的感慨。

奈奈子没有任何过错，如何度过青春是她的自由。

错的是他，想在奈奈子的身上寻找那个孩子的影子。

可是，就算他心中明白，还是会不自觉地把两个孩子重合起来。意识到这一点，他便开始郁郁寡欢，无法消解。

随后起床的朱美简单地准备了早饭，最上吃过之后比往常早了一些出门，乘坐地铁来到根津。

不管是嫌疑人的正式审讯，还是重要参考人的协助调查，对方马上就要低头认输的时刻，往往是会有预感的。

今天，最上心里便出现了这样的预感。

在负责审讯时需要全心全力地击败对手。不过最上只要有时间，经常会到现场或者地检附近的神社，祈祷搜查顺利。搜查是人与人的较量，需要靠着人的力量去一个一个地收集证据，可是命运的戏弄或者眷顾，还会影响到很多的因素，而这，只能依靠神灵了。

从根津站出来走到地上，最上走在清晨的不忍小路上。两旁的建筑是现代公寓，已不再是最上学生时代的样子。走进小巷还能稀稀落落地看到拥挤的几处老旧的房子，可是，与其说是怀念，不如说是那种物是人非的疏离感更加强烈。

北丰宿舍的旧址亦是如此，如今已被钢筋混凝土的公寓取代，定睛看着这个原本充满回忆的地方，竟让人生出一些恍惚。

淡淡的相思在心中来了又去，留下的是岁月无尽的沧桑。感觉就在眼前，却早已不同了。原来那个案子已经被埋藏了那么多年的时光。

最上向根津神社走去。学生时代不曾正式参拜过，今天却在拜殿前认真地合掌祈祷侦查顺利，连同聚在小小的红色鸟居旁的玉女稻荷神仙们一起拜了拜。

最上白天忙着其他搜查本部案件的情报收集，到了傍晚和长浜一起去了蒲田署。冲野和橘沙穗先一步抵达，正在搜查本部等待。

"松仓今天一整天都有专人跟踪监视。"

完全是重要嫌疑人的待遇。连日协助调查马上要开始了，他很快会被带到蒲田署来。

"今天田名部还会出席。"青户晃晃悠悠地走到最上他们面前来，打了招呼顺便提到此事。

原来田名部心中也有预感。

"另外，本想好好把松仓的坏事抖搂出来的，可是轻易找不到合适的把柄。"青户苦着脸说，"只有一点，据他工作的旧货商店的专务说，倒不是只有松仓一人，工人们有时会把白菜价回收的二手品或者合适的冰箱、彩电之类的带回自己家，专务们似乎对此也是半默认的。"

"松仓也做过吗？"

"听说电视机、冰箱确实是带回家过的。"

"贪污私吞，"最上毫不犹疑地说，"这个很好啊，如果是公司起诉就方便行动了。"

"倒也是，那个公司的社长也不是太较真的人，暗示一下的话应该不是难事。"

"那就见机行事吧。"

像现在这样直言不讳地建议利用旁案逮捕的事情，以前从来没有过，只有这次是百无禁忌的。切断退路，二十四小时全方位包围住身心，借此来提高破案的可能性，也未尝不可。

在这番讨论之后过了大概三十分钟，青户再次来喊最上他们。

"走吧。"田名部也从座位上站了起来，跟最上他们走到一起。看不出眼镜背后的那双细长的眼睛里藏着怎样的情感。

走进一号听审室旁边的房间，田名部站到镜子前，其他人坐在了椅子上。

听审室中一片沉默，只能隐约听到抽鼻子和身体活动的声音。

和以前相比，今天的气氛完全不同。森崎以往都会不动神色地缓和气氛来让对方开口，今天改变了风格。

"今天不管多长时间我都会奉陪到底。"

森崎低声打破了持续了很长一段时间的沉默。

松仓的喘息声越发沉重。

"我倒要看看你到底能说出多少真话，赶紧把没有坦白的事情说出来吧，你昨天一晚上也考虑了不少吧，嗯？"

"不是……那个……"松仓为难的声音含混不清。

"你准备把隐瞒的一切都带进坟墓吗？你觉得这样真的可以吗？这会痛苦的。人只有死的时候才能从所有的痛苦中解脱出来。从婴儿长大成人，老了又会变回婴儿，等到死亡的时候变成虚无回到土中。可是如果身上背负着从未坦白过的罪恶，是无法变成虚无的，罪恶会一直跟随你到死亡的那个瞬间。生命之火消失的时候，想吃什么，想要见谁，这些人类的本能都会消失，到真正等待死亡的时候，还是会有罪恶留下来，最后留下来的就是它，没办法解放出来的。你能想象那会有多痛苦吗？我是无法想象的，很恐怖的啊。"

森崎低声说话的时候，能听到松仓痛苦的喘息声。

"所以，如果你有所隐瞒，希望你考虑清楚是否真的要这样下去。人如果说出实话，心灵会被解放的，这样的人我在这里见过很多了。'警察先生，谢谢你，多亏了你我才能放松，要是早点说出来就好了'，流着眼泪低头忏悔。这样的人，说完会变回人的面相，在那之前根本不是人的样子，而是被恶魔夺走了灵魂的无比痛苦的样子，说完表情会一下子缓和下来，活着的时候也能坦然，烦恼痛苦瞬间就消失了，这样就会意识到，之前打算到死都要背负着这些痛苦，是多么愚蠢的事。"

森崎留出了几秒钟空当，静静地问："我的话，你听懂了吗？"

"我……到底……该说什么好……"松仓结结巴巴地用烦闷的声音说。

"把隐瞒的事情说出来。根津的案子也好，这次的案子也好，把自己做过的事情说出来。过错越大越不容易说出口，这是很痛苦的事情，不过，只要再多一点勇气就可以的，只要战胜自己就可以了。"

"警察先生……我真的跟这次的案子没有关系。"

"那你为什么一脸痛苦？现在你可不是正常人的样子啊。"

"那是……唉……"

"根津的案子也可以，说出来放过自己吧。"

"可是……"

"松仓，已经够了。已经过了时效了。我只能听着，虽然笔录是要写的，但是我能做的也只有这些，不会追究你的刑事责任，不追究你刑事责任也就意味着媒体不会报道你的名字。你告诉了我，只不过是为了和过去的自己清算。"

"是……是……"松仓挤出这句回答之后，对话中断了。

山崩地裂之前的宁静。那个决定性的瞬间很快就要来临了。

听审室中的森崎当然是这样确信的。对于跟犯人战斗经验丰富的人来说，这是切实能感觉到的。

可是，时间在沉默中一点点逝去。持续了十分钟后，站在镜子前从未离开的田名部焦躁地退到了长椅上。

没有人走过去。最上也没有站起身来。现在只是静静地等待着松仓发声。

"松仓，"森崎再次开口，"你没有必要这么痛苦。我已经调查过了，久住由季的父母已经去世。独生女儿被杀，肯定会对凶手恨之入骨，可是他们已经不在这个世上了。已经过去二十三年了，憎恨都已经在这个世界消失了，只有罪过留了下来，一直留了下来。松仓啊，做个了结吧。"

松仓呜咽着，可是没有说话。

"松仓，救救你自己吧。今天，科学搜查研究所的人来了。昨天也跟你说过的，是为了取你的口腔黏膜做 DNA 鉴定的。"

传来松仓大口喘着粗气的声音。

"今天是最后的机会了，不是吗？"

"是……是的……"

回应之后却没有再继续。

可是……

"那个……"

再次蔓延开来的沉默中，不经意地传来松仓的声音。

"……我明白了。"

虽然是几乎轻不可闻的声音，最上还是听到了。他不由得屏住呼吸，挺直了腰背。

"嗯。"森崎回应。

"可是……"松仓深深呼出一口气之后说，"我跟这次的案件是没关系的，希望你能明白。"

"嗯，"森崎又附和了一声，"说吧。"

"好的。"松仓说了这句给自己下定决心的话之后，继续说，"根津的案子……确实是我。"

最上闭上了眼睛。

"是你杀的吗？"

"对不起。"

松仓干瘪的声音这样说道。

随后传来低声抽泣的声音。

"贪污私吞，抓紧时间搞定。"

从房间出来返回会议室的最上回头跟走在后面的青户说。

"一两天之内。"

最上强调要尽快，又补充了一句。

青户跟田名部对视了一眼，用郑重的语气回答说："好的。看来要背水一战了，现在这个情形也只能这么办了。"

没有将松仓放归自己的住处，而是让他住到了警方预定的商务酒店里，进行了事实上的拘留。

第二天，不由分说地将松仓带去审讯，和森崎一起关在听审室里。最上他们已不再在隔壁旁听，而是待在会议室旁边的待客室里，和田名部、青户等人就今后的举措反复磋商。

傍晚，从松仓工作的旧货商店的社长处取得了控告书，警方进行了受理。除了吃饭一直和松仓在一起的森崎报告说，松仓承认了从商店仓库拿了液晶电视和小型冰箱放在自家公寓使用。另外，从松仓的同事处也取得证言，说曾看到松仓从仓库里拿出电视机等。嫌疑已被落实。

与老夫妇被杀案相关的家宅搜查是在明天，送检是在明后天，这个日程在最上和田名部之间确定下来之后，剩下只需要等待法院下达贪污私吞嫌疑的逮捕令。

"现在真不是开会的时候。"

搜查会议的时间临近，青户心神不定地从沙发上站起身来，今天的会议多半只是就松仓逮捕的方针进行说明，很快就能结束吧。

本想跟随青户转移到会议室的最上刚刚站起身，手机响了起来。

"你们先去。"

最上催促着冲野他们，眼睛落在手机的显示屏上。

是大学时代的前辈——水野比佐夫。

警视厅搜查一课课长应该已经在上午的例行招待会上公布了由季案件真凶自首的消息。

这件事恐怕已被晚报或者晚间新闻报道出来了。

最上知道早晚会有学生时代的友人做出反应。

不愧是为了由季的案子跳槽做了杂志记者的男子。

"喂？"目送冲野他们走出房间，最上接起了电话。

"是最上吗？"

大学时的粗嗓音听起来有些嘶哑。

"水野，好久不见。"

"新闻看了吗？"

和水野一晃有七年以上没有说过话了，他好像对此事毫无感慨，直奔了主题。

"什么事情？"最上佯装不知。

"凶手，北丰宿舍的由季的那个案子，凶手现在自首了。"

"是吗？"寻思了一会儿该如何回答，最上淡淡地回了一句。

"赶紧去看电视新闻！"他着急地催促。

"我还在工作。"

听了最上的回答，水野一时语塞。

"工作中也好干什么也好，你是检察官吧？赶紧打听打听消息，电视新闻上没有凶手的名字，让你相识的警察查查看是不是松仓？"

"那是不可能的。"

水野的心情，最上很明白，事实上也正是由于他的那份执着，最上才能注意到松仓。

可是最上现在却不能跟水野站在一起行动。

"水野，对不起，我跟那件事没有任何关系。"

"你说什么？"

"我知道你对那件事一直耿耿于怀，可是麻烦你不要把它跟我扯上关系。"

"真是让人大吃一惊……你这是什么鬼话？"大概是太过生气，水野声音有些颤抖。

"当初你连老板娘和老板的葬礼都没有出席，我还在想你怎么这么生分……真是让人瞧不起的家伙！"

"随便你怎么想，不过对我指指点点的话就此打住吧。背后说三道四传出来会影响我的工作，拜托你了。"

"什么？这么看重自己的工作？"水野不屑地说，"占着好位子也这么无动于衷，不肯帮忙吗？你这检察官也不过是庸官！"

"随你怎么说吧。"最上握着手机的手加了力道，声音沉下来。

"你放心吧。"水野也压低了声音，其中已经包含了最大限度的鄙视，"像你这样的人，我不屑把你说出口。"

听到水野挂掉了电话，最上轻轻叹了口气。他还是一如既往地热心。最上无奈地笑了笑，留在心底的是在关键时刻只能孤军奋战的孤单和落寞。

搜查会议结束之后，最上和田名部、青户一起再次聚到待客室，等待逮捕令的到达。

当时钟转到九点钟，赶去东京地裁的蒲田署刑事课员回来了。拿到逮捕令的田名部把书面的记载事项浏览了一遍，点了下头站起身来。

除了刚刚收到的令状，手里还握着手铐。田名部亲自出马执行逮捕，强烈的执念可见一斑。

"一起去吗？"

不知为何，田名部向最上发出了邀请，也许是田名部在为抓捕松仓不惜采用强硬手段的最上身上感到了共鸣吧。

"走吧。"

两人一起走向审讯室。

田名部敲了敲一号审讯室的门，和森崎一起一直待在房间里的年轻刑警开了门。年轻刑警看到田名部和他手里的东西，吃惊地退后一步将门打开。

田名部走进审讯室，最上紧随其后跟了进去。

"是松仓重生吧。"

田名部站到转过头来的森崎背后，不带任何感情地说。

"因贪污私吞下达逮捕令，现执行逮捕。"

松仓脸色疲惫，呆呆地看向田名部。

田名部不动声色地把令状上的嫌疑事实要点读出之后，举起逮捕令给他看。

"现在把双手伸出来。"

松仓仿佛失去了思考的能力，把双手放到了桌子上。

田名部将他的双手放进正散发出暗淡光芒的手铐之中。

"二十一点十八分，逮捕。"

田名部瞥了一眼自己的手表之后宣布。这次他拿出钥匙，将松仓手腕上的手铐卸了下来。

松仓被卸下手铐之后依然保持着双手放在桌子上的样子，呆然地一动不动。

"今天好长啊。"

把冲野和沙穗分别送到各自住处附近之后，开车的长浜这样安慰最上。

"这才只是个开始。"最上在后座上疲惫地揉着眼睛。

"青户警部也说过，这是很大的赌注。不知道明天会有什么结果……"

长浜的言辞中隐约透露出对前景的不安，他的心情最上非常清楚。任职本部负责人已有一年多，同时也是和长浜一起工作的一年多岁月。在这期间，现在这样强硬推动搜查的案子，是绝无仅有的。

没有任何直接证据。借过钱的事实。案发时间段附近曾拜访被害人家的事实。仅此而已。本来应该让警方一再慎重，即便是状况证据也应确认到无可挑剔的程度。

这次却没有这么做。

仅凭着松仓是凶手的强烈直觉，便想着略施强腕，通过搜查住处等手段收集证据，引出他自首。

可是真的只想这样吗？

最初可能是的。

如今却不同了。

如果凶手不是松仓……这个可能性也留在心中无法忽视。

可以说搜查是在牵强地推进。

让时效过期无法惩戒的罪犯受到相应的惩罚，不会再有第二次机会。

这次的事件：

因为金钱关系导致两名遇害者。推测是计划行凶。求刑势必是死刑。裁决是死刑的可能性很大。

如果当年由季案顺利送上法庭，会是什么情形？当年的刑罚没有现在严格，可能达不到死刑判决。

可是如果加上这二十三年的利息，并不为过。

无论如何要把松仓送上法庭，最上一心只有这个念头。

最上转念想起忙着逮捕松仓的时候，前川直之曾打来电话，于是拿出了手机。

"把我从这边放下吧，我想走回去。"

沿七号环线到住处附近时，最上从车上下来，长浜如往常般短鸣了声喇叭以示礼貌后开车走了，最上目送之后，拨通了前川的电话。

"对不起，当时在工作中没接到电话。"

接通后最上此话一出，"是我不好意思打扰了"是对方善解人意的回答。

"由季的案子我在新闻上看到了，大吃了一惊，就打了个电话。"前川说，"新闻的事情你知道吗？"

"嗯。"

"刚才水野来电话的，不知道你们发生了什么，他很生你的气。"

"他说什么了？"最上苦笑着问。

"他说要跟你断绝关系，骂你是个冷血的家伙。"

"这样啊……"

"你说由季的事情跟你无关，是真的吗？"

"是啊，我是这样说的。"最上走在七环的步行道上，冷风吹来，"对你我也要这样讲。"

"最上，不管你怎么讲，我都不认为是你的真心话。"

"我是连老板的葬礼、老板娘的葬礼都没有出席的人……你明白吗？"

听到最上的话，前川一时沉默。

当听说久住夫妇过世的消息时，内心的无力感让自己刻意远离了那个悲伤的地方。

然而此时却刚好相反。没有无力感，甚至可以说成败就掌握在自己手里。

可讽刺的是，正因为如此，不能和前川他们站在同一个立场上了。

"水野说想尽快查一查自首的凶手是不是松仓，当时的那个重要嫌疑人。"

"是吗？"最上淡淡地附和了一句。前川继续说："不过现在已经过了时效，即使知道凶手是谁也无能为力了。我担心的是水野会查到凶手做些出格的事情，毕竟他执念很深。"

"那只能靠你说服他了。"

"是啊。"前川顺从地应承下来，"不过，我总感觉凶手之所以会跟警察坦白当初的案情，是因为其他的案件在接受调查吧。"

最上听闻此话没有任何回应，但脑子里忽然冒出一个想法，他想问问前川。

"如果是因为其他案件，希望这次能顺利裁决。可惜除此之外没有其他可以期盼的了。"

最上停顿了一下，终于还是抵不过心里的冲动，开了口。

"前川，你经常接国选辩护的案子吧？"

"是啊。"最上的问话有些突兀，前川听到不禁有些疑惑。"现在不多了，不过以前经常做。"

"如果那个凶手因为其他案子逮捕了，你被选中做国选律师，会怎么办？"

"当然不会接受的。"前川认真地回答，"我也会区分可以做的工作和不可以做的工作的。现在律师很多，国选律师多是抽选，我想应该不会那么凑巧。"

"是吗？"最上笑着说，"那我就放心了。毕竟希望你帮助的是那些真正需要挽救的人。"

"最上……"前川的声音起了些变化，"你不会知道些什么吧？"

"知道什么？"

"那个凶手的事情……难道是你负责的案件？"

"前川，不要说傻话。"最上想要岔开话题。

"最上……"前川叹了口气，"原来是这样，好吧，明白了，我什么都不说了。"前川像是领会到了什么，"这件事到此为止吧。"

"话说回来，丹野现在怎么样了？"最上转换了话题。

"对哦，刚才也想说说这件事的。"前川有意加快了语速，从刚才的话题完全转移出来的语气继续说，"我跟他联系过几次，也直接见过面，看样子被追查得很紧。"

"精神上还撑得住吗？"

"很难说，特搜步步紧逼，他觉得自己快被逮捕了，感觉非常紧张。"

"现在还在国会期间啊。不管特搜有多严，也不会在这个时候强行申请逮捕的吧。"

"可是之前是有先例的。"听到前川的反驳，最上一时无言以对。

"而且，特搜的真正目标是高岛，丹野终究不过是第二目标，甚至第三目标。按理说，不过是想攻陷下来当作最终决战时的垫脚石。现在周刊每周都会就这个问题爆料高岛，对丹野进行审问时的对话也从检方泄露了出来，导致外界希望仔细调查高岛的呼声越来越高，恐怕这正合特搜的意，我觉得特搜势必会利用这股风向的。国会被众参控制，再加上预算委员会因为这个问题被投诉导致审议受阻，这种时机下，立政党估计不会特意退回逮捕许可来自保，而且主流派正采取动作想要借此一举削弱高岛集团的势力。丹野也是这样的看法。"

最上非常了解追踪猎物时特搜检察官的执拗程度，现在的状况之下，无论如何也很难说出"你想太多了"这类乐观的劝慰。

"他是不是已经下定决心了？"最上喃喃自语。

"他还没有最终下定决心吧，当然这也在情理之中，毕竟他最讨厌不正之事，把清廉正直当作信条才当律师的。听说老家的母亲现在身体不好住院了，他肯定不想让她听到引以为傲的儿子被逮捕的消息。可是另一方面，他真心想要保全高岛。从年龄上来说，高岛此次竞选党首已是最后的机会，丹野在考虑舍弃自己来助他一臂之力。他想在跟特搜周旋到支撑不住的时候，以一己之力承担下所有问题。可是真能如他所愿吗？现在就已犹豫不决了，更不用说独自面对特搜的攻势了。总之，他自己现在也不清楚到底想要什么，当然也不可能知道怎么做才好。每次聊天说的话总会变，看到他脆弱的样子真是很可怜。可是我什么都做不了，他已经是案板上的鱼肉了。"

即使感觉到无力，前川依然不离不弃，最上一方面想到丹野孤苦的处境，另一方面又感动于前川不同于自己的处世之道。

"我也跟他聊聊吧。"听到最上的话，前川的声音轻快了很多。

"你能跟他聊聊就太好了。不要因为是检察官就有所顾忌。我想他一定很想听到你的声音。"

最上挂掉跟前川的电话，走进路边的便利店买了一罐啤酒，走上附近的步行道，喝了几口。

靠在步行道的栏杆上面，最上拿出手机，拨给了丹野。

"是最上吗？"电话接通之后，听到对方有些惊讶的声音。

"好久不见了，丹野。"最上还和学生时代一样，直言不讳地说，"听说你现在脆弱得很嘛。"

此言一出，丹野立刻领会到最上不是以检察官的身份来打这个电话的。

"嗯，"丹野害羞的笑声隐约传来，"对不住啊，给我这样的嫌疑犯打电话会很为难吧。"

"你在说什么呢！"

"立场上不会难堪吗？"

"别说傻话，我们是伙伴。"

"是吗？很开心啊。不过还是吃了一惊。"丹野说，"刚刚我正想到你。"

"真的假的？"和学生时代一样，最上笑出了声。

"真的。你看，你们住的宿舍的那个孩子，由季的案子已经报道了。”

“哦。”

“看了报道，我心情也很复杂，心里想着最上和前川在以什么样的心情看着这个新闻。当初我也经常去那里玩，跟宿舍老板一起打麻将，我认识小由季，那时还是小学生的可爱的小女孩儿。连我这样的交情都百感交集，就更不用说你们了。”

“嗯。”最上简短地回应。

“真是没有天理，有些人能被制裁，有些人却制裁不了。不过在我看来事情不会轻易结束的，那个凶手在这二十多年中一定是被自责折磨，之所以到现在来自首，还是因为心里多少有这样的心结吧，所以并不是真的没有受到惩罚，怎么说呢，是受到了更大的惩罚，绝对不是能够逃避的。我是这么认为的。”

最上默默地听着丹野伤感的话。

“当时一定很害怕吧……”丹野小声嘟囔了一句。最上不知他所指为何，想了一会儿才想到说的是由季。

“自己爷爷奶奶去世的时候都有些不知所措的我，一想到那个小女孩，就忍不住流下眼泪。在那么小的年纪就去了他界，一定很害怕，不禁让人想到她会有多么恐惧，想到这些就觉得心里难过，真想为她敬上一杯。”

“我也是。”最上轻轻地笑着说，“我现在也正喝着酒。”

“是吗？那，等我。”丹野语气和缓，随后听到咯吱咯吱的声音，不久，传来啤酒罐拉环打开的声音。

“好，敬酒。”

“敬酒。”最上也举起了手中的酒。

两人一时谁都没有说话，最上默默地喝了一口。

"丹野……"最上出声。

"嗯？"

"还好吗？"

"嗯。"带着苦笑的弱弱的声音传来，"说不出还好的时候才最难过啊。"

"特搜厉害吧。"

"嗯，厉害。我以前吃律师这碗饭，想着如果涉及法律可以攻守自如，结果完全不是那么回事。他们有他们的说法，只是要你承认而已。为此他们对我追查得彻底，而且不遗余力地在精神上折磨我。在政界闯荡这么多年，原以为自己精神上已足够坚强，看来完全是错觉。我很软弱，一直都是，检察官也看透了这一点。"

"丹野，有些话只能在这里讲，"最上将此话说在前面，"你只需要考虑自保。若是你想正面接受检方的攻势，那势必会崩溃的。特搜也是拼上自己的尊严的，对你的审问恐怕更是不遗余力，为了攻下你他们会拼尽全力。他们不会听你说些什么，就像是目标设定好的机器人一样。面对这样的对手，一本正经地应付是不起任何作用的。所谓攻下对手，就是让他精神崩溃。如果你正面迎战，焦头烂额是在所难免的。听之任之。沉默不语也没关系。总之，保全自己。"

"谢谢，身为检察官却对我说出这些忠告……是你的风格。"丹野讷讷地说。

"可是，某种意义上说，我已把自己排到第二位甚至以后了。即便我今后还能以议员的身份留下来，也不可能有大的作为。这一点我自己非常清楚。"

"是因为高岛进吧？就算他是你的岳父，为什么非要你为此牺牲？你才是有未来的。我不知道他有什么样的威望，但是在他把女婿当作挡箭牌的那一刻，他就错了。你没有义务为他如此恪尽忠诚。"

"我不是受人逼迫。"丹野平静地继续，"这世间对我岳父褒贬不一，毁誉参半，这些我非常清楚。失言亦多，树敌亦众，但是他算得上是极少数值得信赖的人了。他身上具备这样的吸引力。我和尚子结婚之前对政界完全不感兴趣，可是随着跟岳父的相处，完全被影响了，我很想做这种热血沸腾的工作。

"这世上聪明人随处可见，不管是政界还是法界，我看到过很多头脑灵活、能言善辩的人，可是说到能切切实实推动一个国家发展的，却是凤毛麟角。是需要有胸襟、有气度、有魄力的人，能言善辩、坚决果断而又有公信力的人。这样的人即使在政界也并不多见。

"最上，在我看来，我岳父就是其中一人。他有撑起一个国家的能力。正是在近处看着，我才能真切地感受到。哪怕再过三十年，我也无法成为他那样子。那是一种与生俱来的领导风范，所以无论如何我都想助他坐到总理的位子。确实，他有时不拘小节，可能做了让人在背后指点的事，我在一旁看着确实担心。

"可是，从本质上说，他内心有改变这个国家的信念，并非只想争权夺利。正因为知道这一点，我有时会选择视而不见，无论如何都想保全他。我有时会问自己，成为盾牌也是一件有意义的事吧。"

"如果你这样想的话，恐怕我说什么都是徒劳了。"最上小声叹了口气，"不过，特搜的目标是他，自然做好了对付大人物的准备，所有人都会全力以赴的，如果你想以一己之力抵挡，我感觉很难扛得住。"

"最上，谢谢你。"丹野说，"你的意思我明白了，剩下的我自己斟酌吧。虽然已经苦闷了多时，但是感觉已经度过了最痛苦的阶段，和你这样打着电话，心情也舒畅起来了。这个世界并不干净，这一点我不说你也能够明白，我很开心。可能检察官的世界也无法仅凭善意生存吧。"

"嗯，我不否认。"最上开玩笑似的回答。

"不过最上你是没问题的。你比我坚强得多，而且有胆有识，即使在那个不清明的世界里，也能占得一席之地。"

"喂，什么时候变成你来鼓励我了呀。"听到最上的话，丹野跟着哈哈笑了起来。

丹野最后说出一句谢谢，挂掉了电话。最上将手中剩下的酒一饮而尽。

丹野准备保全高岛进。丹野自身很有可能没有过错，对于幕后捐款的实情，他只在知情或者不知情的界线上，至少没有积极地主导瞒报收支报告这件事。

政治资金规正法是为了规范政治资金流向的重要法律，目前正被调查的问题，就是报告书上记录的数字是否正确等书面问题，也就是所谓的形式犯罪，所以即使没有实际损失或者不良企图，只要符合违反条件，就会成为处罚对象。

另外，对于政治家来说，不管是实际犯罪还是形式犯罪，起诉本身就会让人质疑他作为政治家的资格，很有可能成为政治生涯上的致命伤，更不用说高岛进现在正处于竞选党首的关键期，他一定不希望被这种无足轻重的事情绊住手脚。

所以丹野准备挡在前面。可是调集众人奋力作战的特搜，不会满足于让一个替罪羊顶罪了事的，他们正拼命地要猎杀高岛。这就是现在的情形。

苦境之下啊……最上想。

虽然说了不少，不知道有没有给他带来解脱。

不过，丹野说两人说着话心情舒畅了，这让最上稍微有了一些安慰。

现在大家的处境各不相同，是没有办法的事情，这正是每个人在自己选择的道路上，或者被赋予的道路上，一直努力前行的结果。

即便如此，当彼此手中持酒，回忆起过去的时候，两个人又是心意相通的。最上得知丹野将自己的艰难处境放到一旁，为由季愤愤不平的时候，他是开心的。凶手并没有逃脱，将会受到更为严厉的惩罚，丹野的话留在了最上的心里。

恶有恶报，因果循环，也许丹野想说的是这些吧。

可是在最上听起来，更像是丹野在背后推了自己一把，希望自己为此做些什么。

最上一早便去了蒲田署。

松仓昨晚被捕后，留在蒲田署的拘留所里，今天早上应该会在审讯室接受调查，把此事交给负责的森崎，最上和准备搜查松仓住处的搜查组出了门。

青户带领着不到十名的查组员。最上坐上其中一辆警车，朝着松仓的公寓出发了。据连日跟踪松仓的搜查员说，松仓的住处在西蒲田，是一间建筑时间三十年以上的老旧公寓，格局是一厨一卫的单室套。虽然空间不大，但是由于房间实在杂乱，想要彻底搜查，估计需要不少时间。

对于都筑夫妻被杀案，松仓仍拒绝承认。虽然通过审讯让他自首的可能性并不是没有，但是在没有任何证据的情况下就指望他坦白，是有些一厢情愿了。

现在需要找到让松仓松口的证据。比如作为凶器的三德刀的刀柄，或者从老夫妇家拿走的借条。

只是，很可能找不到那么直接的证据，如果扔掉了就没办法了。但是在松仓的房间里必须找到些能推动搜查进行的东西。

能找到什么呢……最上从警车上下来，站在松仓的公寓前，心中暗暗涌起跟以往搜查时完全不同的紧张感。

这是一栋外面由灰浆涂成的暗棕色的公寓，被左右同样的公寓楼夹在中间，采光并不好。邮箱的喷漆已经剥落，露出斑斑锈迹，几户人家的邮箱口里插着纸质广告，正暴露在风吹日晒之下。

松仓的房间在一楼的中间位置，104 号房间。请房东用钥匙打开房门之后，警察们陆续走进房间。

最上站在狭窄的水泥地面上，和在都筑家现场检验时一样，套上鞋套，穿上白色手套之后走进了房间。

和报告中提到的一样，房间里乱七八糟。眼前是六张榻榻米大小的厨房，里面是同样大小的和室房间。地上堆放着床垫被褥，矮餐桌上堆着空酒罐，用过的碟子上面放着盛满了烟灰的烟灰缸。

地板上除了脱下来的衣服，还散落着包装纸、空纸箱、杂志、赛马报纸等，厨房里也是一样的情形。

一位搜查员正站在洗碗池前，把放在那里的刀具拿在手里端详。可是那把刀没有那么新，不能指望它是凶器。旁边的另一位搜查员蹲在地上，打开了洗碗池下面的收纳柜。

和室房间里的壁柜拉门被拆下来，送到了外面。房间里瞬间扬起了灰尘，在荧光灯下肆意飞舞。

壁柜里除了叠积的纸箱，还有闲置的录像机、电话机、电饭锅等不值钱的东西，混在了衣服堆里。青户在房间里转了一圈，觉得壁柜里面最有可能藏匿东西，他仔细地看了看里面，指示部下把那一堆衣服推倒。

最上跪在和室的一角，抖抖枕头和被褥，翻翻扔在一边的上衣口袋，和其他警察一起检查房间，看看是否能找出些跟事件相关的东西。最上没有像上次现场监察时在一旁观看。此次的搜检，关系着今后的成败。

集中搜检壁柜的搜查员中，三四个人把纸箱卸下来，一个人爬到壁柜上面查看顶柜。

"怎么样？"青户焦急地询问。

"什么也没有。这边连动过的痕迹都没有。"爬上壁柜的搜查员说。

能不能找到凶器其实是碰运气，即使已经被扔掉了也完全不奇怪。如果关系到今后生死，恐怕只会发愁扔到哪里吧。

情况比较严峻。

搜查开始还不到一个小时，最上已经有这样的感触。负责寻找垃圾的搜查员也没有找到借条的碎纸片。

最上捡起地板上散落的碎纸屑，琢磨着能否给搜查提供线索，在房间的角落里来回查看，没有任何成果。他心里不免有些焦虑，就在这时，他拿起落在洗碗池下的一张小小的字条，上面的印字让他瞬间屏住了呼吸。

是"银龙"的发票。

看向日期。

4 月 13 日。案发三天前。

最上看到发票上的时间是五点三十六分，心情立刻起了波澜。

他看向旁边寻找同样的字条。

又发现了一张，4 月 18 日。

再找，又找到了。

4 月 16 日。案发当日。

发票时间是五点八分。

最上不相信眼前的一切，只感觉一股血气涌上心头。

松仓说案发当日，工作结束后到"银龙"就着饺子和炒榨菜喝了啤酒，五点多出门，骑自行车前往被害人家。由于都筑夫妇不在家，暂且回到蒲田站附近，在那里试着用手机联络没有收到回复，只能回了家。

这张发票佐证了这份供述的一部分。

与此同时，当天四点多松仓拜访被害人家，四点半左右行凶，之后出去清洗沾了血的拖鞋并扔进垃圾箱企图毁灭证据，然后返回现场查看家里情况的时候被目击者看到，进而发了一条短信询问能否过去坐坐，伪装成跟案件没有任何关系的样子，这张发票也包含着对搜查方推测的合理怀疑。

当然，五点多松仓在"银龙"，并不能成为他没有犯案的证据。尾野治子在被害者家门前目击到松仓是五点半，实际上在那之后行凶也是说得通的。时间在死亡预测时间之内，而那些所谓四点半犯案的证据，比如在那个时刻听到的惨叫声、五点多便利店监控的影像、往便利店垃圾箱里扔一双湿拖鞋的证言，都不是绝对的。

不过，警方目前正在按照四点半犯案推测案情，在法庭上也必须展示出被告人行凶的时间轴，能找到其他证据证明五点半以后行凶是另外一回事，如果不能，轻易改变说法很有可能导致在法庭上败诉。

现在，四点半犯案的阻碍，只有这张发票。选择视而不见可以蒙混过去，如果一旦被谁发现，借此搜查本部内风向一转，松仓犯案的理论动摇而陷入困境就难办了。

最上装作不经意地看向周围。

长浜、冲野和沙穗正各自忙着，没有看向最上。

最上把案发当日的发票放到手里一把握紧。白色手套里出了汗。

正准备把它放进上衣口袋的时候，一双脚停在了眼前。

"怎么样？找到什么了吗？"

往上一看，青户正用充满希望的眼神看着最上。

"没有。"

看来没有得到想要的收获，他也按捺不住了。

"找到了银龙的发票，想着会不会是线索，结果不是案发当日的。"

"哦？"

青户拾起最上脚边的发票，仔细端详起来。

"有这张发票，说明很有必要再找找看。"

他说完便命令一名部下去找其他"银龙"的发票。

最上在一旁看着，把手里揉成团的发票悄悄塞进了口袋，然后若无其事地继续搜查。

自己现在的想法和行动仿佛是另外一个人。

也许还有机会挽回。

但他并没有这个打算。

"人太多了反而不方便行动，长浜和橘先到外面在公寓周围找找线索吧。"

最上环顾周围之后，这样吩咐两位事务官，减少了房间里的人数。

还能做些什么？

看着房间，最上陷入了思考。

需要让案件连贯起来，展示给法庭上的法官和裁判员看。

有时加害者本人也不一定记得当时发生了什么，这种时候，如果没有在法庭上提供出一目了然的证据，就很难请求相应的刑罚。

极端地说，哪怕有一些细节不符合真相，只要能在形式上把案情完美地展示出来，就有着巨大的意义。

因为，它能让那些理应受到处罚的人付出相应的代价。

可以在形式上串联起来的素材、证据，会在这里出现吗？

如果不出现要怎么办？

那就拼凑出一个来。

到了现在，已经不可能再让松仓逃脱了。

最上靠着墙壁，看向小小的衣架上挂着的松仓的上衣。

便利店的监控录像里留下的身影穿着的是暗黑色的上衣。

松仓的上衣多是米色或者灰色等浅色，黑色有两件。羽绒外套和法兰绒的短外套。

两件都是大卖场里的式样，看样子已经穿了很多年。两件都是比较薄，在4月中旬比较寒冷的天气穿着不会显得奇怪。

羽绒外套的针脚处有羽毛漏了出来。

最上看到之后，几乎是下意识地观察着周围的视线，发现没有人看着自己，他捏住了羽绒外套针脚处漏出的羽毛。

羽毛一下子出来了。

最上抓了三片，放进了自己上衣的口袋。

不知道能不能用。不过只要有可能成为"素材"，就应该收集起来。

"青户，"最上喊来青户，"便利店监控里出现的人，是穿着黑色衣服的吧？"

来到最上身边，看向衣架的青户回了一句"没错"，心领神会地把手伸向了那两件黑色的衣服。

"把这个收起来带走。"青户向部下指示道。

然后，最上谨慎地避开周围的目光，捡起火柴盒、糖块的包装纸，或者有使用痕迹的牙签创可贴等，塞进了自己的口袋。

看到了赛马报纸，尺寸有些大，他踌躇了一会儿还是把案发之前的一部分折小之后塞进了上衣的内侧口袋。上面有红笔标记，最上感觉有可能成为"素材"。

最上顺势从内侧口袋里取出手帕，轻轻擦了擦额头上的汗。

"怎么样，有收获吗？"

冲野发现了装有信件和贺年片的箱子，正一张一张翻看。

"没有，基本都是贺年片，信件也只是亲戚之间的互相问候，没有跟都筑夫妇的往来。"

"不是被害人也没有关系，如果信件里有跟谁借钱被拒绝的内容也可以留意。"

"这里没有。"冲野说，"不过可以调查看看有没有跟这几年互发明信片的人借过钱。"

"是啊，让警察查查看。"

结果在持续了近四个小时的搜查之后，没有找到任何跟案件有直接关系的证物。凶器、借条、行凶笔记，都没有。

不过除了冰箱等贪污的物品，还有作为查处品重点收集起来的涉及松仓日常行动、交友关系、金钱收支的资料，放进纸箱里总共收集了十个箱子。

"那个微波炉和取暖器，也是松仓同事提到的贪污品。"青户环视着稍稍清爽了些的房间说。

"松仓认罪了吗？"

"还没呢。"

青户眼神意味深长地说。

"是吗？"

就算松仓对贪污案认了罪，只要还有余罪，就可以申请延长拘留时间。送检之后的拘留时间是十天，再加上十天的延期，总共二十天。

就看这二十天内能不能以都筑夫妇被杀案逮捕他了。

时间充足。

但是，手上的证据太少了。

"辛苦了。"

走出公寓，长浜和沙穗正等在外面。公寓周围也没有收获。

"情况怎么样？"

长浜坐进警车之后深深叹了一口气，询问室内的成果。

"嗯，"最上语气里夹杂着苦涩，"看来后面只能靠审讯了。"

"这样啊。"长浜遗憾地小声说。

"你们谁来负责？"

坐在副驾驶位子的青户回过头来问。

最上没有回答，只是轻轻地看了一眼冲野。

"请让我来负责吧。"

冲野回答，他没有逃避最上的视线。

从立场上来说，最上自己负责审讯是有难处的。

一两次审讯倒是可以，但是最上并不想。松仓自首根津案的内容，在逮捕之前的问话中已经听过了，负责审讯可以让松仓再开一次口，最上没有信心当面听到时还能保持冷静。

怒火已经充斥他的全身。现在要做的，不是自己与松仓对峙，而是竭尽全力让他为此付出沉重代价，连带这二十三年的利息。

"这次搜查的目的你明白吧？"最上谨慎地问了一句。

"当然。"冲野不假思索地回答。

"你当初觉得没有留下借条的人才值得怀疑，现在怎么想？"

"我确实那样想过，不过现在已经知道，从现状来看不应该执着于那个观点。我认为目前对松仓的怀疑是正确的，必须竭尽全力让他在审讯中开口认罪。"

曾对锁定松仓提出异议的冲野，自从听到松仓承认去过被害人家之后，发生了微妙的变化。

这恐怕是根津案的自白让他改变了想法。不管对方如何哭泣忏悔，面对把残暴罪行隐藏二十三年逃脱得干干净净的人，都不可能再轻易相信了。

"好，那我来跟副部长说。"

最上表示认可了冲野那番话中的干劲。

10

"贪污犯松仓到了。"

放下电话的沙穗，向冲野传达道。

"把他带来。"

冲野向沙穗吩咐过后，从席位上站起来，看向窗外的日比谷公园，做了几个深呼吸，轻轻拍了拍自己的脸颊。

表面看起来是一桩微不足道的贪污案，冲野实际要负责的是揭开出现两名死者的凶杀案的真相，让最大嫌疑人松仓开口认罪。

在五年的检察官生涯中，这是最艰巨的任务。

最上对这次的凶杀案花费了多少心血，冲野冷眼旁观也感受得到。松仓之所以能够自首根津女中学生被杀案，多亏了他强烈的侦查直觉。能把时效已过的迷案真相揭露出来，是非常重大的成果。最上以及听取最上意见全力倾注于审问松仓的森崎等警方侦查人员，锁定目标时的执着和工作态度，都让冲野深深地敬佩和感动。

现在轮到自己了。

对手是那个隐瞒犯罪事实多年的谎话连篇的男人。

不容宽恕。

很快，办公室的门打开，松仓重生和身穿蒲田署制服的警察一起走了进来。

把手铐和腰绳解开，警察在身后站定，沙穗让松仓坐到了审讯用的椅子上。

冲野坐到检察官的位子上，从正面审视着松仓。

松仓不自在地朝冲野微微低了低头。

松仓睡乱了的短发中夹杂着白发，皮肤粗糙胡楂凌乱，眼皮沉重地挂下来，眼角低垂甚至感觉有些木讷，陈旧的衬衫外面披着那件在蒲田署听审室经常看到的浅色外套。

他有些驼背，个子不高，但是下巴和肩膀瘦骨突出，看起来体格健壮。

"是松仓重生吧？"

冲野发了话，松仓驼着的背越发弯了起来，嘶哑着声音回了一声"是的"。

"我想警方调查的时候你已经听过了，你有保持沉默的权利，也可以申请律师。明白？"

松仓回答说明白，连点了两三次头，完全是一副顺从的态度，不过这恐怕只是针对贪污案，对于都筑夫妇被杀案，他自逮捕之后一直拒绝承认。

对于送检来的嫌疑人，检察官首先会听取本人的想法，做成辩解记录文书。这次问话，形式上需要就贪污嫌疑询问松仓本人的想法。

不过这份辩解记录书没费吹灰之力。对于贪污嫌疑，松仓供认不讳。

"其实，"松仓不好意思地说，"除了电视机、电冰箱，还有微波炉⋯⋯"

"哦，"冲野举起手打住了他，"只要回答我的问题就好。"

"哦，好的。"

追及余罪可以延长拘留时间，不需要现在询问。

辩解记录书完成之后，冲野提出话题。

"听说你在警察署，自首了那件时效过期的根津杀人案？"

"是的。"松仓缩起肩膀低下了头。

"当年你也被警察带去审讯了很多次吧？最后居然逃过了嘛。"

"是的，对不起。"

大概这是躲避责问最有效的办法，松仓几次低头认错。

"那个案子，也给我说来听听吧。"

"好的。那个⋯⋯那件事最开始真的只是我一时糊涂⋯⋯"

松仓犹豫不决着开了口，不知是不是体会到了倾吐的快感，他完全没了像在蒲田署时那样的泪意，喋喋不休地开始了陈述。

"听说那个根津神社门前以前是烟花巷，东京大学建起之后就没有了，不过总感觉残留有淫靡之气。当然，这是我个人的感觉，嘿嘿。

"公司的同事高田住在那里的宿舍。我和他关系不错，经常到那个宿舍里去。那人也有不对的地方，一起喝酒的时候，他经常炫耀说跟宿舍管理员的老板娘好上了。管理员因为事故受了伤，影响夫妻生活，所以老板娘欲求不满，平时就对他眉目传情，前不久趁她丈夫不在家去楼下宠爱了她一番，嗯嗯啊啊很是享受。他说这些话给我听，现在想来也不知道真假，但是我听过之后难免会动了歪念头。那个老板娘正好跟我同岁，虽然年纪不小，在我眼里一下子变得妩媚风情起来。只是对于我这种偶尔过去玩的人来说，实在找不到接近的机会。

　　"她家独生女的眉眼跟老板娘很是相像，看上去很老实的样子，在宿舍前面碰到，盯着她看的话，她会害羞地藏起来，反而勾起了我的兴趣，我感觉这个女孩儿比老板娘更有机会。当然，我知道她还是个孩子，不过她又不是我的女儿，想来想去就不觉得她是个未成年人了。在当时的我看来，她已经是个相当成熟的女人了。

　　"我傍晚去根津神社乘凉闲逛的时候，那个女孩儿跟朋友一起，腿上放着素描本正在画画。就在玉女稻荷上面的小山丘附近。我在池塘附近看着，发现是那个孩子，一开始只是想问问她画得怎么样，借机搭个讪，谁知和她一起画画的朋友先回去了，看到只剩她一个人，我的心思就变得连自己都不知道怎么回事了。

　　"走到近处的时候，她还在认真地画画，完全没有注意到我。我看了一眼周围没有人，神社里也没有，再加上夕阳西下天色暗淡，这些凑在一起，就起了邪念。我从后面抱住她，堵住了她的嘴，跟她说老实点一会儿就好。

　　"不过啊，就算是身体弱小，遇到这种事情也总是会反抗的，实在很难得手。我本想压着她的腿强攻，可是裤子脱到一半不方便动弹。在硬地面上挣扎，她身上肯定有擦伤，我膝盖也蹭破了皮。

　　"我坚持了一会儿，哪里谈得上舒服，只觉得膝盖疼得要死，很快就满头大汗了，然后看到神社里面有人在走动，看样子无论如何也无法得手，只能放弃了，从她身上爬起来，提起裤子就逃走了。

　　"我感觉她没有认出我，果然过了三四天也没有警察找上门来。不过也不是说因此得意忘形才要闯进她的房间的，我没有那么想过。只是案发的那天，我特别烦躁，是为了什么……我想可能是工作不顺利吧。只记得当天特别焦躁。

"我敲了几回门，好像高田确实是出门去了，没人回应。当时直接回去就好了，可惜没有啊。我想起楼下那个女孩儿房间的灯是亮着的，就上了心。其他房间的灯都是关着的，只有她的房间是亮着的，我想她父母可能出门了，忽然就又起了坏心思。

"我从外面朝房间里一看，透过窗帘看到她正在看书的样子，然后又确认了一遍她父母不在家，就绕到食堂去了。通往房间的门上了锁，我敲门之后，她来给我开门。一楼的借宿人家也没有亮着灯，我想就算出些声音也不会被人发现。

"那个孩子一开始愣愣地看着我，等我问了一句'你认识我吗？'，她脸色一下子变了。我立刻封住她的嘴让她安静点，抱起她就进了房间。

"坦白说，这确实是不应该的事，不过当时我脑子里一厢情愿地觉得这次她会接受我。冷静想想那是不可能的，可在当时我感觉我已经不是外人了。

"她不知道什么时候手里挥着扳手，这可吓了我一跳。一下子敲在我肩上，我就不知怎的忽然失去理智了。可能是被背叛的感觉吧，一股怒气冲上来只想把她按倒……

"总之是不敢相信眼前的一切，当时感觉不是真的。虽然把摸过的门把手擦过了，那也只是模仿电视剧里看到的，脑子其实很不冷静的。

"我想着日本的警察那么优秀，不知什么时候就会被抓起来，心里特别不安，不过那天在那栋宿舍楼里我没跟任何人碰过面，那说不定就可以逃过去，心里就有了点底。还有就是柏村老爷子说那天跟我一起喝酒，给我做了不在场证明，真是帮了大忙。他是我的恩人，死了之后墓前拜祭也没有断过。我也想他会不会察觉到了我是凶手，不过他性格有点怪癖，让人摸不着头脑，所以他为什么给我做证我也搞不清楚。

"当时每天被警察叫去，感觉生不如死，不过一旦认罪了我这辈子就完了，一想到这个就熬了下来，也学着柏村老爷子跟警察说些模棱两可的话。我这个人，虽然没什么作为，可是每个月赚点小钱，想怎么过就怎么过，真是害怕这样的生活被夺走。

"在时效到期之前，我都是缩着脖子小心翼翼过来的。有好几次，听到门外有人敲门，想到是不是警察拿着逮捕令来抓我，吓得心跳都停了。特别是时效到期前的一个月，一直都是胆战心惊，甚至想出远门躲一个月，可是又想警察是不是正等着我这样做，总之，思前想后的脑子都要坏了。

"后来法律变了，时效不是取消了嘛，当时得知的时候，我就想自己果然是运气好。虽然这辈子没碰到多好的事情，但是这种时候还是受到眷顾的，还是运气好吧。"

警察厅的森崎在审问中已将细节仔细地问过一遍，虽是二十三年前的罪行，却从松仓口中流利地倾吐而出，甚至连旁人都能体会到他终于将尘封至今的秘密和盘托出的快感。

然而，将他每一句话的细微之处记录下来的时候，这场无耻罪行的来龙去脉清晰地呈现了出来。这种微妙的乖离带来的不快，就像虫子爬到身上般，刺激着冲野的心。

"先休息一会儿。"

十二点三十分时午间休息，冲野让松仓返回同行室，吃些警方提供的面包之类，等着下一场审讯。

冲野带着厌烦的情绪站起身来。这样的心情没办法好好享受午餐，只能告诉自己审讯都是如此，尽量不去想它。

"去吃饭吧。"

冲野邀请沙穗去吃午饭，她脸色郁闷地小声回了一句"好的"。

"虽然让人心里憋闷，不过下午要写调查书的哦。"

虽说无法追及刑事责任，但这样的重大案件可以在法庭上作为证据揭露松仓的本性。

"没问题的。"沙穗有信心地说。

所谓调查书，并不是单纯地把审讯过程中听到的内容写成文字。虽然是检察官将嫌疑人所言的梗概在口头上整理好，由事务官打成书面文字，但由于文章是嫌疑人独白的形式，不管是检察官还是事务官，从某种意义上来说，都需要转换成嫌疑人的视角深入细节，重新审视案件。这在精神层面上并不是一件轻松的事情。

"写过凶杀案的调查书吗？"

"没有，不过没问题的。"

沙穗有些逞强的回答背后，无疑是对松仓所述真相的愤怒。愤怒的情绪超过了不快，已在语气中显露出来。

"做下那种坏事还能逃脱的人，原来真的有啊。"

在通往办公楼地下食堂的电梯中，沙穗嘟囔了一句。

她口中对世道不公的愤恨，当然也藏在冲野心里。

午饭过后再次开始审讯。冲野花了三个小时当面口授，完成了根津案的调查书，让松仓签了字。

只用不到半天的时间就将恶性凶杀案整理成调查书，冲野已经筋疲力尽，沙穗也是一样。不过，正题才刚刚开始。

喝了沙穗倒的茶稍事休息，冲野整理好心情，目不转睛地盯着松仓。

"我听说蒲田老夫妇被杀案你也被警察叫去问话了？"

"嗯。"松仓口述根津案时生动的表情从脸上消失，瞬间暗淡下来，"警察说了些怀疑我是凶手的话，但是那个事情真的跟我没关系。"

松仓无法让步的界限就在此处。可是，如果不打破这一点就不会有任何进展。

"这不是听你说没关系就算了的事情。"冲野冷冷地看着对方，"在案发当日，不是有人看到你去了被害人家的吗？"

"那只是巧合！"松仓猛地摇头，哭丧着脸向前探出身子哭诉，"检察官，请相信我。我跟森崎警官拼命解释他也不听呀。我只有期待检察官你了。我把根津的案子坦白了，就是想让你们明白，那个事情跟这次都筑先生的案子不一样。做了的事情就说做了，没做的事情就是没做。因为在根津犯过错，我一路心惊胆战地活下来，那种折磨已经够我受的了，时效过了之后我也一直反省不能再做那么不小心的事。杀害都筑先生那样的事我是绝对不会做的。请千万要相信我。"

松仓双手合十苦苦哀求。

他单方面的辩解，让冲野同时感到反感和迷惑。

杀害无辜少女却从法网逃之夭夭，这样的男人说出的"请相信我"，实在是太可笑了。那样的话根本不需要入耳，他本就是应该被怀疑的人。

可是另一方面，他非常逼真的哭诉的样子又从正面冲击着冲野嘲讽的心态。从坦白根津案时举手投降的态度，忽然转变成哪怕揭露自我也要保住尊严的样子，这让冲野心生困惑，不知该如何看待。

不过，这是个靠谎话活到现在的人。即使坦白了根津案，也不过是因为过了时效，在那之前他一直用谎言来保全自己。

不知道二十三年前，他是如何逃开了警察的追查，可能就像现在一样哭诉，声称自己无罪，迷惑了当时的搜查员吧。

"你觉得到现在才坦白时效过期的案子，就能让人相信自己是个坦荡的人吗？"冲野打破了一段时间的沉默，"哪有这个道理。"

松仓露出错愕的眼神，嘴唇轻轻地颤抖了一下。

"别……别这么说。要是检察官你也这么说，我就不知道该怎么办了。我没有说谎。检察官的意思就是因为我在根津犯了事，所以这次作案的也是我啊，这是没道理的啊。"

"谁都没有这么说。倒是你，你的意思是根津案我承认了，这次不承认，所以你们得相信我。这才是没道理。"

"可是我……"

"不是因为你过去杀过人所以怀疑你。你跟被害人都筑先生借过钱，也就是说两人之间存在纠纷的可能性。而且案发日的案发时间段你去了都筑先生家。另外，去了都筑先生家之后，你莫名其妙地用手机打了电话还发了短信。"

"这些我都跟森崎警官说过了。"松仓脸上冒了汗，郁闷地说，"我去过他家一次，但是因为家里没人就想用手机联系一下的。那天傍晚，我在中餐店喝完酒，去了都筑先生家，但是家里没人，所以又回到车站想用手机联系，仅此而已啊。都筑先生家我一步也没有进去，门是锁着的，玄关的窗户也打不开。而且，说到我借的钱，不到五十万日元，完全还得起的，不可能冒那么大风险啊。"

"不足五十万日元，那只是留在现场的借条金额。原本应该金额更高，可是凶手把那部分借条拿走了，这个可能性也非常高吧。"

"怎么会……"松仓歪着头摇了摇，"如果要把借条拿走，不应该全部拿走吗？"

"我开始也这么想，"冲野说，"不过现在感觉不一定。当然也有可能是着急遗漏了，或者特意留下几张也是可能的。如果是狡猾的惯犯，未必不会做这样的伪装，比如说把完全没关系的人的借条抽走。"

"可怕，"松仓继续摇着头说，"太可怕了。我是想不出的。"

"别说得好像自己完全不懂一样。"冲野瞥了他一眼，"根津案，行凶后把门把手的指纹擦掉的人是谁？"

"这完全是两码事。"

"根津案里你不是把住宿学生的鞋子穿走的吗？让警察怀疑到那个学生，扰乱了调查，那不就是你的企图吗？"

"可是我从没有想过嫁祸给别人。穿上那双鞋是因为我觉得他已经不用了，之后把鞋扔掉只是因为害怕警察怀疑到我。"

"有什么区别？你嘴上说害怕，如果真是胆小的人，一开始就不会犯罪，即使犯了罪也不会想到毁灭证据，再进一步说，普通人在被警察叫去的时候就会坦白了，你却糊涂装到底，时效过了还继续装糊涂，说到最新 DNA 鉴定的时候才终于认了罪。这不是老狐狸吗？再怎么把自己伪装成胆小的人，背后狡猾的狐狸尾巴也是要露出来的。"

"根津的事情我无话可说。我犯了错，知道再后悔也来不及了。可是那跟这次都筑先生的案件真的没有关系，这一点请务必弄清楚。真正的凶手肯定还在，请把他找出来。"

冲野甚至动用了很少用到的人身攻击来让松仓松口。他不觉得应该从头否定一个人，只是，他感觉这次的案子也许更适合强硬一些。搜查本部的森崎，在心理上将松仓逼到无路可退，才引出了根津案的自首。在拘留的二十天里，森崎会跟冲野分开负责对松仓的审讯，冲野希望自己的审讯能取得更大的成果。

然而，对松仓穷追猛打的过程中，遇到的却是顽强的反抗。不是可怜或者逃避，而是坚决地拒绝，不留任何余地。

虽说也没期望着做贪污案的辩解记录书就能顺带解决都筑夫妇被杀案，不过还是侥幸地希望能在穷追猛打下抓到些线索。冲野铆足了干劲，却没有得到任何可以称得上线索的收获，不得不再次意识到这次工作的棘手。

"今天先到这里。"天色暗淡下来之后虽又坚持了一会儿，不过车在门外等着返送，冲野即便还一无所获也不得不结束了审讯。

自始至终不肯认罪的松仓，或许是精神上疲于应付冲野的严厉追问，回去时一脸疲色，默不作声。如果一定要找出成果，那就是松仓这副疲惫不堪的样子吧。可是，即便这样安慰自己，心里仍是一片空虚。

"辛苦了。"

沙穗出声问候，脸上也尽是疲色。在近处把冲野对松仓口不择言的严厉责骂全部看在眼里，疲惫也在情理之中。

"辛苦了，你可以回去了。或者，一起喝一杯？"

"那就不客气了。"

冲野从冰箱拿出啤酒，递了一罐给沙穗。

靠在沙发上，把啤酒一口气喝下一半，喉咙里发出的叹息，并不是为了啤酒的美味。

"有难度啊。"

面对冲野的喃喃自语，沙穗端坐在对面沙发上，回应道："确实有难度。"

"本来没有打算观望。"

"嗯，已经很深入了。"

听了沙穗的话，冲野苦笑道："确实如此。"

省略了刺拳的试探，一开始就挥以重拳，本以为可以把对手逼到角落，一阵猛攻把对方打到鼻青脸肿。

可是猛然看到对手脚下居然岿然不动，完全没有倒下的迹象。

自己在这个过程中却已经筋疲力尽。

在审问诹访部时，沙穗曾经懊悔说"就差一点了，真是太遗憾了"，今天却没有说出这样的话。可能今天，她伪装不出这样的安慰吧。

把酒喝完，冲野让沙穗先回了家，自己走向最上的办公室，去汇报今天的审讯情况。

"辛苦了。"

长浜已经下了班，最上独自一人等着冲野。两人开了啤酒，坐到沙发上。

"今天蒲田的案子他还是拒不认罪。"

"哦。"

从冲野手中拿过资料，最上面无表情地应了一句。没有失望的表情，但是也看不出无奈。

最上看都没看那份贪污案的辩解记录书，待他面色沉重地看完了根津案的调查书，他深深地呼出了一口气。

沙穗把都筑夫妇被杀案的审讯对话以笔录的形式总结出来了。看过之后，他应该能够明白冲野是以怎样严厉的方式追问松仓的。

"感觉如何？"资料读完放到一旁，最上问道。

"看来还需要些时间。"冲野这样回答。

"机会并不多哦。"

"明白。"

拘留期间的审讯基本上会以搜查本部为主。对于负责审讯的森崎，最上和青户都很信任他的能力。在接下来的二十天里，把松仓传唤到东京地检的机会可以有四五次吧。

"如果你感觉有戏，可以考虑多叫来几次。"

最上说完，观望着冲野的反应。

"我会努力利用这几次机会拿出成果来的。"

也许此刻更需要豪言壮语，可是他说不出不负责任的话。

最上盯着冲野的脸看了一会儿，轻轻地点点头，再次拿起了审讯笔录。

"被他看出证据不足了？"

"看不出他在冷静观察的样子，"冲野微微地摇头，"只是一味强调自己没有犯罪，看不出妥协，也不打算妥协的样子。"

"不准备妥协不就是因为手中证据不足吗？无中生有也是一个办法。森崎警部就是靠这个让松仓认罪的。"

"您说得对。"冲野点了点头，心里却提不起兴致。对于冲野来说，现实中不存在的事情是很难激发起他的斗志的，他没有信心能够拿出和森崎一样的魄力。"不过从今天一天的感觉来说，一味强攻实在起不了什么作用。我想森崎会选择强攻的，那么我就改变策略，接下来问一问他的成长背景、平日不满之类的。"

在过去的审讯中，他曾经设身处地地倾听被害人学生时代的痛苦，虽然跟案情无关，但是因此得到对方信任，最终引出了自白。

在拘留的二十天中，被害人持续被孤独和不安折磨，那时如果有人能够理解自己，自然会对他萌生出信赖感，从而在心理上觉得不能跟他撒谎。

只懂得毫无章法地猛拳相向并不算本事。首先，博取对方的信任，这样可能会出现转机，冲野向最上提出了这个想法。

可是，最上听了这话眼神明显冷淡了下来，摇了摇头像是完全没有讨论的必要。

"是觉得这样轻松才打算这么做的吗？"

"不是的，不是那么回事。"

"松仓是不好对付的。"最上瞪着眼睛看向冲野，"他不是一般地狡猾，非常精通防御本能，你必须带着这样的觉悟才可以。他不会轻易说出真话，不仅如此，他还会隐瞒对自己不利的事实，所以才能从根津案中逃脱。现在他确实坦白了根津案，流着眼泪道了歉，可是你要小心，如果看到他这个样子就觉得他也有颗正常人的心，那就上了他的当。跟他交心就能让他说真话，这个想法太天真了。他是想着通过坦白过去的案子，从现在这桩凶案里彻底逃开。这意味着什么，到底是什么样的人性才会有这样的态度，你好好想想吧。"

冲野并没有打算轻敌，不过作为战术，想跟松仓交心的想法却是事实。

可是最上等于在说要放弃一切幻想。

是要残酷地拷问到底吗？

好严厉的人哪。

冲野感觉这是第一次看到最上作为检察官真实的那一面。

"如果做不到，就趁早说吧。"最上逼问，"没有斗志还要继续，这是最坏的选择。还是找其他人吧。"

"不，没问题的。"冲野反射性地回答，"我知道了。我的本意是不排除使用其他方法，可能结果选择了让松仓轻松的手段吧。我会负责任地对待这个案子。我不会上他的当的，也绝不允许他逃掉。我会跟森崎配合追查到底。请继续交给我吧。"

最上盯着冲野，没有轻易回答。沉默了一会儿之后，他终于挪开视线，喝了口酒。

"当然，只要你不临阵脱逃，还是会交给你。"最上静静地说。

"谢谢。"

看着冒出冷汗的冲野，最上向他投去了眼神锐利的一瞥。

"等你身上徽章再旧些的时候再去仔细聆听对方身世吧。你的优势是什么？不就是横冲直撞吗？至少我是这么希望的。不要成为那种暮气沉沉的检察官。"

"明白了。我会全力以赴。"

现在不是哭诉畏难的时候。最上交代的工作里面，对诹访部的审讯也没有拿出成绩，那个时候最上尚有余地，即使不成功也没有追究。这次的案件没有任何留情的余地。

必须拿出成果。

冲野深深地感受到了这份责任。

送检之后的三天，警视厅的森崎警部都在蒲田署审讯松仓。

从早上八点多到晚上十点多，紧锣密鼓地严厉追问。

冲野或者打电话，或者到蒲田署抓住休息中的森崎了解审讯的状况。

到了第三天，森崎的脸上现出了深深地疲惫。

"我在这里偷偷说一句，他真的相当顽固哪。"

森崎在同为审讯负责人的冲野面前，吐露出了不能被青户和最上听到的泄气话。

"他坦白根津案时，我以为再有两天就能让他张口自首这次的案子，结果实在是不好对付。"

他说着，轻轻地叹了口气。

"如果有新的证据，情况就不同了。"

"没错。"冲野表示同意，"听说本部还在各方调查，不过还没有找到关键证据。"

"明天拜托给你可以吧？"

"当然。"

森崎按照计划托付给了冲野，脸上露出一丝安心的苦笑。

"再继续下去，我也吃不消了。在你那里哪怕一天，就是帮了很大忙了。"

冲野自上次之后就空出了时间，加上受到最上的刺激，现在浑身充满了力气。

"我会连带你的部分一起加油的。"

冲野朝森崎笑了笑，心里对松仓燃烧起熊熊的怒火。

"贪污犯松仓到了。"

第二天早上，听到沙穗说松仓已被押送来，冲野脱掉西装外套，挽起衬衫的袖子，等待松仓。

"早上好。"

很快，松仓走进了办公室，先朝着冲野行了个礼，由旁边的警官解开手铐和腰绳之后，站在了审讯用的桌子前面。

可是他没有立刻坐下来，而是恍惚地看向冲野背后。

在透过窗子看向日比谷公园里盎然的新绿和鳞次栉比的高楼，像是被这一刻治愈了一般，松仓的呼吸声听起来平稳轻松。

看到他的样子，冲野的怒火瞬间被激起。这个男人从森崎的穷追猛打中解放出来，跑到这里来放松了。

居然被他如此小看。

"喂！不想坐就别坐了！"

冲野提高嗓音站了起来，把领带解下来摔在桌子上。

"啊……对不起。"

"别坐了！"

冲野制止了低下头准备坐下的松仓，绕到桌子后面，不顾站在那里因为不知所措而惊慌的松仓，把桌椅拉到了墙边。

"这里！坐到这里！"

让松仓面对墙壁坐下，冲野把自己的椅子也搬过来，坐到了他的旁边。

"把手放到膝盖上！背挺直！看着前面！"

冲野把报道都筑夫妇刺杀案件的报纸打开，用胶带贴到松仓面前的墙壁上。

"还没坦白就想欣赏外面的风景，哪有这种好事！"

冲野在松仓耳边大声嚷嚷着。

"啊！我什么也没做啊。"

松仓浑身颤抖，却清清楚楚地说了出来。

"你看着这个也能说出同样的话吗？！"冲野把都筑夫妇遗体的照片贴到报纸旁边，"他们清楚地知道是谁杀害了自己。你好好看看他们死不瞑目的样子，睁大眼睛好好看！"

"不是我……"

松仓的脸痛苦地扭曲着，不停地摇头。

"你打算装无辜到什么时候！你这个浑蛋！"冲野唾沫横飞怒骂开来，"喂！杀人犯！强奸犯！"

松仓惊恐地看着冲野。

"怎么了？错了吗？不就是这样吗？杀人犯！强奸犯！想要哪一个？喜欢哪个喊哪个！"

松仓眼睛里现出泪光，拼命地喘着粗气。

"我在问你想听哪个，喂！杀人犯！你想祸害几个人才肯罢手？因为你这样的畜生活在世上，还要出现多少牺牲品？你觉得只要装无辜就能逃掉吗？你这个浑蛋！现在已经没有时效了！一定会把你彻查到底！"

"检察官，不是的！"眼泪滚下来，松仓反驳道，"我很后悔过去犯了错……我一直担心不知道什么时候被抓起来，心惊胆战地活下来已经受到惩罚了……不可能是我做的。"

"你真的觉得你这愚蠢的理论说得过去吗？靠着坦白了过了期限的案子，就打算洗清身上的罪恶吗？不管有没有受到惩罚，都改变不了你是强奸杀人犯的事实！你说你已经忏悔了，开什么玩笑！你不是还想着靠说出以前的案子从警察的眼皮底下溜走，把这次的案子蒙混过去吗？四处流窜就能改头换面重新做人了？你觉得谁信你的鬼话？！只有你干得出来！嫌疑人中只有你一个强奸杀人的浑蛋，谁都看得出来到底谁可疑！"

"我！"松仓举起放在膝盖上的拳头，朝桌子上砸去，"绝对没有杀人！怎么就说不明白呢？"

"怎么了，喂！"冲野越发大声地喊起来，"生气了？才说了这么多你就发狂了？！你就这样在都筑先生面前发狂做了什么？喂！你倒是说啊！杀人犯！你拿刀做了什么！说啊！喂！"

松仓痛苦地"啊"的一声喊了出来，身体蜷缩着用手盖住了耳朵。

"别堵上耳朵！谁让你把耳朵堵起来了！你给我好好听着！喂！别给我装蒜，喂！"

冲野继续口不择言地臭骂松仓。

"被害的都筑先生的怨念现在寄托在了我的身上！他说杀了人还想逃走，那是不可能的！听好了，是都筑先生在说话呢！他说是你杀了我啊！赶紧承认吧！

"你以为我们没有证据就在怀疑你吗？不管你怎么否认，在法庭上胜诉的证据我们都收集好了！再继续执迷不悟，法庭上的印象是最差的！酌情处理之类的什么都没有！相当于你自己在要求严惩！杀害两人是什么刑罚你知道吗？酌情处理是无期徒刑！如果没有酌情的余地，后果是什么你明白吗？！

"喂！你给我适可而止吧！让我跟杀人犯呼吸一样的空气，我都要吐了！你为我想想吧！赶紧说出来让我解放吧！

"这世上没有一个人相信你的话！都筑先生赛马的朋友都说你最可疑！谁会相信你，你倒是说出来听听！离婚了的老婆？很早就分开了不可能相信你吧？只剩下根津案里给你随随便便做证的那个老头儿？可是那个老头儿已经死了吧！已经没有了，一个人都没有了！"

事已至此，冲野所处的情景，距离手持法律之剑将恶人的假面一劈两半的理想，已经相去甚远。他只是一味地把秽言恶语像石子一样合拢起来，不顾一切地胡乱扔出去，一心只想以此来击垮松仓的自尊心，煽动他的孤独感，把他逼到绝望的深渊里举手投降。

在这一通近乎发狂的谩骂轰炸之下，冲野终于感觉到给了松仓一定的伤害。这从他颤抖的身体、流下的眼泪和发出的呻吟声中可以看出。可是反过来，这一整天如同恶魔般竭尽全力痛骂的结果，也不过如此。松仓今晚应该会度过一个难眠之夜，可是冲野心中，也是荒芜一片。

没有任何收获，松仓迎着夜色返回了蒲田署的拘留所。

松仓离开之后，冲野把自己的椅子搬回办公桌前，全身虚脱地坐下伏在了桌子上。勉强让自己兴奋起来的结果，是被夺走了全身的力气。

"笔录，这样可以吗？"沙穗一边观察着冲野的脸色，一边递出了笔录。

冲野抬起沉重的头粗略地看了一眼，今天一整天的恶语相向中，那些辱骂的词语被改成了稍许缓和的措辞。

"谁叫你随便改的，我不是这么说的吧？杀人犯、强奸犯，我说的这些话都写上去，我是怎么严厉逼供的，也得好好传达给最上先生的啊。"

"好的，对不起。"沙穗拿过笔记准备重新修改。看着她的样子，冲野内心更加空虚起来。不管有没有向最上传递出自己拼命努力的样子，都无法改变他没能让松仓坦白的事实。

"开玩笑的。"冲野叹了口气说，"现在这样可以了。如果把我说的话全部写上去，笔录就没法看了。"

"可以吗？"沙穗静静地问。

"嗯。结果都是低头道歉。"

冲野从沙穗手里再次接过笔记，跟她说了声辛苦就去了最上的办公室。

最上坐在办公桌前迎进了冲野，省略慰劳的话直接审阅起冲野递上来的调查笔录。

"对不起。"

最上差不多看完的时候，冲野嗓音沙哑地道歉。

"还能加把劲儿吗？"最上眯起眼睛看着冲野的脸。

"当然。"

条件反射般地回答之后，自己的心情却像是隔了好远。

"森崎警官也做了很多，据说感觉很有难度，如果你可以，我想着把在这边审讯的次数再多加几次。"

"交给我吧，我会竭尽全力的。"

冲野感觉自己的声音从很远的地方传来。

两天之后，松仓再次被送到冲野的办公室。

松仓脸上没有上次走进这个房间时轻松的表情。凹陷的眼球左右乱转，脸颊因为紧张而僵硬。只是在脸色难看这一点上，冲野并没有资格说别人。他已连续三个晚上无法入眠，只能靠吃安眠药才能在清晨睡上两三个小时。

眼睛虽然没有充血，眼皮却出乎意料地格外沉重，粗糙的皮肤不时释放出刺痛感。

不过审讯一旦开始，这些疲劳感就被膨胀起来的兴奋驱散开来了。

"看看你的样子，果然带着恶人的面相！喂，照照镜子吧！你自己看看杀了人的人长成什么样！你对着镜子里的脸，去问问残忍刺杀了都筑夫妇的人到底是谁！

"你进到他家里的吧？快承认了吧！说一声是就可以了！不就是这么简单吗？你脸色难看不就是因为明明杀了人却非要说没有吗？因为想要说谎逃避惩罚所以才不好受吧？

"要是你的母亲还活着，我得跟她说说你干了什么罪孽深重的恶事！把你这样的畜生带到这个世上，连累那些无辜的人平白牺牲，这是做了什么好事！就算你的母亲哭着跪下来道歉，这些话也要说给她听！

"你的人生中有什么需要坚守的？！喝酒、赌马、嫖娼，不就是继续混着这样的日子，等过几年没了工作靠政府养着，在破棉被里动弹不得孤独终老吗？什么啊，你这该死的人生！我要是你，早就放弃了！还不如在监狱里为被害人祈祷冥福，诵读经文，才更像个像样的人吧！不是吗？"

松仓在破口大骂之下没有留下任何新的线索就被带走了，狂躁的一天宣告结束的一刻，冲野无计可施地陷入深深的疲惫之中。

现在已经想不到要用什么办法才能让松仓自首。或许是觉得反正也撬不开他的嘴，或许是觉得痛骂才是自己的职责，他只是拼了命地骂。不管是兴奋还是愤怒，仅凭这些单纯的情感是持续不下去的，而之所以坚持了下去，是策略，还是疯狂，连冲野自己也说不清楚了。

喘着粗气抬起头，正好碰到沙穗看向自己的目光。

沙穗眼镜背后深邃的眼瞳中，既像是轻蔑，又像是怜悯。冲野没有力气思考，只是稀里糊涂地接受了她带着深意的视线。

"你在这种情形下也会把心里的厌烦表现在脸上啊……不过，这也可以理解。"

冲野此言一出，沙穗的脸上现出受伤的表情。

"我是担心检察官的身体。"

"我的身体？"

听到沙穗同情的表白，冲野不禁失声笑了。

"我的身体有什么关系，只需要大声骂人就可以了，很轻松啊，还能除压呢。"

冲野吊儿郎当地向后靠在椅背上，把脚搁在了桌子上。沙穗紧盯着这副样子的他。

"我觉得，"沙穗坦率地说出心里话，"那个人真的是凶手吗？因为没有直接证据所以审讯受阻当然可以理解，不过听了审讯过程中的对话，涉及凶案核心的部分实在看不出他有什么反应。"

"这样的话就不必说了。"冲野没让沙穗说下去。

"好的……对不起。"

沙穗本想继续说些什么似的张了张嘴，结果只是道了歉没有再说话。

冲野并不是没有疑问过，只是尽量把这个念头从意识中抽离。如果把这样的疑问放在脑海里，那么迟早会无法再负责审讯工作，还会被看作是消极对待搜查，最后被移出这起案件的检察官队伍。

"辛苦了。"

从沙穗手中接过笔录让她回去之后，冲野迈着沉重的步伐走向最上的办公室。

可能是因为次数多了，最上只要看一眼冲野的脸色就能知道审讯的结果了。他没有多余的问话，查看笔录时的表情也没有任何变化。

"跟副部长商量过很多次了，按照现在的状况，以杀人罪再次批捕比较有难度。"

没有刻意表达焦虑，不过最上的语气中已经表现出了十二分的严肃。

"坦白说，在逮捕前我以为松仓现在这个时候已经认罪了。"

"对不起。"

冲野低下了头，最上却没有回话。

"事到如今，我意识到这场赌注很大，不过不打算回头了。"

听起来是在吐露悲壮的决心，不过传到耳朵里更像是处变不惊的气度。

"责任我来承担，所以你什么都不需要在意，只管竭尽全力做下去，往往在山穷水尽时才会看到转机。"

想到最上如此信任自己，冲野感到无比羞愧。

他知道他必须做下去。

"我会努力的。"

他不得不做下去。

11

"嗯？"

听到最上的报告，副部长肋坂达也坐在办公桌对面不解地闷哼了一声。

"这个案子，怎么看都觉得你很少见的性急了嘛。"

"时间还很充分。对手是二十三年前从警察手里逃脱的人，从一开始就估计不会很简单，真正的较量才刚刚开始。"

"按照现在的情形，实在没办法做出再次逮捕的许可啊。连间接证据都不充分，只是案发时间段拜访了被害人家，也没有足够的动机……就算有借钱的动机，那么具体的诱因是什么。还需要从周围收集一些证言吧。"

"现在警方正在做这些事情。"

"嗯……"肋坂摘下合成树脂眼镜，揉了揉眼角，"总之，自首或者直接证据，特别是凶器，如果没有的话有点困难啊。"

警方正在扩大范围查找那把刀，包括松仓的工作地、最近的公园，可是都没有找到。

"之前说拖鞋很可能是扔到了便利店的垃圾桶里吧。"

"是的。"

"那时不会把刀一起扔掉吗？"

"恐怕没有。便利店的店员没看到有危险品或者可疑物被扔掉，刀上还带了一部分刀刃，如果扔掉了店员应该会注意到的。"

"如果刀能找到就好了，如果实在找不到，哪怕有证据能证明他在哪里买的也好啊。"

这样的调查警方也在推进，只是一无所获。

"连这也没有的话，有点难办哪。"肋坂说，"当然接下来的搜查可能会有转机，不过，最上啊，暂退一步也是个办法。"

"从现场的心证来看，松仓的罪行已经基本确定了。"

"我知道，但也不能说强推下去就是好的。现在打开的口子太浅，深究下去却让他逃走的话，就更遗憾了。"肋坂开导最上，停顿了一会儿看着他说，"你明年也许要告别一线检察官的岗位了。这么重要的时期，没必要做些给自己职业抹黑的事情。慎重行事才好。"

作为东京地检刑事部的头号副部长，肋坂本人已确定在下次职位调动时晋升为部长，他的处事良言有着一定的说服力。

可是偏偏这个案件，最上不想遵从他的训诫。即使天平的另一端需要放上自己的职业生涯，但他根本没有权衡的心思，也就不能成为问题了。

"我会铭记副部长的提醒，在此基础上找出突破口，再次逮捕松仓。"

最上留下这样的话，辞别了副部长。

不管做什么，都必须再次逮捕松仓，以杀人罪把他带上法庭。当然，既然送上了法庭，就必须拿出能够胜诉的证据。

不管做什么……最上在这一点上，已经从检察官的本职范围里踏出了一步。如果现状依旧如此，他预感自己将不得不踏出第二步。

松仓的审讯陷入了困境，虽然冲野正全力以赴地寻找突破口，但是现在谁都不能保证可以在拘留期间引出自供。

如果不能引出自供，那就只能收集证据……

回到自己的办公室，长浜拿了便笺过来。

"律师加纳先生打电话来，说希望您回个电话。"

"他是谁？"

"当值律师，据说跟松仓面谈过了。"

在起诉之前，拘留期间的嫌疑人想找律师却没有门路的时候，律师会会按照当值律师制度选送律师过来。

"我稍稍调查过了，他以前是检察官。"

长浜的便笺上写了加纳律师的简历。现年六十岁，司法考试比最上早九期。十年前辞退了检察官的职务。

听说是松仓的案子，最上本想摆摆架子，不过既然曾经是检察官，应该不难沟通，于是拿起了电话。

"喂，是加纳先生吗？我是东京地检的最上。您好。"

"啊，最上先生，不好意思，因为实在找不到你，只好让你回电话了。"

对方的语气中没有丝毫敌意。

"没能接到您的电话，该我说对不起。听说是关于松仓的事情吗？"

"是的哦。跟他面谈了，他本人边哭边说，明明自己什么都没有做，非要他承认，而且一整天都被骂得狗血淋头，难过得实在没办法。"

"不是警方，而是我们的审讯吗？"

"是的，我也奇怪呢，不过他说检方的审讯更严厉。"

听了加纳毫无紧张感的说辞，最上忍住轻笑。

"这边跟事务局稍稍问了一下，据说是 A 厅负责的。"

"是的。"

"所以我想大概是失了分寸吧，总之，先提出个建议吧。"

"那真是麻烦您了。确实是 A 厅一个精力旺盛的男孩负责的，可能有些用力过猛了。不过他本来是个很正派的人，应该知道界限在哪里的，我想他不会故意做出格的事情，没听说拳打脚踢吧？"

"这倒没听说。"

"因为松仓还牵扯到其他案子，审讯严厉了些也是有不得已的苦衷，我想加纳先生您对这方面应该深有体会吧。"

"哈哈哈，我猜想大概就是这样吧，不过既然听他说了，就不能不管啊。"

"诚挚接受您的建议。"

最上说完，不经意地问道："松仓有没有说些别的？"

"他说他什么都没有干，现在脑子已经快要坏掉了。看他的样子已经非常脆弱了。不过听了他的话，确实有些不太确定他是不是真的跟案件有关。所以是否需要再仔细辨别一下呢？哎呀，我只是个当值律师，没有必要偏袒他，不过是作为一名前检察官，唠叨两句。"

"这样吗？我会参考您的意见的。"

最上再次致谢，挂断了电话。

他丝毫没有指示冲野暂缓追查力度的打算。

松仓已经非常脆弱了。

这是刚刚的对话中看到的一个事实。

脆弱说明有可能不久的将来就能把他拿下了。

可是直到现在，都还没有能够确信松仓是真凶的不可动摇的心证。

这也是现实之一。

虽然跟肋坂副部长传达说现场心证已定，但是最上的感觉并没有口中说的那么强烈。最上也清楚自己希望松仓是凶手的想法多少影响了对破案的预期。

也就是说，现在还不清楚这场搜查的方向在哪里。

即便如此，最上还是想从松仓已经示弱的消息中看出胜算。

那天夜里，工作结束回到住处时，等待最上的是漆黑的房间。

妻子朱美白天出发去了韩国旅行。当然最上没有去送行。手机里收到她说"我走啦"的消息，他只是无关痛痒地回复了一句注意安全。

桌子上，旅程表和买来的真空包装的食品放在一起，最上只是扫了一眼，没有拿到手上。

奈奈子和往常一样出去打工不在家里。

最上换上居家服，走进书房，打开了书桌的抽屉。

拿出一个纸包，在桌子上打开。

是搜查松仓住处时偷偷带出来的东西。虽然都是些只能称之为垃圾的东西，不过用在了合适的地方，会不会像宝石一样散发出光彩……最上带着这样的期待，这些天在绞尽脑汁地想办法。

可是想来想去，用途确实有限。

只能作为遗留物放置到现场或者现场附近，然后提出现场可能会有遗漏，要求再次进行鉴别搜查。

现在，松仓的脚印主要集中在被害人家的玄关前，可是走到玄关并不意味着走进了家中。玄关是上了锁的。壁垒就出现在这里。

如果进到了家中，就等同于拆除了那道壁垒。但是如果想要证明，就必须有松仓当天确实进入家中的物证。

不，不是家中也可以。

犯人是绕到庭院逃走的。

如果庭院里遗落了能跟松仓联系起来的东西，就能成为跨越那道壁垒的物证。跟案件无关的人是不可能在那种地方转来转去的。

如果是庭院，最上可以一人前往布局。

既然有价值，就下定决心做好心理准备吧。

只是，布局也需要深思熟虑。

从松仓的房间里捡来的最有用的是创可贴，上面带着血，只要做了DNA鉴定，一次就能判定是松仓的东西，当作是在逃走过程中从身上掉落的，即使遗落在庭院里也不会觉得不自然。

牙签也可以成为检测出松仓DNA的优质证据，只是不适合松仓把它遗落在庭院里。赛马报纸排除。糖纸无法保证能采集到清楚的指纹。

最上一开始觉得羽绒外套的羽毛很有意思，于是匿名咨询了纤维业界的检测协会，结果回复说一片羽毛几乎不可能证明是从某个特定的外套上掉下来的。一件外套会使用不特定的多只水鸟的羽毛，而且三片羽毛也不足以作为DNA鉴定的检体。从羽毛的形状倒是可以区分出鸭毛或是鹅毛，可是不能判定出来自哪一件外套。

不过……最上想道。

既然是羽绒服，就势必会有羽毛飞出来。面料组织或针脚略粗的款式上时常能看到跑绒。最上在年轻时穿着的便宜羽绒服，常会有羽毛跑出来。

从这个意义上说，松仓羽绒外套有着一定的特征，到处能看到羽毛。只要都筑夫妇和第一发现者的原田夫妇没有类似的羽绒品，那么即使不能成为关键证据，也能把合理怀疑指向松仓。

关键证据交给创可贴即可。为了让鉴定课发现创可贴，需要借口来促成再次搜查，羽毛在此时就能发挥作用了。

最上确定在脑中组织起来的理论成了形，他用镊子夹出创可贴和三片羽毛，放进了信封里。

第二天早上五点多，最上睁开了眼睛。在安静的厨房里简单吃过早饭，比平时早了近两个小时整理好着装。看了一眼扔在玄关的靴子，知道奈奈子已经回来了，想着反正是在睡觉吧，也就没有打招呼。

最上走出住处，在七环上了出租车，驶向大田区的六乡。

他在第一京滨沿线下了出租车，从那走到了京急高架沿线的都筑夫妇家。偶尔有上班的人骑着自行车或者开着车擦肩而过，不过都筑夫妇家前面的小巷子里没有人影出现。

失去了主人的家，因现场侦查，众多搜查员出入其中时的严肃气氛已消失殆尽，开始显露出衰败的寂寥。

最上不经意地看了看巷子前后，钻进了不带门的停车场，挤过都筑和直的爱车，从松树和杜鹃的盆栽中穿过去绕到了庭院后面。

他在盆栽的阴影下很快地观察了下院子里的情形，没有发现有人在看。可能是嫁到千叶的女儿，或者妹妹夫妇，给外廊的窗户上挂上了防雨板。

看不到房间里面的样子。虽然感觉家中不会有人，最上还是很小心翼翼地走进庭院。

把什么东西放到哪里呢……最上一边观察着逃跑路径和风向一边思考。

戴上白手套，从信封中拿出了羽毛，用镊子夹起来，插进了小木坛中树杈的地方。这个地方不会第一眼就看到，但是如果仔细观察，羽毛在微风中轻摇着，像是宣告自己的存在。

不错。

还有一片，伪装成混在吹到院子一角的落叶中的样子。

还有一片。

试着轻轻拉开窗子的挡板。

里面漆黑一片。

能不能从窗子空隙里滑进房间呢。

用镊子夹着放到差不多的位置，却在中途被挡住了。

尝试了几次都不顺利，最上只得放弃了。把那一片挂在窗棱上，关上了挡板。

创可贴挂在了盆栽下方的枝子上，可以解释为逃走时被枝条绊到脚时脱落了，更重要的是混在枝叶里，即使最初刑侦搜查时没有发现也不会感到不自然。

布置完成之后，用白手套擦了擦额头的汗，小心翼翼地走出了巷子。最上头也不回地走到第一京滨，上了出租车。

午饭过后，最上和冲野等人一起去了蒲田署。松仓的拘留日已进入第九天。虽然既定方案是申请延长十天，但是审讯和其他搜查都没有进展，需要花时间跟搜查干部就今后的方针磋商一番。

和最上一起坐在后座的冲野，从审讯开始后脸色一天天变差。不久之前年轻灵动的目光已变得迟缓，表情中也不见任何柔和，这可以说是他在审讯中倾尽全力的证明了。

"说起来，昨天跟松仓会面的当值律师提了意见来。"

"说什么？"

冲野的表情可以看出他已猜到了是什么事，只不过装作不知道。

"也没什么重要的事，说松仓现在正在叫苦。在我听起来，意思是说应该按照现在的势头继续下去。"

"知道叫苦的话，就赶紧坦白罪行好了。"冲野恶狠狠地说，"叫来当值律师，真是奸诈。"

当初的考虑是在二十天中冲野负责的审讯占到四五次的样子，不过现在看来，是和搜查本部的森崎分摊了。得知冲野口不择言的痛骂在审讯过程中给松仓本人施加了非常大的压力，搜查本部中也有声音肯定了冲野的干劲。

他的审讯带着年轻人才有的尖锐，也许有失分寸，不过这正是最上所希望看到的。而冲野的努力是在最上的期待下催生出来的，从这个意义上说，最上也必须施加这份期待。

到达蒲田警署，长浜把车停到楼前的停车场，他们下了车，穿过警署正面玄关时，和站在大厅一角的中年男子视线碰到一起。

最上用了一两秒的时间才认出他是大学前辈水野比佐夫。水野看起来也是一样，正在用手机打着电话的他，在看到最上的瞬间说不出话来，只是静静地看着他。

被长浜和冲野围在中间的最上，没有机会跟水野打声招呼，便从他身边走过了。

果然还是按捺不住过来打探消息了……最上这样想着。

水野也没有过来打招呼。

因为前几天刚刚在电话中断绝了关系吗？

还是……

最上来到蒲田署这件事，可能会让他察觉到什么吧。

搜查本部的田名部管理官和青户系长出来迎接最上一行人，在会议室旁边的会客室里汇报了现状并一起商量对策。

最上说申请延长十天拘留时间的预定不会改变，警方没有表示异议。只是明确了搜查受阻的事实之后，谈到今后的计划时，各自的语气不自觉地沉重了起来。

"照现在的情形,检方对再次逮捕有什么看法？"田名部问最上。

"无论如何都想竭尽全力落实逮捕，不过这样下去可能有点困难。"最上说，"目前来看，我们的副部长感觉不太乐观。"

田名部听了这话，不死心地阴沉着脸点点头。青户则只是说了句"现在的情况来看也难怪的"，轻轻点了点头。

"冲野检察官审讯了松仓多次，感觉如何？"青户如此积极地询问冲野的意见，这在逮捕松仓之前是没有过的。一定是因为冲野严厉审讯的消息传入了他的耳朵里。

"松仓是个很难对付的人。"冲野回答，"看似对我的攻击有反应，实则完全没有，他非常清楚自己的底线，丝毫不肯让步。也不知道抛出去的话到底有没有效果，让人感到无计可施。不过我打算无论如何也要在拘留期间让他开口，而且我觉得能让他开口。"

冲野没有任何根据的话反而表达出势在必得的决心，青户一时无言地点点头，表示了尊重他的奋斗热情。

可是，没过多久，他冷静地开了口。

"森崎就松仓难对付这一点说了同样的话。他也很努力，可是实在没有结果，正一筹莫展。

"还有一点，他说根津案时，在松仓坦白之前能明确感觉到他跟案件有关，只要施加压力就能让他开口，可是这次的刺杀案却完全找不到这样的感觉。根津案时行得通的办法现在却行不通。即使在心中认定了他是真凶拼命敲打，他还是无动于衷，甚至令人恼羞成怒，冲野检察官，你能明白森崎的感受吗？"

"明白。"冲野说，"松仓时而愚钝得令人着急，时而狡猾得无以复加。有时看他感情外露潸然泪下，结果却不管我说什么都心不在焉。以什么方式攻击哪里才有效果，我也正在摸索。"

听了冲野的回答，青户继续发问："那种毫无头绪、无动于衷的感觉，在冲野检察官心中，会不会想到他可能不是凶手？"

面对这个问题，冲野一时没有回答。

"是这样的，"青户补充说，"森崎说心里生出了很多疑惑。直接否定他是很简单的事情，不过和松仓面对面十多个小时的他的心证变化，是重要的搜查情报。当然了，搜查的方向并不会因此改变，只是现实是搜查正处在胶着之中，那么就必须考虑各种可能性。趁现在时间还算充裕，我知道会引起波动，但还是把这个问题拿到台面上来讨论一下。"

"我不知道。"冲野谨慎地开了口，"如果心存杂念，追究势必会受牵制，疑惑的时候我会想到松仓是那个把罪行隐藏了二十三年的人，以此来提醒自己。"

"原来如此。确实，这一点不能忘记。"青户说完，看向最上。

"最上检察官怎么看？"

"不管接下来会做什么决定，青户君提醒的事情都应该放在脑子里。"最上说，"只是我认为搜查胶着的背后，是物证过少的原因，这几乎可以说影响着全局。"

"确实如此。"

青户说完，田名部从旁补充："只要有物证出来，搜查就会大有进展的，正因为没有物证才难办。这样下去只能束手无策。"

"我觉得应该再仔细重复一遍遗留品搜查。"最上说，"也许案发之后鉴定活动已经取得了最大成果，不过如果改变看问题的角度，有时能看到不一样的东西。今天来这里的路上，我想起搜查松仓房间时候的事情，他的上衣中有一件羽绒外套。黑色的薄款羽绒衣，可以穿到4月份的样子。当时想着很有可能是在行凶时穿着的，让青户君收了起来。"

最上用目光询问青户，他点了点头，表示记得。

"那件羽绒外套看上去到处都有羽毛从针脚飞出来。想起这件事，我忽然意识到会不会有一两片羽毛遗落在现场。"

说完，最上又把询问的目光投向青户。

"鉴定课没有报告说收集到了那类东西。"青户说。

最上轻轻点了点头。"凶手穿着羽绒外套，可能会有羽毛落下来，如果带着这样的眼光搜查现场的客厅、走廊或者庭院的话，或许有机会发现它遗落在了某处。当然现在去找，有可能找不到了……我想说的，是这个意思。"

"有道理。"青户面带思索地嘟囔着，"既然在附近公园、松仓单位等地还在继续寻找凶器，现场遗留品搜查再做一次也不为过……可是就算找出了一两片羽毛，不一定能认定是松仓的东西吧？"

"也许有必要试试看的。"田名部说。

"松仓的生活习惯中，也有一些是住宅搜查之后才知道的，吸烟、吃口香糖、正在吃鼻炎的药，等等。知道了这些，烟头、嚼过的口香糖、带着鼻涕的纸巾等就会进入视线。说不定初次鉴定搜查中有遗漏的东西。"

"明白了，我们尽早安排。"青户应承下来，写进手账之后，身子略微向前探着继续说，"另外，还有一件事，我想先说出来给你们听听比较好。"

面对青户故弄玄虚的开场白，最上轻轻皱着眉头，催他说下去。

"不过，还不知道是不是真的跟这次的案子有关，是酒桌上听到的事。"青户把此话摆在前面之后继续说，"实际上，昨天我们刑事课带来一个盗窃嫌疑的男子，审过这个男子之后，意想不到地听说了这件事。是那天刺杀案之后的事情。那人在京急蒲田站前的烤串店的吧台，跟隔壁的某男子一起喝酒。据那个盗窃嫌疑的男子说，他是初次到那家店，而对方是那家店的常客，跟店主也是熟识。

"然后，对方男子喝得酩酊大醉，吹了不少牛皮。先是得意自己做厨师的手艺，不知不觉开始了恶心的话题，用开玩笑的口气说'我看不顺眼的，就算是人也扑哧扑哧刺上去'，后来话题转来转去，对方问'之前六乡的凶案，你记得吗'，盗窃嫌疑的男子没看报纸也没看其他，在不知情的情况下听他说下去，只觉得对方跟凶案有关，他说话的样子，在酒桌上听起来也足够恶趣味了。"

做过厨师……感觉此案的嫌疑人中有这样的人物。最上对上青户饱含深意的视线，想了起来。

"对方的名字，他没有问，不过他说听店主喊他小弓。"

对了，弓冈嗣郎……没有这个人的借条，但是和被害人都筑和直一起赌马，因为在工作时沉迷于看比赛直播，后来被开除了。

"恐怕说的是弓冈嗣郎了……怎么样？有没有感兴趣？"青户盯着最上，"警局经常会有这样似是而非的事情传出来，不过我感觉跟这次的案件有些微妙的联系，弓冈这个名字也颇有意思。"

坐在最上旁边的冲野，一听到弓冈的名字，立刻坐立不安了起来，咽着口水拿起茶杯，眼睛不停地转着查看最上和青户的脸色。

"确实。"最上隐藏起纷乱的心情，冷静地回答，"不过，那毕竟只是酒桌上的话，问题是不知道该信任到何种程度……即便那个人是弓冈。"

"当然，"青户心领神会，"友人卷入凶杀案，编排得好像是自己做的一样。对方是偶然遇见的陌生人，自己又喝醉了酒，不知不觉就夸大其词、口若悬河……也是有可能的。虽然是低级趣味。"

最上正在想着怎么回答，青户像是看穿了一样用眼神示意道："不过还是会在意。"

"嗯，"最上点头，"那个盗窃嫌疑的男子何时送检？"

"明天。"

原本应该交给冲野，不过目前最上希望他集中负责松仓的审讯。

"知道了，到时我来问问是怎么回事。"

"好的，就这么办吧。"

"另外，把弓冈的相关资料也给我看一下吧。"

"明白了，马上去安排。"

这样说着，青户用笔在手账上飞快地记录着。

碰头会结束后，最上走出了蒲田署。

大厅、门外，都没有看到水野的踪影。

起风了，橘沙穗的黑发被风把玩着飞起来。

今早去都筑家院子里布置遗失物时，几乎是没有风的……

现在怎么样了呢？

虽然会惦记，可是已经无能为力了。只能祈盼着在二次鉴定时能够发现它们。

"弓冈的事情，应该怎么看？"

上车之后，在后面相邻而坐的冲野嘟囔了一句，脸上尽显动摇与苦恼之色。

"还不清楚到底怎么回事，不必太在意这种未经证实的消息。"

冲野原本就认为弓冈这种没有在现场留下借条的人才值得怀疑，可是现在却要摒弃自己的观点，竭尽全力制伏松仓，就在此刻弓冈闯入了搜查视线，跟他说不能动摇也是难为他了。

"我跟那个盗窃嫌疑的男子碰过面后，会跟你说的。明天又到你负责的日子了，不要再想其他多余的事情。"

听了最上的话，冲野压抑下情感，回答说："我知道了。"

第二天早上……从家中的窗子望去，外面天色阴沉，大雨就快来临了。

最上取出早报，喝着低温的美式咖啡，翻看起报纸。先是翻开社会版面看有没有自己负责案件的相关报道，目光停在了头版的目录上。

标题是"特搜部——申请对丹野议员的逮捕许可"。

报道占了三个版面。就海洋土木公司向高岛集团政治团体幕后捐款的问题，丹野参与决定在收支报告书中不予记录的嫌疑已基本确定，东京地检特搜部不顾国会期间，决心逮捕丹野，确定将于一两日内申请逮捕许可。

虽然难以置信，但是既然报纸已大篇幅报道，就不得不承认它的真实性了。

当然，如果目标是丹野，特搜部不会采取如此强硬的手段。他们的目标是高岛进。丹野打算不惜牺牲自己的政治生涯来守护高岛。如此格局之下，势必会以严峻的形势拉开战斗序幕了。

作为最上，现在除了默默旁观事态的发展，别无他法。

他叹了口气，合上了报纸。

当天下午，叫作矢口昌宏的男子被带到了最上的办公室。正是和传说中的弓冈嗣郎在烤串店里喝酒的人。

矢口三十八岁，没有妻儿。好偷东西，有盗窃前科，此次正是顺手牵羊时被抓了现行。由其他检察官完成盗窃罪的辩解笔录之后带到了最上处。

最上让他坐到审讯用的椅子上，立刻进入了正题。

"听说蒲田署调查的时候，你说在烤串店里听到了六乡的夫妇刺杀案的事情。我也是检察官，正在负责这个案子，想听听这件事的详情。"

最上试探着开口之后，矢口看跟自己的案子无关，放下心来，轻轻耸了个肩膀开了口。

"烤串店的店主喊他小弓。大概六十岁吧，理着平头，笑起来爽朗大气，一眼看上去容易亲近，不过可能是喝了酒，眼神凶狠，怪恐怖的。"

"是这个人吗？"最上从上午蒲田署送来的弓冈嗣郎的资料里，抽出照片给矢口看。

"是的。"

可能是在蒲田署也指认过，他只扫了一眼就认出来了。

"刺杀案是怎么说的？"

"一开始听他炫耀对做菜在行，仔细问了下说是当过厨师，当时很敬佩的。不过因为沉迷赛马过了火，被店里炒了鱿鱼，我心想这是个意外的让人没辙的老头儿嘛。后来两个人都喝多了，话题就颠三倒四起来。是什么话题引起的……哦哦，确实是聊到刀的快钝之后，他问我知不知道六乡的凶杀案。我虽然时不时到蒲田附近去玩，但是我住在世田谷，对老头老太被杀的案子不感兴趣，也就不记得了。结果，他特别详细地说给我听，连那老头老太是什么样的人都特别清楚，我问他你怎么知道的，他说其实是相识的人。聊到相识被害的话题，不说态度严肃吧，虽然没到开心的程度，但总觉得兴致很高的样子。听他说得好像亲眼见过一样，我开玩笑问他不会是你干的吧，结果他冷冷笑着说'你怎么知道的？'还假装朝我腹部刺了一刀哦……好恐怖的。"

"你的意思是，听起来弓冈是在开玩笑，是吗？"最上谨慎地发问。

"当然了，喝酒的场合下说的话，谁也不会严肃地说是自己干的，不过我是看着他的眼睛听他讲，感觉他不简单哦。我也是见过不少坏人的，能感觉到他们这种人特有的味道。"

不过那只是这个人的心证，如果没有更详细的证据，只能当作道听途说的故事听听了吧……正这样想着，矢口想起什么似的继续说起来。

"对了，因为那之前说到过刀的话题，他说，便宜刀到底不好用，刺杀一个人就不能再用了，如果勉强用的话，一下子就会折断，所以如果你想杀两个人以上，得用把好刀，还说人背后的筋硬，刀刃伤得快，应该先刺肚子，说了这些莫名其妙的话。够恐怖吧。"

最上无言地看着矢口。

都筑夫妇被杀案件中，凶器的刀刃断了的事实，从未报道过。

"那之后，他还说那对夫妻死了以后，有很多人特别高兴。我问他为什么，他说有几个人跟老头借了钱，这些人都不用还了，肯定很开心。我问他你怎么样？他得意地笑着说，所以我无拘无束过来喝酒呀。他还说请我去下一家的，我随便找了个借口拒绝了。"

为了吓唬偶遇的陌生人，把相识之人被害的凶案，自以为是地描述成是自己干的……这样的逻辑实在说不通。

如果弓冈是凶手，就更容易解释他的那些话了。

终于明白青户为什么不惜改变目前搜查的走向，硬把这件事塞过来了。

最上让矢口回去之后，呆呆地坐在办公桌前，一动不动。

桌上电话响起，最上陷入沉思没有接。长浜接起之后，是找最上的电话，还是转了回来。

"是青户警部的电话。"

最上拿起听筒，传来低沉的声音："百忙之中不好意思。"

"上午开始，鉴定课大概集合了十个人再次搜查了被害人家，一楼、庭院，还有车库，彻底查了一遍。"

"然后呢？"最上嘶哑着声音催促。

"遗憾的是没有任何新的线索。果然初次行动时已经非常仔细地搜查过了，即使换个角度再搜，也确实有难度。"

最上不禁狠狠咬紧了牙根，心里痛恨起昨天的风。连创可贴也被吹到哪里去了吗？不，可能还在。但是不可能从自己的口中提醒他们去盆栽下面找。无能为力了。

天助松仓。不会一直守护正义的喜怒无常的风，和二十三年前不同，这一次刻板地没有闹脾气。

"上次说的盗窃犯，去过你那里了吧，问过话了吗？"

"嗯，问过了。"

"怎么样？"

"非常值得关注。"

"对吧。"青户应和了一句，接着问，"那要怎么办？如果决定认真查一查，就得转换搜查方向了。"

"管理官没有异议吗？"

"田名部恐怕心情很复杂，不过他也清楚不能不顾事实和线索。"

"是吗……那我明天过去拜访，再深入讨论吧。"

"好的。"

看上去像是在意田名部的意向，但其实是最上无法辨明自己的心情。把回复推到明天，挂掉了青户的电话。

可以明确的是，今后的搜查再也无法强硬追捕松仓了。

都结束了……最上不得不承认。

水野、前川、丹野这些与北丰宿舍渊源甚深的旧友浮现在他的脑海里。年轻时候的久住夫妇，还有由季稚嫩的笑脸……

本想为他们昭雪遗恨。这命运捉弄下交代的任务，除了自己没有人可以完成。虽不是别人的托付，但他觉得这是必须完成的任务。嘴上说着跟自己无关，其实他心中一直热血沸腾着要将这个逃脱了二十三年的男人抓捕归案。

为此，他不惜双足踏入了禁地。

可是，天不助我。

被无力感吞噬的最上，从椅子上站起来，呆呆地看向窗外。

如果改变搜查方向，冲野会松口气吧。这个年轻的检察官，为了拿出成果拼了命地勉强自己。也许只有这一点好处吧。

好几辆黑色的车从检察厅匆忙开了出去。

"啊……"在事务官位子上看着电脑的长浜不禁发出了声音，"特搜部这下难办了……"

"怎么了？"

最上回到现实中，问长浜道。他想起丹野的事情。难道是有什么举动？逮捕议员的许可决议已经下达了吗？还是被否决了？

"据说有幕后捐款问题的丹野议员自杀了。"

最上不自觉地鼓膜发胀，脑子里袭来一阵不舒服的耳鸣声。

长浜手放在电脑上，看得入神。是网页上发出的新闻。

最上看了一眼，跌跌撞撞地走到待客沙发前面，打开了挂在墙上的小型液晶电视的开关。

"下午一点左右，于赤坂的众议院议员府邸中……"

"以绳圈套颈、身体瘫软的丹野议员，被秘书发现……"

"经医院确认死亡……"

"房间中发现多封遗嘱，警察认定为自杀……"

"丹野议员的岳父高岛进——前外务大臣正赶往医院……"

"丹野议员因海洋土木公司的幕后捐款问题……"

播音员口中流利的新闻，变成一段一段语言飞进最上的耳朵里。他的头脑已无法消化掉所有的信息。

唯一可以确定的是，丹野真的死了。

"检察官，手机……"

听到长浜的声音，最上回过头来。放在办公桌上的手机响了。他走到桌边看了一眼，显示屏上显示的是前川的名字。

"最上……"

最上刚把手机贴到耳边，就听到了前川的哭声。

"丹野，丹野他……"

"嗯，我刚刚在电视上看到了。"最上虚脱地回答。

"明明是个好人……"前川呜咽着说，"你能相信吗？他已经不在这个世上了啊……"

说得没错啊。

没办法相信啊……

这些话最上并没有说出口，而是把手机放在了桌上，双手掩面。

"电视关掉吗？"

新闻结束后，电视画面转换成电视剧。最上回到位子上，只是精神恍惚地出着神。

长浜关掉电视，回到自己的位子，同情地看着最上。

"丹野议员也是市之谷大学的法学部毕业……是您的校友啊。"

"嗯，我们一起学习准备司法考试。"

"这样啊……能理解您的心情。"

说完，长浜坐在事务官位子上不再说话。

最上独自叹了口气。

曾经那个刻苦勤奋、踌躇满志地希望世间美好的男人，在即将步入知天命的年纪时撒手人寰，在最上心里留下无尽的空虚。

明明今后还有很多机会为这个世界做事。

这是丹野自己的选择，旁人无能为力，他想这样劝慰自己，可是内心却无法冷静地接受。

丹野一定还想活下去的。

可是绞尽了脑汁，结论却只能如此。

丹野已经不在了。

自己生活在他没能活下去的现在。

今后也将是如此。

和想起由季时一样的感伤，让最上的心一阵阵抽紧。

和丹野比起来，自己并不会有更高的成就。即便如此，自己却要代替他活下去。

这有什么含义吗？

必须要自己找出来吗？

沉淀于心底的情绪不安地波动了起来。有什么摆在了自己的面前，最上意识到了自己想要回应它的冲动。

只有自己才能做到的事情。

不经意间……

此前从未有过的想法浮现了出来。

实在是太过无法无天。

他本能地摇了摇头。

可是它瞬间膨胀到令人无法忽视的地步。

自己已是步入歧途之身。这样想的话，或许还有可以做的事情。

最上把搜查本部送来的关于弓冈嗣郎的资料摊开在桌子上。

上面标注了弓冈的手机号码。和被害人都筑和直在案发前一天的通话记录留了下来。这份记录可以作为推测凶手第二天来到被害人家的合理证据，不过，现在已经没用了。

最上把脑海中浮现的计划仔细推敲一番。

真的行得通吗……需要不顾一切地铤而走险，而且没有胜算。

可是，最上想，如果松仓杀害了都筑夫妇，那么由他承担罪责是理所应当的。

而只有让他承担莫须有的罪名——只有让他背负下比自己犯下的罪过更严重的罪责，比如说此次的凶案——作为对松仓逃开刑罚的天谴，才更有意义，不是吗？

必须这么做。本能已经给出了答案。

电话铃响，把最上从思考的世界里拉了回来。

"冲野检察官说要来报告今天审讯的结果。"

长浜接了电话之后向最上传达了内容，最上却把弓冈的手机电话记在便笺纸上，站起身来。

"我出去一会儿，你先把笔录收下来吧。"

今天的审讯也不会有任何进展吧。松仓不是凶手。对拼了命地追击松仓的冲野，本应该好好慰劳一番，可是，现在有更重要的事情要做。

最上出了办公楼，走上横架在眼前这条路上的步行桥，来到了日比谷公园一侧，然后走进了步行桥下的公用电话亭。

他把几枚百元硬币放在电话机上，深深吸了口气。拿起听筒按下了弓冈的手机号码。

最上烦躁地听着电话里传呼的声音。不久连接到语音留言，最上啧了一声切断了电话。

再来一次……他调整好呼吸，又播了出去。

快接电话……他听着传呼声音在心中默念，这次接通了。

"喂？"传来对方惊讶的声音。

"喂，是弓冈嗣郎吗？"最上故作镇定地说。

"我是，不过你是谁？"

"名字不能告诉你，不过我和你在同一个立场。"最上说，"听好了，我接下来要说的话很重要。"

"什么？你是谁？"弓冈用满是戒备的声音问。

"你听好。都筑夫妇被杀案，警察现在盯上你了。"

"你说什么？"

"在京急蒲田站的烤串店里，你跟邻座的男人说过作案的事情吧。装聋作哑也没用，警察已经查到了。"

"你……你是谁？"弓冈声音里透露出动摇之色。

"我是搜查的相关人员，但是如果你被抓我会很麻烦，想让你暂时先躲一躲。"

"这到底是怎么回事……"

"现在没有时间详细说明。总之，你明天早上把随身行李收拾好，从现在的住处出来。如果再磨蹭，就会被警察抓住，只能趁现在。"

"等一下……你突然来电话，就说明天早上要出去，太可笑了吧。"

"你听好，你没有选择的余地了。这次的案子，如果被抓到就是死刑。也许你之前感觉自己能逃得了，不过照现在的情形你肯定是会被逮捕的。不过，我们现在还有其他的嫌疑人，松仓重生你认识吧？最初是怀疑他的，但是你的事情查了出来，搜查方向突然转了。所以你暂时躲起来就还有救。明白了吗？"

听筒里只剩下些微微的喘息声，弓冈沉默了。

电话的显示屏上显示通话时间还剩最后一分钟。

"弓冈。"最上又投进了一枚百元硬币，叫了他的名字。

"我在听。"

弓冈粗鲁地说完又陷入了沉默。

他是在思考这些话到底可不可信吧。

最上抑制住内心的焦急，握着听筒的手慢慢加了力道。

"可是，"弓冈终于开了口，"让我躲起来，到底去什么地方好？一下子也想不出啊。"

最上把郁结的气息呼出，打开手机里的日历接着说：

"没问题的。先把明、后天的旅馆定下来。这点钱应该有吧。箱根比较好，用假名定好。周日我会过去。我有藏身的地方，到时带你过去，生活需要的钱也会借给你，所以你什么都不需要担心。

"但是，我现在要说的话你一定要记住。首先，行李尽量简化。另外和都筑夫妇案相关的东西都不能留在住处。行凶时穿着的衣服、鞋、袜子，全部带走。能指认你是凶手的东西绝不能留下。在作案现场穿的拖鞋扔到便利店的垃圾桶了吧？"

弓冈"哦"了一声不知是回答还是惊讶。

"凶器怎么办了？"

"什么怎么办了……"

"不是有把断了的刀吗？扔到哪里了？"

"哪里也没……"弓冈言辞含糊起来。

"怎么回事，喝醉的时候明明闲话说得很顺口。还在你手上吗？还是扔到哪里了？告诉我。"

"……我有。"弓冈低声说。

"你有？还在你手上？"最上感觉看到了巨大的光明，"好，刚好。有刀的话，就可以嫁祸给松仓。"

"本想扔掉的，可是不知道扔到哪里好。"不知是不是听到最上的反应放下了戒备，弓冈说出了这些话。

"你运气很好。把那把断了的刀带着。然后借条和账本怎么样了？"

"撕了之后放进可燃垃圾里扔出去了。"弓冈横下心来一口气作答。

"房间里已经没有了吗？"

"没了。特意扔掉了。"

"那就好。犯案笔记或者买刀的发票不要留在房间里。"

"没有，发票也扔掉了。"

"好，接下来躲避风头的事情不要跟周围的任何人讲。明天以后，切断手机的电源。从傍晚开始的五点、七点、九点，这几个奇数时间的前后五分钟，五点的话就是四点五十五到五点五分，只在这个时间段打开手机。跟你联系的时候，我会在这个时间用公用电话打给你。明白了吗？"

"如果联系不到我，住在调布的姐姐有可能会着急。"

"你事先告诉她在大阪附近有好工作，你过去打工就好。"

"真的可以相信你吗？"弓冈说出了残存在心底的疑虑。

"给你打这个电话，我也很危险，希望你能明白。既然决定做了，就需要瞒过所有追捕你的警察内部的同事，必须占得先机。"

"明白了。"弓冈下定了决心，"犹豫下去也无济于事，既然追来了，就只能逃了。"

"好，再联系。"最上说完，挂断了电话。

"我认为调查弓冈的人员当然需要分配一部分出来，但是巩固松仓证据的人员也需要留下一部分。目前还不需要完全切换搜捕目标来追捕弓冈。"

第二天下午，最上和冲野他们来访蒲田署，在和青户、田名部一行人讨论时，就今后的搜捕方向说出了这样的想法。

青户惊讶地扬起下巴看向最上。

"你是说要双管齐下？"

"是的。"最上说，"在松仓的嫌疑还没有洗清之前，我认为不应该暂缓搜查。"

最上扫了一眼旁边，冲野也正吃惊地看着他。

"我以为最上检察官问过矢口，对弓冈有了相应的心证了……"青户慎重地试探最上的真实想法。

"当然，"最上回答，"昨天已经说过，他非常值得关注，只是那些是在酒桌上喝醉了的人之间说的话，从侧面说明，也是需要小心的。"

"弓冈说用便宜的刀刺杀人，刀刃会断，你听矢口说过了吗？"

"嗯，听说了。"最上轻飘飘地回答，"那确实是需要注意的证言。但是他并没有说用刀刺了都筑夫人之后刀刃断了。只要他没有说，那么断定弓冈是凶手就为时过早。弓冈和松仓，两人并重调查才比较稳妥。"

如果得知弓冈行踪不明时，警方彻底失去搜捕目标就难办了，现在不能切断举证松仓的线索。

青户不解地闷哼了一声，扫了一眼田名部。这时田名部开了口。

"我从个人的角度，也觉得把搜查目标从松仓转移到弓冈很遗憾，但是从证言来看，不得不这么做了。现在对于弓冈，包括不在场证明，和案件的相关性都还没有调查，接下来很需要人手，我知道青户的意见是稳妥的。如果检察官是在顾忌我的感受，那么实在是不必了。"

"我并没有特意揣测管理官的意图。"最上说，"只是我们必须吃一堑长一智。如果松仓跟案件有关，这将成为他第二次逃脱法网了。那是不可原谅的。青户君的意见我也认为是妥当的，但是，举个例子，松仓和弓冈是共犯的可能性也不是没有，把松仓排除在搜查对象之外是危险的。如果本部会有负担，那么拘留延长后松仓的审讯由冲野负责吧。如何？"

"原来如此，确实下结论还为时过早。"田名部附和着说完，看向青户，"既然检察官这样说了，就按照这个方案进行吧？"

青户轻轻耸了耸肩膀，回答说："明白了。"

"当然，把松仓保留为搜查对象，并不意味着要对弓冈敷衍了事，我也认为现在应该优先追捕弓冈。"

为了防止弓冈逃脱时被他们记恨，最上补充道。

"不用担心，这一点我很清楚。"青户这样回答。

从蒲田署归来，冲野坐在最上旁边脸色阴郁。

"接下来还要拜托你。"

最上说完，冲野无精打采地回了一声"好的"，显得不情不愿。

最上原本不想告诉他关于弓冈的事情，不过昨天来送松仓的审讯笔录时，可能已从长浜口中得知了矢口证言的详情。在松仓的审讯陷入困境时听到这些消息，一直紧绷的神经突然断掉也在情理之中，此刻即使仍然把松仓的审讯交给他一手负责，心情上也一时很难转换吧。

可是，就算心中是理解他的，最上也没有体谅他的余地了。

必须让冲野完成。

当天晚上，最上来到三田，参加丹野家在菩提寺为丹野进行的守夜。

寺外各式相机严阵以待，煞有介事，因为是所谓的密葬，本堂附近寂静无声，看不出在这里进行的是掀起轩然大波的幕后捐款问题当事人的守夜。

本来，也许最上也应该避嫌，前川和夫人取得联系，回话说请一定来参加，于是最上工作结束后换上银灰色的领带赶了过来。

本堂的入口近处，前川直之和小池孝昭站在那里。

"来了？"

"来了。"

三人见了面却相对无言，不知是谁先叹了口气。

"你把徽章摘掉。小心被家属记恨。"

小池把烟灰掸进便携烟灰缸里，看向最上领口那枚秋霜烈日样的检察官徽章。

"谁都不会在意这个的。"

虽然前川如此说，最上还是按照小池说的，把徽章拿了下来。他不是以检察官的身份来到这里的。

"你去见见丹野吧。"

被前川催促着，最上走进了本堂，跟只在各自婚礼上见过面的丹野夫人表达了哀悼。看到一旁被大了一圈的学生服包裹起来的男孩子，越发痛心起来。应该是刚刚步入中学生的年纪。丹野说过，为了将来立志成为政治家时容易在选举中记住名字，岳父高岛进说要取个简单的名字，于是取名为正。可是，这位名叫"正"的少年，今后会立志成为政治家吗？最上不禁想到这些。

丹野长眠在棺中。脖子上和由季一样，围着白色的围巾。

"丹野……"

不管再说什么，他都听不到了。

"之前打电话的时候，他说跟你联系很开心。"前川难过地说。

那就发生在不久之前。过去在同一个教室里相邻而坐的两个人，境遇虽然不同，却在同一时刻呼吸着相同的空气，人生交织在一起。

可是现在，其中一人的人生终结，无论如何也不可能再有交集。丹野成了只能存在于过去的人。

可是……最上想。

丹野的死，并不是为了渲染失去的痛感和感伤的情绪。

丹野在用他的死向最上质问，今后你打算如何活下去。要用那些丹野未能经历的时光，做些只有最上才能做到的事情，而不局限于社会上的成功或者体面。

最上看着丹野死去的容颜，确信自己接收到的并非错觉，他重新立下誓言。人一旦死亡，一切都会化为乌有。那时再后悔也已为时晚矣。即使背负上罪名，只要心中再无遗憾，也就有了替丹野活下去的意义。

诵经开始之前，高岛进出现了。丹野的父亲觉得自己儿子做了傻事，佝偻着身子抱歉地寒暄着。身体状态不佳入院的母亲满脸憔悴地紧握着手帕。

高岛表情沉痛，来到遗属席位腰背挺直闭目的样子，带着大政治家的威严和谨慎。

丹野的死自然对高岛产生了重大的影响，但实际受到重创的却是东京地检特搜部。了解幕后捐款收受真相的重要人物离世，特搜部失去了起诉高岛的线索。面对强硬的搜查态势，丹野以死相抵的事实，也让地检内外开始质疑搜查是否妥当。这次事件的搜查只能以腰斩结束了吧。

随着时间流逝，奄奄一息的势力又会卷土重来，这便是政治世界的法则。从结果来看，高岛公开参选下一任立政党党首选举，已经出现胜利的萌芽，而那正是丹野用自己的生命守护来的。最上无法计算它的价值。每个人的价值观不同。最上，也有他自己的价值观。

"到哪里喝一杯吧？"

守夜的仪式在肃穆的气氛下结束了，走出本堂后前川不舍地说。

"对不住，今天得回去了。"最上说着，看向小池，"今天这种时候工作就算了吧。你去陪陪他。"

"你怎么回事，自己先逃掉了。"小池虽然这样说，却没有拒绝，"好吧，反正回去也做不了事情。"

简单地寒暄着下次有空再约，跟前川他们分别以后，最上上了出租车，来到了六本木。在六本木四岔路口附近下车之后，打电话给了一名男子，说想要现在见面，问了他所在的位置。

最上从没在六本木喝过酒，所以花了些工夫才找到电话里说的那家酒吧。看着手机里的地图，路过那些相聚在霓虹灯下的外国人和年轻人身旁，终于在高楼的地下找到了一家酒吧。桌位上有一组，吧台有两三个客人。店内流淌着爵士乐，听不清人们私语的声音。地上放着台球桌，但是没有人在玩。

想找的人在吧台一个人喝着酒。细瘦的身体包裹着双排扣西装。上一次面对面，已经是十六七年前了，不过风格完全没有变化。

"上次没见到你很遗憾。"最上坐到他的旁边说，"看上去你很精神，那再好不过了。"

诹访部利诚一脸稀奇地盯着最上，把手中的酒杯向前倾了倾。

"上次也很有意思，"诹访部面无表情地回答，"那位小哥还好吧？"

"嗯，很努力。"最上说着，跟服务员要了杯啤酒。

"中崎最后被起诉是共犯，和北岛一样，肯定会受到重罚。"

"你不是特意来报告这件事的吧。"诹访部斜眼看向最上。

"我有事拜托你。"

"不会是之前那样的事情吧。我不出卖人的，这点希望你差不多理解了吧？"

"我知道，所以来拜托你。"

"这次是什么案子？"

"案子……接下来会发生。"

听了最上的回答，诹访部皱起了眉头。

最上从服务员手中接过喜力啤酒和酒杯，朝身后的桌子抬了抬下巴。

"去对面说吧。"

最上转移到空桌位，把啤酒倒进酒杯，灌进自己干渴的喉咙。诹访部慢慢坐到了最上的对面。

迎着他惊讶的视线，最上把脸凑向了他。

"想让你为我准备手枪。"

诹访部脸色一变，盯着最上看。

"你在开什么玩笑。"

终于，他用一点都不好笑的口气说。

"为好友守夜的路上归来，我不会开这种玩笑。"

"不是看了警匪电影回来的路上吗？"诹访部无奈地冷冷笑着说。

"钱我也带来了。"最上拍了拍上衣的胸口袋，"不知道需要多少，先带了五十万日元来。"

"这是什么圈套？"

诹访部眯起眼睛盯着最上。

"不是圈套。检察官不需要做这样的工作。对于你来说，只不过今天的客人正好是检察官而已。"

"看起来很认真嘛……这真是让人大吃一惊。"

诹访部一直紧紧地盯着最上，终于抛却了内心的疑念，接受了现实。

"跟你好友的死有关吗？打算打响复仇的枪声？"

"不是那么简单的事情，跟他的死无关。不过因为他的死，我才决定到你这里来了。"

诹访部眼睛向上看向最上。

"对手是一个人？"

"是的。"

"嗯……不管带多少手枪，新手跟多个人对决都不简单。不过如果对手是一个人，想要尽量在短时间内解决的话，使用手枪是最聪明的做法。刀刺或者绞杀就不知道到时会发生什么了。"诹访部嘴里念叨着，慢慢脱掉了上衣。

"也就是说，你既然已经考虑清楚来到我这里，我只能说你是正确的。把带来的钱放进内口袋里。"

最上把信封里的五十万日元放进递过来的上衣内袋里，还给了诹访部。

诹访部慢慢地穿起来，用手按了按胸口附近，确认了下口袋的厚度。

"这些够吗？"最上问。

"够了。"诹访部接着说，"什么时候需要？"

"可以的话，明天。"

"常用右手？给我看看。"

最上伸出右手，摊开了手掌。

"马卡洛夫如何，对于你的手，不大不小，手感也不错。如果需要，还可以准备消声器。"

最上点点头。

"子弹需要几发？"

"两三发即可。"

"不管怎么说，手枪这种东西，开枪次数越多越不容易打中。集中精神的第一枪、第二枪定胜负。弹匣里放三颗子弹，扔的时候把子弹用光之后扔掉。没用过的手枪可以回收，用过的就不能回收了。埋到山里或者沉到海里。"

"明白了。"

"解除保险，扣动扳机，子弹就射出去了。再扣扳机，第二发出来，等全部子弹打出，把覆在枪身的套筒向后拉，就结束了。"

诹访部手上做着手势，低声说明着。

"重要的是解除保险。就算心里明白，到关键时刻也有可能大脑空白。黑社会里有那种不解除保险就拼命扣扳机结果被人趁机反击的笨蛋。握住手枪的把手，伸开食指碰到的杠杆就是保险。马卡洛夫的话，上方是锁定，会以这个状态交给你。开枪的时候，把杠杆拨到下方。拨下来开枪，记住了吗？别忘了。"

"明白了。"

"要带到检察厅吗？"诹访部眉毛一挑。

"那有点麻烦。"

最上付之一笑，诹访部也干巴巴地笑了笑。

"检察厅前面的日比谷公园有个黄色的帐篷。以防万一会插上万国旗。跟里面的人明天中午交接。"

诹访部从钱包中抽出名片大小的一张纸，胡乱画了几笔之后一分为二。

"这是兑换券。交给帐篷里的男人。"

最上拿着那一半，把啤酒倒进酒杯，一饮而尽。

"不过……"诹访部苦笑着摇摇头，"居然有检察官客人……"

"第一次吗？"最上开玩笑地说。

"律师倒是有过三个。"

"律师人数比检察官多几十倍，多也是理所当然。"

"也就是说检察官更坏了。"

诹访部说着，愉快地笑了。

周六午后，最上穿着西装，手里拿着皮包，走出霞之关车站后，没去地检上班，而是走去了日比谷公园。

从路边望过去，看到公园一角有几个流浪人的帐篷。发现其中黄色的帐篷之后，最上走进了公园。

周末的公园里可以看到散步的人们，不过帐篷附近没有一个人影。

黄色帐篷上挂着万国旗。最上若无其事地看了看马路，拍了拍帐篷的门。

一个男子从中探出头来，黑色的脸上满是污垢，掺杂着沙尘的灰色头发邋里邋遢，不管怎么看都只像个流浪汉。

最上无言地把"兑换券"交给他。

男子瞄了最上一眼，从怀中掏出自己的那一份"兑换券"，对照起来。

他重又钻进帐篷，手里拿着一个大大的信封走了出来。

最上接过来，像是一块铁块，拿在手里沉甸甸的。他迅速把东西塞进包中，离开了公园。

回去的时候他决定乘坐出租车，选了一辆随意停在路边的车子回到了官宅。

已经跟长浜说过这个周末休息，最上不加班的话，长浜不会来上班的。安排了冲野连休，让他暂停一下让松仓再考虑考虑。对冲野来说，能好好休息一下了吧。事实上，当冲野听到的时候，很是松了一口气的样子。

把表面的工作暂停，最上打算在这个周末专心致志去做背后的工作。

最上回到家中便钻进了书房，从包里取出信封打开，里面是一把用缓冲气泡垫包着的马卡洛夫手枪。枪口上插着圆筒状的消音器。

确认了保险装置的上下操作，训练自己的手感以适应实际的重量。在完成这一切之后，最上把枪放入手中的布袋，塞进了背包。

接着把蓝色的塑料垫、手套、毛巾、封箱带、LED 提灯、狩猎帽、太阳镜等上午在涩谷的杂货店里买来的东西一起放进了背包。

换上素色的棉质衬衣和裤子，穿上带帽的薄夹克衫，走出书房时，碰见刚起床的奈奈子正在厨房里把火腿和鸡蛋夹到吐司里吃着饭。

"爸爸这两天出去和朋友一起露营。明天回来会很晚，你自己
随便弄点吃的吧。"

"真少见呢。"

奈奈子这样嘟囔着，看着最上将饭钱摆在桌子上。

"要不我也找个地方出去玩吧。"

母亲去韩国旅游了，父亲也去露营不在家，女儿也会想要出去
尽情玩乐一番吧。面对依然昼夜颠倒、漫无目标地过日子的女儿，
作为父亲也许应该唠叨几句，只不过，最上不觉得现在的自己有这
个资格。

"开玩笑的啦。"奈奈子看到最上一直盯着自己看，耸了耸肩说，
"也没有特别想去的地方，我会老老实实待在家里的，不用担心。"

"不，"最上松了口气，说道，"你想做什么就去做吧。你不可
能永远都是长不大的孩子，如果是自己深思熟虑过的事情，爸爸不
会多过问的。"

最上瞥了一眼瞠目结舌的女儿，背起背包："不过，要注意身
体哦。"说罢，便离开了家。

最上来到品川，乘坐新干线前往小田原。

叔父清二住在小田原。婶母早已离世，和最上年纪相仿的儿子
在埼玉县自立了门户，所以七十七岁的叔父独自一人生活。自己亲
手收拾着一小块田地，也没生过什么大毛病，虽是位沉默寡言的老人，
身体倒也硬朗。

再加上最上在最初上任时期曾在静冈地检的沼津支部工作过，

对箱根附近的地形比较熟悉。这就是劝说弓冈藏到箱根去的原因了。

抵达小田原站后，最上在车站专卖食品的商业街买了些水果，叫了一辆出租车往西去了。

杂草已经长到了叔父家门口，从外面就可窥见鳏夫独居的寂寞。不过，四五年前来参加婶母的葬礼时，在堆放杂物的车库里，和农具一起摆放着的那辆厢式货车还在。昨晚给叔父打电话时，说要和朋友一起露营，跟叔父借了车子周日再还。

去见叔父之前，最上先去了车库，找找看有没有能用得上的工具。锄头倒是不错，不过要拿过去的话，还是铁铲更好用吧……最上看到靠在里面的一把铁铲，决定就是它了。

最上正想着回到门口，听到从后面传来水流声，于是绕到车库后面去查看，原来是叔父在冲洗下田用的筐子。

"叔叔，好久不见。"

"哦，阿毅来了……"叔父关掉水龙头慢慢站起身来，"来得好啊。"

"不好意思啊，来得这么唐突。"

"哪里哪里，没关系的。我最近也很少开车了。不是不能开，只是医生说要尽量多走路。说到看医生，也不是什么大不了的病，不过是经常去量量血压而已。"

"嗯，您看上去很硬朗啊。"

"大部分的地方我骑个自行车都能到。你很急吗？要不要进来喝杯茶？"

"好，那我就进来喝杯茶。"

进到家中，把水果供到佛龛前，最上双手合十拜了拜。叔父在厨房泡了茶，颤巍巍地端过来。

"好，我不客气了。"

最上在茶水放到被炉上之前就接了过来，喝了几口。

"义一哥哥还好吗？"

叔父问起了自己哥哥，也就是最上父亲的情况。

自从母亲去世后，父亲就搬入了札幌的老人院，基本上都是住在札幌市区的弟弟和弟媳来照顾老父亲。最上上次看到父亲还是在正月回乡时。

"怎么说呢，也算不上特别精神，不过倒也悠然自得。"

最上说着把装着手枪的背包放在一旁，跟叔父亲密地聊起家常，实在是别扭的光景。

"去露营时有些力气活要干，可以借我把铲子吗？"

休息了一会儿，最上向叔父借了车钥匙，背起背包若无其事地问道。

"哦，你随便拿。"

叔父走到外面目送最上。

"阿毅，"叔父说道，"该放开手脚的时候，不要缩手缩脚。"

"嗯？"

"不知道是不是你工作压力大，看你表情很严肃。休息的时候都这副表情，快乐的事情也会逃开的。"

最上勉强笑了笑。

"好，我会玩得开心的。"

最上走到车库前，把铁铲放进货车的车厢内，启动了引擎。

朝着叔父挥挥手，轻轻地鸣了鸣喇叭就驶离了。

油箱加满油之后，最上从丹泽湖沿着山路开往山中湖，看着地图漫无目的地开着车。手表显示已经五点了，到天色全黑还有些时候。最上在山路上时不时停下来，检查往来行人和车辆的多少，或者拨开散发着热气的草丛走进去查看。

这样行驶着，直到天色完全暗下来，到达一片别墅区，他一只手提着照明灯，徘徊在没有点灯也没有修葺痕迹的别墅前。

夜深了，最上到了御殿场道车站，在卫生间洗了把脸，吃了一碗牛肉盖饭又回到车子里。

最上放倒座椅闭上眼睛。

就那样，他在半睡半醒中等待着清晨的到来。

第二天清早，小睡后的最上来到御殿场道车站用过早饭，又绕着山中湖周边，和昨天傍晚一样，开到了别墅区。锁定了两三栋别墅作为目标，在附近查探后，最后把车停在山谷深处建造的一栋小别墅前，在那里等了近两小时。

那段时间内，没有一辆车经过，也没有人出来遛狗。

最上选定了这栋无人的别墅，拿起背包和铁铲走下了货车。

走到别墅后面，沿着一段不太陡的坡道走进一片小树林。随便找了一处，放下背包，戴上劳防手套，把铲子插进了地面。

大概花了两个小时，挖出了一个长 1 米，宽 1 米，深 50 厘米的深坑。挖到一半就开始汗流浃背，他用毛巾擦拭着额头的汗水一直没有停歇。平时很少干体力活，等到终于挖出了满意的坑穴时，已经累到筋疲力尽。

最上回到车里，驶离了无人的别墅。等他回到御殿场道车站，给手机设置了闹铃后，便放下了座椅。不一会儿深深的睡意来袭，比昨天夜里睡得安稳多了。

闹铃响起，已是四点半。周日的下午，车站的停车场里七成的车位都停满了车，热热闹闹的都是出游后要回家的游客。

最上去了洗手间，洗了把脸，在食堂点了碗拉面利索地解决了晚饭，之后在小店里适量地买了些瓶装饮料和面包放到货车的后座上，看了看手表，五点。

他在公用电话亭拨了弓冈的电话，很快就接通了。

"是弓冈吗？"

"是。"他的回答像是早已在等候一般。

"没什么异常吧？"

"没问题。只是舒舒服服地泡了个温泉。"

"我这边也安排妥当了。我去接你，你在哪里？"

听到弓冈在汤本，最上便发动车子离开御殿场道车站，飞快地奔驰在138号国道转去1号国道的山岭路上。终于，两旁的山岭变成了一派温泉街的景色，尽头就是箱根汤本站。

最上从背包里拿出太阳镜戴上，手握着方向盘。和弓冈约好这个造型就是暗号。

最上把车子开到宽敞的巴士、出租车下客的停靠点，有个蹲在步道上抽烟的男人非常显眼，目露凶光。在这个游玩的地方，从远处就能一眼望到这个格格不入的人。就是搜查本部传来的资料里的那个男人。

最上下了车，走近他。

"你是弓冈？"

最上开口问的时候，他也站了起来："是的。"

他穿的上衣应该就是便利店监控探头拍到的那件黑色的夹克。个子不高，许是啤酒肚的缘故，胸部显得干瘪瘪的，配着一张厨师的苦闷面孔，散发出一股目中无人的气势。现在想来已经无用了，如果最上能看到这个男人坐在审讯室里，应该会感觉到什么的。

"好的，走吧。"

回到货车，最上打开了后排座位的门。

弓冈被催促着，抱着自己的手提旅行袋钻进了后排座位。

"没劲，温泉住了三天，没有事干真难受。"

最上坐到驾驶座上，发动车子后，听见弓冈开始倒苦水。

"休息得不错吧？"最上随口问。

"要是住好点的旅馆，估计会比较舒服，不过偏巧手头钱不够，只能住个三流旅馆。热水就不提了，连饭菜都是冷的，还没吃好就赶紧收拾桌子了，实在想起来吵一架。不过我也不能太过招摇，只能压住怒火忍着了。真的可以拿到临时生活费吗？我身上没多少钱了。"

"我带了钱来，不用担心。"

"估摸着要躲多久啊？"

"要到宣判结束……你做好一年的心理准备吧。"

"一年？"弓冈面露不悦，"受不了啊。"

"想想出去会被逮捕，就能忍住了。"最上说，"过一两个月，把你送到大阪、博多附近去。在那里过着普通人的生活就好，只要不招惹警察。"

"你那边参与行动的，除了你还有别人吗？"

"嗯，"最上搪塞道，"仅凭我一个人，是做不到这些的。"

"对哦。"弓冈附和着，扑哧一声发出小小的笑声，"可是松仓被抓了吧。我跟他倒也不熟，不过真是不好意思啊，这对松仓来说是祸从天降吧。他做了什么让警察痛恨的事情吗？"

"松仓以前杀过人，但是没被抓到。"

"哦……那个，莫非是报纸上报道的那个家伙？杀了女中学生，过了诉讼时效的案子？"

"是的。"

"原来如此啊。"弓冈恍然大悟，小声嘟囔，"所以你们都是和那个案子有关的人？"

弓冈仔细琢磨了一下苦笑着继续说道："我不是要打听你们的身份。今后也不会对别人说的。"

"既然杀了人，就该受到惩罚。只是给他做个了断。"

"原来如此。"弓冈感慨地松了口气，"看来我因此得救，还是因为运气太好了啊。赌马输的钱换来了现在的好运……呵呵呵。不过警察为了抓到目标会做出这种事情吗？太可怕了。不过对我来说，倒是撞了大运。"

"没有你是做不到的。"最上说。

城市在后面越来越远了，车子再次驶进了两旁都是深绿色树木的山路。最上降低车速，把货车停在了有停车位置的路边。

"想跟你确认件事。"最上扭过头，朝后排座位问道，"作为凶器的那把菜刀带来了吗？"

"哦，带来了。"

"给我看看。"

最上说完，弓冈便从行李包中取出报纸包着的东西。

最上接过来，打开看了看报纸里面的东西。

里面是一把断了刀刃的菜刀。

"好，只要有了这个就好办了。"

最上心里的想法脱口而出。他重新把刀用报纸包好，整个放进了副驾驶座上的背包里。

"这个很难处理，正烦着呢。"弓冈说，"要是对你们有用，真是太走运了。是要放到松仓的公寓里，然后再找到吗？真是神来之手。"

"不用你想太多。"

听最上这么说，弓冈赶紧点点头："确实……跟我没关系。"

"后面有面包和饮料，你吃点吧。"

"哦，谢啦。"

弓冈在袋子里翻了翻，拿了一瓶绿茶。

"还有件事想问一下。"最上接着说，"事情的原委。为什么会变成那样，希望你告诉我。"

"唉，"弓冈喝了一口绿茶，无奈地说起来，"现在想起来，我也不知道自己是怎么了。我被一家赌马公司骗了，和都筑大叔没关系，都是那个叫冈田的马友介绍的。那个冈田说，虽然都能中奖，但是付的信息费不同，分析师也会不同。他说一定会中，我也知道这个世上哪有这么好的事，不过，那儿的卖点就是让分析师们互相竞争，根据中奖率来排先后，如果是末等分析师，信息费只要一万日元，中奖率也是一般；如果是大神级的分析师，手里的信息绝对不一样，手里会有马主私约和骑手假赛的独家黑幕。关键时刻给出的万马券级别的信息能价值百万日元。就算付了信息费，凭中奖的马票也能换三百万日元，超划算的买卖。

"我以前有过被诈骗公司骗过的惨痛经历，一开始对冈田的介绍也是嗤之以鼻，不过他总说他手上有一般人绝对搞不到的独家信息，我有些心动，后来慢慢开始买末等分析师的信息，有时中有时不中，不过营业员的态度很好，从不会强迫销售，所以我觉得这应该是一家还算比较好的信息公司。

"就在那时候，冈田拿来了张万马券，是彩信发过来的，上面还有照片，应该不是骗人的。不过现在想来，冈田跟那家信息公司交情那么深，也不知道那家伙是不是真的拿到了马券。话说回来，我当时觉得好厉害就失去冷静了。

"于是我就打电话给那家公司的营业员，他说一条大神的信息只卖给五位顾客，如果卖的人太多，就会影响赔率。中奖率是95%。不能保证100%也挺讨厌的，不过对于赌马来说，95%就相当于100%了。

"对方的意思是轻易买不到，我想那就算了吧，于是挂断了电话。谁知没过多久，那个营业员又打电话过来，说大神的信息出来了，但是一位登记的客户拿不出信息费哭哭啼啼只得取消了，正好我有了购买权，问我怎么办。

"我立马冲上去了，我想现在不买的话，恐怕购买权又会溜走。可是我手头没有一百万日元，以前跟都筑大叔借过不少，这回就又撒谎借了五十万日元，他知道我以前被骗过，如果跟他说实话，肯定不肯借给我的。我又从黑市借了二十万日元。手头原本有四五十万日元，从中拿了三十万日元，都付给了信息公司。

"然后短信推送过来大神的信息，也挺像那么回事，上面说一部分马场和马主合伙，暗地里约好为庆祝某个黑社会老大出狱筹钱才推出了这次万马券。临近比赛的时候，具体的连单数字也发过来了。120% 的回报率，我买了三万张。跟都筑大叔借的钱总共有一百三十万日元，黑市高利贷有二十万日元，如果中奖的话这些都能还清，剩下的够我游戏人生，还能再和大神买下次的信息，这是我的如意算盘。

"结果真到了比赛，和大神的预测相差甚远。当然我就打电话给营业员了，生气地质问他怎么回事，他说本该胜出的那匹马身体不适，完全跑不动，其他的马拼命配合也没能出来想要的结果。出狱的黑社会老大心情也很差，有传言说背后莫不是有谁在做手脚……这些话说得像模像样，还承诺下次大神的预测信息会以 VIP 价格八十万日元给我优先购买。

"我本来是气极了，结果又信了他的话。不，就是因为气极了，才觉得已经到了这个地步没有回头路了。再去弄八十万日元，只能找都筑大叔借了。在电话里苦苦哀求，他问才借了五十万日元，怎么又来借八十万日元，他这么说也在情理之中，不过说话之间我说漏嘴了，说了被信息公司套牢的事情，结果他说之前借的不还就不会再借给我。

"可是，就算他这么说，我也没办法回头了啊。那个时候我已经跟高利贷借过钱，想着哪怕去抢劫也要弄到钱，所以买了刀。不过因为没钱只买了把两千日元的便宜刀，后来才会咔嚓断了。

"其实一开始我没打算要杀大叔的啊。只想跪地磕头求他帮忙，如果不行，我就拿出刀来威胁他说我要剖腹，我寻思着这样总能打动他吧。

"于是打完电话的第二天，我就去了大叔家里。因为是不请自来，大叔不太高兴，我就说把之前借的钱先还他五万日元，以示诚意。

"然后我就跟他开口借那八十万日元，还向他跪地磕头，可是他完全不理睬我，还自以为是地骂我，说我吃不了赌马这碗饭，让我金盆洗手踏踏实实工作，把剩下的钱还给他。那个态度就像是在对人渣说话，本来我是打算假装剖腹的，当时就怒了。我拿出刀，说你别小看我，结果大叔的态度也很强硬，说要是想杀他就试试看。他真是笨啊，居然看不出我真要杀他，我就冲过去一顿乱刺，临死前他终于明白我是当真的了。阿婶哇哇大叫着往外跑，我追上去又是一阵乱刺。阿婶终于倒地了，我看着自己的双手，刀刃几乎都断掉了，自己半天没反应过来到底是怎么一回事，脑子里一片空白，足见是有多疯狂了。"

弓冈说到这里，喝了一口饮料，鼻息变得粗重。

"然后呢？"最上催他继续讲下去，"拿走借条，把拖鞋扔到便利店的垃圾箱里了吧。"

"嗯，"弓冈自嘲似的嘴角浮起笑意，再次开了口，"人已经杀了也没办法了，后面就只能拼命毁灭证据了。我把自己可能碰到的地方全部擦了一遍，把自己的借条也拿走了，把保险柜和钥匙收进橱柜里，顺便还翻了翻其他抽屉，找到点现金也拿走了，约莫有五十万日元吧，用那些钱还了高利贷。虽然最后没买成大神的信息，但是借款全部一笔勾销了，这比什么都值，真是筋疲力尽了，赌马什么的也不在意了。

"哦对，还有拖鞋。上面沾了血迹，如果留在现场的话，我的汗液之类的可能会成为证据，于是我决定穿着拖鞋直接逃走，结果跑进院子的时候，才想起来得把自己的鞋子带走……然后又折返，拿了鞋子从院子里逃跑了……本想好好冷静下来，但是实在慌张得不行。后来脱掉拖鞋换上了自己的鞋子，想着留下来总归是个麻烦，得赶紧找个地方扔了。先去自动贩卖机买了几瓶水，跑到多摩川河堤上没人的地方把拖鞋上的血迹冲洗干净，然后就丢到了路过的一家便利店的垃圾箱里，总算松了一口气。本想把刀也一块儿扔了，后来觉得还是需要认真想想，于是带回了公寓。

"不过，虽然不是计划之中，但是处理得也算干净吧，我想了一晚上，好像没留下什么证据。后来这件事上了新闻，也有警察来问，我本就是乐观派，觉得不会有事就大意了，哪承想自己在烤串店里说漏了嘴。"

"两个人的血都沾在拖鞋上了吗？袜子和衣服上没有吗？"

"袜子没沾到。我没把他们刺得血肉横飞的，也就没有沾到溅出来的血。手上有，袖口也沾到了，在他家的厨房把血迹洗了洗，回到家后又彻彻底底洗干净了，没关系的。"

虽然冲洗干净了，但鲁米诺反应应该还能测得出，不过被害人的 DNA 就很难检测出来了吧。

刀既已回收，那么弓冈身边已经没有可以印证他罪行的物证了。

"你有写犯罪记录或者日记之类的吗？"

"我可不是那种一本正经的人。"

"除了在烤串店和邻座的男人说过，还和别的什么人说过吗？"

"那倒没有。都筑大叔有个叫入江圭三的朋友打过电话给我，说因为这个案子警察去过他家，而且关口君好像被警署强行带走了，问我有没有事，感觉正在从跟都筑大叔借过钱的人当中查找线索。我开玩笑说，圭三先生不要因为借的钱不需要还了就放松了。然后他问我有没有借过。不知道他有没有从都筑大叔那里听到过什么，我一口咬定自己没借过。他听了似乎觉得有点奇怪，说他倒是稍微借一点。后来我再想想，反正借条已经被拿走了，要是回答说'虽然借过但是全部还掉了'应该更好吧。"

"那个没关系。"最上回答道，"都筑先生借出去四五万日元是不打借条的。这个并不矛盾。"

"是吗，那就不用担心了。"

"你和你姐联系过吗？"

"嗯，说过去大阪工作，她也没担心。"

弓冈像是彻底放下心来，撕开点心的包装袋把面包塞进了嘴里。

"好了，后面就交给我吧。"

最上说着，把车子开回到车道内。

进入山中湖别墅区的时候，已经夕阳西沉，行驶在被两边树木遮掩住的林荫道上，需要打开车前灯才看得清楚。

可是，最上连小灯都没有打开。

最后的一关，就是白天来过的别墅附近有没有人。

仅此一点，希望得到神灵的庇佑。

现在是周日的傍晚，游客已经回城了，况且，这个地方白天都不见人影。

肯定没问题的。

最上谨慎地确认记忆，把方向盘转向那条通往目标别墅的小道。

沿途出现的别墅，既没有亮灯，门前也没有停泊的车辆。

"一定要躲到这么偏僻的地方吗？"弓冈从后排座位不乐意地说，"食物就只有现在车上这点吗？"

"里面有准备。"最上掩饰着自己的紧张随口回答。

弯弯曲曲的小道尽头，终于看到了白天踩点过的那栋别墅。

果然没有人影。

从那栋别墅开过去，确定最里面的那栋也没有人之后，最上停下车。

缓慢地倒车。

"怎么了？"

弓冈不可思议地问，最上只是简单地回答："开过头了。"

倒车回到白天踩点的那栋别墅前，驶进杂草丛生的入口，车子横停在屋前。

"搞什么？这地方就像鬼屋一样。"

弓冈从车窗伸出脑袋，抬头看着这栋别墅，皱着眉头说。

"里面打扫过了。"

最上说着拿了副驾座上的背包，打开了车门。

"这边。"

"啊？"

下了车，最上招呼弓冈朝房子的后面走。原本朝着玄关走去的弓冈用讶异的目光看着最上，停住了。

"从那边进不去，要从后门进。"

最上装作一副若无其事的样子，不知道弓冈心里会怎么想。只不过最上顾不得那么多，即使被看出不对劲也只能硬着头皮上了。

心脏像打鼓似的怦怦直跳，他现在要做的是原本自己的人生中永远不可能发生的事情，紧张也是在所难免的。

弓冈站在那里一动不动，只是盯着最上。

最上没有多说什么，只是赶紧朝屋后走，引他跟到后院来。

余晖散去，天空逐渐变得灰暗。必须在夜幕降临之前结束这件事。

绕到屋后了。朝向露台的窗户上挂着挡雨板，这里有可能露馅儿，不过没办法了。

快跟上来。

最上在木质露台前的阶梯上等着。弓冈心怀戒备，步伐缓慢地跟着绕到屋后来。

再过来些。

最上从背后感受弓冈的移动，拾级而上，天色暗淡，脚步有些不稳。

"怎么看都觉得是擅自借了别人空置的别墅呢。"弓冈从后面传来吃惊的声音，"水电都能用的吧？"

"没问题的，不用担心。"

最上的声音，连自己都觉得不太自然地焦躁着。

不管了，最上走上露台，放下背包，蹲下打开背包口，手伸进去装作在找钥匙。

天色很暗，看不清背包里面。

感觉心快要跳到嗓子眼了。

"天色这么暗，你还戴着墨镜，什么也看不见吧。"

看着最上很费劲找东西的样子，弓冈笑着说。

最上听到弓冈的提醒，最上才意识到墨镜没有摘，取下来之后视野一下明亮起来。还好，周围虽然暗，但还看得清。

"呵呵，光顾着凹造型，看不见也没办法了吧。"弓冈忍不住笑着说。

最上意识到自己是多不冷静，也被弓冈逗得放松了嘴角，苦笑着朝弓冈的方向瞄了一眼。

弓冈已经上了两三级台阶。

最上脸上的笑容消失了，本能告诉他，就是现在！他瞬间把手枪从袋中拔出，连同身体一起朝向弓冈。

"干吗？"

被枪口指着的弓冈顿时僵住了身体，脸色一变。

枪口离弓冈有两米的距离，原本足够近了，可是一旦作为射击目标，弓冈看上去竟那么小。

"别做蠢事……"

受到惊吓的弓冈发出嘶哑的声音。

最上将手枪对准弓冈的胸口，轻轻摇摇头。

"你既然杀了两个人，就该接受惩罚。"

一边说着，最上一边往前逼近一步，踩在露台的边缘，再往前走就是台阶了。

他脑子里闪过"射击"的指令，放在扳机上的手指也随之一动。

与此同时，最上脑子里浮现出谀访部的忠告。

保险装置。

险些忘记了，他伸出大拇指，拨下了保险。

就在那一瞬间，弓冈跑上台阶，向最上扑过来。

最上扣下扳机和弓冈被台阶绊倒几乎是同时。

清脆的枪声在身前响起，弹夹飞弹开来，手枪的后坐力震得最上手指发麻，大脑一片空白。

不知道有没有打中弓冈。

弓冈嘴里叫嚣着什么，站起身来。

果然没有打中。

最上将枪口朝下，再次瞄准，扣下扳机。

枪响的同时，弓冈的肩膀好像中了枪，摇晃着从台阶上摔落下去。

最上沿着台阶慢慢走下去。

弓冈在台阶下方呻吟着。

最上站在弓冈的脚边，瞄准他的左胸口。

没去看他的脸。

扣下扳机，弓冈的身体扭动了一下，枪声仿佛瞬间被树林吸收，周边只一片寂静，弓冈的身体，仿佛定格在那个瞬间。

还没有结束。

只是回不去了。

最上拉好保险栓把手枪放在地上，取回放在凉台上的背包，戴上手套把弓冈的尸体往树林里拖去。本来是打算用蓝色塑料垫铺在下面拖过去的，但是一着急，就顾不上那么周到了。

一直拖到白天挖的那个坑旁边，最上一边留意周围的动静，一边轻手轻脚地回到车上去。从车厢里取出铁铲，又回到树林里。

最上打开 LED 照明灯，将弓冈的尸体蜷缩起来推进坑里。本想将他的驾驶证等能证明身份的东西拿走，但是在指纹和齿形无法核查身份的情况下，只能破坏遗体，最上不想如此，便把那些东西一起埋了起来。

只要一段时间不被发现就好。

最好能保证一年以上。

以防微弱信号被查到，最上从弓冈的手机里拔出 SIM 卡，放回弓冈的口袋里。手提包里面也都一一检查过，确认没有和蒲田案相关的物品后，最上将包也扔进了坑里。

拿起照明灯，最上回到屋子后面把刚才放在地上的手枪收好。他去找了找弹壳，可是天已经全黑，现在很难找到，好不容易找到两颗，还有一颗只能放弃了。

他从车里拿了瓶装水，把手枪冲洗了一番，用手套将指纹拭去，把手枪和弹壳一起塞进弓冈的手提包里。

剩下的就是埋起来。

用铁铲将旁边的堆土铲到坑里，盖住弓冈的尸体，也盖住手提包，全部用土盖住，最上心无旁骛地挥动铲子。

还剩一点儿了。

弓冈的尸体逐渐消失在泥土下，最上一边继续铲土，一边用脚将土踩实。咯吱咯吱的声响让最上心里觉得踏实，土坑越来越结实。

弓冈的尸体已经完全被掩盖住了，但自己做过的事情并没有随着尸体的消失而变得模糊。扣下手枪扳机时的兴奋感，还残留在手掌之中，只不过在刻意挥动着铁铲让自己无视这种感觉而已。

这是夺走了两个人生命的罪犯。

即便是为了惩罚松仓，也不能因此让弓冈逃脱。

他应该受到惩罚。

最上在脑里不断强化这个念头，用劲地踩实脚下的泥土。

可是……

现如今自己也是和弓冈、松仓一样的杀人犯了。

我又会被谁惩罚呢？

12

冲野什么都不想做，浑浑噩噩地度过了周末，周一拖着沉重的脚步来上班。

本该趁周末好好休息充满电，可是冲野并没有做到。与其说"充电"，不如说"断电"更妥当。

准确地说，在进入休假之前，他的心情便断了电。在蒲田警署听说了弓冈的事情时，便咔嚓一声断了。

最上依然保持着谨慎的姿态。不过听了最新的事态，冲野更加无法将嫌疑锁定在松仓一个人身上了。冲野原本就觉得像弓冈这种没有留下借条的人才更有可能是凶手，所以听到弓冈的事情之后，更加坚定了自己的想法。

心情一旦消沉，冲野感觉世间的重力翻了一倍，身心俱疲。这几日来，他仿佛被魔鬼附身一样，满口污言秽语地指责松仓，反作用是非常强烈的。他虽然知道松仓已被延长拘留，下周开始又要负责审讯，但是心情已经无法再振作起来，审讯时问什么好呢……他甚至不知道该怎样开口。

冲野怀着这样的心思，从一早开始就被各种工作搞得头昏脑涨。

接到电话的沙穗对冲野说："贪污犯松仓被带到。"

"让他们稍微等一下。"

冲野这样回复，继续着手头上的事情。

审讯重合时，让被审人在审讯室里等上一天，再让车子带走送回的事情也是有的。让受审人焦急等待，不安地度过一天对其精神是极大的摧残，有时候检察官会故意借此来击破受审人的心理防线。

冲野原本没有打算让松仓干等，但是由于自己本身气不顺，结果一直让松仓在等待室里等了大半日。

下午四点多，冲野终于让沙穗安排审讯松仓。必须要向最上报告些内容，审讯是拖不过去的。

不久，松仓弓着背出现了，表情黯淡，一早开始就胆战心惊，不知今天又会被冲野臭骂到何种程度。

可是，今天松仓的座位没有被移到墙边，冲野指着检察官座位前面摆着审讯用的椅子，催他坐下，松仓有些疑惑地坐了下来。

"今天时间不多，我们快点结束。"

冲野这样说着，询问了之所以延长拘留的关于冰箱、电视机之外的贪污物品的问题，简单地做了笔录。面对冲野跟以往截然不同的平淡态度，松仓虽然依然有些语无伦次，但是跟刺杀案时不同，总体来说回答得相当老实。

只要跟最上汇报说松仓今天对杀人案仍然没有认罪就好了吧……冲野这样说服自己，不到一小时便结束了审讯。

"那么，今天的内容，还有什么地方需要补充的吗？"

冲野把身体靠在椅背上说道，这时松仓一副为难的表情开了口。

"那个，不是今天的事情，是关于都筑先生的案子……"

本来今天没打算提这茬儿，倒是对方提起来，冲野皱了皱眉头。

"什么？"

"是这样的，我从那个和我关在莆田警署同一个房间的人那里听说，他说在某个烤串店里和隔壁座的人聊天，感觉他跟都筑先生的案子有关，那个人叫'小弓'……"

冲野随便应付了几句，打断了松仓的话。

"是的，这些信息我们知道。"

"那个，我知道那个'小弓'是谁。"

"是叫弓冈吧，我们知道。"

冲野说完，松仓似乎有些泄气，沉默了一会儿又开口说：

"那么意思是我的嫌疑已经洗脱了吗？"

"谁都没说这个话。现在，搜查本部正在调查。"

冲野生硬地说着，掩饰住自己的难为情。

"如果弓冈跟案件有关联，还要调查共犯的可能性。"

"怎么会……有没有共犯，去问弓冈就知道了！我是完全不相干的！"

按照案子的情形来看，冲野也觉得共犯的可能性很低。只是到上周为止一直把松仓当作凶手，现在要改变态度，冲野无论如何也做不到，只能以弓冈的嫌疑尚未确定为托词，蒙混过去。

即便如此，也许将来是要跟松仓低头赔罪的。一想到这个，冲野的心情格外沉重。想到上周之前一直都是恶语相向地审讯，甚至觉得那个时候反而更好受些。

"杀人案，除了松仓今天讲的事情，以前一样的对话也行，多写几句上去。"

冲野这么嘱咐着沙穗，在审讯记录里追加冲野严厉追问、松仓坚称自己不相干的对话，之后拿着贪污公物的笔录一起，去了最上的办公室。

冲野坐在会客沙发上，把手中的笔录递了过去。

"关于侵占公物的案子，倒是实话实说了，不过关于杀人案，态度完全没有变化。然后，那个弓冈的事情，他好像是在蒲田警署拘留所从矢口那儿听说的。"

"所以松仓更加坚称不是自己干的？"最上看着审讯笔录的内容问道。

"是的。"

最上只是看了二三十秒，就把笔录放在了桌子上。没有实质内容，也是没办法的事。

"是你自己也有了预判，所以心思都不在状态了吧？"

最上语调平和，但是看向冲野的目光却非常尖锐。

"审讯的时候，应该把弓冈的事情从脑子里忘掉。"

面对最上的质问，冲野没能原原本本说出心里的想法。

冲野觉得并不是预判这种模糊不清的感觉。到了现在，松仓是凶手的说法明显是站不住脚的。

"警方后来有关于弓冈的搜查进展的报告吗？"冲野没有回答，反而反问道。

"听说现在还没有找到弓冈本人。"

"啊？"

完全出乎意料，冲野吃惊地等着最上说说具体情况，但是最上没有再继续。

"太过于期待弓冈这条线索是比较危险的。现在松仓更为重要。"

最上面无表情地只说了这一句。

冲野回到自己的办公室，给搜查本部的森崎警部打了电话。

"我从最上那里大概听说了一些，弓冈现在失联了？"

"是的。"森崎回答道，"为了确认协助调查的时机，需要先确认行踪，所以上周末开始采取了行动，但是他没在家里，今天到现在也还没查出他的行踪。"

"上次提到弓冈的时候，找到了他的位置的吧？"

"嗯，找到了的。向两边的邻居取证，说是上周三左右还看到过弓冈的身影。"

"怎么回事？听上去好像他提前知道了警察的动向。"

"怎么回事呢……确实会让人联想到这种可能，不过我们至今还没跟他有过任何接触。在没有调集到足够的人马之前，我们担心打草惊蛇，都是谨慎处理的，所以有点说不通啊。不过今天了解到一个情况，住在调布的弓冈姐姐，上周接到弓冈的电话，说是大阪那里有份好工作所以决定暂时去大阪。所以现在我们在找知道他要去大阪的人，也确定了明天派人去大阪。"

"是吗……"

冲野挂断了电话，双手撑在桌子上，深深地叹了口气。

警察刚把目标对准弓冈，他就不见了，说要去大阪工作，但是这个时间点实在奇怪。

但是，警察并没有采取任何对弓冈施压的行动，而且犯案后直接逃跑藏匿才更像真凶的行为。从这点来看，还不能武断地判断他因为犯案才藏了起来。

冲野现在只感觉到事态让他很不愉快。

由于弓冈行踪不明，所以要把搜查目标转回到松仓身上对他追查到底，这个逻辑是不成立的。然而最上给冲野的指示，简单来说就是这个意思。

冲野既已心生怀疑，便做不到完全遵从最上的指示了。冲野只想着搜查本部马不停蹄地尽早查到弓冈的行踪。可是，在搜查本部追查弓冈期间，松仓的拘留期限也会一天天临近，如果自己继续拖下去，那么这次的案子就会中途流产。这份压力无须旁人提醒，冲野自己已经倍感焦心。这就是搜查检察官的天性了。

从调查弓冈周边情况的搜查组获悉，弓冈曾向赌马信息公司投了钱，为此很可能向都筑和直借了一笔不小的钱，他还跟高利贷借过钱，最近不知道怎么就手头宽裕了，轻轻松松还掉了高利贷。

这些事情查明后，弓冈的嫌疑更大了。但是，没有直接证据，本人又行踪不明，也就只能停留在怀疑阶段了。另外，负责审讯松仓的冲野，时刻忍受着拘留期满前必须要出结果的压力。对于弓冈陷入赌马信息公司圈套的说法，最上认为不能只考虑弓冈，并把话题转移到松仓身上，要求青户他们追加搜查看看松仓的情况，他有没有涉及这个圈套。后来查明向弓冈介绍赌马信息公司的冈田，也曾向松仓介绍过这个公司，那么松仓是否隐瞒了借钱的动机？于是最上指示冲野继续追责。

可是，跟松仓提出这些问题的时候，他一脸吃惊的表情，完全听不懂冲野在说什么的样子，只是不住地摇头，说从不认为天上会掉馅饼，所以对信息公司根本不感兴趣，即使冈田跟他推荐过，他也完全没有理睬……

冲野心里觉得对松仓的追责是没有道理的，所以审讯时也不像以前那样咄咄逼人了。既不能全力逼问，又担心出不了结果没法交差，心中焦虑万分，跟上周前痛骂松仓时是截然不同的痛苦。

"检察官，请去调查弓冈。"

松仓坐在受审席上跟冲野说。

"我觉得是他干的。虽然我跟他交情不深，但是他性格冲动，都筑先生也说过他是会为了赌博倾家荡产的人，他借的钱比我多。"

刚开始提起弓冈的名字时，冲野还能以"现在正在调查"的说辞含糊过去，可是渐渐地蒙混不过去了。

"弓冈失踪了，警察正在全力搜捕，不过还没有找到人。"

冲野说了实话，松仓听到后，一脸惊愕。

"他逃跑了吧？"

"是不是逃跑不知道，在警察行动之前就不见了。"

"明摆着是逃跑了！"松仓脸上愤怒地扭曲着，少见地顶撞了冲野，"要不是你们抓错人逮捕了我，在他逃跑之前就能抓到他了！"

"你知道什么！你没有资格指手画脚！"

冲野也顾不得理智，冲动地驳了回去。

"我会把从仓库拿的电视机和冰箱还回去的，也会跟公司道歉。社长是个好人，我谢罪的话他会原谅我的。请放了我吧。弓冈逃走了也不能把我当替罪羊啊。我真的什么都没干，不会有证据出现的，这件事就结束吧。"

面对松仓悲壮的哀求，冲野只能摇着头冷冰冰地回答"不行"。

"为什么？"

松仓挑衅地问。面对冲野与之前截然不同的含糊态度，松仓开始变得强势起来。曾经从警察的强攻下顺利逃脱的顽固开始展现了出来。

"你的嫌疑还没有解除，不能排除共犯的可能性。"

"我和弓冈根本不熟，怎么可能是共犯！"

"你凭什么肯定不可能？如果你和案件无关，那就把证据拿出来！不在场证明在哪里？你听好了，警察去搜查你家的时候，找到好几张'银龙'的发票，有案发前三天的，有案发后两天的，就是没有案发当天的，这是怎么回事？为什么单单缺少了那张最关键的案发当天的发票？一般人都会觉得奇怪吧？不是吗？"

听到冲野的质问，松仓的脸皱在了一起，拼命地摇头。

"发票是扔到哪里，或者落在哪里了吧……我不知道。我能说的就是那天我去过'银龙'，店里面没有记录或者监控录像吗？"

"监控这种高级品，那家店里可没有。"

"银龙"的收银记录里，案发当日五点八分，确实有一条记录显示有人点了一瓶啤酒、煎饺、炒榨菜。工作结束得早，松仓基本都会固定地点一两瓶啤酒、煎饺和炒榨菜或者麻婆豆腐，所以冲野估计那就是松仓的点单。四点多到五点多在"银龙"餐馆，之后出发去了都筑家，这和他的证言吻合，同时搜查本部的犯罪时间推断是在四点半，那么他就有了不在场证明。

可是，松仓没有保留那张发票，"银龙"的老板也记不太清楚了，傍晚到店里吃饭的客人并不止松仓一人，所以最终很难当作松仓的不在场证明。就算搜查本部中有人坚持认为那个点单记录和松仓有关，也不能在法院上作为事实证据来使用，倒不如作为干扰直接排除得好。

可是……

按照这个逻辑走下去，自己不就成为制造冤案的帮凶了吗？

这就是这段时间一直徘徊在冲野内心的不安。既然自己已经认定了松仓不是凶手，那么他越来越清醒地意识到前面要走的那条路，是对检察官这份职业的亵渎。然而，他却没有去阻止。

可是，冤案是最坏的结局，甚至可以称为搜查方的犯罪，尤其像自己现在这样，明明知道这是一起冤案，却还在一旁帮忙助力，冲野觉得这是身为法律人的耻辱，简直罪该万死。

无论如何都要想办法阻止……

"你如果有个像样的不在场证明，我也轻松了。"

冲野在松仓的面前嘀咕了一句，夹杂着无处宣泄的烦闷叹了口气。

这一天的审讯也是一无所获地结束了，在沙穗整理准备向最上提交的审讯记录时，冲野心情沉闷地靠在椅背上。

这时，冲野办公桌上的电话响了。

"我是肋坂，你能过来一下吗？"

"是。"

被刑事部副部长肋坂叫过去，冲野来到了他的办公室。

在会客沙发面对面坐下后，肋坂的视线透过镜片看着冲野，直接进入了正题。

"蒲田案，好像还没有招供吧？"

"是的……实在抱歉。"

冲野说着低下了头，肋坂并没有要冲野认错的意思，面无表情地继续说。

"最上坚持认为应该对松仓实施再次逮捕……你怎么看？"

避开最上来单独询问冲野的意见，是因为肋坂也感觉现在的搜查有些牵强吧。

冲野的想法是显而易见的，但从嘴里表达出来却并不容易。像肋坂这样的管理层，从旁观者的角度也许更容易判断，但冲野作为本次搜查阵营的一员，亲眼看到森崎他们奋斗的样子，自己说出来的话基本等同于否定了他们的努力，他心有不忍。而且几乎每天接受着最上的鞭策激励，现在却要置他于不顾，仿佛辜负了他的期望一般，冲野心中难免抵触。

似乎看出了冲野的踟蹰，肋坂接着说：

"你不要有顾忌，只要说出你的想法即可。再批捕的话，又会有二十天的审讯，松仓认罪的可能性高吗？还是怀疑他的罪过其实并没有达到即使拒不认罪也到提起公审的程度？负责审讯的你是怎么想的？"

如果自己不趁此机会发声的话，这次的案子将来极有可能给东京地检，乃至于整个检察组织一记重创……听着肋坂的话冲野意识到了这一点，深深地呼了一口气，下定了决心。

"我觉得强行对松仓提起公诉，有些困难。"

肋坂的表情没有变化，只是稍微点了点头。

"是因为他不认罪导致立证困难，还是因为并不确信松仓就是凶手？是哪个？"

"就我审讯他的直观感受来说，我不能坚定地认为他是凶手。"冲野说道，"或者说，我的心证是他可能不是凶手。"

"是吗？"

肋坂这样附和着，脸色比先前缓和了一些。

"知道了，我想问的就是这个。"

冲野离开了副部长办公室，心中充满了内疚。

自己刚才是不是背叛了最上……

他并不是后悔自己如实说出了意见，只是觉得，顺序是不是弄错了。若是想要说出这些事情，本该先向最上汇报，但是现在越过了最上，即便是肋坂的要求，也觉得对他有愧。

冲野闷闷不乐地想着，回到自己的办公室，从沙穗手里接过笔录，又朝着最上的办公室走去。

"你辛苦了。"

和以往一样，最上跟冲野打了声招呼便从他手中接过笔录，坐在沙发上看了起来。

依然没有实质性的进展，最上看着笔录的表情冷淡如故。

"我刚才被肋坂副部长叫过去，他问了问松仓的审讯情况。"

最上将目光从笔录上收起，看向冲野。

"本来想着不好僭越最上先生发表意见，但是既然被问了，就只能如实汇报自己的想法。我认为自己并不能确信松仓就是本案的凶手，以此申请再次逮捕是比较困难的。"

"是吗？"最上冷笑了一声，把笔录放到了茶几上。

"你的想法如实汇报就好，不需要顾忌我。"

"是……"

冲野像是吃了黄连，满嘴的苦涩。

"肋坂副部长是个保守的人，所以不会走错路。进修的时候他比我早两期，但是年纪只比我大一岁。凭借那份老成沉稳顺利升职，明年应该能升为部长了。正是因为他过于冷静谨慎，才会觉得蒲田案令人担心吧。如果认同他的中庸之道，那么确实更应该参考他的意见。

"不过在我看来，搜查时遇到的壁垒仅仅凭借冷静慎重是没办法打破的。而突破这道壁垒，对于那种'聪明'的检察官来说，往往会选择视而不见甚至嗤之以鼻。离拘留期限还有三日，现在放弃还为时过早吧。"

最上的偏执是源于对肋坂的不满吗……这个念头在冲野脑中一闪而过，不过并不确定。冲野想说的，和最上回答的，好像不是一回事，焦点在不经意间被替换了。

"我推测肋坂副部长的想法，并不是逮捕有问题，只是松仓已经审到了现在，想知道我的心证而已。"

听了冲野的话，最上露出微微的苦笑。

"比赛还没有结束，现在就打算放弃吗？"

"不是……"最上话语间的冷淡让冲野有些支吾，"交给我的工作，我一定会全力以赴的。"

"觉得迷惘也是正常的。"最上说，"你工作到现在接触过疑犯，哪怕最初否认罪行，在后面的审讯中也都认罪了吧？但是，无论如何都不肯认罪，在不认罪的情况下也必须立案，甚至没有充足的证据，这样的案子在这个世上是存在的。在这种情形下，要始终对那些坚称自己无罪的嫌疑人保持怀疑，并不是容易的事情。对手是戴着铁皮面具，还是向恶魔出卖了灵魂，我们很难分辨。相信总是容易的，怀疑会很难熬。对嫌疑人的怀疑，会逐渐变成对警方意见的怀疑，甚至是对自己内心的怀疑，会备受煎熬。所谓的否认案就是这么回事。原本可能不该交给年轻人来做，从这个角度，老实说我也曾犹豫这个案子委派给你到底好不好，但是到了现在，我不打算撤销你，我不能那么做。你自动放弃是一回事，只要你没放弃，我希望你能坚持到最后时刻。"

最上说罢点点头，盯着冲野接着说：

"即使现在你正在煎熬。"

看起来最上无论如何都不会放弃以杀人罪逮捕松仓。

可是，这个案子已经以其他罪名搜查过住处，即使想要申请再次逮捕，出现新证据的可能性也几乎为零。再拘留二十日，松仓认罪倒还好，可是现在完全看不到希望。

虽然检察官都是独立审案，但是起诉、不起诉的判断都需要上司的认可和裁决。从胁坂的表情来看，估计不会批准起诉了，恐怕还会指示放弃逮捕吧，毕竟按照这个情况，即便逮捕了也不会有结果。

本以为最上看得懂这形势……

可是他看上去除了起诉松仓之外没有任何杂念，甚至感觉他对起诉稳操胜券一样。

这就是所谓的执念吧。

但是这份执念是从何而来的呢？

冲野已经不知道心绪乱了多少次了，甚至刚才向胁坂说出自己的想法时，已经感觉这个搜查就要结束了。

可是，每次跟最上见过面，看到他坚定不移的样子，都觉得被浇了一盆冷水。

貌似又要不得不重新振作精神了。

回到自己的办公室，冲野无意识地叹了口气。

正准备下班的沙穗看到后，有些担心地问：“您没事吧？”

“嗯，”冲野敷衍了一句，“你辛苦了。”

“您辛苦了。”

沙穗手拿着包正打算出门，还是放心不下地回头看了看，难得地露出了温柔的笑容。

“蒲田案告一段落后，去喝一杯怎么样？”

“嗯，好啊。”

他朝沙穗笑了笑，心情稍稍放松了下来。

第二天，冲野在上班之后，接到了肋坂副部长的电话。

“那个侵占公物的松仓，起草一份他们公司撤销起诉的不起诉裁定书。”

看来昨天晚上肋坂和最上之间已经就松仓的处置问题深入谈过了。从肋坂直接向冲野下达指示来看，虽然最上坚持对松仓再次逮捕，但是肋坂以上司的权力驳回了最上的意见。

关于侵占公物，松仓表示愿意把液晶电视机和冰箱归还公司，那么公司对撤诉不会有异议的，毕竟原本也是为了配合搜捕才提出起诉的。

那么最终松仓会在拘留期满时被释放，侵占公物罪名以不起诉结束，杀人嫌疑的再次逮捕也将暂缓。

冲野接到肋坂的指示，老实说从心底里觉得松了一口气。最上和田名部等人恐怕会对这个决定懊恼不已，不过冲野没有闲暇顾及他们了。

今天松仓也会被送来受审吧，一想到再也不用逼供，冲野顿时觉得神清气爽。迄今为止一直是一副让自己都讨厌的冷酷态度，今天随便聊聊就结束吧。

冲野这样想着，马上开始起草不起诉裁定书，一转眼已经快中午了，冲野才意识到还没有松仓押送过来的消息。

"松仓还没有过来嘛。"

"是的呢。"沙穗也有些觉得不可思议。

若是换成森崎审讯，应该会提前通知的，冲野正犹豫着要不要打电话问一下，刚巧森崎来了电话。

"最上检察官应该收到青户的联系了，松仓从今日起交由我们这边收押。"

"这个倒是无所谓，不过是不是发生了什么？"

森崎的语气听上去有些兴奋，冲野赶紧问了问。

"是的，今天早上找到了凶器。"

"什么？！"

"是在多摩川绿地的河边草丛里发现的。"

冲野震惊得一时语塞，"然后呢？"顿了半晌才终于说出这么一句。

"报纸包着一把断了刃的刀，装在便利店袋子里丢在草丛里。"

正打算问问有没有能确定凶手身份的指纹或其他什么，结果抢了森崎的话，于是冲野赶紧顿住催他说下去。

"然后，那个报纸是赌马的小报，还用红色的笔将比赛表做了记号和标注，跟搜查松仓住宅时收起来的报纸上的笔记非常相似，现在鉴定科正在采集指纹做比对。"

冲野已经哑口无言了。

挂上电话，冲野感觉刚才的对话简直是天方夜谭。沙穗在一旁看着冲野，眼神像是在问出了什么事。

总之要先去趟蒲田警署吧？

即使去了也不会改变什么，但是不那样做就无法安宁下来。

总算稍微镇定了一些，冲野正打算跟沙穗说两句，电话响了。

是最上。

"蒲田警署的报告传到你那里了吗？"

"是的，刚刚收到，说是找到了凶器……"

"嗯，"最上冷静地应道，"我现在正准备去蒲田警署看看。"

"我也……"

最上打断了冲野的话，继续说道。

"不，你应该接到副部长的指示了，继续起草不起诉裁定书吧，那也很重要。"

"可是……"

肋坂主导的侵占公物罪不起诉并释放松仓的计划，遗憾的是不得不无疾而终了。即便如此，最上还是让冲野继续按照计划起草不起诉裁定书。

细想其中的含义，冲野不由惊得说不出话来。

刺杀案的凶器既已查明，如果凶器上有松仓的痕迹，那么即使不以侵占公物罪进行起诉，杀人嫌疑也已经是板上钉钉了。

这是最上的胜利宣言。

最上执着下来的成果近在眼前，平时满腹牢骚的人已经没有了借口。

"好的。"

冲野只能如此回答。

第二天过了晌午，冲野搭乘长浜开的车，和最上他们一起去蒲田警署。

在车上，冲野从最上和长浜那里听说了昨天了解到的凶器相关的详细情况。

昨天找到的凶器的刀刃折掉的部分和都筑和直、晃子遗体上的刀痕一致，可以断定是行凶时使用的凶器。

刀被仔细清洗过，指纹、掌纹之类都没有采集到。

另外，在包裹凶器的赌马报纸上采集到了几处指纹，对比结果显示，和松仓重生的指纹一致。报纸上红色标记和文字，推测也是松仓的笔迹。

把松仓带到审讯室，森崎把这个事实摆在眼前，松仓显然大惊失色，可是直到最后也没有承认，自始至终都坚称自己不知道……

事到如今，松仓还不承认吗……冲野听了他们的话不觉吃惊，不过想到根津案的自首经过，既然找到了证据，认罪伏法只是时间问题吧。

搜查虽然困难重重，但是好在还有百密一疏。

虽抹去了刀上的指纹，却拿手头的赌马报包起来扔到河边草地上，这个毁灭证据的举措漏洞太大了。还不如直接把刀扔进河里更好些。或者本来打算扔进河里，结果漂到了岸边？

不过和松仓接触下来，确实觉得他不是那种心思深沉的人，倒更像是这种容易出岔子的男人。

换句话说，是他气数已尽了吧。

不过……

"矢口说的那个弓冈是怎么回事呢？"

冲野无法释然，小声问了一句。

"结论来说，就相当于经常发生的那种不负责任的举报。不过是喝酒时引出来的酒话，不难理解。"

最上毫不客气地结束了这个话题。

抵达蒲田警署后，被等候多时的青户带到了搜查本部旁边的接待室，很快田名部和森崎也出现了。

"在最后关头出现了起死回生的全垒打啊。"

田名部少见地高声说笑着，冲野第一次见到他这种表情，不禁觉得有些别扭。

他也在炫耀这份执念最后带来的胜利。

"真是太惊人了。"

森崎的表情有些复杂，面带苦笑又透露出些许不解，他意味深长地看了看冲野，在斜前方坐了下来。

这次的搜查，不能说因为冲野是新手才出现了失误，即便是经验老到的森崎刑警，也在经过多次的审讯之后感觉松仓跟此案无关。虽然没有亲口听他说过，但是报告中的对话能让冲野体会到那份心情，刚刚那一句"太惊人了"，也是包含了这样的情绪吧。

"听说是区政府收到的举报。"

凶器之所以被发现，好像是因为一通匿名电话。大田区政府的咨询热线收到举报，说河边草丛里发现了可疑的东西，可能是危险物品。

　　区政府的职员为谨慎起见同时联络了蒲田警署，赶往现场找到了那件废弃物，是一个盖满了灰尘的塑料袋，乍一看只是个垃圾，并不会让人联想到是危险品，不过还是交给稍晚赶到的警察查看，结果发现里面是把断了刃的刀。

　　"丢到更隐蔽的地方岂不是更好？"

　　森崎用开玩笑的口气说着，一脸的不解。

　　"松仓呢，现在在干吗？"

　　"在审讯室吃中饭。"森崎说着，看了看腕上的手表，"快吃完了吧？"

　　"可以让我跟他说两句吗？"

　　冲野说完，森崎看向了青户让他来判断。

　　"请。"青户说。

　　"那我们一起去吧。"

　　森崎说着，便和冲野一起走出了接待室。

　　"被松仓耍得团团转，不说句话心里过不去吧？"

　　森崎走在走廊里，回头看了看冲野，调戏似的说。

　　"是啊。"确实如此，冲野点点头。

　　"我懂的。"森崎走到冲野旁边，眼角显出了几道深深的皱纹，"我也是从审讯中途开始觉得绝对不是他干的，甚至一度认为让青户和田名部，特别是跟根津案有渊源的田名部，头脑清醒地冷静思考才是我的责任。结果现在剧情陡转，完全成为被松仓骗得团团转的小丑，太丢人了。松仓到现在还在说搞不清楚什么是什么，那是我们要说的话吧，简直是只老狐狸，太狡猾了。"

森崎说着打开了审讯室的门，冲野随后进入，看守的年轻刑警在记录员的座位上站了起来。

松仓在受审席的椅子上呆呆地坐着，许是刚刚听了森崎的话，那张脸还真有些像狐狸了。他嘴巴半张着，看着冲野。

森崎跟年轻刑警交换，坐在记录员的位子上，冲野在松仓对面坐下来。

"松仓啊，你可真行，差点被你这张狐狸脸骗到了。"

"检察官，不是这样的。"松仓摇头辩解，"我和警察说过了，我真的不知情啊。"

松仓一口咬定跟案件无关的态度，冲野之前在办公室里已经看过多次，禁不住诧异他竟然没有丝毫变化。

"什么不是这样的，凶器都找到了，结束了。再怎么装蒜，找到证据你就出局了。"

听冲野说完，松仓纠缠不放地向前探出身子。

"真的弄错了。恐怕我也是落入了谁的圈套，这背后肯定有阴谋。"

"阴谋？"

松仓口中蹦出的这个和他极不相称的词语，让冲野一下子呆住，忍不住要笑，可是看到松仓那较真的眼神，这句话瞬间像针一般刺进了冲野的脑海。

"别再说蠢话了。"

冲野只回复了这么一句。

"检察官，弓冈怎样了？"松仓仍不放弃，"求你们去调查弓冈吧，失踪难道不可疑吗？肯定是他干的，不是我！"

"你有让弓冈进到自己的公寓来过吗？或者，他跟你要过赌马报纸吗？"

"我和弓冈不熟，那样的事情一次也没有。"

他知不知道这个回答是对自己不利的……不管怎么说，听起来并没有经过深思熟虑。

"省省吧，你以为搬出弓冈就可以推卸给他吗？天底下哪有那样的好事。"

松仓脸上皱成了一团，拼命地摇着头，冲野凑近了跟他说。

"我是为了你好，事到如今还是坦白吧，根津案可以从宽处理，这次也可以的。"

"我没做过的事情，怎么承认啊！"松仓紧握着拳头浑身颤抖，"我没做过，没做过！"

冲野深深地叹了口气，靠在了椅背上。

这般铁证面前松仓仍旧没有松口，森崎在追责根津案时触发了自首，这次却找不到出口。

"你啊，不知道以后会怎么样吧？"冲野无奈地嘟囔了一句。

"我会怎样？"

松仓声音嘶哑，看了看冲野和森崎。

即将陷入沉默之时，审讯室传来敲门的声音。

"好了吗？"

大门打开，走进来的是最上，田名部跟在后面。

"你是松仓重生吧，我是和冲野一起负责本次案件的东京地检，最上。"

最上站在冲野身旁，冷冷地俯视着松仓，自己报上姓名。

"有一份和你相关的侵占公物嫌疑的报告，你可以当作是个好消息。"

最上爽快地说着，看得出心情极好。

"拘留审讯期间，你坦白承认错误，并自我反省，表示愿意将侵占物品全部归还公司，公司方面表示由于遭受的损失能够得到补偿，遂撤销起诉。另外，有意见称希望酌情处理本次案件，因此，综合考虑上述情况，检察内部经过慎重讨论，达成一致结论：虽然犯罪性质恶劣，但是起诉缓期执行。即，本案不予起诉。"

"啊……"

也不知松仓理解到多少，只见他有气无力地应了一声。

"简单地说，这次被逮捕的嫌疑已经解除了，免予处分，恢复自由之身了。但是以后不能再把工作中使用的物品擅自拿回家了，知道了吗？"

面对最上详细的解说，松仓只是点点头，结结巴巴地回答了一句"是……是的"。

"谢谢。"

看到松仓低下头，最上满意地点了点头。

"所……所以，我今天能出去了吗？"

以为出现了奇迹又不敢相信，松仓战战兢兢地问道，最上没有回答，而是朝背后看了看。

田名部从最上背后站了出来。

"松仓重生，"田名部打开手中的那张纸，用低沉的声音念道，"你涉嫌抢劫并杀害都筑和直、晃子二人，现予以批准逮捕，即刻执行。"

松仓的嘴里发出了一声闷哼。

但并没有人在意。田名部平淡地宣读了松仓在都筑夫妇家中刺杀两人，并夺走了借条和金钱的嫌疑事实。

　　松仓的脸色铁青，半张的嘴唇颤抖着，牙齿直打冷战。

　　这仿佛是一场故意让对方跌落至地狱深渊的演出，冲野坐在那里听着田名部的宣读，恍惚间有一种和松仓一起被宣判的错觉，只觉得背后一阵发凉。

　　"如果有需要，你有申请律师的权利。好了，把双手伸出来。"

　　田名部拿出手铐上前一步准备给松仓戴上，这时松仓浑身颤抖着，狠狠地摇着头。

　　"不要！不是我干的！不是我！"

　　"按住了！"田名部高声喝住。

　　冲野感觉那像是对自己发出的命令。

　　可是他太过吃惊，身体竟动弹不得。

　　这时坐在旁边位子上的森崎跳了起来，把松仓从背后压住，站在入口附近的年轻刑警也一个箭步过来帮忙。

　　"住手！我没有做！真的没做！"

　　松仓对着桌子一阵乱踢，桌子的边缘撞到了冲野的腹部。

　　"不是我！这是阴谋！"

　　田名部抓住发狂的松仓的手，冷漠地扣上了手铐。

　　"十三时四十六分，逮捕。"

　　田名部看了一眼手表，抑制住内心的兴奋宣布。

　　"从侵占公物罪改成杀人罪，我便不再负责审讯了，接下来由青户负责。怎么说呢，因为我曾经一直在内部带头主张松仓无罪，所以一方面是形势所迫，另一方面也在心里松了口气……今后我们这边审讯的详细情况，还是询问青户比较妥当。当然本案我们一直配合协作，如果今后搜查中有需要配合的，请不要顾虑，尽管吩咐。"

"这样子啊……你那边的情况我了解了，今后除了审讯也许会有其他事情要和森崎先生商量，届时请多多帮忙。"

本想在松仓送检之前跟审讯负责人亲自确认下情况，所以打了电话过去，结果森崎的答复完全出人意料。

和森崎一起负责审讯，从某种程度上对搜查存在着共鸣，这让冲野感到有些遗憾。

森崎虽然自嘲似的说着被调离的事情，却在言语间夹杂着如释重负的感觉，冲野听了竟然生出一丝羡慕。

青户听过矢口的供词之后，原本和森崎一样更倾向于认为弓冈是凶手，可是在再次批捕的当日，和最上开会讨论时又态度一转，强硬表示要逮捕松仓，作为搜查干部，这种活络是必备的素质，而对冲野而言，他却不是森崎那样可以毫无顾忌倾心交流的对象。

冲野靠着窗子往下看，监察厅前已被记者围得水泄不通，媒体对于这起恶性事件的关注度非常高。

看记者的阵仗，松仓马上就要到，或者已经到了吧……冲野正想着，沙穗就接到了电话。

"杀人犯松仓已经到了。"

接到消息的沙穗向冲野报告。

原本说等松仓的审讯告一段落，一起去吃饭庆祝一下，现在也泡汤了。

过了一会儿，松仓被带到了办公室。

"坐。"

解开了手铐和腰绳的松仓坐在了受审席上。前天逮捕的时候大闹了警署，今天已经老实多了。不知道是不是没有睡过，目光呆滞，面无血色，拘留已经超过了二十日，头发也乱糟糟的。

"关于本案，如果提起公诉，估计会是审判员判决的形式。所以审讯都会进行录像，你没有异议吗？"

松仓无力地回答："是……"

沙穗将准备好的摄像机打开，开始录像。

和上次一样，首先告知了沉默权和律师选任权，然后就犯罪事实完成辩解笔录。松仓毫无意外地继续全盘否认。

"好了，再一个问题一个问题问一遍。案发当时，有没有对都筑夫妇怀恨在心？"

"没有。"

"有没有缺钱用？"

"没有大额借款的需求。"

"都筑和直有没有拒绝过借钱给你？"

"没有。"

"有没有被都筑和直催着还钱？"

"没有。"

"案发当日的 4 月 16 日傍晚，有没有去过都筑夫妇家？"

"去了，但是按门铃没有应答，我以为家中无人就回家了。"

"那时候手上拿刀了吗？"

"没有。"

"有没有在跟都筑夫妻见面后用刀刺杀他们的身体？"

"绝对没有。"

"有从都筑家抢了钱逃跑吗？"

"不可能。"

"有没有拿走借条？"

"完全没有。"

"把断刃的刀扔到多摩川河边的是你吗？"

"不是我。"

松仓没有心虚的眼神，也没有装腔作势，回答得非常清楚。

"还有其他要说的吗？"

"就这一句，真的不是我干的。"松仓叹了口气，"我被警察陷害了，这是个阴谋。"

冲野放下笔，故意笑出了声。

"这个阴谋的说法是从哪儿蹦出来的？还是从拘留所听到的吗？"

"只有这个可能了，我明明没做却被怀疑，甚至还说有证据……"

"这样陷害你有什么好处？"

"我怎么知道！对我有什么不满，或者其他什么理由……不管怎么说，我什么都没干，却被当作犯人抓起来了。"

不经意间，松仓再次被逮捕前，蒲田警署的接待室里田名部管理官露出的那一抹笑容浮现在了冲野的脑海里。

冲野哼了一声摇摇头。

"就这些吗？那我开始写报告了。"

冲野不再理睬，开始着手辩解笔录。

一天的审讯就这样平淡地结束了。既然取证现场做了录像，也不能像之前审贪污案时那样胡来，不过松仓嘴里念叨着的"陷害""阴谋"，搅得冲野心神不宁，静不下心来，这种感觉令他十分沮丧。

　　松仓被送检的那一周，由青户警部全面接管了审讯工作。冲野处理着手头其他案子，每天和青户通一次电话询问审讯的进展情况。不过松仓的态度没有丝毫变化，每天的审讯只是做做例行功课一样，没有任何成果。

　　青户在经历了两三次审讯后，淡然接受了松仓不会认罪的事实，没有表露出对审讯停滞不前的焦虑。大概心里想着用凶器这一物证，就可以在公审时强行突破了吧。拒不认罪只会破坏松仓的形象，这是他自作自受，放任不管也并无不妥，这样的想法在青户的报告中隐约可见。

　　原本要求警方尽力揭开事实真相才是冲野的职责，但是他既已亲身感受过那种困境，便不再多话，简单听听报告而已。

　　一周快结束了，冲野被叫到最上的办公室。

　　"松仓的审讯，好像一直没有进展。"

　　最上坐在沙发对面，手里拿了罐啤酒，开门见山地说。

　　"听说了。"冲野回答。

　　"我打算下周一把他叫过来，让你来审。"

　　"那倒没关系，不过老实说我觉得松仓很难突破。"

　　换作以前，无论对手多么虚张声势，冲野总会想办法大显身手找到突破点，如今却很难讲出豪言壮语，开始流露出厌战情绪。

　　"这个嘛，有些事情也是没办法，会有录像，也不可能让你胡来的。"最上嘴角的笑意一闪而过，"做好思想准备，要在他不认罪的情况下提起公诉了。"

听到这话，冲野瞬间感觉到了紧迫感。

"那样的话，就要在起诉之前补充很多资料。对于这个案子，你认为案情是怎样的？"

最上这么说着，眼睛盯着冲野，把啤酒递到了嘴边。

"案情……是吗？"

"是的。虽然是否认案，但是如果不把动机和犯案经过解释清楚就无法审判。从目前的搜查结果来看，我们需要对这个案件组织一下故事情节。松仓杀害都筑夫妻的动机何在？"

"这个……我觉得被催还钱的可能性不大，恐怕是要跟他们追加借款，被拒绝后临时起意。"

最上冷漠地摇摇头。

"这么含糊的解释是行不通的。松仓是带刀进入案发现场的，有什么原委，又有什么企图，这些不好好组织起来，公审时就出不来一个有说服力的故事。"

"是……"

冲野虽然答应着，但是在如此缺乏供述和证据、案情不明的情况下勉强推测细节，无论如何都有限度，除非，凭空杜撰一个故事了。

"听好了，"最上意味深长地竖起了食指，说，"首先，松仓跟都筑和直借了很多钱，案发现场遗留的借条是五十万日元，恐怕实际的借款是这个的两倍以上，那就算是两倍，一百万日元。看过其他人的借条，借出去的最大金额一般都是五十万日元，除了现场遗留下来的借条之外，松仓那里应该还有五十万日元的借条，那张借条是被松仓抽出来拿走的，这是其中一点。

"另外，松仓对赌马的信息公司非常感兴趣。那个把信息公司介绍给弓冈的冈田，也跟松仓说过类似的话，于是松仓伺机购买信息企图一举中奖。这类事情去调查一下就会知道，一些不良信息公司通常会宣称手上握有独家消息，借此换取高额的信息费，五十万日元甚至上百万日元，不过相比几百万日元的高额奖金，这点信息费还是很便宜的，这就是信息公司骗人的逻辑。

"松仓相信并沉迷于这件事。根据冈田提供的信息，他涉及的信息公司，普通信息会收取五十万日元，顶级分析师手中掌握的信息甚至能中万马券，这种会收取百万日元左右的信息费。

"所以松仓跟都筑和直一起去赌马场的时候，提出要借一百万日元，可是都筑和直根本不理，还斥责他不该为这样莫名其妙的事情投钱。被拒绝的松仓，收回了借钱的请求，但是他厌倦了借钱生活的日子，舍不得丢下一夜暴富的美梦。后来他还听说了别人借此发迹的故事，一番挣扎后，松仓决定要去一趟都筑家，低头恳求他再借五十万日元。松仓清楚地知道对于经营公寓出租的都筑来说，五十万日元左右的现金随时随地都拿得出手。

"过了几日，也就是案发当日，松仓工作结束后就不请自来地到了都筑家，手上拎着的包里放了一把当天刚买的便宜刀，用赌马报纸包好。关于这把刀，松仓大概是想着关键时刻可以用来威胁都筑，不过刚开始可能不是这个打算，因为从松仓和都筑的关系来看，这样未免有些唐突，所以最初应该是想着用来表明借钱的决心的。

"来到都筑家，都筑夫妻都在。都筑警觉地问他来干什么，松仓说来还钱，于是让他进了门。从松仓的口供来看，一般还款大概在五万日元，那么那时也应该是五万日元左右吧。从借款中先还掉五万日元，借此表明诚意之后，他又提出再借些钱的要求，一下子一百万日元不太现实，松仓心里想着五十万日元总可以的。结果事与愿违，都筑干脆地拒绝了他。于是，松仓拿出刀跪在地上，声称如果拒绝的话他就切腹自尽，松仓心想做到这种地步，都筑会勉强点头答应的吧。可是都筑看穿了松仓卑劣的演技，并没有上当。

"这般拼命地恳求，还受到如此冷淡的对待，松仓心理失衡朝都筑举起了刀，但是都筑以为那不过是虚张声势，依然没有理会，于是松仓真的朝着都筑的身体刺了过去，刺了好几下，又去追上想要逃跑的晃子，从后面刺了好几刀。"

最上仿佛身临其境般的讲述令冲野听得目瞪口呆。确实，各个要点都是以搜查那边获取的信息为依据的，不过他的故事里竟然还有一些仅凭现有证据无法推测出的细节，比如先还掉手中的五万日元后再提出借钱，或者买刀最初只是为了表明自己借钱的决心，这些在警方公布的推理中从未出现过。

原来如此。这就能合理解释为什么平时保险柜和钥匙明明是分开保管，凶手却能在现场轻易打开；带刀去的理由，比起单纯的威胁，也更具有真实感。

"松仓把现场的借条抽走，拿走了现金，擦拭了指纹，毁灭证据之后，骑着自行车离开了都筑家。想着要把从现场拿走的拖鞋和断了的刀扔掉，于是去了多摩川的河边。途中在自动贩卖机上买了水，在没人的地方把拖鞋冲洗干净，也洗了刀，但是考虑到要加些洗剂才能把刀上的指纹消除，所以当时没有扔掉。事后在公寓里把刀重新洗干净之后，扔到了多摩川河床。拖鞋则扔到了便利店的垃圾箱里。

"那之后，松仓担心现场会不会留下了证据，就又回到了都筑家，他就是这个时候被目击到的，后来想到可以用电话，或者发短信来做障眼法，于是回到蒲田站前打了电话发了短信。"

自说自话的最上说完后看着冲野问道："觉得有什么瑕疵吗？"

"没……细节太真实了，不觉大吃了一惊。"

冲野感叹地说。只是，其实他的心中夹杂了一丝不解。仅靠着调查到的那些零碎片段，就能编出如此翔实的故事吗？

和自己比起来，在搜查战场奋战多年的最上竟有如此深刻的思考，不愧是经验丰富的搜查检察官。

可是，这样的感叹还是说服不了自己，总觉着有些不对劲。

案件的推理太过完美。

从现有的搜查信息来看，无论如何也没法看到如此深远。

原本只是个假设，却编排得如此细致入微，那需要相当的功力。

莫不是最上背后有什么后援？

"警察那边正在向冈田取证，核实松仓对赌马信息公司的事情曾表现出不一般的兴趣，这样一来，案件的轮廓就搭建起来了，哪怕物证不足，这个故事也足够通过公审了，所以我希望你也按照这个思路来审讯松仓。"

"……明白了。"

冲野几乎是云里雾里地回答着。

此时冲野的脑海里浮现出的是松仓再次被捕时，走进审讯室的最上和田名部的样子。最上宣告了侵占公物罪的不起诉和释放通知，在松仓刚刚面露喜色的瞬间，田名部冷酷地宣布了再次逮捕通知。

田名部的执念能驱使最上做到如此程度吗？冲野这样想着，又觉得仅凭这样的疑念还不足以提出质疑。

这次案件的搜查，是田名部在有意操控吗？

这种理解，反而更符合逻辑。

冲野很想知道最上口中的故事到底是谁编排出来的，但是冲野心中的疑念没有任何根据，他问不出口。

冲野还没有做好准备来面对这个疑念。

"还钱给都筑先生的时候，大致一次还多少？"

周一的审讯，冲野避开案件的关键，向松仓发问。

"这要看工资进账情况了，有时候两万、三万日元，有时候五万、十万日元。"

松仓对于犯罪事实顽固抵抗，不过问题一旦稍稍偏离，他倒是回答得特别爽快。

"那么，还五万日元的话，都筑先生会嫌少吗？会看起来不太高兴吗？"

"看到我还钱，他的反应一般是'你自己够吗''很努力嘛'之类的，有时候还会请我吃荞麦面。"

松仓也许是想表现出自己和都筑先生关系亲密的一面，但是很遗憾，冲野提问的意图并不在此。

"一般借钱的时候也是看好都筑先生的脸色吧？"

"这个嘛，总比他心情不好的时候好讲话吧。"

"比如说先还了五万日元，看都筑先生心情不错，于是又开口再多借点，这样的事情干过吗？"

"我倒是没故意干过这种事情，不过之前还掉了五万日元，结果正好赶上需要钱，没办法又找他借了，被他笑话说'明明刚还的又来借'。"

"哦……就是不能说没有。那个时候又借了多少？"

"应该是二十万日元。"

"是吗？"

"我以前向都筑先生借钱时，都是看他心情开口的。有时候凑满了五万日元还过去，都筑先生心情会比较好，有时会鼓励我'很努力嘛'，还会偶尔请我吃荞麦面。有一次，我还掉五万日元后马上又问他借了二十万日元，虽然被他嘲笑说'明明刚刚还的又来借'，不过还是很爽快地借给我了，这件事情给我的印象特别深刻。"

这场审讯总结下来，便是这样的笔录内容了。

"你总是嚷嚷着'我没干，我没干'，笔录都没法做，把你叫过来受审没意义，我跟上司也没办法交差。"

冲野说完，告诉松仓按照他刚刚说的内容做了笔录，让他签了字。如此一来，应该强势追究杀人嫌疑的冲野，推了一步缓和着气氛，松仓也没有露出抵触情绪。

松仓离绞刑台又近了一步，只是他本人还未意识到。

自己做的事情是否正当，是否能揭开真相，冲野并没有深入思考。

这样子做几份笔录，一天便结束了。

"还有其他事情要补充吗？"

冲野试探着问，并没指望他会突然开口坦白，只不过想着让他把心中的郁闷借机宣泄出来吧。

"没有……"松仓看上去非常疲惫，慢慢地晃着脑袋。

"没睡好？"

虽然两人年纪相差很多，但是经过审讯见过多次，冲野竟然生出了些关怀之心，想要照顾照顾这个不争气的家伙。

松仓用布满血丝的眼睛看着冲野。

"怎么可能睡得好？"他苦恼地吐着苦水说，"净做噩梦，梦见在法院里来回地逃，却逃不出去，最后被抓到法官面前，被宣告死刑，然后就吓醒了，心想还好只是个梦，接着就想起自己被关起来了，跟梦里面也没什么差别。这种绝望你能懂吗？"

可能是太过生气，松仓的眼中浮起了泪光，双手握住在桌上颤抖了起来。

"还不如让我在根津案里受罚。现在被嫁祸了这件跟自己没有半毛钱关系的案子，还是杀了两个人的案子，太过分了，真是太过分了。为什么我要背负这种莫须有的罪名？为什么没人告诉大家这件事情弄错了？我一想到以后就特别害怕……"

冲野觉得松仓不是在演戏。

这样想的自己是不是很奇怪？冲野看着松仓痛苦的样子，默默地在心中烦闷着。

"律师怎么说？"冲野忽然想到这点，向松仓问道。和侵占公物案不同，现在松仓被认定为杀人犯，现在会有国选律师帮忙辩护。

"他来和我见过一两次，没什么特别的……只是叫我把知道的事情在审讯时全盘说出来。"

"你的主张跟他说了吗？"

"当然说了。只是，小田岛老师好像很忙，说很多事情要等到法院审判之后再考虑。"

虽在情理之中，那位小田岛律师似乎并没有感觉到这个案子有何特别。

"是吗……不过，现在国选律师也是排队抽签的，他既然参与了，到法院审判的时候一定会给你帮忙的。"

冲野对松仓说了些安慰的话，结束了审讯。

松仓被接走后，冲野看着正在收拾摄像机的沙穗，心中难以平静下来。

律师的话题简直是多管闲事……自己也不知道提出这个问题有何意义，冲野不禁嘲笑自己竟然如此担心松仓。

"检察官……"沙穗看了冲野一眼，忽然笑了，"您是不是在想自己去辩护的话肯定会胜诉？"

"啊？"冲野愣了一下，嘟起嘴说，"我可没想过这种事。"

"是吗？那对不起了。"

沙穗只是随口回了一句，并不是真心感到抱歉，眉眼之间还是笑意。

冲野忽然想到，难道自己的内心有这样的想法吗？

自己并没有意识到。

可是，如果真有这样的想法，那就是来自对搜查的不安和质疑。

不安和疑虑是有的。

这个案件搜查中的漏洞是显而易见的，虽然出现了凶器这个强大的物证，但是其他的证据虚弱得可笑，却还在准备把那些零碎的线索东拼西凑地送上法院。

这一点令人不安。

即便是作为唯一物证的凶器，冲野也想好好斟酌一番。

为什么凶器本身被仔细清洗过了，却要用写过字的报纸包起来？

最上推测松仓从进入都筑家之前，就把刀用报纸包起来。原来如此，如果是这样的行为习惯倒是不难理解了。

不过，这些只不过是最上的推理，某种想象而已。

事实上，不是如此的可能性也很高。

赌马报纸是在入室搜查时被带走的，现在保管在蒲田警署，当然是不容易拿出来的东西，不过在鉴定的时候，被谁拿走了其中的一部分也不是不可能的事情。

弓冈的事情也在不知不觉中不了了之了。

这一点是令人怀疑的。

冲野几乎是无意识地拿起了听筒，拨打给正在搜查本部执勤的森崎警部辅佐。

"啊，冲野检察官，你辛苦了。"森崎接了电话，"今天审过松仓了吧。进展如何？"

"还是老样子。"

"嗯，估计就是这样了。"森崎也没抱很大的希望，"对了，你有什么事？"

"没什么，就是你那边的搜查情况，我有一些私人的问题想问一问。"

"哦……"

大概因为冲野事先提出是私人的问题，森崎的声音显得有些生硬。

不过冲野并不在意，接着说："弓冈的事情，结局如何？"

森崎沉默了几秒钟，回了一句"原来如此"。

"等我稍微调查一下再回复。"

电话被无故挂掉了，冲野正疑惑着，很快又接到了森崎重新打过来的电话。

"不好意思，我出来了。"

大概是因为搜查本部的同事都在，觉得不方便说话吧。

"弓冈现在已经失踪了。上周还有一个班组在追查，他已经不再使用手机，完全找不到踪迹了。最后显示是在箱根。"

"箱根吗？"

"是的，有在箱根使用过手机的痕迹。仔细调查了那一带，查到一个疑似弓冈的男人曾在强罗温泉旅馆里住了两晚。"

"是在警察正准备追查弓冈的时候吗？"

"是的，就是那周的周五和周六。"

"那之后没有去往大阪的迹象吗？"

"没有。虽然弓冈的姐姐听他那么说过。"

手机都打不通，难不成是消失了。说要去大阪打工这个说法终究是无法令人信服的，只可能是为了某种意图故意消失。

"森崎先生，你怎么看？"

对于冲野的提问，森崎停顿了一会儿回答道："老实说，我也不知道。"

"中止对弓冈的搜查，这是谁的判断？"

"这个嘛，完全找不到弓冈踪迹，再加上松仓那边有了很大进展，所以田名部在搜查会议上说弓冈的事情就算了……"

可以理解为是在事实基础上的判断，只不过，不会还有其他的原因吧？

"还有一件事比较奇怪，住宅搜查时收缴的赌马报纸，会在记录上标明是哪月哪天的报纸吗？"

"嗯，理解得没错。"

"包裹在凶器外面的报纸，应该不是收缴记录里记载过日期的报纸吧？"

"当然。在对凶器上的报纸进行鉴定时，需要跟原先收缴的报纸进行对比，鉴定科会和收押记录比对的同时，拿出或者放回报纸，如果有一部分不见了，自然会有人来问的。"

"说得也是……"

总不至于整个组织都在参与。

"不好意思，问了你这么多奇怪的问题。"冲野无奈地苦笑着搪塞过去。

"没关系。"森崎认真地回答，"检察官需要考虑的事情多，也是没办法的。其实我们在犯人扔掉拖鞋的便利店附近，收集并分析了监控拍下的道路影像，同一时刻有两个监控都拍到一个身穿黑色衣服的男子走路的身影。可是，我们的前提是松仓骑着自行车移动，所以这个证据作废。时间稍微岔开没关系，但是我们要找的是那个骑着自行车的看上去像松仓的人。不过仔细想想，这不是本末倒置吗？多奇怪啊。从来没有目击证言说过在犯罪时间段的傍晚四点，被害人家门前停着一辆自行车。"

如果参考便利店前面的影像，凶手把自行车停在附近，走路过来扔掉拖鞋这个思路是成立的，但是拍到的徒步行走的凶手外形却与松仓不符。

可是，以田名部为主导的搜查本部以及最上，也许在知道证据证言显示凶手外形和松仓并不相符的情况下，仍然简单粗暴地决定把松仓带上法庭的被告席。

"森崎先生，虽然凶器出现了，但是我并不认为松仓是凶手。"冲野坦率地表明了心中的看法，"我觉得这个案件的搜查很可疑，明明是在认定松仓是凶手的前提下进行调查。我感觉是某个人在施加压力，我担心将来很有可能会对搜查进行问责。"

"检察官，有些话不便公开。"森崎用一贯谨慎的语气说，"确实，我也觉得这次案件中，田名部的态度和往常不太一样，原本他在搜查干部中属于理论派，行事相对谨慎。只是可能由于他和最上检察官刚好步调一致，恐怕很难说清是谁在主导这次搜查。不管怎么说，纠结于这一点我们不会有什么好处。我可能是多管闲事了，若是担心日后的问责，你最好把最上检察官给你的指示和方针全部都记录下来。这是最有效的办法，我能说的就只有这些了。"

挂断电话后，冲野深深地叹了一口气。

莫名地有种冲动。

不能再这样下去了。

可是又不知道该怎么办。

感觉自己在这个狭小的空间里正在被扭曲。

"替我约一下最上检察官。"

冲野让沙穗打了电话，他深深地吸了口气来压住内心的躁动。

"说没问题。"

冲野把审讯的笔录拿在手上，从座位上站了起来。

"检察官。"

沙穗的表情有些奇怪，叫住了冲野，面对冲野询问的眼神，沙穗说："请不要太草率。"

"嗯？"

沙穗犹豫不决地开了口："检察官请不要轻易说出要辞职之类的话。"

冲野叹了口气，回答说："我没想过这样的事情。"

可沙穗还是担心地看着冲野。

真是的，总是猜测我的心思……冲野走出办公室，觉得有些困惑。

也许，自己内心深处藏着这样的想法吧？

冲野暂时停止了思考，朝最上的办公室走去。

"辛苦了。"

最上坐在沙发上，拿出啤酒放在桌子上，等候着冲野的到来。

冲野把笔录递给最上，在对面坐下，没有去拿酒，只是在等待最上看完笔录。

"嗯，干得不错。"

最上满意地说完，朝冲野微微一笑。

"怎么了？还有要紧的事情吗？"

他瞥了一眼摆在冲野面前还没动过的酒。

"没有。"

冲野摇摇头，过了一会儿，重新开口：

"我还是认为松仓不是凶手，"冲野单刀直入，接着又补充了一句，"即使物证凶器已经出现了。"

最上眯着眼睛看着冲野，唇间露出了笑意。

"找到证据还觉得他不是凶手，这个想法可真是有趣。"

"仔细清洗那把刀来消除指纹，却用留有自己字迹的报纸包起来，这种前后矛盾实在无法理解。"

"你去证据现场看过了吗？"最上冷静地回答，"标注是在报纸折起来的内侧，包的时候没有看见，或者粗心没注意也不是不可能。松仓没有订其他的报纸，想用纸包起来的话，选择赌马报纸再正常不过。"

"是这样吗？信箱里面的广告宣传单或者其他什么，随便找一下就能找到很多。而且，我实在不觉得有把刀包起来的必要。既然已经到了河边，直接扔进河里不是更好，特意扔到草丛里，岂不是故意让人去找出来？"

"松仓是脑子那么灵光的人吗？连这种事情也要去怀疑。"最上巧妙地避重就轻，"如果一定要怀疑，物证就没有存在的必要了。'凶手为什么会把钱包落在现场，钱包不是不应该弄丢嘛'之类的，事实上就是靠着那些证据抓到凶手的啊。区别就在于，那些凶手招供了，而松仓不肯招供，仅此而已，而这唯一的一点不同，极大地迷惑了我们，尤其是像你这样第一次碰到如此顽固的否认案的年轻人。"

"确实，我是第一次遇到这种否认案，但并不是因此才有这样的想法。这里面有蹊跷。听说搜查本部最终停止了对弓冈的追查。要去大阪打工的弓冈离开东京后，在箱根没了踪迹，手机也打不通。事情明明很可疑，可是田名部管理官却认为追查不到就算了，发出停止追查的命令。我觉得，他对弓冈过于忽视，对松仓却过于执着，这种巨大的反差怎么看都觉得不正常。"

"弓冈的事情一发生，田名部就派了搜查人员出去。至少在我看来，他是以理性思考来采取行动的。"最上语气平和地说。

"可是，凶器一出现，他就对弓冈不理不睬了。"

"那是当然。出现了物证中最关键的凶器，何况还有凶手使用过的特殊痕迹，事已至此，怎么可能无视？换句话说，这些都是绝对证据，对于搜查人员来说，是哪怕在泥泞中匍匐也好，被血汗浸透也罢，都想要得到的证物。一旦证据找到，胜负基本就定了。"

最上的话，听上去简直是对冲野的炫耀。

"围绕这个证据重新组织搜查是再正常不过了，莫名其妙挑毛病不是破案的人该做的事。"

面对最上的严厉斥责，冲野沉默了一会儿，还是决意说出内心的疑虑。

"根津案中松仓逃脱了制裁，所以绝对不允许第二次发生，即使立证有困难，这次也要强行起诉……您是不是这样想的？即便您早已知道松仓有可能不是凶手。"

"我刚说的话，你没听懂吗？"最上反问，"凶器已经找到，你为什么一定要避开它？"

"对于凶器我有自己的推测，老实说我拿不出证据，所以暂时不提了吧。"

"没关系。"最上说，"虽然你说没有证据，不过你负责松仓的审讯，又旁观警方的搜查，心中必有感触吧，听听你的心证，并不是浪费时间。"

冲野听罢，沉思了一会儿，下定决心说出来。哪怕为了最上能够理解自己也好。

"那么，请允许我在此唐突了。我怀疑田名部私下和弓冈接触过，从弓冈那里拿到凶器，并吩咐他暂时隐藏踪迹。"

坐在事务官位子上的长浜瞪大了眼睛看向冲野。

最上皱了皱眉头，嘴角一撇，做出了一个难办的表情。

"确实有够唐突了。"最上闷闷地哼了一声，"田名部先生为什么要做到那个份儿上？既然弓冈拿出了凶器，那么凶手肯定是他，没必要故意把松仓当作凶手吧？"

"这个，我也不知道他为什么一定要这么做。"冲野说得有些含糊，低下了头，"有可能是因为根津案和松仓的那些不为人知的纠葛，不然就没办法解释现实的这些问题。"

最上轻轻点了点头，不过终究没有表现出赞同的样子。他把跷着的腿放下来站了起来。

"好了，你的想法我了解了，不过起诉松仓的方针是不会变的，部长和副部长那边也已经批准。找到凶器却放弃立案这种事情，在我这里是不可能发生的，否则就等同于放弃检察官的责任，检察官就失去存在的意义了。"

最上此话一出，冲野便知道多说无益。他是抱着极大的决心说出了这番话，他知道说服最上是有些痴心妄想，不过还是希望通过开诚布公地说出来，传递出哪怕一丝的质疑也好。

谈话无疾而终，没有得出任何结论。最上没有表现出理解冲野的意思，冲野也没有因为听了最上的话而反省自己是否有错。

和最上短兵相接，冲野并不否认自己除了经验之外，尚有其他不足。可是和实习生时期就开始崇拜的前辈一起工作，他感到最上和大多数职场老人一样，思维强势死板，很难接受别人的意见。这和他平时的言谈举止给人的印象如此不同，说实话，冲野有些失望。

第二天傍晚过后，冲野被肋坂副部长叫了过去。

停下手中的工作来到副部长办公室，沙发上除了副部长，最上也坐在那里。

"我听最上说过了，"冲野坐下后，肋坂表情严肃地说，"对于蒲田案的起诉，你现在还是有些消极。"

"是的。"冲野点点头。

"嗯，"肋坂微微颔首，看着冲野，"这个案子确实一开始不得要领，但是既然凶器找到了，我们就得拿定主意推行下去。"

"是吗？"事实已定，冲野知道没有了回旋的余地，于是冷冷地回答，"如果这是上面的决定，我也没有办法。"

冲野知道就算不再争辩，谈话也不会就此结束。

"我已经和最上说过了，早知道这次的否认案性质如此恶劣，就不会让你这样资历尚浅的人来做了。是我们之前想得太过简单，给你增添了不必要的烦恼。"

肋坂顿了一下，继续说：

"虽然之前没有先例，不过这次的案子转交给最上立案吧。你把相关资料交给最上，我听说笔录基本上齐全了，后面就交给他费心吧。"

还是来了……冲野不自觉地咬紧了牙根。以人事调动以外的理由撤销负责检察官确实是没有先例的，冲野也是第一次碰到。虽然搜查的方向事与愿违，但是毫无疑问倾注了全部的心血，如此简单几句话就被彻底否定撤了职，生气是在所难免的。

"明天，新宿警署那边会把多次抢劫案的嫌疑人送过来，那个案子的自首有了突破，案情也比较清晰，同时也是件大案，就交给你来负责吧。"

这种做法就好比面对一条不肯轻易把骨头吐出来的狗，拿来了一根差不多的骨头做诱饵。冲野没有出声。

"还是跟他明说比较好吧。"

最上像是读懂了冲野的表情，不顾肋坂脸上微微的不悦，朝着冲野继续说：

"我一直认为既然把这个案子交给你，就不应该轻易收回，那样就算你会暂时获得轻松，心里也会留下芥蒂，所以一直想让你凭自己的力量处理。

"但是你昨天的话让我改变了态度。那些你不吐不快毫不掩饰的想法，让我不得不慎重考虑。因为就算让你继续负责这个案子，心里也一样会留下芥蒂。那样的话，解除你的任务也不失为一个选择，这就是我的考虑。

"还有一个问题，你既然已经心生不满，那么继续把诉讼的工作交给你可能欠妥。当然你可能会按照要求起草起诉书立案，但你会以什么样的心情带着多少热情？进一步说，你会给公审负责人传递什么样的信息？如果不是带着对凶手的憎恶，坚决站在被害人立场上强烈要求严惩凶手，那么从开案陈述开始就无法打动法官和审判员。内心有迷惘和怀疑的人，可以担负得起这项饱含被害人和被害人家属，以及全体搜查人员期待的工作吗？考虑到这些，我认为把你调离是明智之举。就是这么回事。"

这番话没能让冲野平复心情，不过对于最上的话，他没有反驳的能力。是自己让最上做出了这样的判断。本是做好了心理准备的。结果只能如此。

"明白了。中途退出实在抱歉，后面就拜托您了。"

冲野和最上说完，便从副部长办公室告辞了。

回到自己的办公室，按照指示整理了杀人案的相关资料。

"把这些资料搬到最上先生的办公室去吧。"

冲野把东西递给了沙穗。沙穗感觉到了冲野的烦躁，却没有多说什么。

"好的。"

沙穗听话地抱着资料出去了，房间里留下冲野一人。

眼前的办公桌上，那些让自己不堪烦恼的资料全都消失了。

剩下来的都是些条理清晰的案子或者听审证人之类完全没有心理负担的资料了。

太轻松了，明天开始就不用身心俱疲了，这不是好事嘛。

冲野一把抓起桌子上的资料，摔在了地板上。

"抢劫犯间宫到了。"

"叫过来。"

"是。"

撤销蒲田杀人案的职务后，如肋坂所说，重新分配的连续抢劫案的嫌疑人被送了过来。

深夜袭击了牛肉盖饭连锁店，拿刀抢劫了数万日元的现金，跑出去的时候刚好撞见了巡逻中的警察，三两下就被逮捕了。

除此之外，总共涉及了三起抢劫案，确实不是个小案子。不过嫌疑人对罪行供认不讳，对审讯没有任何抗拒。

被押送到办公室的间宫，和粗鲁的外表极为不相称地始终以低姿态接受着冲野的审问，没有争辩，供认不讳。辩解笔录很快就结束了。

"还有其他补充吗？"

冲野觉得还欠缺点东西，谁料间宫只是缩着脑袋道歉：

"没有了……就是觉得非常非常抱歉。"

"你去打劫的那家牛肉盖饭店的店员，都是些打工赚生活费的学生。你这样带着刀闯进去，会让他们多害怕，你知道吗？"

"您说得对，真的是太抱歉了。"

"嘴巴说说是不够的，你到底有没有真心反省？"

"反省了。不会再有第二次了。"

看到对方任怨任骂的样子，冲野不知为何一股怒气冲上心头。

"真的吗？"冲野敲着桌子怒声问道，"你是有前科的！之前也是这么说的吧！！"

"对……对不起……这次一定改过自新，重新做人。"

冲野平稳了下粗重的呼吸，反问自己是否真的是因为眼前这个男人才发这么大的火。待他察觉到不是，赶紧冷静了下来。

再怎么责骂，感觉也不过是在痛打已经投降了的对手。

"今天就到此结束吧。"

听到略显唐突的这一句，间宫像是要钻进桌子里一般深深低下头。

间宫和负责看管的警官出去之后，沙穗给冲野泡了一杯茶。

冲野没有去端茶，只是深呼了一口气。

蒲田案像是从未发生过一样，从自己的生活中退出了。

可是，冲野还没有整理好心情。

最上说过，不管蒲田案多难，中途撤职都会给冲野的内心带来一定的伤害，所以从没想过要收回任务。可是后来发现就算由他继续负责，也不能避免这一点，于是决定撤下他……

也就是说，正如最上所言，现在自己的内心受到了伤害……冲野无法否认这一点。

无可奈何的无力感充斥身心，对手头上的工作提不起兴趣。即使有案子需要审讯，却感觉不到紧迫感，注意力也无法集中。

有时一股莫名的情绪在身体里冲撞，那份无法抑制的焦躁，甚至令他坐在检察席上都感到前所未有地痛苦。

对于蒲田案，即便被撤了职，冲野也还是很在意。

是不是不该对最上表明心迹？

可是，沉默地继续负责那个案子，自己能泰然自若地保持冷静吗？

坚持自己的信念，难道有错吗？

脑子里乱作一团，好想跟昨日一样把眼前的东西一股脑儿地扔出去。

"要不要去吃顿庆功宴？"

"什么？"

冲野抬起头来，昨天默默为他收拾起散落一地资料的沙穗，正用手解开束起的头发，用询问的目光看着他。

"不是说好等蒲田案告一段落，我们一起去吃顿饭慰劳一下吗？"

"嗯……"

确实说过那样的话。不过没想到是以这种形式告一段落。想到这些，冲野自嘲地笑了起来。

"说得对……那我们去吧。"冲野小声嘟囔道。

权当偶尔散散财吧，冲野去 ATM 取钱，让沙穗预约了想去的店。

从地下通道去往装有 ATM 的那栋办公楼，路上遇到了去买东西的同届生，末入麻里。

"嗨，冲野君。"

"噢，好久不见。"

4 月份的同届生聚会之后，已经过去两个多月了。在食堂里倒是从远处见过两三次，不过这么近距离交谈，自那之后还是第一次。

"有在加油吗？"

末入麻里露出天真无邪的笑容，冲野只回了一句"还行"。

"话说，我上次碰到最上先生的时候，他说在跟你一起工作哦。"

她忽然想起来一般，饶有兴趣地凑近冲野说。

"本部系可都是些不得了的案子。是什么案子呀？进展如何？"

被她这么问，冲野没办法，只好说了。"4 月份发生的蒲田案，老夫妇被杀的那个。"

"啊，之前被逮捕的那家伙。"麻里的眼睛瞪得滚圆，说，"不过听说一直不认罪吧？有可能攻破吗？"

"没……"

"好像蛮难的。原来你在做那个案子啊。"

麻里钦佩的语气让冲野感到有些难堪。

"我也和最上先生一起办过几次本部案，不过分配过来的都是简单的案子。冲野君很受最上先生器重呢。"

"没这回事儿。"冲野语气有些生硬，"实际上主要都是最上先生在做，我基本已经脱手了。"

"呵呵，最上先生会照顾人，如果你磨磨蹭蹭、犹豫不决的话，会被接管过去哦。冲野君得坚定地告诉他'这是我的工作'。"

麻里笑着说了声"再见"就离开了。

4月份聚餐喝酒时，麻里说过最上是"好检察官"，也是"理想的检察官"。

那个时候冲野对麻里的话原本也是赞同的，可是现在……

原本觉得心意相通的同届生，现在竟也产生了距离感。

"我没想过最上先生是那样的人。"

沙穗预订的日式小馆位于银座的画廊街。工作结束后，冲野和沙穗一起走到银座，钻进馆子里的包间，点了刺身、天妇罗、炭火烧烤等超出两人分量的饭菜，酒水也是从啤酒开始，清酒、葡萄酒全都喝了个遍。

醉醺醺的冲野嘴里嘟囔出来的话，不知不觉中全是埋怨。沙穗在酒精的作用下脸颊绯红，和平时一般无二的态度倾听着冲野一股脑儿倾吐出来的积压已久的郁闷。

"结果呢，我的意见，他从一开始就没打算听。反正他是想着我年轻，就把我当成一句指令就会行动的木偶了吧。"

冲野托着腮，一通抱怨后，满满的倦怠中夹杂着叹息声。

"长浜先生说过，自从丹野和树自杀之后，最上检察官整个人的感觉都变了呢。"

沙穗将吃得散乱在盘子里的剩菜用筷子一点点夹起来送进嘴里，这样嘀咕了一句。

"欸？"冲野明显吃了一惊。

"特搜部追查的幕后捐款案中，立政党的丹野和树不是自杀了嘛。据说那个人以前是律师，毕业于市之谷大学，和最上检察官是同级生，可能以前也在同一家法律研究会共事过吧。老朋友以那种形式丢掉性命，最上检察官好像深受打击。那之后，哪怕在他身边也不敢轻易打声招呼了。长浜先生是这么说的。"

冲野不知这些话的用意，只是慢慢地点了点头。

"老朋友以那种形式丢掉性命确实是会深受打击吧，但是那跟这里的工作有什么关系？"

"话是这么说。"

"那个丹野和树，有人说是我们特搜部的追捕导致他自杀的，毕竟特搜是拼尽全力掘地三尺式的搜查。最上先生在名古屋担任过特搜，同行的做法自然也是知道的。所以看到老朋友被那样逼死，自己身为会把人逼入绝境的检察官，怀疑自己一直以来的做法，烦闷也是情理之中的吧。至少如果是我，我会有这些烦恼。可是他在现实中却又和特搜一样强势搜查，我就无法理解了。"

"可是，他没说过要强势审讯吧？检察官你在中途放缓了审讯力度，我想看过笔录的最上检察官多少能感觉得到，可是他什么都没说吧？我感觉还是有些影响的。检察官你的审讯才是堪比特搜的冷酷无情。"

"我也不知道是怎么了。"冲野想起对松仓的第一次审讯，自嘲地说，"不过正是因为做到了那种地步，才感觉出奇怪的。最上先生对审讯不再多过问，还不是因为直接证据的凶器被发现了。我反倒对这一点很不解，他对凶器发现之后的走向放任不管，借此牵引搜查的方向，如此一来搜查结果只会越来越接近头脑中杜撰出来的故事。特搜式的强行搜捕，不就是这么回事嘛。"

"可能所谓的老手就是如此吧。"

"我原本以为他是个明白事理的人。"冲野掩饰不住心中的失望，"这个案子怎么想都觉得可疑，森崎先生也是这样认为的。审讯松仓的两个人都觉得有疑点，凶器可疑，弓冈的失踪也很可疑，可是他却不明白。"

"也许最上检察官心知肚明。"沙穗道。

"什么？"

"也许只是在考虑能否维持公审，也就是说即便知道凶手有可能不是松仓，只要能维持审判，就当作松仓干的也未尝不可。事实上，找到凶器后，从外面包裹的报纸上采集到了指纹。即使搜查内部有质疑的声音，也不可能在公审的阶段提出来。法官和审判员只会看到凶器出现了、采集到了指纹这些确凿的证据，所以根本不可能质疑。即使辩方律师想要调查弓冈，他现在下落不明也无从查起，想争辩也站不住脚。那么认为这个方案可行也并不奇怪了。"

"混账啊！"冲野有些吃惊，"也就是说，只要公审能胜诉，即使造成冤案也无所谓，这不是草菅人命吗？不管特搜如何不堪，我还是不愿相信居然有检察官会有这么粗暴的想法。"

"一般情况下确实如此，"沙穗用谨慎的口吻说，"但是松仓和一般蒙冤者不同，他过去犯过杀人的命案，而且过了诉讼时效，没有受到制裁。也许是松仓的弱点，让人觉得他背负罪名也没关系。"

扪心自问，冲野不能说自己没有这样的想法。正因为他是过去未能清算的对象，才能在审讯时毫无顾忌地破口大骂。

可是，这不应该成为把本次命案嫁祸给他的理由。这几乎可以说是私刑的领域了。也许田名部会有这样的想法，但是作为检察官，应该划清界限冷静判断。

更重要的是，冤案会产生另一个问题：真正应该受到惩罚的凶手逃之夭夭。按错一个按钮，就会产生一系列无穷无尽的连锁反应。

"唉……这种事情想也没用，反正也不能插手。"

冲野说完，将红酒一饮而尽。可是，即使他有意识地承认自己的无能，因无力而起的恼怒却更为强烈，身体最深处传来阵阵微妙的刺痛，无法安置。

"案子层出不穷，"沙穗给冲野的酒杯里添上红酒，"纠结于一个也无济于事啊。"

沙穗的话听上去像是在哄不懂事的孩子。冲野冷不防把手里的酒杯抽了回来，沙穗手中倾倒的红酒洒在了桌上扩散开来。

"你真是这样想的吗？"冲野对正在用毛巾擦拭桌子的沙穗问道。

沙穗看了冲野一眼，一句话也没说。

不管能不能插手，自己都想纠缠于这个案子。

冲野横下心来承认了这一点。

于是他的脑海中不经意地浮现出最忠实于自己感受的一条路。那一瞬间，他被一种恐惧感笼罩，可是同时，一股英气正在击退那份恐惧。

"我觉得这样下去并不好。"

沙穗像是什么都没听见，把毛巾叠好。

"最上先生说过，出现了凶器这种铁证如山的物证却想要放弃立案，就等同于放弃公职，已经没有作为检察官的意义了。确实如他所言，我是个不合格的检察官。朋友被特搜逼入绝境丧命，自己却强推搜查一意孤行。想来，那就是他的答案吧。那就是他所谓的检察官。立场不同，也许那就是正解。毕竟如果一遇到事情就对自己质疑，工作很难推进。

"但是我做不到。在检察官这个身份之前，我首先是一个人，不可避免地会纠结、会烦恼。出于为世间正义贡献一份心力的初衷我才踏上法律这条路，如果背离这条路才能被称为检察官，我是无法理解的，也不想理解。"

"好了，够了吧？"沙穗静静地说。

"什么够了？"

"你不需要这样责怪自己。"她苦笑着说。

"让我说个够吧。"

听到他带着喘息的声音，沙穗悲伤地看着冲野。

"你，已经知道我该怎么做了吧，在我还没有意识到的时候。所以你才会说不要辞职那样的话。"冲野不顾摇头的沙穗，继续说道，"是啊，我就应该把检察官的工作辞了。"

"请不要说这样的话。"沙穗的语气里多了一份心疼，"我今后还想跟检察官一起工作。"

"哈？"冲野不觉失笑，长出了口气，"这说话的风格可不像你。用这样的话挽留我，只会让我在办公室里安安静静地堕落。"

"辞职后准备做什么呢？"

"如你之前所说，做松仓的辩护人，和最上先生对决。"

"那是不可能的。"

冲野看着认真反驳的沙穗，移开视线，灌下了一口酒。

无须沙穗多言，冲野当然知道，自己作为负责搜查的人，对搜查信息负有保密义务，去当辩方当事人即被告的辩护律师是完全不可能的。

可这是冲野内心最真实的想法。如果可以实现，他能想象自己会多么热血沸腾。从这种感觉来说，恐怕自己并不适合检察官这份职业。

他想拆穿蒲田案件中最上编造的故事。他想揭发弓冈失踪背后的隐情。田名部或者是谁，如果有警方人员参与，势必会涉及违法。如此一来，不惜舍弃工作揭露真相，就有了充分的价值。

即使不做松仓的辩护律师，也会有其他的办法。

"我必须辞职。"冲野自言自语般轻声说。

"辞职后，检察官今后就再也不能走上阳光普照的台前了。"

"台前是什么？"冲野烦躁地问沙穗，"我从没想过自己现在是站在台前。哪怕在阳光普照的地方，如果根基不稳，树也会枯死。这跟站在哪里没关系，我只想堂堂正正地活下去。你是觉得我站在舞台上所以才有相处的价值吗？是的话，你马上断了念想吧。反正马上就会有别的检察官登上你喜欢的舞台了。"

沙穗的脸颊微动，用充血的眼睛回瞪着冲野。

"我坚持不下去了。"

说罢，冲野深深地叹了口气。

明明说是慰劳，轻松爽快的气氛却消失得无影无踪，或者说，可能最初就不存在。

不早不晚的尴尬时间，不尽兴的气氛下两人离开了酒馆。

"再陪我一会儿。"

冲野对沙穗说着，走到外堀大街上，叫了辆出租车。沙穗什么也没说，只是跟在冲野的后面，坐了冲野身旁。

出租车从数寄屋桥开到内堀大街，路过检察厅所在的祝田桥。每天上班的办公大楼里的灯光，映在冲野的眼里分外冷清。

自己的内心已经非常清晰了。可是，一旦直面起来，一种令人恐惧的孤独感将自己紧紧包围，即使喝醉也难以驱散。

"今天，遇到了公审部的同届生，4月份同届生聚餐一起喝酒时我们还聊最上先生聊得起劲，可是今天同样聊到最上先生的时候，我只感觉困惑不已。对坚信自己的工作充满正义的她来说，我已经变成难以理解的人了。"

冲野自言自语地说，沙穗默默地听着。冲野不知道沙穗心里是怎么想的，但是觉得她应该可以理解自己的心情。对现在的冲野而言，这可以说是唯一的希望了。

不久，出租车驶入玉川大道，穿过七环，在冲野的检察官宿舍前停住。

冲野抓着沙穗的手下车。

两人一言不发走上宿舍的台阶，冲野打开房门，进入室内。

被冲野抓着手的沙穗脱了鞋子，踏上玄关，站在起居室的入口处不动。冲野没有在意沙穗，把包扔到沙发上，脱掉外套，把领带从领口抽出来丢在地板上。

"脱吧。"白衬衫也脱下来扔了，冲野对沙穗说道，"我想做的事情，你不是都知道吗？"

"不要。"沙穗一本正经地回答，"你帮我脱。"

冲野拉过沙穗的手腕，把她的身体粗鲁地抱到怀里。仿佛要把纽扣扯掉一般，粗暴地扯开她的衬衫，用手环抱住那仿佛轻易可以折断的蜂腰，贴着她的唇激烈地吻起来……

沙穗的手臂缠绕着冲野的头，冲野听到她在耳边的轻喘。

恐惧的心情消失了。

像是呼应颤抖着的沙穗一般，冲野的体内有一股隐藏的力量似乎要涌出来。

我是可以的。

可以辞掉检察官的工作。

冲野把沙穗放倒在床上，趴在她身上，眼角泛起的泪花流进沙穗的头发里。

把所有的都包裹起来吧，沙穗从下面抱紧了冲野。

13

"嗯……总算是成形了。"东京地方检察院刑事部的老大——永川正隆部长看了一遍报告书，向站在他面前的最上和肋坂副部长投去了赞成的目光，之后又把目光落在报告书上，盖上裁决印章后放进了已裁决的文件筐里。这份处置报告书是最上亲手写成的，记录着搜查结果，也记录着请求公审的处置要求。得到副部长、部长的判定后，接着就是次席检察官、首席检察官。所有的裁决印章都盖好之后，公审请求即起诉，就会作为检察方针确定下来。

"不过，这样的否认案，绝不能疏忽大意！要继续巩固证据，不得懈怠。这个案件进行到公审阶段，你们各自也都有机会晋升。给我仔细点留意，不要出什么幺蛾子。"

最上毕恭毕敬地应承下来后，和肋坂一起离开了刑事部长办公室。

蒲田老夫妇被刺杀案件，以凶器证据和现场的目击者证言为中心展开搜查，按照最上的推测收集到了笔录。赌马信息公司事件中，冈田说过松仓曾对赌马信息公司表现出不同寻常的兴趣。从几位马友口中获知，松仓一直把老好人都筑和直当作自己的钱包，一有什么事情就来麻烦他。这样一个个地取证，对于证明松仓的罪行并没有用，但是对于塑造松仓是个值得怀疑的对象效果明显。这一点，对于巩固最上的故事是必需的。

这个案件，根据关键物证和情况证明，单人作案的条件已经从形式上准备好，客观来看，一起品性恶劣的嫌疑人常见的否认事件已经成形了。

拘留期满的日子到了。最上获知之前交给事务官的起诉状已经被东京地方检察院受理，于是打电话汇报给搜查本部的田名部。

"蒲田事件，公审请求刚才已经递交上去了。"

"你辛苦了。"田名部的声音里透着一丝安心，说出慰劳的话，"总算是告一段落了。"

"非常感谢您的鼎力相助。接下来交给我们检方努力吧。"

"那就拜托你们了，后面如果还有什么需要，请不用客气。"

"谢谢。"

"其实，我们和当年根津案件中负责审讯松仓的人取得了联系。他虽然已经退休了，六十岁过半，但是精神很好，对当年记忆犹新，他愿意做证证实当时松仓的恶意否认。如果他的证言在公审中有用，我们可以安排。他本人也说因为当年让松仓逃脱而背负耻辱，愿意亲自出庭。"

"那实在是太感谢了。描述松仓的人性，离不开根津案和他对那次搜查的否认事实。和公审部深入探讨之后，会再次请您协助。"

又进一步巩固了这个故事……最上挂了电话，意识到了这一点。

进展顺利。

案件已经放到了合格率为 99.9% 的检品传送带上。

检察院上层已经就请求死刑达成一致。

很快就能听到松仓垂死痛苦的声音了。

最上暗自感慨的时候，电话铃响了。

"我是肋坂。"

听筒里传来副部长的声音，听上去有些愁眉不展。

"您辛苦了。刚才接到报告说，今日期满的蒲田事件，公审请求已经受理了。"

"嗯，你辛苦了。"肋坂一句话便结束了这个话题，"刚才冲野过来，递交了辞职申请。"

最上一时语塞，倒吸了一口凉气。

"你听他说过什么吗？"

"没，什么都没……"

"唉，"肋坂有些痛心，"话，我跟他都谈过了，不过看起来他辞职的念头很坚定。"

"这样啊……"

"可能是有些事情他自己想不通吧，不管怎样选择，都是痛苦的决定。"

最上沉默地应着，就那样挂了电话。

最上闭上眼睛，叹了一口气。

那是他亲眼看上，引荐给检察院的小伙子。实习时那双燃烧着希望的眼睛，至今还刻在最上的脑海里。

原本可以期待他在这个舞台上大展身手，前途一片大好。

竟让他对这份工作失落到谷底，去意已决。

真是心痛至极。

可是……

即使知道他会选择这样一条路，自己也不会改变当初的决定吧。

"长浜君。"最上把事务官叫了过来。

"能帮我跟都筑夫妻的女儿和在川崎的妹妹约个时间吗？我想去拜访一下谈谈起诉的事情。"

他告诫自己，现在最重要的是调整好心情，悄无声息地推进案子。

砰的一声，把最上从梦里拉回到现实。发生什么了？最上的身体有些僵硬，觉得好像听到了枪声。

过了一会儿终于清醒过来，意识到自己在起居室的沙发上睡着了，最上慢慢起身。

奈奈子在厨房里泡咖啡，朱美应该是出门去哪里了，没见着人影。最上看了一下手表，已经两点了。难得的周日，什么也没做就过了半日。

从沙发边桌上掉落的一本读了一半的书，躺在地板上。刚才的声音应该是书掉下来发出的。

最近睡眠不好，连续几天还未睡足天就亮了。不知是不是受此影响，休息日的今天，吃过中饭后，最上倒在沙发上休息时睡意袭来。

"你睡在哪里呢？"

平日里，最上总是数落女儿喜欢睡在沙发上，今天被女儿逮着机会了。

"你妈妈呢？"

对于最上的问题，奈奈子一边对着咖啡杯吹气，一边淡淡地回答："出去了。"

"去买东西了吗？"

"说是约了朋友。"

"还是韩剧那一套啊……也不嫌腻的。"

这样发着牢骚，奈奈子欲言又止地望着最上，最终，什么也没说出口。

"你不出去吗？"

"不出去。"

"那陪老爸出去买买东西吧。"

面对不经意的邀请，奈奈子做了个麻烦的表情继续小口喝着咖啡，过了一会儿，问道："给我买什么呢？"

"衣服之类的，随你买。"

本来没期待有什么反应，结果女儿意外地愿意陪同，回自己房间换衣服去了，于是最上也开始做出门的准备。

出门后，梅雨时节的天空阴沉着，随时可能下雨的样子。一边听着不情不愿出来的奈奈子抱怨着闷热，一边朝着最近的地铁站走去。

周日下午的小田急线各停列车里弥漫着悠闲的气息。最上和女儿并排坐在空空的座椅上，随着列车摇摇晃晃地驶向新宿。

"兼职还在做吗？"最上想着不要说招女儿烦的话，可是又没别的好聊，只好试着问了这个。

"还在做啊。"奈奈子爽快地回答。

"做得开心吗？"

"这个嘛，有开心的时候，也有嫌烦的时候。"

"有好好去学校吗？"

"有课的时候，前一天会早点结束。"

"打工存的钱，打算用来干吗呢？"

"不知道。"

"原来还没有想法啊。"

最上有些扫兴地说完，奈奈子瞄了他一眼。

"要不一个人生活试试看？"奈奈子说完，静静地等着最上的反应。

"什么呀，在试探我吗？不是'试试看'，如果想做的话，就说'想做'好了。"

"可是人家也不知道啊。"奈奈子噘起嘴，"我以前这样想过的。"她自己也还没有理清头绪。

"其实爸爸没觉得一个人生活不行。爸爸当年来东京上大学也是独自生活的。只不过，明明家离得很近，为什么还要特意去租房子浪费钱呢？再说，好不容易从春天开始一家人聚在一起，结果又要分开，不觉得冷清吗？无论如何都想搬出去一个人住的话，等到大学毕业走上社会也可以……"

"咱家就算聚齐了，也是各玩各的……住在一起真的有意思吗？"

最上的话还没有说完，就听到奈奈子口中吐露出了这些话。

"是这样吗？"一时不知如何回答，最上脱口而出，仿佛从来没有这样想过一样。

"爸爸，去年你一个人上京赴任的时候，真该把我们一起接过来的。"

"那是因为你高中只剩最后一年了。"

"话是那么说……"

奈奈子的意思是，如果最上当时强硬地要求全家一起跟他来东京，她其实并不介意转校。

"或者，爸爸原本也可以留在名古屋。"

确实，检察官的调动中虽不乏不可抗拒的任免，但原则上对那些有一定履历积累的人，会事先征求意见，尊重个人意愿。

以前在仙台地方检察院一起工作过的永川，被内定为东京地方检察院的刑事部长，于是推荐最上过来做本部系的工作。

另外，最上也受到名古屋地方检察院特搜部长的挽留，私下约定会让最上坐上副部长的位置。

但是最上从永川那边获知，本部系之后会晋升为副部长，这是条既定路线。不管怎么说，想要担任副部长、部长这样的管理职位是出于人之常情，晚上一年两年也不算什么，最上考虑再三，决定接受了本部系的职位。

他并不是没有考虑家庭。相反正是为了照顾家庭。特搜这样不分昼夜忙碌的日子，坦白说两年已经足够了。在名古屋的两年时间未曾有时间好好陪伴家人，内疚让他踌躇着未来几年是否还要留在特搜的岗位。

如果去东京，这一年虽然是两地分居，但是奈奈子考大学的择校范围更广，朱美的大学时代也是在东京度过的，应该没有异议。

诸多考虑之后最上才做出了决定。

可是，生活的齿轮还是出现了问题。

继续做检察官，会迫使家人过着辗转各地的生活。

正因如此，最上尽量不妨碍朱美和奈奈子的自由，简单来说，就是跟她们两人保持着距离。

就算那是错误的，最上也想不出别的办法。不过即便家人各自朝着不同方向越走越远还开始有了抱怨，最上也必须心甘情愿地接受。好在他心中的烦恼并没有影响到她们。

"到底好不好，只有将来才能知道。"最上感慨地嘀咕，想到了女儿的话，不禁苦笑，"就算家庭成员聚齐了，也是各玩各的……原来如此。"

"感慨什么呀？"

"没什么，觉得你说得妙……不过，虽然有时候需要迁就爸爸的安排，但是不要觉得不幸福。不知道我说的话你能不能理解，你是幸运的，不管你自己怎么想，你都是受到恩惠长大的。"

"我又没觉得自己不幸。"奈奈子有点听不懂父亲的意思。

"那就好。"

"我只是希望爸爸和妈妈能够关系再好一点，像夫妻一样相处。"

"这样子啊。"最上窃笑，"原来你这么为我们担心哪？"

"妈妈已经厌倦韩剧了，上次我看她把电视机打开，看到一半就开始打扫除了。"

"是吗？"

最上在想，那个时候如果朱美没有把家丢下跑去韩国旅游的话，自己究竟会不会去执行那个失常的计划……失常的生活之下，是现在失常的自己。

再也回不到过去了。

即便如此，能不能哪怕只是形式上，如同什么都没发生一样，家庭和睦，平稳地度过每一天呢？

哪怕徒有形式，能得到也是值得欣慰的。

到达新宿后，最上陪着奈奈子在百货店里逛着，转了很多店，总算是买到一件夏季的衬衣。女儿晚上有兼职收入，原以为金钱观会有很大改变，结果逛了将近两个小时才买了五千日元的东西，最上忍住苦笑拿出钱包。

"啊，爸爸，妈妈说她现在在新大久保，马上回去。"

拿着手机发消息的奈奈子说道。

"这样啊……那三个人一起在外面吃过饭再回家吧。"

"好呀！"

奈奈子打电话给朱美。趁着太阳还没下山，有时间，早点吃晚饭。

父女俩在纪伊国屋书店门口无聊地等了一会儿，朱美总算来了。

"哎呀，高桥一直说个没完真是烦死了。那家伙旅行的时候就总是擅作主张，还说下次再一起去，我才不想呢。"才刚碰面，朱美就开始抱怨起来。

"妈妈已经对韩剧那套腻烦了吧？"奈奈子笑着说。

"倒也没腻烦，就是高桥实在……"朱美不耐烦地撇撇嘴。

"好了，大家想吃什么呢？"最上跟她们说着，迈出了步子。

"打扰了。"

"哦，你来了。"

在这个 6 月即将结束的日子里，出现在最上办公室的，是春天之前曾在刑事部任职的 A 厅检察官——末入麻里。麻里现在负责蒲田老夫妻刺杀案件，现在作为公审部检察官来讨论案情。

"这个案子转到了地方法庭第十一部，所以请允许十一部的负责人——本人来负责这个案子。"麻里坐在最上对面的沙发上，笑容满面地向最上汇报。

东京地检的公审部检察官，原则上会按照地裁的各个刑事部来分配。所以任职期间有可能在法庭上连日碰到同一位法官。

麻里身边坐着事务官出身的酒井达郎副检察官。本次是由陪审员裁判的大案，需要借助酒井的力量，制定出法庭上的万全之策。

"十一部是哪位法官？"最上问道。

"大泷部长。在我看来，他作为法官是个非常公正的人，不会做出让人诟病的判决，希望取证时也会提醒我们。左右副审判官也会对敷衍狡辩的被告人严厉追究，认为有斟酌的余地会切切实实进行商讨。"

"嗯，这样的话，就没有什么需要特别注意的了。"

"是的。不过，这次是陪审员裁判的案子，大泷部长必然会最大限度地尊重陪审员的意见，他本人也不喜欢以专业角度诱导，所以如何让陪审员们了解到此案的凶残性显得至关重要。"

"的确如此。"最上应付了一句，然后目不转睛地盯着麻里，说道，"这个案子，判刑申请写了吗？"

麻里不禁倒抽了口凉气，回答道："我认为应当判决死刑。"

最上微微颔首，说道："上面已经达成一致。当然，跟公审部长也打过招呼了。我认为死刑是妥当的，无期的话就说明判决有问题。"

"好的。"麻里严肃地点点头，说道，"我们会以此目的来对待公审。"

"问题是松仓本人坚决不肯认罪。陪审员对宣判有罪哪怕存有任何一丝疑虑，都有可能对死刑产生迟疑，用无期来敷衍了事。"

"对于陪审员裁定的判决，即使上诉，二审也倾向于尊重原判。那样即使再次上诉，也很难得到死刑判决了。"酒井副检察官谨慎地说。

"对，"最上回答道，"所以无论如何要在一审定胜负。对付拒不认罪的松仓，要让陪审员知道松仓不仅制造了这起恶性事件，还是一个死不悔改的卑劣之人，这至关重要。如此一来，他的不承认只会适得其反，更容易朝死刑发展。"

"被害人家属的心愿，您问过了吗？"麻里问。

"我和住在千叶的女儿，以及作为第一发现人的妹妹见过了，两人都希望对凶手施以极刑。她们说如果有机会在法庭上发言，一定会哭诉她们的痛苦和愤恨。作为女儿，看到双亲被那样对待，当然会恨极了。"

事实上，看到她们流着眼泪诉说案件的冤屈和对凶手的仇恨，那种悲痛和愤怒也深深地触动着最上。

　　只是，她们的冤屈不可思议地已经通过最上昭雪。虽然不能告诉她们，但是在汇报起诉情况的瞬间，最上身上背负的罪恶感仿佛烟消云散了。

　　"受害人家属有这样的想法，对我们来说也是一针强心剂。一定要让她们在法庭上发言。"麻里这样说道，打断了最上的沉思。

　　"另外，松仓自首的根津案极其重要。"最上接着说，"不管辩方如何抗议与本案无关，为了揭露松仓的品性，都有必要作为成长经历的一部分让审判员知晓。过去参与审讯松仓的搜查一课警备部的和泉先生，也愿意来为我们做证证实松仓当年拒不认罪的样子。通过这些，松仓卑劣的品性应该能传达给审判员们了吧。"

　　"得花些心思以防辩方多事。"麻里记着笔记做出思考状，说道，"不过，那样的大案，辩方自然知道我们不可能作罢，而且既然是自首，法官多半会考虑让他在法庭上自我辩护来加强审判员的心证。对方是躲不过的，我们的目的也就达到了。"

　　"嗯……没错。"

　　"辩方律师是国选的吗？"酒井提出了这个疑问。

　　"是国选的。"最上也想知道辩方律师是怎样的人，之前请长浜调查过，说，"名叫小田岛诚司，刚拿到徽章三年左右吧，但是好像已经独立了。"

　　"是老手吗？"酒井问道。

　　"如今这个时代，律师太多了，独立得早未必经验老到。"麻里稍微放松了表情说道，"据说不少人既得不到聘用，又不能挂靠，只能被迫独立。"

"嗯，不管对方是什么人，我们都不能掉以轻心，把该做的做到位。"

最上说完，麻里顺从地点点头。

"如果还有其他需要留意的地方，请您指教。"麻里试探着问。

最上回答："辩方可能会主张真凶是和被害人一起赌马的朋友弓冈。松仓被关进蒲田警署的拘留所时，同屋一个叫矢口的男人说曾跟弓冈在烤串店里相邻而坐，感觉他跟蒲田案有关。弓冈其人确实存在，但是现在行踪不明，警方想要调查也束手无策。说是去了大阪打工，之后就失去联系了。辩方可能会据此把罪行转嫁给弓冈，但是这些只不过是小混混们在小酒馆里道听途说的故事。就说搜查结果没有发现事实证据可以证明那些话的真实性，直接顶回去就好。总之，即使辩方抛出这个话题，也不需要紧张。"

"明白了。"麻里记着笔记，干脆地应承下来。

接下来是讨论一些细节，对可能会成为公审争论点的事实多次确认后，麻里合上了笔记本。

"真是太感谢您了。后面的预审手续，如果有不明白的地方，还请您多多指教。"

"好的，不要有顾虑尽管来问。"

听到最上的话，麻里笑着点点头，接着脸上显出有些不可思议的表情，说道："这个案子，听说最初是分配给冲野君的……笔录好像基本都是冲野君做的。"

"是的，他做了很多努力，但最后是由我来立案的。"

麻里难以置信地看着最上。

"你还没听说吗？"最上稍微停顿了一下，继续说道，"不知该不该由我来说，不过就算我不说很快你们也会知道……冲野已经提交辞职申请了。"

"欸？"麻里睁大眼睛，不由得吃惊地提高了嗓门。

"他自己也考虑了很多吧。总之，就是这样的。"

"这样啊……我没有听说。"麻里闷闷不乐地说，"正义感强，明明可以成为很好的检察官，作为同届生对他也是满期待的……太遗憾了。"

"是啊。"最上轻轻叹了口气，"非常遗憾。"

沉默了一会儿，失落的麻里挺直了腰背，仿佛要连同冲野的责任一起承担起来，留下一句坚定的"我会努力的"，走出了房间。

对于这个案子，最上能做的事情基本结束了。

剩下的只能靠麻里他们在法庭上果敢战斗，祈祷如愿判刑，在一旁静静守护了。

肩上的担子还不曾卸下，但事到如今担心也无济于事。

只能静候天命了。

进入 7 月，最上除了和麻里他们进行简单的信息交换，基本已从蒲田案抽身。在本部系的日常工作中，不咸不淡地过着每一天。

日本列岛各地已经过了动辄大暴雨的梅雨季节，日比谷公园的一片深绿沐浴在阳光下熠熠生辉。在迎来了真正的夏季的 7 月即将结束之际，冲野出现在最上的办公室。

"久疏问候。"

冲野轻松爽快地跟最上打着招呼。最上站起来招呼冲野坐到沙发上。"不用了，我很快就走。"冲野客气地回绝了。

"我正式离职了，其实今天是最后一天出勤，本来应该到8月底的，用带薪年假和夏季休假抵扣下来，允许我到今天结束了。"

"很遗憾。"最上只说出这一句。

对此冲野既没有回答，也没有任何表情，只是微微低下头。

"多谢您这段时间的照拂。虽然做检察官的时间不长，但是非常荣幸最后能和您一起共事。"

冲野转过头看向长浜，低下头，说："也非常感谢长浜先生的照顾。"

"辞职之后去哪里，决定了吗？"最上问。

"还没，我想接下来慢慢考虑。"

最上从抽屉里拿出小池孝昭的名片。

"我有个朋友在涉外大公司三田村·杰弗森事务所里做合伙人，和我提过需要优秀的人才。那家伙嘴巴厉害，但为人不坏。你去的话，和现在比起来不会有落差。你去拜访一下看看吧。"

最上说着，把名片递给冲野，但是冲野并没有要接的意思。

"实在抱歉，我对企业法务不怎么感兴趣。"

"是吗……"

可是话虽如此，辞去公职的检察官要在律师界找工作并不容易。最上想着万一以后改变心意时可以用到，要把小池的名片塞给他，可是冲野的眼神让他顿住了。

冲野的眼神里，带着挑衅。

原来如此。

命运改变了一个年轻人的人生轨迹，如今让最上苦不堪言。

虽不知他今后准备做什么，但他都只能迎面以对。如果不做好这个准备，那么支撑着这个年轻人走到今日的反叛之心，会失去目标吧。

这个责任应该由我来承担，最上告诉自己。

"你朝自己坚信的道路走就好，希望你会成功。"

最上放下小池的名片，向冲野伸出了手。

冲野的目光在最上的那只手上停留片刻，向前跨了一步：

"您的话我会铭记于心，好好努力。"

他坚定地说着，紧紧握住了最上的手。

14

辞职前的最后一个傍晚，冲野和部长、副部长等上司一一告别，最后去了最上的办公室。冲野回到自己即将告别的检察官座位上，收拾着打扫后的残留物品。

大办公桌上已经很干净了，沙穗绞干毛巾，仔细地擦拭着。

电话铃响了，是公审部的同届生三木高弘。

"冲野，在银座定了七点的位子。你，几点过来？"

"定位子干吗？"

"当然是你的送别会。我叫了同届的伙伴们。"

"不好意思，我有别的事情。"冲野心里感激他们的费心安排，可还是拒绝了。今天想和沙穗两人安安静静地喝喝酒。"你们就当成同届生聚会来办吧。"

"说什么呢？是特别为你安排的啊，就算有事，至少过来露个脸吧。"

"知道了。只是露个脸的话，我想想办法吧。"

虽然并没有打算去，冲野还是应付了一句。

电话挂断后没过多久，敲门声响起。

是和三木一起在公审部的同届生末入麻里。

"这是今天要去的店的地图……"她说着，把手里拿着的纸递给冲野。

"谢啦。"

冲野收下，看也没看就塞进了上衣内口袋。

"能来吗？"

"应该吧。"

麻里盯着敷衍了事的冲野。

"真没想到 A 厅的同届生里面，冲野君是第一个辞职的。"

被她这么一说，冲野轻轻笑了。

"4 月份的时候，我也没想过自己会这样辞职。"

麻里瞥了一眼沙穗，似乎觉得有些话不方便讲，不过最终还是说出了口。

"我成为蒲田案的公审负责人了，你听说了吗？"

"哦，当然。"冲野说。

"我不知道送别会上能不能讲，所以想现在问问，冲野君，这个案子立案的时候，是不是和最上先生发生了什么……见解有分歧？"

冲野没有回答，只是看着她。

"如果冲野君是因为那个立案变得消极，就太不像你了。"

冲野寂寞地笑了笑。"别把我说得那么简单。"

麻里一本正经地看着冲野。

"可能这个案子很有难度，但是最上先生费尽心思立了案，我想回报他的这份期待，准备全力以赴。"

"是吗？"

面对她的这番话，冲野只是静静地回了一句。也许麻里已经本能地明白了冲野会成为对手。

"好了，走吧！"

冲野望了一眼窗外夕阳下的日比谷公园，转过身来，拿起办公桌上的包，对沙穗说。

"辛苦了。"

一同站起来的沙穗，从桌子下面拿出一束简单的花束，递给冲野。

"算了，还来这个？"

冲野干脆地拒绝了，但是沙穗摇摇头。

"不管冲野君是为了什么辞职，但是为了国家努力至今，所以要光明正大地走出去。"

被沙穗这么一说，冲野别无他法只好接受了。

冲野手里拿着花束，走出了检察院联合办公大楼。他下意识地回头看了看那栋大楼，虽然没有留恋，但心中还是残留着一丝寂寞。

转身背对办公楼，走到人行道上时，手机铃声响了。冲野一只手拿着包和花束，另一只手从口袋里掏出了手机。

原来是同届的栗本政彦。

"声势浩大的辞职啊。"

冲野抬头仰望办公楼，在公安部那一层，明亮的灯光下有个人影。

栗本还是一如既往地爱讽刺人，冲野不由得苦笑起来。

"不好意思，我有别的事，就不去参加送别会了。"栗本说道。

"是吗？我也是。"冲野这样回答之后，继续说，"栗本……你说得对。"

"什么？"

"关于什么是好检察官。只有你所谓的好检察官，才能作为好检察官留在这里。"

"你终于发现了。"栗本说道。

"嗯，发现了。"

"不过我想说的并不仅仅如此……有时也会需要截然不同的检察官。"

"我已经受够了。"

"是吗，"栗本叹了口气，说道，"那你就努力当个好律师吧。"

"什么是好律师？"

"我也不知道。"他说完，又补充道，"正义之类的吧……答案你自己找。"

"好，知道了。"

冲野挂了电话，举起花束往办公楼的方向挥了挥，再次迈开了步子。

第二天，冲野开始行动了。他上午穿着衬衫和西裤从检察厅宿舍出了门，换乘电车往浅草桥方向去了。

如果要改行做律师，要为登录备案做各种准备工作。申请事务所的津贴，住房也要自己来更换。检察院宿舍可以住到8月底，但是不赶快行动的话，一个月一眨眼就会过去。开始新的生活，要做的事情有很多。

可是，比起那些，冲野有更重要的事情要做。

他从廉价广告页一样的官网上查到了路线，在穿过浅草的江户大道上，靠近隅田川的一个角落里找到了一幢老旧的杂居大楼。

大楼的入口处有各层的商住信息，六楼的地方贴着"小田岛法律事务所"的牌子。

乘着窄小的电梯来到六楼。狭长的通道上并排着几扇门，最里面的一扇门是敞开的。其他的门上都没有贴着"事务所"的牌子，感觉那扇敞开的门应该就是"小田岛法律事务所"。

冲野走到门口，往里面看了看。墙边摆放着一张工作台，坐着一位中年妇女，里面的铁桌后坐着一个男人，应该是小田岛。

"有何贵干？"

小田岛一抬头看到冲野，赶忙去确认那张应该是日程安排表的纸。他看上去三十多，比冲野大几岁的样子。中年发福，下颚肥满，不听话的头发漫不经心地趴在头上。

"不好意思，突然造访。"冲野把门关上，进入房间内。

"别，别关门！"小田岛叫起来，"通着风呢。"

房间里面没有开空调，可能坏了，窗子上面的空调机的扇叶没有打开。风扇虽然在转，但是基本被那个女事务员霸占着，小田岛只能扇着扇子。

"其实是这样的，我是为了小田岛律师负责的蒲田刺杀案而来的。"

"其他房间都是下面公司的仓库，不会有别的人上来的。"

中年女事务员说着，再次打开了门。

"那么，你是谁？"

被小田岛这么一问，冲野自报姓名，说是东京地检的检察官。小田岛一听，睁大眼睛，涨红了脸。

"检察官没有预约，就突然前来，是想干吗？这……这也太失礼了吧！"

"不好意思，因为有点棘手的事情要跟您说。"冲野回答，"还有，我现在虽然检察厅在籍，但是已经辞职了，8月底正式辞退官职。"

"辞了职的检察官啊！"小田岛态度一转，用戏谑的眼光看向冲野，"不知道你发生了什么事情，但是现在在这种时势下居然这么轻易放弃好不容易得来的公职……应该好好抓住不放手的哦。不会和我一样是新六十二期的？是想先找到合适的下家吧？不过真不巧，如你所见，我们这个小破庙，容不下您这尊大佛。"

"不，我不是来找工作的。我刚才说了，是为了您的案子来的。而且，我也不是新六十二期的同届，我是新六十期的。"

听了冲野的话，小田岛大概是觉得自己说过了头，尴尬地咳了几声。

"呃，那个……"冲野也察觉到了尴尬，环视着房间补充说，"我倒不觉得这里破烂，这里……很有氛围。"

"对吧，氛围不错吧。"小田岛嘴快地接上话，"这里嘛，不管怎样能从房间窗子里看到外面的晴空塔哦。我特别喜欢这一点。"

"是吗？"

"是的，那个……虽然看不到全貌，但是塔尖是可以看见的。"小田岛慌忙拿起茶杯，喝了一口，"对了，你是新六十期啊……我是白领转型过来的，虽然没能很快考上，不过我是法科大学院的第一期哦。"

"哦，这么说来，我们是法科大学院的同届啊。"

听到冲野的附和，小田岛总算镇定下来，嘴里说着"是的"，脸上露出一丝生硬的笑容。

"那个，你要干啥来着？"

听小田岛这么一说，冲野在身前的折叠椅上坐了下来。

"是为了松仓重生被起诉的蒲田老夫妇被杀案。听说小田岛律师接受了国选辩护。"

"是的。我是不得已只能独立起来，总要接活的。这样的人现在多着呢，不能因为是凶案就退避三舍的。成为国选律师后就去律师会馆排队抽签，这次运气好拿到了案子。"

"松仓应该是否认罪行的，辩护方案您是怎么考虑的呢？"

"这个嘛，因为他本人否认，我只能尊重他的意愿主张无罪。他本人也比较固执。"

"您觉得有胜算吗？"

"胜算？"小田岛鼻子哼了一声，"跟我说胜算也……"

"小田岛律师，请您认真想一想。检察厅一定会要求判处死刑，如果如松仓所说他是被冤枉的，那么无论如何您都必须得赢啊。"

"这个嘛，我当然会以当事人的主张为重在法庭上辩护。不过，胜负就是另外一回事了。他若老老实实认罪，判为无期也有可能的，但是他完全不听。"

"没有必要让他认罪。应该坚持无罪辩护，推翻检察厅的强行立证。应该是可以做到的，所以我为此而来。"

"可以做到？"小田岛拧紧了他的粗眉毛，问道，"你凭什么说这样的话？"

"那是因为，我一直负责这个案子，看着警察搜查，负责松仓的审讯。"

"搞什么啊！"小田岛惊讶地面部抽动了一下，"做你的检方当事人不是很好嘛！跑到这里来跟我说这些做什么！"

"起诉松仓是上司的决定，我并不认同。这个案子的搜查存在疑点，松仓无罪的可能性很高！"

"不要再说了！"小田岛摇着头，脸颊上的肉也跟着晃了晃，"你啊，到底知不知道自己在做什么？我不知道你有何不满，但是把业务信息泄露给对方当事人，一旦被检察方内部知道，那可是大问题啊。这不是辞职了就能允许的，搞不好你以后连律师备案都不能如愿。"

"你不说就不会有人知道！"冲野怼了回去，"纠结在旧观念里也无济于事。我只能想到这个办法，才舍身来到这里。"

"算了吧，算了吧。"小田岛避开冲野的视线，绷着脸说，"这太麻烦了，恕难从命。"

"你说什么？"冲野探出身子，向小田岛压过去，"你就是以这种觉悟来接这种大案的吗？被告人是被处以极刑，还是重获自由，命运正掌握在你的手里！"

"请注意您的言辞！"原本面壁而坐的女事务员忽然把椅子转了过来，朝向冲野，"他接受这个案子绝不轻松。因为这个案子在媒体面前曝了光，连我都被亲兄弟指责说'你老公居然支持这么凶残的凶手，真是太无耻了！'即便如此，他还是很看重这份工作，正竭尽全力想办法。"

看起来，女事务员应该是小田岛的妻子。

"你不要插嘴。"小田岛对妻子说完，咳了两声接着说，"不管怎么说，法律工作者必须在法律允许的范围内做事，不能想着超越法律去做什么事。"

"我不仅仅是因为反对搜查才辞职出来的。这个案子的搜查中有违法操作的嫌疑，检举违法操作也是公职人员的义务。这不是见不得人的事情。"

"违法操作是什么？"小田岛翻起眼皮看着冲野，问道，"文件资料？当事人的对话录音？你手中有证据吗？"

"不，我要说的不是这些证据……"

听冲野这么一说，小田岛深深叹了口气，直摇头。

"这么稀里糊涂就……"

"如果真是稀里糊涂地自以为是，我不会轻易把检察官的工作辞掉！警察内部也有人对松仓是凶手的说法持怀疑态度，可是搜查课采取强硬手段立案指证他是凶手。这场官司，很有可能无罪胜诉，不，是必须胜诉。小田岛律师，您若是赢了这场官司，就会在业内声名鹊起。作为律师，这是千载难逢的机会啊。如果您只当作例行公事，实在是浪费了这次机会。您应该听我的。"

一听到"声名鹊起"四个字，小田岛的脸色有了微妙的变化。小田岛的妻子也再次转过椅子看向冲野。

"这个嘛……"

小田岛不停地扇着扇子，眼神在冲野和妻子之间转来转去，看上去非常为难。

"您在为难什么？国选的酬劳不过就一个月的房租而已吧，这就满足了吗？如果鼓起勇气向前迈一个台阶，有可能变成几百万、几千万日元哦。"

小田岛嘴里嘟囔着，用目光和妻子交流过后，吸了一口气站起身来。

"看来真是接了个大案子啊……"

他嘀咕着转过身关上了窗子。妻子把入口的门也给关了起来。

"一起聊聊吧。"

他把扇子递给冲野，说道。

松仓凶手论的疑点、弓冈嗣郎的存在、警察的行动等，冲野把案件搜查中察觉到的疑点和自己的见解全部说出来之后，沉默不语、侧耳倾听的小田岛苦闷地叹了口气。

"弓冈这个人，我倒是从被告那里听到过。老实说之前觉得不可信，但听了冲野先生的话，现在觉得这个弓冈更像是凶手。"

"这下麻烦了。"小田岛嘟囔着挠了挠头。

"但是也没办法证明是某个警察的阴谋吧？"

"这件事只能暂时搁置一边。"冲野说道，"先要推翻对方立证赢得审判。对方是强行编造的故事，必然会有漏洞。不过公审前的预审很快就要开始了，必须得加快速度。"

公审前的预审，是为了让刑事审判紧凑地推进，事先让检方和辩方把各自的证据和主张亮出来，当场区分是否必要，进而锁定公审的争论点。大型案件可能要花几个月时间进行数个来回。

也就是说，公审流程会在预审现场决定下来，所以一定要在预审之前把资料证据准备万全。一旦预审结束，即使想在公审时提出新的证据，也不会被采用了。

"我们得为胜诉研究个策略。"小田岛喘着粗气，"但问题是凶器找到了，而且采集到了被告的指纹，推翻这一点是最难的。"

"这也是检方全面押宝的关键，把这个作为争论点，对我们是极为不利的。如果说这个物证上有什么漏洞，就是凶器本身没有指纹，只在包着凶器的报纸上发现了指纹，而且发现者在匿名举报时说得并不清楚。松仓在哪里买来那把刀也没有记录。我们只能指出这些疑点，让审判员觉得物证里面可能会有猫腻。如此一来，就可以把胜负压在其他证据上面了。"

"别的证据？是什么呢？"

"总之是要推翻检方编造的故事情节，使其结论无法成立。检方对松仓几点钟去了被害人的家，几点左右以什么动机杀害被害人，几点钟离开现场，编造了个故事，但那是强行拼凑起来的，只要去调查，总能找到漏洞。比方说，作案时间段虽然从都筑先生家门前骑车经过，但是附近也许有人能证明当时并没有停过自行车。"

"你是说警察的搜查报告里可能有那样的证言？证据一览表我拿到了，但是到底让他们公开哪个比较好……"

"不，警察即便得到那样的线索也只会弃用，外面人看不到到底弃用了什么线索。我们只能到案发现场周围转转看有什么发现。"

"你是说要亲自寻找相关证据吗？"小田岛嫌烦地说，"真是头脑发昏了。警察可以安排十几个人收集线索，我们可只有一个人哦。我妻子顶多能帮我取个咖啡，孩子也小，不可能让她做这些事的。"

"我会帮忙的。"冲野说。

"就算你说要帮忙……"小田岛露出嫌弃的表情，"老实说，国选律师的报酬根本不够，这样做的话，一下子就会超出预算，还会影响其他工作。"

"如果在意眼前这点蝇头小利，就什么都干不成了。我刚才说过了，如果赢了这场官司，您会名声大噪，到时必然会有足够多的回报。要知道能判无罪的公审并不多见。"

"这个我也知道……"

"检方的虚假故事肯定会穿帮的。既然在附近漫无目的地寻找线索比较有难度，那么我们先弄清楚松仓的行踪。请您去仔细问问他在案发当日的行踪。我特意没有问过他，因为就算问了也只会跟故事不符。但是，只要仔细确认，就可能找到监控或者其他关于行踪的证据。恐怕警察也没有仔细查过，因为万一查出了什么只会让自己被动。"

小田岛自己小声嘀咕了一会儿，最终还是听从了冲野的意见，回答说"知道了"。

"我先去跟被告人确认情况吧。"

等候公审期间，松仓被从蒲田警察署的拘留点转移到了东京拘留所。小田岛中午便去了东京拘留所和松仓会面，下午两点过后回到了浅草桥。

冲野在咖啡店里算好时间，再次返回事务所和小田岛碰面。

"按照你说的，我和他本人确认了当天工作结束后的行踪。"

小田岛一边用扇子扇着脸，一边把纸在桌子上铺开，印有蒲田地图的纸上用红笔标记着移动路线。

"有这个就好办了。第一个重点是松仓说去吃过饭的'银龙'。实际上当天下午五点多，有一份饺子、啤酒，还有炒榨菜的付款记录。上面都是松仓经常点的菜，我估摸那就是松仓的结账单。不过店主记不太清了，松仓自己也没有留下收据。其他日子的收据倒是有的，偏偏那天的没有。这一点比较薄弱，所以不能作为不在场证明。不过，我觉得还是有必要再问问店家。"

"好，既然要去，就赶快走吧。"

小田岛用手帕擦了擦脸上的汗，站起身来。虽然看上去不爱动弹的样子，现在也开始慢慢进入状态了。

"晚上会很晚，孩子他妈回去的时候别忘了关窗。"

"好的。"

夫妻之间交代好之后，小田岛跟着冲野一起走出了事务所。

身后有妻儿，事务所也还没走上正轨，在这种情况下，不能为酬劳不多的国选辩护太过劳心劳神的心情不是不能理解。冲野虽然也是带着相当大的决心辞去检察官，以这种形式投身到这个案子，但是也正是因为单身所以才能义无反顾吧。

可是，小田岛是松仓唯一的辩护律师。虽然有些勉为其难，也只能让他加油努力了。

从事务所走到浅草桥车站，冲野已经出了一身汗。盛夏的午后，沥青路面上泛着白光。到达蒲田时太阳已西沉，但是走在街道上身上还是汗津津的。

"银龙"是位于JR线蒲田站附近巷子里的一家中华料理店。柜台前摆了六张椅子，堂内按照错列摆了五张四人桌，店面并不宽敞，但也不觉狭窄局促。确实是下了班来喝杯啤酒的好地方。

晚餐的时间还早，店里一个客人也没有。

"营业中，不好意思打扰了……"小田岛手里拿着名片，向柜台后面站着的店主打招呼。店主是个六十岁出头，不太和善板着脸的男人。

小田岛开门见山，说松仓在案发当日说来过这里，想和店主确认一些细节。店主面露迷茫地回答："他经常来倒是真的。"

"4月16日来过没，还记得吗？"

"那么久之前的事情我怎么记得清？要是问昨天我还能答得出。都已经过了几天了，再问我是七天前还是八天前，我哪里想得起来。"

"也是哦……"小田岛很快就放弃了，随声附和道。

冲野听着他们的对话，环视店内。没有防盗监控。

"他来的时候，一般坐哪个位置？"

听到冲野的提问，店主指了指靠墙边的那张桌子。

"大概那个位子吧，里面空就坐里面。碰到人多的时候，也会坐柜台这儿。"

"大概每周来几次？"

"两三次吧。"

"他来的时候，会和店主您说话吗？"

"嗯，会说'好冷啊''好热啊'之类的吧。有时候也会说些赌马赢了输了的话。不过我不赌马，只是随便附和他几句。"

即使不记得具体时间了，本希望店主能记起那天"某某比赛赢了"之类的对话，但是店主摇摇头。

"来的时候，基本都是点啤酒和小菜吗？"冲野改变了问法。

"是的，饺子和炒榨菜点得比较多。或者麻婆豆腐。"

"我听说16日下午五点多，有张啤酒、饺子和炒榨菜的收银小票……"

冲野有些担心店主会不会疑心辩方律师怎会知道警方的搜查信息，不过店主似乎没有感到异样，爽快地回道："有是有的。"

"像那样在晚饭时间之前，点啤酒、饺子和炒榨菜的客人多吗？"

"不能说很多，但是也不能说没有。"店主含糊地回答。

"比如说，4月份左右，点了啤酒、饺子和炒榨菜的客人，除了他，你还能想起来谁？"

"这个嘛，其他倒没有特定的谁。"

"那么，看到点了啤酒、饺子和炒榨菜的小票时，一般情况下，浮现在您脑海里的只有他了。可以这么说吧？"

"是吧……"店主面带困惑地勉强回答。

"其实给警察看收银小票的时候，店主您的脑子里就是这么想的，对吗？"

"所以对警察说有可能是这个啊。可是警察一问我，百分之百没错吗？能在法庭上肯定回答吗？我就没那么肯定了。我可不想为这种事情特意跑到法庭上去。那人说离开的时间更迟一些，我可是听说了的，他说在店里大概待了两个小时。但是他没待过两个小时，不就矛盾了吗？"

"待了两个小时的说法，松仓自己也改了口供。其实他是五点多离开的。"

冲野想说"银龙"店主事到如今才说这样的话很让人为难，但还是忍住了。

"确实，如果被警方追问是否百分之百确定，想要收回意见也是可以理解的。"冲野放缓了语气，表示理解，"不过，怎么说呢……即使不能断定也没关系。不过，那个时候，四五点时过来点啤酒、饺子、炒榨菜的客人，除了松仓就想不出其他人了，是不是也可以按照这样的感觉在法庭上做证呢？"

"还是饶了我吧。"店主毫不掩饰地皱了皱眉头。

"我理解您不想上庭的心情，但是这关系到一个人的命运。对于问罪松仓的案子，您说自己完全不记得。"

"就算这么说……他不过是偶尔来店里的客人，我不了解他的为人，也不想牵扯到麻烦的事情里。那个人二十多年前发生过伤害女中学生的案子吧？据说也是过了时效之后才认罪坦白？我这家店因为他经常光顾都上杂志了，一段时间闹得沸沸扬扬，连客人都不愿意来了……现在总算安稳下来，真的，你就放过我吧。"

"您的心情我非常理解。可是，这次的案子，冤案的可能性非常高。如果那天他在这里喝酒到五点多，那么就和警方推算的犯罪时间有冲突，他就有了不在场证明。有无证言对他来说是完全不一样的结果。二十三年前他犯下另一桩案件是事实，可是警察凭那次的案件就断定他这次也是有罪的，不能允许这样的谬论。而且本案的真凶也会逃脱法网，必须阻止才行。"

"那我也没办法……"

对于始终不感兴趣的店主，留下希望他无论如何再考虑考虑的话，冲野和小田岛一起离开了。

"能百分之百确定吗……问这种话不就是威胁吗？警察真是太坏了。"小田岛愤愤地嘟囔着。

"他们是做得出来的。"冲野冷静地说道,"我们必须反击。"

随后二人沿着案发当日松仓骑车的路线,确认公寓和道路沿线的店铺里是否安装有监控,一旦发现店里有监控,就进店询问能否拍到路上的情形,以及案发当日的影像记录是否还有留存。

第二天、第三天,冲野和小田岛一直在蒲田走街串巷,寻找可能拍下松仓行踪的监控录像。

可是,即便找到了,大多数的回答是几个月前的数据已经没有保存了。还有些地方回绝说没有警察的许可,不能提供录像。对于那些回答说不能马上看到录像的地方,他们决定过几日再去拜访。

"啊,都要热晕了。"

许是晒过头了,小田岛有点轻微中暑,状态有些不好,这一日的傍晚他们提前结束了工作。从蒲田回来的电车上,他浑身乏力、摇摇晃晃,冲野在品川下车为他买了运动饮料之后,决定打车回事务所。

"从这里打出租车回去,开什么玩笑。"

小田岛疲倦地皱着眉头反对。"没关系,我出钱。"听到冲野的话,小田岛一下子老实了。

钻进有空调的出租车,喝着运动饮料的小田岛总算是感觉缓过来了。

"冲野先生,你钱够用吗?"小田岛把被汗水浸湿的手帕敷在额头上,仰着头闭着眼睛问道,"虽然不是我该操心的事,不过,你不是刚刚辞了职嘛。"

"没关系的。"冲野回答,"一直忙着工作,没什么需要用钱的地方，所以存了一些，而且我是单身。"

"那就好。"小田岛静静地说，"不过今后如果要办事务所，开拓客户，存款转眼间就会花光的。"

"大概吧，不过现在暂时还不考虑。"

"还是说，作为辞职的检察官，前辈们会给你介绍客户？"

"这个嘛……"

之前听说过辞职的检察官之间相互联系，前辈会介绍客户之类的事情。但是自己是不是那种能堂堂正正往来于那个世界的前检察官，冲野自己心中并不清楚。即便想要救赎，也完全没有指望着那个世界。也正因如此，现在正准备在检方的虎口里拔牙。

到达浅草的事务所后，小田岛招呼冲野上来喝杯茶。

"有什么收获吗？"留守在事务所的小田岛妻子——昌子出门迎接。

"完全没有。"

小田岛脱下衬衫没精打采地回答。虽然一些地方监控录像的事情有待回复，现在放弃还为时尚早，但是他的语气里似乎已经不抱希望了。

"除了监控，冲野先生还有别的办法吗？"

小田岛结实的身体上紧绷绷地套着一件 T 恤，他坐在椅子上，让昌子去倒大麦茶，向冲野抛出了这个问题。

"要是有弓冈的消息就好了。这个比较难办的话，让跟弓冈在烤串店里见过面的矢口出庭做证，也不失为一个办法。"

"那不太可能的。"小田岛面露难色地说，"我们不是搜查方，无法在法庭上举证弓冈是犯人。对方也不可能认同这种脱离论点的证言。"

确实如小田岛所言，在法庭上要辩论的是被告人松仓的罪行，辩方根本没机会展开真凶是谁的推理。对罪犯进行举证是检方的工作，辩方推翻检方的举证来保护被告人，才是公审本来的样子。

可是，既然明知有人比松仓更有可能是凶手，无论如何都想在法庭上利用起来。

"要和检方对抗，不找媒体帮忙可不行哦。"昌子把盛着大麦茶的玻璃杯递给冲野和小田岛。

"一篇关于你喜欢的白川老师的报道上有写过哦。白川老师巧妙利用媒体揭发搜查中的漏洞，通过改变大众舆论，最终在审判中胜诉。"

白川雄马在刑事辩护业界取得了好几场无罪判决，一时声名鹊起，被尊为"白马骑士""无罪专家"，是大名鼎鼎的金牌律师。才能自然毋庸置疑，据说他还能看穿案件本质，敏锐地发现冤案，以至坊间相传"有冤案的地方就有白川"。不管怎么说，他作为政治家和艺人的辩护律师，是一位十分活跃的明星律师，光凭这一点，对小田岛这种初出茅庐的律师而言就是偶像一般的存在。

"白川老师出面肯定没问题，但是我们这种级别不管怎么折腾，媒体才不会理会。"小田岛驳回了妻子的意见。

"可是前些日子不是有杂志的记者来吗？那跟辩护律师的能力没关系，是因为媒体对这件大案也很感兴趣。"昌子不认输地反驳回去。

"媒体感兴趣是因为，时效过期成功脱罪的凶手现在又犯上大案被抓，这件事情本身很抓人眼球。媒体想表达的是法网恢恢，疏而不漏，或者过去的搜查太过疏忽以致又有人遇害之类的话题。他们不会希望听到这件案子可能是冤案的。"

"可是你想想，之前来的《平日周刊》的记者听到我们主张无罪的时候，不是问了很多细节吗？得知我们没有像样的反击素材，表情还很失望呢。"

有这样一位记者？冲野来了兴趣。

"那是因为他指望我们给出个不像话的主张，再报道说凶手一方居然说了如此混账的话，哗众取宠才是目的。"

"不，那可不一定。"冲野插话，"此前的检察院丑闻、特搜紧逼使得议员自杀等事件，让媒体看待检方的目光越来越严厉了。如果搜查有疑点，也许会有媒体感兴趣的。"

"还是别想了。"小田岛不感兴趣地说，"你的行动一旦被大众媒体知道，不知道会给自己带来多少麻烦。"

"不需要担心。我做检察官时是禁止和媒体接触的，所以没办法预测他们会如何行动，不过我知道他们原则上会隐匿信息源。总之，仅凭我们来对抗检方，人手是绝对不够的。现在不是考虑自己立场、踌躇不前的时候。"

听冲野这么说，小田岛眉头深锁，叹了口气。

次日，小田岛忙于其他事情，冲野没能和他见上面。夜里接到小田岛电话，说已经和《平日周刊》的记者取得了联系，明日下午会去事务所。

第二天，冲野如约来到小田岛的事务所，大门紧锁，像是暗示着马上要进行极为隐秘的会面。

冲野打开大门，里面的人都在看他。除了小田岛和昌子之外，还有一个戴着眼镜、眼睛细长的男人回过头。那男人约莫四十岁，应该就是《平日周刊》的记者了。

"我叫船木。"

他合上手中的扇子，递上印着船木贤介的名片自报家门。

"听说蒲田案件有一些有趣的内幕，特地前来采访。"

他开诚布公心中的好奇，这样说道。

"船木先生对本案已经采访了不少素材吧？"

冲野向打开本子准备采访的船木问道。

"对，大概采访了一下，写了一篇报道。"

船木从厚厚的包里取出了一本《平日周刊》。

"啊，是这个呀。"

这是松仓再次被捕之后5月时发行的刊物，文章的内容主要是围绕二十三年前的根津案和松仓的生活环境来写的。

"读了这个，我感觉船木先生并没有怀疑松仓是凶手，那么您现在的想法是什么？"

"基本没有变化。"船木回答道，"确实当初听说松仓本人没有认罪，警察寻找证据也非常辛苦。不过后来凶器找到了，松仓被正式起诉。这样看来，感觉应该是常见的否认案件，最终诉诸了公审。"

"我听说船木先生是来这里采访的人当中，对松仓不认罪的现状最为关心的一位。"

"我很喜欢旁听审判。在法庭上，比起痛快认罪的案子，否认案更有意思。这次的案子，凶器和指纹一起出现了，他却还在极力否认，我很想知道究竟是怎么回事。另外，时效已过的根津案他也通过极力否认最终无罪逃脱。是这种做法被他当作了成功法则，还是另有原因，思考下来确实很有意思。"

"我们的主张是松仓是被冤枉的，搜查是有问题的，这会违背船木先生作为记者的立场吗？"

"这要看你们说的内容了，我只能根据可靠性来判断。公开支持遭人唾弃的杀人犯，对于媒体来说也是很大的风险。"船木轻轻点了点头，不过并没有就此打住，"不过，单纯从记者的直觉来说，我是很感兴趣的。说实话，我感觉这次的案子这样下去很难处理……怎么说呢，从正面角度最先出手的是《日本周刊》，他们已经领先了一步。《日本周刊》里有个因根津案对松仓执念颇深的记者，上学时住在那个发生命案的宿舍楼，跟被害女中学生是相识，一直心怀怨念。他对过去的命案非常清楚，有看点，大众评价也很高。和他针锋相对是很麻烦的，老实说这次我本不想插手。不过，如果有其他视角，就得再做打算了。当然了，是在仔细斟酌的前提下。所以如果你们的话值得相信，我会写出来的。"

冲野盯着他看了一会儿，再次开了口：

"我因为对松仓牵扯的命案在检察厅持反对意见无效，最终决定辞去检察官的公职。如果这能作为您判断的依据，也算有价值了。"

"从心意来说，确实有点感动。"

船木慎重又委婉地保留了回答。

除了为此辞去公职，现在的冲野没有任何可以让人信服的招牌。叫别人相信这样的自己，的确是一厢情愿了。

但是，也只能以这种方式去战斗了。

"明白了。请您听完再做决定吧。"

船木轻轻点头。

"作为消息来源，我不会把冲野先生透露给任何人。请把详情和您的想法全部告诉我吧。"

于是，冲野把蒲田案中没有公开的搜查疑点，以及为起诉松仓而强行进行的一系列操作说了出来。

"嗯……负责审讯的冲野先生和搜查一课的警部助理都倾向于无罪。"

听冲野说完，船木盯着房间里的某处出神，在脑海中整理着思绪嘀咕道。

然后他轻轻扭过头来，看着冲野。

"不过，虽说有根津案在前，管理层会如此行事吗？如果是暗箱操作，应该是跟弓冈接触后，恕他无罪，借此拿到了凶器，让他暂时躲起来了吧。一旦事发，就不是辞职的问题，而是要进监狱的。"

"确实关于这部分还有疑点不能断定。"冲野承认道，"仅仅因为那件时效已过的案子就生出如此执念吗……但是，现实是搜查本部刚开始怀疑弓冈，他就失踪了。手机关机，说明明显是故意藏起来了，自称去大阪打工完全不能自圆其说。弓冈最后的行踪不是在东京都内而是在箱根，从这一点也可以看出他要躲避组织行动的个人意图很明显。是搜查内部的某个人，还是某几个特定的人的操作，是否牵扯到管理层的授意……虽然并不确定，但我确实是这样想的。"

"原来如此，这个事情很有意思。"船木简短地表达了感想，"不过请让我再稍微确认一下。比如关于弓冈，在烤串店里跟他聊天的是矢口昌宏吗？他现在因盗窃被捕在拘留所里，对吧？我去会一会他。"

"等小田岛律师有空的时候一起去如何？"

冲野原本想说以采访目的去拘留所探视会被禁止，结果船木很直接地回绝了。

"视情况可能会拜托你们，不过我自己有门路可以问到律师，我会再讨论一下。"

虽然船木到最后一直对冲野的话保持谨慎，但是合上笔记本看向冲野的眼神中，闪烁着兴奋的光芒。

"最近，私下贿赂有关的议员自杀案闹得沸沸扬扬，外界质疑警察粗糙办案的呼声很高。在这种情况下，本案这种极有可能黑白颠倒的事件尤其值得关注。如果冲野先生的话基本属实，那么必然会有敏锐的人前来支援，最终改变世人的看法，也会影响庭审方向。现在只能在这个房间里讲的事情，大白于天下不是不可能的。"

意想不到地受到了船木的鼓励，冲野暗自庆幸对船木没有隐瞒实情。

害怕是没有用的。现在只能相信正义，坚定地走自己的路。冲野再次告诉自己。

第二周迎来盂兰盆节，大街上充满悠闲的夏休气氛。在这样的周五，东京地方裁判所进行了蒲田刺杀案的第一次公审前预审。

当然冲野是不能参加的。傍晚，他等小田岛回到浅草的事务所，询问检方的动向。

"哎呀，那个叫末入的女检察官，颜值真是高。朝我这边投过来的目光凛冽，这种气场强大的女人正是我中意的类型哦。"

一来就说起这些和预审内容无关的话，小田岛被昌子捶了一下肩膀，赶紧把检方在公审中提交的相关证据汇报给了冲野。

检方公示的证据大都在冲野预测的范围内。冲野自己做的笔录当然也在其中。不过不知道是不是在试探辩方的底牌，警方还有一些没有公开的证据，比如收集到的监控录像等。

"检方申请了让被害人家属岩崎美和、原田清子做证人，在总结发言时做意见陈述。"

冲野最终没能和第一发现人清子及被害人唯一的女儿美和见面，如果当时继续负责下去，应该有机会在起诉汇报时跟她们碰面。让独生女儿站在证人台上讲述自己的双亲是如何敦厚老实，人际关系良好，倾诉对犯人的憎恶，要求严惩……一想到注定会被那痛苦的身影所影响的法庭，冲野不禁叹息。

可是，他没有理由阻止被害人家属站到法庭上，只能心甘情愿地接受。

"还有就是，让根津案的证人出庭了。"

"欸？"

冲野看了看小田岛手上拿着的检方的证据申请资料。根津案的证人他没听过，也猜不出会是谁。

"是一个叫和泉三郎的前警视厅刑警，是当时负责审讯松仓的，据说是想公开根津案，或者当时对松仓的印象。"

"根津案，和此次案件不是没关系吗？这应该拒绝的啊。"

"不，已经得到认可了。"小田岛耸耸肩说道，"检方的见解是两个案子有共通性。"

"共通性？强奸杀人和抢劫杀人，案件性质不一样、凶器也不一样，没有共通性啊。硬要说的话，只能说不认罪的态度是共通的。真是太可恶了。"

"就算反对了，检方也会逮着机会把根津案拿出来的。"

"只要拿出来就彻底拒绝严防死守好了啊。"

"不可能的。法官和审判员都已经通过报道知道了根津案。松仓犯下凶案却逃过时效，没有比这更卑鄙恶劣的印象了。我们对此越是极力反对，他们越会觉得我们姑息养奸，倒不如接受根津案，表现出松仓悔过自新的态度，反而能化解这个问题。在此基础上再来阐述本案和根津案的不同就可以了。"

小田岛自信满满地说着自己的方案，冲野却觉得他中了检方的计。

可是松仓本人对根津案是认罪了的。如果严厉反对势必会造成消极印象，那么只能预先计入失分项了。

"下个月很快会有第二次预审。之后还会有几次呢……如果我们拿不出反击的证据，流程会早早结束，公审也会很快提上日程的。"

本以为检方有不少漏洞，可是听了报告，感觉全是己方的劣势。

"要是能让'银龙'老板出庭就好了……"

小田岛用手擦着脸上的汗，没底气地说。

"小田岛先生，"冲野看着他说，"我有一个绝招。"

"是什么？"小田岛停住了手上动作，问道。

"让我作为证人出庭吧。"

"你说什么呢？"

"检方提出的证据里有几处是我做的笔录。让松仓申诉当初强行审讯，主张口供无效，然后为了讨论笔录的真实性，找来负责审讯的我做证人。我当初的取证的确相当粗暴，我必须跟松仓道歉，即使被责怪也只能接受。"

"嗯……可是这个太过胡闹了。"小田岛痛苦地小声说,"如果在法庭上说你的粗暴取证使得黑白颠倒,那么也许你舍生取义了,他否认罪行通过了,主要情节以外的笔录——复核,审判根本无法进行。这是对神圣法庭的亵渎啊。"

"现在已经不是考虑亵不亵渎的时候了,而且讨论笔录真实性只不过是向我提问的一个借口。小田岛先生借此问我在取证过程中如何看待松仓和本案的关系,这样我就可以大声把心证说出来,即使检方提出异议我也会回答的。"

"不行,所以我说你太胡闹了。"小田岛撇着嘴摇头道,"这样公开和检方对抗,根本不知道对方会如何贬损你。你既然辞去了检察官的职务,就不受任何人保护了。如果受到恶意攻击,很有可能会处于一种连审判员都不相信你的尴尬境地。"

"如果因为我不再是检察官就没有了说服力,那么叫上我之前的事务官好了。她和我心意相通,可以客观佐证我的可信度。"

冲野已经做好了舍生取义的准备,这反而让小田岛更加犹豫不决。

"我想说的不是这个。做出这种类似飞蛾扑火的事情,对你今后没有任何好处。"

正因为小田岛只身一人闯入律师界切身感受到环境的严苛,才能说出这些话。对于一直在检察厅工作的冲野,从检察厅出走,甚至公然与检方为敌,还感受不到这种危险。这既是他的长处也是他的短板。

可是,现在确实没有其他能够击退检察的办法。

"开着门说这么敏感的话题可不行啊。"

突然，从走廊传来洪亮的声音，冲野心头一惊，回头一望，只见门口站着一个约莫六十岁，微微低着头的高个子男人。

那张露出戏谑笑容的脸，冲野好像在哪里见过。他就是以前小田岛和昌子聊到过的金牌律师——白川雄马！可是，冲野还是觉得有些难以置信。身后的小田岛也大吃一惊，激动得说不出话来。

这时，白川身后，《平日周刊》的船木露了面。

"把门关上。"

白川对船木说完，走到狭小的房间中来，嘴角浮出笑意，看着冲野。

"你就是检察官？"他看着冲野说。

冲野含糊地回答着，心里寻思到底发生了什么。船木带着"白马骑士"来意味着……

"我……我是经营这家事务所的小田岛。"

小田岛慌慌张张地从抽屉里拿出名片，塞给了白川。

"大家好，我是白川。"

仿佛在场所有人都在翘首盼望他的到来一般，白川道出了自己的名字。

"先生的大名如雷贯耳……"

白川用手制止了激动地跟他打招呼的小田岛，圆滑地缓和着气氛："让我先坐一坐吧。"

"我也一把年纪了，这方面要照顾照顾我的，哈哈哈！"

"您请坐您请坐，真是失礼了。"

小田岛连忙把自己的椅子举过办公桌递给白川，自己拿过了靠在墙边的折叠椅。

白川弯下腰，坐在小田岛的椅子里。

"还有啊，不管现在怎么提倡节能，这个空调还是要开的。打开了空调温度适宜了，客户才能跟你心情舒畅地谈事情嘛。"

"明白了，我马上开。"

冲野看小田岛踩到折叠椅上，把窗子上空调机的罩子打开，才知道那空调原来没坏。小田岛按下按钮，过了一会儿响起了转动声，年代久远的空调开工了。

"我三十五年前拿到律师执照，意气风发地开始工作的时候，也是在这样的事务所里。"

白川眯着眼睛说。就这一句就让小田岛心中满是感激。

白川从昌子手中接过盛着大麦茶的玻璃杯，道了感谢，说了句"今天时间不多了"，便切入了正题。

"船木君跟我联系说有个有趣的公审，想问我怎么看，就听说了这次的事情。刚才我们去了小菅，和松仓见过面了。"

船木靠在墙边，看着小田岛目瞪口呆的样子。

"我觉得很有意思，实在想听听那位为了这个案子辞职的检察官，就是你对吧，来讲讲这件事，所以今天过来了。刚才在走廊里听到你们的谈话，你说想自己站到证人席上去是吗？"

面对白川恶作剧般的眼神，冲野老实地点点头。

"哈哈哈，最初听说这个事情，我还不相信居然有这样的检察官。不过现在看来，已经不需要再确认了。"

白川咕嘟咕嘟喝了几口大麦茶，继续说：

"那么言归正传，能不能让我加入这场审判的辩护团呢？"

白川笑嘻嘻地望着瞪大眼睛、嘴巴一张一合的小田岛。

"当然，代表律师还是你，不需要顾忌我。我是来免费工作的。"

"这……这怎么使得，白川先生您这样的大人物……"

小田岛惊慌失措，已经不知该如何作答。

"我不是来多管闲事的，"白川大手一挥，"在我看来，只要站在法庭上就有一定的意义。虽然是有些自夸，不过对于判断冤案的能力，我可是常人的两倍。我这个鼻子，闻两下就能知道了。不知道是谁说过，'有冤案的地方就有白川'，有了这块招牌，我还挺吃得开的。我以前在神田的杂居大楼，刚好也是从这样的事务所开始，现在在溜池已经有了十个合伙人。不管怎么说，都得靠着嗅觉灵敏。

"然后呢，我这个人脸皮厚，哈哈哈。就像现在一样，不相关的案子我也能插进一脚。如果我觉得有疑点，有时还会特意跑去拘留所找被告人毛遂自荐。检方胸有成竹觉得99.9%的概率是有罪，可是我打赢过的无罪判决两只手都数不过来，只要我出现在法庭，就能让对方捏把汗。当然了，也不是所有案子都能如愿胜诉，不过加上认定失败或者缓期执行，我的成绩更胜一筹。棒球界胜出三局即为一流球手，在律师界，以公检为对手能打出这个比分也能算一流了，我的本事在此之上，所以是个怪物，哈哈哈……"

白川爽朗地笑过后，微微上扬的嘴角浮现满意的微笑，看着冲野和小田岛。

"看我光顾着吹牛皮，就知道我脸皮多厚了。"

小田岛像是被勾了魂，干笑了两声。

"所以呢，我加入是有我的考虑。你们也可以尽情地利用我，我可是蛮有名的哦，虽然不知道是好名声还是坏名声，哈哈哈！"

爽朗的言谈瞬间拉近了距离，不知不觉就把对方带入了自己的节奏……这可能是白川在漫长的律师生涯中练就的处事风格，让冲野深感佩服。在很短的时间内，白川成功构筑了充分信任的关系。

"能得到白川先生的协助，没有比这更让人安心的了。"

冲野这样说道，小田岛也兴奋地附和："没错！"

白川满意地点点头，看向冲野。

"那么恕我直言，刚刚我偶然听到你说要自己站在证人席上给检方个措手不及，这真的不是上策，你必须慎重。"

"可是，"冲野回答，"听完小田岛先生对预审的汇报，我觉得照这样下去公审恐怕只能按照检方的节奏走，我们必须得想出反击措施。"

"即便如此也不能自己去做人肉炸弹。也许你是出于自身的正义感，但是你的行为却是在与整个检察组织为敌。检察厅对于你这种动摇组织的对手是不择手段的。在你站到证人席之前就会找个理由把你逮捕起来，这不是不可能的。他们可以随便设置个陷阱，比如乘电车时旁边的女人忽然说你是流氓，就把你抓起来了。"

冲野认为自己曾经所属的组织不会使出如此卑鄙的手段，白川的话有夸张的成分，但确实领会到了需要慎重考虑的意思，头脑冷静了下来。

"可是，还有其他办法吗？"

"先要改变世人的看法。这位船木君引我出来之前，写了有趣的报道哦。"

白川满含期待地向船木望去，船木摸了摸鼻子浮出了浅浅的笑意。

"从冲野先生口中得知了矢口，我去跟他以及弓冈身边的两三个人摸了摸情况，感觉不错。目前还需要追加一些素材，我打算先弄些动静出来。"

"舆论一转，证人也会出现的。"白川说。

"下个月初是第二次预审，在那之前会有报道出来吗？"

"嗯……我尽力在本月之内。"船木若有所思地回答之后，目光坚定地看着冲野，"既然白川律师有意加入，我当然也必须配合。如果最终判决无罪，那就有意思了。《日本周刊》由我来对付吧。"

上次见面时对冲野的话一直保持谨慎态度的船木，现在对自己笔下的故事毫不怀疑，非常干脆。

不知道这些能不能真的改变社会舆论。但是这场本以为只能舍生取义的四面楚歌的战斗，竟因为白川的登场而绝处逢生。

真正切身感受到白川的力量，是在接近 8 月底的时候。

几日前，白川受日本外国特派员协会邀请，就近来社会上议论纷纷的特搜部独立搜查做法的见解和他致力的冤案对策，进行了各种提问。

在那个场合，白川提到了目前涉及的案子，称蒲田夫妇被杀案指控的被告人很有可能是被冤枉的，自己已经加入该辩护团队，将参与公审。

冲野是通过小田岛的电话得知消息的。

"今天我收到了各家报社的咨询电话和采访申请，慎重起见，冲野先生不要露面的好。"

小田岛很兴奋地说完，匆匆忙忙地便挂断了电话。

本周末，冲野从世田谷的检察院宿舍搬出来，搬到了位于东京湾旁丰洲地区的一处两居室公寓里。

本来觉得只要租金便宜住在哪里都一样，可是即便刻意不去思考将来，这个审判结束后要过什么样的生活，这个问题总会在脑海中闪现。虽然不知会到什么时候，总归是要去备案，做律师的吧。在某个地方，开一间像小田岛一样的小事务所，踏踏实实地干起来。这样想来，还是应该住在离地方法院和拘留所都很方便的东京东边。

沙穗曾说，如果冲野成立了自己的事务所，她会把事务官的工作辞掉投奔他。可是，将来还未曾考虑清楚，也不知会变成什么样子，冲野告诉沙穗绝不能辞掉事务官的工作。

如果有朝一日真的成立了事务所，冲野内心是希望和沙穗一起工作的。如果她辞去事务官，那么住处也要替她准备好，所以还是租间稍微宽敞一点的两居室比较好吧。

没有和任何人商量，冲野只是模模糊糊想到这些便定下新居搬了家。

把装在纸箱里的法律书籍一一整理到书架时，冲野手机里收到了《平日周刊》船木的短信。

"明天发售的周刊上会刊登那篇报道。敬请期待。"

冲野打开短信的第二页，因为流量限制，只能看个大概，不过受到白川在外国特派员协会发言的影响，蒲田案占了很大的版面。

"时机刚好，借此能改变大众舆论就太好了。"

"最多不过两三天，检察就会坐立不安了。"

船木对自己的报道很有把握。

第二天早上，冲野从入口的信箱里取出因为8月最后几天免费赠送才订阅的报纸，啃着面包打开翻看。

第三版面五个段落全是《平日周刊》的广告。各篇报道的标题排列之下，《质问检方》的特辑里，"蒲田老夫妇被刺杀真相浮出""凶手另有其人"这些字眼格外引人注目。

第四版面刊登了同日发售的《日本周刊》的广告，貌似是在白川发言前便得知了他加入辩护团的事情，使用了《本次关注蒲田老夫妇被刺杀案的人权派律师毫无节操》这样的标题。正如船木所言，《日本周刊》的记者和根津案被害人是旧识，时至今日一直用攻击性的笔触，比如《逃过时效之后的再次行凶——蒲田夫妇被杀案》《只肯自首时效案的松仓重生，惊人的本来面目和鬼畜人生》，等等，竭力揭发松仓的暴虐罪行。由于《平日周刊》作为批判检方搜查的一部分，对蒲田案搜查持怀疑态度，所以两本杂志在立场上形成了鲜明对比。

冲野的舍生取义像丢出的一块石头，在湖面上激起层层涟漪，扩散开来。

不知能否触及田名部管理官周围的不法事实，公审的胜利也仍旧前路漫漫，但是可以确定的是，一切正在切切实实地前进。

冲野看完周刊的广告，和以前当检察官时一样，习惯性地翻到中间页面上看看有没有重要案件的公审记录，然后翻到社会新闻。没有特别的大案，他迅速浏览了标题和报道的关键内容。

在看杂事新闻时，冲野看到一行名为《别墅内发现实弹弹壳》的标题。在山中湖畔别墅避暑的主人在修整院落时，意外发现了地上的空弹壳，随后报了警。弹壳看上去属于俄罗斯产手枪。

别墅和手枪弹壳这样奇妙的组合，轻轻撩拨了冲野的好奇心。可能是黑社会的别墅吧？可是通篇看下来并非如此……半途而来的好奇心得不到合理的推理，冲野注意力很快转移到下一篇报道，不一会儿就合上了报纸。早饭吃完后开始收拾，决定稍后去买本《平日周刊》。

"白川先生说要去蒲田，说冲野先生您也务必一起。"

狼烟既起，白川认为出手的时刻到了。以他那样的身份，应该不会有时间亲自寻访松仓的不在场证明。截止到下次预审，包括今日在内最多两次机会吧，他能收获什么呢？冲野内心充满了期待。

过了晌午，冲野和小田岛在品川车站会合，一同去了蒲田。在车站稍等片刻，白川乘坐出租车到达。

"你们好。"白川打完招呼便迈开了步子问道，"'银龙'在哪里？"

"往这边走。"

小田岛一反常态，麻利地走在前面带路。

"总之，让'银龙'的老板出庭做证是最重要的事情，无论如何都要让他点头。"

白川的脚步越来越快，似乎要追赶上小田岛，十足干劲可见一斑。

这将近一个月的时间里，小田岛多次登门"银龙"，始终未得到店主的好脸色。

"就是这家。"

白川弯着身子掀起"银龙"的门帘，用他的大手拉开了拉门。

已经过了午饭的高峰期，店内只有两三对客人在吃拉面。白川毫不在意地站到柜台前轻抬起手，声音洪亮地叫店主过来。

"你好，老板。"

"银龙"的老板皱起眉头，扫了一眼冲野，慢悠悠地走近。

"我是律师，白川雄马。"白川道出自己的名字，直入正题，"老板啊，这两个人也来过你这里很多次了，无论如何这次松仓先生的公审，都希望能借助你的一臂之力。因为我们肯定会赢的，加上你的证词，稳操胜券。我和这次的案子本没有任何关系，听说了这件事特意参与到辩护团，自愿免费做志愿者。虽说是志愿者，但我丝毫不会含糊。这是场必须获胜的审判，绝不能允许搜查权利被胡乱使用。这可不是普通的案子，当然惩戒真凶是天经地义的事情，但是这次纯粹是警方和检方的荒唐行径，只有反抗才能维护正义。这里面的差异，可能一般人难以理解，今天发售的《平日周刊》你看过了吗？"

白川从包里拿出《平日周刊》摊开在店主面前。

"这里写了整个案子的可疑之处。本人呢，至今也经手过不少冤案，都是当事人被莫须有的罪名逮捕的案件。我还为金融界人士、政界人士辩护过，他们有些并没有犯下触犯法律的罪行却被检方抓捕，被报道成穷凶极恶的人。"

白川列举了请他辩护的名人，滔滔不绝地说起那些案件的最终判决是如何与指控相去甚远，好像在说一些微不足道的事情。

"我在这些辩护中深切感受到检方的卑劣。他们本该主持正义，有时候却披上正义的外衣，恶意打击盯上的目标，让其无法翻身。一旦开始胡作非为，根本不管对方有没有犯罪，行使权力就是他们的目的，公权力瞬间就会变成为非作歹的工具，甚至会让他们对罪犯求之不得。而且，外人是发现不了的，他们深藏不露，只要无人揭发反抗，他们就当成什么都没有发生过。我们现在正拼尽全力以此为敌。老板啊，我看你是真男人所以想要拜托你，能助我们一臂之力吗？我白川真心实意地恳请你成为此次公审的关键证人。"

白川说着，深深地弯下腰，向店主低下了头。

"不不，这个……"

在此之前，冲野他们来了多次，店主一直都是阴沉着一张脸，这次却在白川的巧舌如簧下顷刻之间崩塌了心理防线，呈现出一副为难的表情。

"真的很为难呀……我也没记得很清楚，跟那个人也不是很熟悉。"

"但是，老板，收银小票的记录里有他的结账记录对吧？你还能想起其他客人吗？没有对吧？不能对自己撒谎哦。"

"可是，去法院出庭……"

"老板，"白川向柜台探着身子大声说，"你说和那个人不熟，可是，这个不熟悉的人，本来可以通过你稍微拿出的勇气得到拯救，却因为你什么都不做被判处了死刑，你是什么心情……请你试想一下。换作是我，我忍受不了。我和松仓也没有任何关系，可是从朋友那里听到这个案子，立刻觉得不能坐视不理。我想到如果自己什么都不做，那结果实在太恐怖了。

"老板啊，出庭没有什么好害怕的。我都出庭了几千次了，没什么吓人的。只要说出实情就好了。我会告诉你会被问到什么问题，你什么都不用担心。真的只需要一点点勇气。如果不趁现在放手一搏，这会成为你未来的日子里过不去的一道坎，不是吗？"

店主表情有些微妙，紧闭着双唇，不久终于叹了口气，认输了似的说道："我明白了。我再考虑考虑。不过，我不会附和你们牵强做证的。"

"没关系，感谢你的勇气。"白川将手放在胸前，谦恭地道谢说，"你理解正义的真意。"他伸出手去握着店主的手补充说："详细情况日后再联系。"

"各位，打扰了。"

白川向在座的食客们挥了挥手，走出店门。冲野和小田岛向店主致谢后，追了上去。

"本来已经快被逼到线外了，这一步算是守住了场地。"

白川清澈的眼眸里浮现着胜利的自豪，看着冲野他们。

"呀，我太震惊了。"小田岛兴奋地合不拢嘴，"那个固执的老板一眨眼的工夫就被说服了，我还有点不敢相信呢。"

看着小田岛的反应，白川扬起了嘴角。

"哈哈哈……从满脑子尔虞我诈的政治家，到惜财如命的生意人，我都能让他们点头同意，说服这种餐馆小老板简直是小菜一碟。"

白川自大的说法可能让人不太舒服，但是他在短时间内展现出来的成果，又让人无可非议。巧舌之下的魄力和说服力让他周身充满了初次见面也能传达出的信赖感，他作为成功律师的过人之处，令人心悦诚服。

随后，他们又去了以前冲野和小田岛二人去索求监控录像却未得到好脸色的两三户商家。不可思议的是，在白川说出"你好"的一瞬间，现场就立刻变成了他自己的主场，在说出请求之后，原先板着脸的商家好像被白川的气场征服，非常配合地拿出了录像。

在此之前，冲野和小田岛寻访时多数都是被告知影像数据没有留存，收获乏善可陈。可是，在离"银龙"餐馆很近的酒品商店里确认过后，发现入口监控保存了近一年的数据，能看到案发当日店门口路上人来人往的样子。

冲野仔细辨认傍晚五点左右的行人往来，是单帧拍摄下来的影像。

"这不是吗……"

骑着自行车驶过路面的男人背影停留在冲野的眼中。

把监控录像倒回去确认了几遍，大概有三帧的长度，影像并不鲜明。但是，冲野见过松仓很多次，并且在办公室里曾相对数个小时，影像上的男人的肩膀和头型的轮廓都很像是松仓。

"当真？"戴着老花镜在旁边盯着监控的白川问道。

录像显示时间为五点十一分，这和"银龙"餐馆的出发时间相吻合。松仓从这里路过，优哉游哉地朝六乡方向骑过去，五点半左右在被害人的屋前被附近的尾野治子目击到。

"轮廓很像，时间也吻合。"冲野大声回答。

影像中骑自行车的男人是穿着亮色的上衣，可松仓在审讯时经常穿着的是件奶油色夹克。案发现场附近便利店的摄像头拍到的黑色人影果然不是松仓。

"太好了！"白川声音洪亮地说，"把这个数据拷给我，我托人处理成更高清晰的画质。"

"哎呀呀！"小田岛兴奋地直点头，"这真是踏破铁鞋无觅处，得来全不费工夫。"

和"银龙"老板的证言一起，将此物证呈上法庭认定出影像中的人物是松仓的话，那么检方所编造的四点半犯罪说就会不攻自破。

"别高兴得太早，现在只不过把对手反推到了中场而已。"白川摘下老花镜，眨了眨眼睛。

如果检方坚持四点半论，那么这次的收获成了攻破该说法的武器。

可是，如果检方并不死心，主张行凶时间也可能是松仓在被害者家门前被目击的五点半之后，不知胜负又将如何。警方握有凶器这一最大的物证，极端地说，只要这个物证在手，犯罪时间不过是法院随意认定罢了。

只要没有推翻最关键的证据，就确如白川所言，不能高兴得太早。

他们确实前进了一大步……

不过结果如何，现在还尚未可知。

15

"在便利店门口停一下，我想买份晚报。"

从搜查本部巡视回来的途中，坐在后座的最上说道。事务官长浜把车子缓缓停在了步行道上。

"我去买来。"

说着，长浜从最上手中接过递过来的零钱。最近在这里买晚报已经成为习惯了，长浜没有多言，买了《平日新闻》和《新都新闻》两份报纸递给最上。

翻开社会版面，扫了扫标题。没有担心的报道，最上的内心稍稍安定下来。

看到那篇山中湖畔别墅内发现实弹弹壳的报道，是在 8 月底的时候，据说是别墅主人去避暑时发现的。

当时夜色笼罩之下没能找回全部弹壳，觉得遗落一个也不一定会被发现，确实大意了。从荒凉的外观就判定是一座空置别墅，也是疏忽之一。

原来如此……别墅主人回来小住，清理院子里的杂草时发现遗落的弹壳，也不是不可能的事情……最上读着报道想到这些，不禁后背发凉。

发现弹壳，马上报警，真是个心思缜密的房主。

他有没有注意到其他的可疑之处？会不会到别墅周围查看？

或者接到报案的警察，是不是意识到这里可能有案情，到周边区域探查一番？

洒在院子里的血应该已被雨水冲洗干净，即便警察断定那里发生案情，只要不做土壤鉴定就不会被发现。

问题是树林里埋藏弓冈尸体的地方。

那里并非杳无人迹。

虽然上面铺了落叶，但是土地被挖开的痕迹并不能完全掩藏。

只不过已经过去了四个月，大概和周围的土地融为一体了吧，夏草也在拼命地疯长。

没关系的……

真的没关系吗？

最上坐立不安，早晚一得空就要翻开报纸看看有没有相关的报道，不确认一下就寝食难安。

冬天到来后，估计那里会被积雪覆盖，就不用担心掩埋在土里的尸体暴露了。希望在那之前，审判顺利，松仓被判处死刑……最上只能在心中暗自祈祷。

"末入检察官说凶犯松仓的第二次预审结束了，想来跟您汇报情况。"

在事务官座位上接到电话后，长浜站起来询问最上。

"让她过来吧。"

最上回复过后几分钟，末入麻里和副检察官酒井达郎一同出现。

"辛苦了。"

最上让二人坐到沙发上，自己坐到对面。

"怎么样？"

通过各种报道，最上已经得知为了本案的公审，号称"白马骑士"的人权派律师第一人——白川雄马强势加入辩方队伍。以此为契机，某周刊报道了松仓案的疑点，一时间左右公审的舆论导向变得飘忽不定。

被称为"无罪专家"的白川加入辩方律师团，辩方策略会做出相应调整吧……最上心中生起莫名的戒备，这个部分是他在预审汇报中最想听到的。

"这次辩方提出了相关证据，主张松仓在犯罪时间段内有不在场证明，申请'银龙'店主出庭做证。"

白川说服了他……听着脸色阴沉的麻里的汇报，最上长长地出了口气，双手交叉抱在胸前。

"关于松仓的不在场证明，警察每次询问'银龙'店主，他一直都是说不记得当日松仓来过店内的吧。"

"辩方律师称，五点之后的收银记录里有松仓经常点的菜单，店主认为那是松仓点的可能性很高，所以想请店主在法庭上做证。"

原来并不是确凿的证言……虽然不能疏忽大意，但最上还是稍稍安心了一些。

"但是，在松仓的房间里找出好几张'银龙'的发票，里面没有案发当日的那张。"麻里好强地说，"我们可以直接指出驳斥对方。"

"嗯，可以。"最上说道。

"只是，关于五点前后的不在场证明，对方说还找到了其他证据，考虑下次提出来。"麻里忽然皱紧了眉头说。

"除了'银龙'还有什么？"

"听对方律师的口气，好像还有某处监控拍下的影像资料。"酒井回答道。

"松仓被拍到了？"

"恐怕是的。"

虽然不知是哪里的监控，但是既然他们能找出来，看来白川的加入给辩方战斗力提升了一个等级。

"还不清楚是什么证据，不过我们可以一边试探对方的动向，一边看时机提出便利店等地方的监控录像。"麻里一本正经地说，"虽然警察花费了很多精力去收集证据，但是说实话，仅凭那些影像锁定松仓，说服力是不够的，我原本觉得不适合把监控录像作为证据。"

"嗯，说得没错。"最上对麻里的见解表示赞同，"犯罪时间是根据附近的主妇听到的惨叫声和在便利店扔掉拖鞋的证言推算出来的，但是实际上，惨叫只是惨叫，拖鞋到现在也没找到，确实比较没有说服力。"

既然不能无视松仓不在场证明的问题，那么就要采取策略，降低对方证据的重要性。

"我方需要确定犯罪时间，所以该提出的证据到最后提出即可，不必一味强推，否则容易陷入辩方的圈套。司法解剖报告的死亡时间是 16 点到 18 点之间，如果被害人中饭推迟，那么死亡时间可以延后到 19 点。我们与其坚持犯罪时间，倒不如按照推论演示，让法院来判定便好。凶器已经找到了，松仓的犯罪事实不容诡辩。犯罪时间根据情势和证据来推定就好了。"

"这样一来，即便辩方提出了有一定说服力的证据，也动摇不了我们的推论。"麻里心领神会，"知道了，我会随机应变的。"

"去过法官室了吗？"

"四五月的时候每天都去打招呼，现在是每周去两三次。"

"最好让部长也大概了解一下，可以委婉地表达一下我们的立场。"

"有道理，陪审员拿不定主意的时候，可以请他引导引导。"

即使在面对公审时有牵强的地方，但是她为了检方胜诉必会不遗余力……这对最上来说，是非常得力的。

"话虽如此，我本以为这个否认案不会起什么波澜，可是白川雄马一旦出面，就不容小觑了。"酒井小声说道，感到有些棘手。

"这段时间，白川频繁在各种媒体面前批判检察机关，相当有攻击力。"麻里说。

"要我说，他才不是所谓的人权派。"酒井嗤之以鼻，"因为有一定市场需求，他才借机装腔作势，他本人不过是个精明的商人。"

"据说,他在溜池的事务所很豪华,足以媲美大律所。"麻里附和。

"但是据说付给合伙人的工资很低。"

麻里听了酒井的话轻轻一笑,再次拧紧了眉头。

"为什么会有那样的大人物关注这个案子呢?他和小田岛律师原本好像没有任何交集,松仓也不会跟政治家、黑社会扯上关系的吧?"

"我想,莫不是从媒体那里听到了什么风声?"酒井看了看麻里和最上的脸色,接着说,"白川雄马在外国特派员协会上提及这次的公审,刚好和《平日周刊》发出报道是同一个时间,所以会不会跟《平日周刊》的记者有关。"

"但问题是《平日周刊》又是从哪里关注到这个案子的呢?"麻里不解地说,"明明最初逮捕的时候和其他报社一样,只是报道了警察的发言啊。"

如果说确实有人在背地里促成了《平日周刊》的报道和白川雄马的加入,那么最上的心里倒是有些线索。

如果继续放任不管,对检方来说可能是个大麻烦,想要制止恐怕也不会很难。可是,最上不可思议地竟没有铲除那个人的念头。

他必然是怀着相当的觉悟和信念来做这些事的。讽刺的是,那个人的坚持才是正确的。如此一来,最上更想不耍花招地正面接受挑战。

《平日周刊》的报道出来之后,其他媒体也开始一股脑儿地报道蒲田事件公审暗流涌动的形势。那些报道大部分没有具体的根据,只不过是些看到白川雄马参加所以觉得必然有内幕之类的论调,但是多多少少使舆论多了对判决的质疑,仅此就会影响审判员们下达死刑判决。从这个意义上说,这并不是个喜闻乐见的现象。

另外，以水野比佐夫执笔的《日本周刊》为主，揭露白川雄马道德败坏的报道也频繁登载，对中和舆论起到一定作用。最上一边感谢水野的文章，一边期盼公审快些开始。

　　最上平日里去警察署的各个本部巡视，做着本部系的工作，转眼间就进入了9月下旬。第三次预审很快就要到了。只是，对否认案进行四五次预审也是常有的，即便这次的案件没有那么多争论点，也不能指望下次预审后就正式进入公审。如此一来，预计预审将持续整个十月，公审恐怕要到明年开年了。无论如何，对最上来说，只能等待预审按部就班地进行。

　　这天早上，最上起床后，看到女儿奈奈子已经坐在餐桌前，一边吃着面包一边翻看报纸。

　　"好早啊。"

　　最上和女儿打招呼，奈奈子略带困意地说："学校开学了嘛。"

　　"好好睡了吗？"

　　"睡了睡了，睡多了才更困。"奈奈子说着，目光停留在报纸上，低声说，"兼职也辞掉了。"

　　"哦？"

　　和正在准备早饭的朱美交换了眼神，最上心情愉悦地看着女儿。

　　"暑假里赚够了。"女儿好像在找借口似的。

　　"这样啊。"最上坐到奈奈子对面，扑哧一笑，"怎么说呢……你能干得很嘛。"

　　奈奈子从报纸里抬起头来："说法真奇怪。"说完，忍不住淘气地笑了。

"你能干又聪明……跟我不一样。"

最上有点感动地说。

"是谁说过的，我是受到恩惠的嘛。和老爸比起来，我是最强的。"

"没错。"

最上爽快地承认了，奈奈子不好意思地耸了耸肩，塞了口面包进嘴里站起身来。

女儿去冲澡了，最上拿过报纸心里很是满足。说起来最近也看不到朱美盯着电视看韩剧的样子了。以前经常是朱美早早吃过饭看电视，最上斜眼看着默不作声地吃晚饭。最近和朱美一起围着餐桌吃饭的日子多了起来。

今后奈奈子也会加入进来吧，支离破碎的家庭要慢慢复原了。

下周末抽个时间，全家再一起出去吃顿饭吧……

最上一边想着一边打开报纸，拿着朱美烤好的吐司正要送进嘴里……

手顿住了。

"别墅发现男性尸体，枪杀，山中湖"。

这几个标题印字刺痛了最上的眼睛。

16

"我在东银座换乘，在那里会面吧。"

第三次公审前预审的当天傍晚，冲野和刚从地方裁判所回来的小田岛在东银座的咖啡馆会合。

"最近《日本周刊》的记者，经常到我们事务所来……"

小田岛把硕大的公文包放到旁边的椅子上，压低了声音说起约在外面的理由。

"就是根津案里和被害人有交情的那个男的，叫水野什么的，约莫五十岁，完全一副专门采访刑案的记者那种目光凶狠的样子，最近不是视白川老师为敌，有的没的乱写一通嘛，把老师惹怒了，告他损坏名誉也完全不见退缩。他想知道白川老师凭什么契机开始关注这个案子，我怎么可能告诉他，可他真是执着啊。"小田岛用吸管吸了一口服务员递过来的冰咖啡，继续说，"这种情况下，要是你过来跟他撞个正着，事情就严重了。那个家伙，就算毁了你的前途也在所不惜的。所以，最近你都不要来我这里了。"

"原来如此……不好意思，让你为我担心了。"

小田岛作为律师极其小心翼翼，不喜欢被麻烦，欠缺些魄力，但是由于生活得并不容易，对于他人的生活和将来非常在意和敏感，面对小田岛对自己的担心，冲野顺从地低下了头。

"话说，今天怎么样？"

冲野问起预审的经过。

"哎呀，那个女检察官颇有胆识、处变不惊哪，太酷了。"小田岛满脸花痴地从末入麻里开始说起，"把酒品商店的监控录像交上去的时候，她的脸色一点没变，我反倒佩服起来了。"

"我们提出'银龙'老板上庭做证的时候，对方可能已经有预感了。"冲野说。

"可能白川老师的出现，让他们觉得不会这么简单吧……你说过有一段身着黑衣的男人把拖鞋扔进便利店垃圾桶的录像，对方没有拿出来。"

白川匆匆忙忙列席了今天的预审，之后据说律师会馆有要事便和小田岛分开了。他忙到甚至没有时间安安定定坐下来商量一下今后的方针，但是他坐在辩方律师席上就已经迫使检方摆出了严阵以待的架势，白川的出现确实意义重大。

只是，听说了麻里的表现后，冲野感觉检方并没有退到防守状态。

"不过我感觉大泷部长的反应有些不尽如人意啊。"小田岛面露难色地说，"本以为会更支持我们一些，结果只是听听罢了。"

可能是检方事先打过招呼了。冲野在公审部的时候，最初就像常来常往的工作人员一样，每天去法官室打招呼。法官的立场是中立的，但是检方就是通过这样简单的行动来获得类似于同谋的信赖。

此次案件，凶器找到了，从包着凶器的报纸上检测出松仓的指纹，再加上检方对报纸上的笔迹也进行了鉴定，几重证据都指向了凶器出自松仓之手。

这般铁证如山之下，即便松仓有不在场证明，也无法从根本上击溃检方，这就是现实吧。

"白川先生说了什么？"冲野问。

"他还是一如既往地说我们进行得很顺利。那个人真的是很乐观，听他说过之后，连我都这么觉得了。"

小田岛钦佩地说完后，又冒出一句："不过……"

"不过？"

他挠了挠耳朵接着说："他说，这次的案子，让审判员产生对冤案的质疑是最优先要考虑的。达成的话，就可以免除死刑了。也就是说，只要免除了死刑，我们就可以认为取得了胜利……"

小田岛眨了眨眼睛，咽了口口水，一副难以启齿的样子说出言不由衷的话。

"听了他的话，我感觉放下心来了……不对，说放心了听起来有些奇怪，是我感觉这个案子努力了就肯定能做到，所以让我现在特别有干劲……不过我也知道这跟你想要的不太一样……"

这样说完，小田岛偷偷看了一眼冲野的脸色。

冲野什么也没说，只是咬着嘴唇。

确实和冲野的目标相去甚远。这个案子是冤案，如果不能无罪释放，就不能称为赢。

可是，表面上大义凛然的白川也选择了现实，说明只能如此了吗……

只要凶器的物证还在，就真的别无他法了吧。

如何才能推翻物证，冲野想不到任何办法。

和小田岛分别后陷入沉思的冲野，实在不想回家，想着晚上约沙穗在这附近吃个饭，于是发了短信。

冲野在街边闲逛着等沙穗的回复，这时电话响起来了。本以为是沙穗打来的，显示屏上显示的却是《平日周刊》的船木。

"冲野先生，刚刚得到一个震惊的消息。"

接通电话后，船木的语气不同往日。

"前几天，在富士附近的别墅区发现了一具尸体，这个新闻你看过吗？"

"别墅……啊，山中湖的别墅？"

冲野想起来四五天前在报纸和电视上看到过这个报道。别墅主人在院子里散步时，衣服上装饰的一样东西掉了，因为之前在院子里发现过空弹壳，所以特意在附近仔细看了看，结果在附近的林子里发现好几只乌鸦聚集在某处，寻思着是不是有动物的残骸，走近一看，有一个可能是野猪拱出来的洞穴，洞口有衣服和类似残肢的东西暴露在外。

警察来调查，发现是一具已经腐烂到部分白骨化的男性尸体。并且，找到了埋在一起的手枪。

那个别墅发现空弹壳的报道，冲野也曾看过，当时就觉得会不会有案情，所以留有印象。

"是的，就是山中湖。"船木用力地说，"那个被埋的尸体身份已经确认，今天公布出来吓了我一跳。"

船木这样煞有介事的架势，让冲野不觉心中一紧。

"是弓冈嗣郎……你所说的蒲田案的真凶。"

"啊？"

虽然做好了心理准备，冲野还是被惊得一脸愕然。

"他的随身物品也被埋在了一起，死因是枪杀，身上至少中了两枪。"

行踪不明的关键人物被发现时已是一具尸体……这带给了冲野巨大的冲击。

"你怎么看？"

"这，太遗憾了……除此之外无话可说。"

冷静地想想，船木想问的可能不是这个，冲野只是呆呆地把涌上心头的情绪直接说出了口。

挂了电话，冲野像丢了魂似的在银座的大街上晃荡着。

原本在冲野脑中的构想是，可能是搜查本部的田名部，或者田名部的同伙某人，为了强行起诉松仓，跟弓冈取得联系，从他手中拿到了蒲田案中使用的凶器。如果是这样的交易，那么弓冈得以从搜查的手里逃脱，代价是在某个地方隐姓埋名悄悄地度过一段时期。

然后，由于某个契机，弓冈的行踪暴露了，很有可能就此解决了蒲田案……

可是，这根线索突然中断了。

死人是不会开口的……冲野脑中想起这句话。死掉的话，就再也无从查起了。

之前也发生过这样的事……冲野想起了东京地检特搜部追踪的幕后捐款问题。丹野议员自绝生命，使得特搜部无法再继续追查，事件的真相随着关键人物的死去被埋葬在了黑暗之中。

晚上和沙穗在居酒屋里碰面，冲野极力想把情绪调整成从船木那里听到消息之前的状态。

"你怎么了？"

敏感的沙穗，和冲野碰杯后就察觉到他心不在焉，问道。

"弓冈的尸体好像被发现了。"

冲野痛苦地回答沙穗。沙穗和冲野一样，从未想过事情会是这样，一时无言地看着冲野。

"到底是怎么回事？"

沉默了好长一段时间，沙穗小声问道。

"什么怎么回事，最关键的人物已经从这个世界消失了。"

"会是谁杀的……"

"不知道。反正看他像是会跟黑社会来往的人，得罪了谁，被杀了吧。"

"是这样吗？"

面对沙穗一本正经提出的疑问，冲野眉头紧锁。

"刚好是搜查本部追查他的时候死的吧。刚好那么巧就发生了别的纠纷被杀……"

"你想说什么？"冲野歪着头问。

"这就是启一郎你自己说过的暗箱操作的可能性……"

冲野瞥了一眼表情严肃的沙穗，忍不住笑了出来。从两人以检察官和事务官的身份一起工作时起，冲野就经常感叹于她的聪慧。后来两个人开始交往，言行举止不用像以前那样顾忌，但是在聪慧这一点上，冲野的看法没有任何改变的。可是，现在沙穗的话，让冲野无法理解。

吃了几片端上来的生鱼片，冲野问道："也就是，你是说搜查本部里有人杀了弓冈？"

沙穗什么都没说，但是一脸非常认真的表情就是答案。

"不可能。"冲野摇摇头说道，"退一百步讲，做交易是有可能的，但是杀了他就是另外一回事儿了。即便是田名部管理官也没有理由做到那份儿上。因为以前参加过那起超过诉讼时效案的搜查，无论如何都想抓住松仓，这个可以理解，但是不可能为此甚至搞来手枪杀死真凶弓冈的。"

"拜托黑社会的人来做也不可能吗？"

"一样的，风险太高了。一旦把这种事情交给黑社会，这辈子都会被黑社会牵制永无宁日了。不会有人这么干的。"

"不过，那这样的话，启一郎的推论就不能成立了……"

"为什么？"

"要陷害松仓的那个人和真凶弓冈接触之后，才能从弓冈手中得到凶器，丢弃在多摩川河边。如果弓冈被杀和蒲田案完全无关，那么凶器和弓冈不是也无关了吗？"

确实如此……关键人物死去之后，冲野不得不面对自己的推理中的矛盾。

搜查本部的某人和弓冈进行了交易之后，很快偶然地因为别的纠纷，被其他的什么人杀死，想来确实逻辑不通。

弓冈因其他纠纷被杀，和蒲田案完全无关，或者弓冈的死和河边发现的凶器密切相关，只有这两种可能。

为什么搜查的矛头刚一指向弓冈，弓冈就消失了？

为什么跟姐姐说去了大阪，结果却出现在箱根附近的山中湖附近？

为什么河边找到的凶器，是用沾了松仓指纹的赌马报纸包着的？

这样分析起来，结论只能是弓冈的死和凶器有着密切的联系。也就是说，这是同一个人，或者是同一个组织干的。

接下来，考虑到时机，应该是了解搜查信息的人或者组织所为。

可是，搜查的人真的会为了陷害松仓不惜弄脏自己的手吗？在这一点上冲野怎么也想不通。他们都是公务员，不管有怎样的纠结，基本上都只是接受任务，完成交代的事情。

"蒲田案和弓冈的死应该有关。"冲野说，"只是，我觉得警察里面不会有人干出这种事。"

在冲野沉思时默默把烤鱼送进嘴里的沙穗，放下筷子，用手巾擦了擦嘴，看着冲野。

"如果有人觉得，松仓和弓冈，两个人都应该受到惩罚呢？"

"什么……"

"如果把过了时效而逃脱制裁的松仓陷害为本案的犯人，不是会让弓冈逃脱吗？和弓冈接触的人，在拿到凶器时，就能断定他才是蒲田案的真凶了。不管那人多想陷害松仓，但是让真正的犯人逃脱，也许不是他的本意。所以，既然法律之手不能制裁，那就借由自己的手来惩戒……本来应该被判死刑的弓冈，被自己亲手处决，那个人也许会觉得自己是在替天行道吧。"

沙穗的推断给了冲野很深的打击。既然法律之手不能制裁，那就借由自己的手来惩戒。松仓和弓冈，二人都是被那个人以如此动机处决的吗？

原本冲野认为搜查人员不会有人做出这种事情，但是这个想法不费吹灰之力就被轻易推翻了。若是对弓冈扣下扳机的人是怀着这样的动机，倒真是只有参与搜查的人才能做得出了。

冲野激动地喘着粗气，实在忍不住地掏出了手机。

搜查一科的森崎警部辅佐，冲野辞职之后，自然一次都没有联系过他。

冲野犹豫了片刻，还是拨通了电话。

"喂。"

"森崎，好久不见。我是冲野。"

"冲野……"

冲野听出森崎的语气有些意外，继续说。

"森崎，现在说话方便吗？"

"方便倒是方便……"

"是这样的，我听说山中湖畔别墅区发现的尸体是弓冈，所以给你打个电话。你那边已经得到消息了吗？"

"冲野，你不是已经辞职了吗？"

"虽然辞职了，但是听到这个消息，实在无法说服自己跟自己无关，想了解一些详细的情况，我只能来问你，所以给你打了电话。"

森崎沉默了一会儿，冲野耐着性子等着他开口。

"既然你已经辞掉了检察官的职务，无论你多想了解案情我都不便透露……不过，我很理解你的心情。"

"谢谢。"

"那就说一些皮毛吧。"森崎继续，"事实上，得知山中湖的尸体是弓冈之后，三天前我和一个同事一起被派到了富士吉田的搜查本部。"

"这样啊。"

"和报道中说的一样，尸体埋在别墅的后院通往林子的地方。中了两枪马卡洛夫的子弹，那应该就是致命伤。尸体腐烂严重，部分已经白骨化，估计在弓冈失踪的时候就被杀死了。马卡洛夫作为在黑市流通的枪支，很受欢迎，是比较容易操作的手枪。弹壳是在别墅的露台附近发现的，应该就是在那里枪杀的。"

"和别墅的主人没关系吗？"

"别墅主人发现弹壳就报警了。平时住在东京，是个翻译家。每年只有夏天才来别墅住几周避暑。今年因为工作忙，直到盂兰盆节快结束才过来。"

"有外人闯入的痕迹吗？"

"从建筑上看不出来。已经空置了近一年，外面杂草丛生，屋内也是积满灰尘。每年入住之前都要做大扫除，今年是盂兰盆节快结束时才搬过来，说没觉得有什么可疑的地方。"

这样看来，那个杀死弓冈的人，在那一带的别墅群中，特意选中了这栋很久没人住的别墅。

那个人，是如何把弓冈引诱到别墅的呢？

用枪胁迫也是可能性之一，但是可能性不高。

那个人应该是从弓冈那里拿到凶器的。

是主动提出交易的吧，以把他藏匿到无人别墅为条件。

杀害弓冈的凶手行踪越来越清晰，冲野越发觉得他是搜查部的人。

"森崎……你还记得弓冈失踪时，搜查本部的情形吗？"

"什么情形？"

"极端点说，比如田名部的样子有没有可疑？蒲田警署保管的没收品里有没有枪支遗失？"

"冲野……难道你怀疑田名部和弓冈的死有关？"

冲野没有回答森崎的问题。

"田名部在这个案子的搜查中确实表现得有点过激。但是，为了指控松仓而杀死弓冈，是无稽之谈。"

"蒲田案的真凶是弓冈，有股势力在试图掩盖这个事实，想尽办法指控松仓是犯人。"

"有没有这股势力不得而知，不过对于弓冈和蒲田案的关联，我们都觉得必须谨慎对待彻查到底，所以田名部才命我们飞奔到这里。"

"搜查相关的人仅仅为了让松仓替罪就让弓冈消失，实在难以令人信服。我也曾这么想，可是换个角度就不一样了。那个人无论如何都想让根津案中因超出时效逃脱了法网的松仓受到应有的惩罚，但如此一来会导致真凶弓冈逃脱，自己处理的这起案件中，又会产生新的漏网者，为了解决这个矛盾，无法依靠司法的部分就用自己的手来解决，所以酿成了现在的结果吧。"

默默听着冲野的分析，森崎叹了口气小声嘟囔了句："这太嚣张了吧。"

"不过看起来也不能忽视这个可能性了。老实说我也不知道该如何看待。"他不解地说完，又补充说，"只是，在搜查本部锁定他之后，他就失踪了，我想了想那个周末大家的行踪，在我的记忆里田名部一直在搜查本部，到富士跟弓冈会面，枪杀之后埋在山里，半天时间是做不到的，我们的搜查员里面也没有人离开那么长时间。所以不可能的。而且蒲田警署和其他地方，没有收管的马卡洛夫手枪遗失的报告。"

"是吗……"

"我只能希望冲野你害怕的事情不会成为真相。"

和森崎挂了电话，冲野把手机放回桌子上，跟沙穗目光相对之后把头歪在一边。

确实已经映出了搜查相关人员的影子。

只是，那个影子的真身却不在搜查本部。

真见鬼……

找不到能说服自己的答案，冲野苦闷地将已经变温的啤酒一饮而尽。

警方登报已查明山中湖别墅里发现的尸体身份，冲野详细地读了内容，警方的发表只是最低限度地触及了表面案情，关于弓冈是蒲田案嫌疑人的表述，没有任何版面提及。

第二周出版的《平日周刊》发表了特讯，称山中湖尸体的死者弓冈嗣郎和蒲田案受害人都筑和直是赌马时认识的熟人，在蒲田案的调查过程中曾被视为调查对象。船木在报道中，甚至记述了搜查本部正在调查尸体与蒲田事件的关联性。

然而，在《平日周刊》发售的当天，山梨县警搜查本部即发表声明，称现阶段还没有任何证据表明尸体和蒲田案有关。

之后，新的事态发展信息全部被封锁，相关报道也都销声匿迹。

10月中旬的某日，冲野和小田岛一起去日比谷的饭店，约了白川雄马商量案情。繁忙的白川当天在日比谷的饭店要举办出版纪念演讲会，他会在演讲会开始前抽出时间和他们见面。

"话说，找到弓冈的影像了吗？"

白川出现在咖啡休息室，大步走到冲野他们的桌前，也没打招呼就直奔主题。

"没有，非常遗憾。"小田岛充满抱歉地回答，"总觉得警察那边把消息全都封锁了，我们无从下手……"

这几日，冲野和小田岛多次去蒲田，为的是确认犯人扔掉拖鞋的便利店周边有没有监控拍到弓冈的影像。他们已经通过《平日周刊》的船木拿到了弓冈的照片，只要有案发当日的影像资料，就有可能找到弓冈的身影。

可是，冲野他们问到的每个地方，都回答说当时的数据已经清除了，没有留存。

其中有一家店的店主说漏嘴，曾经把记录数据的硬盘提供给警察，不过警察很快就还回来了。之后没过多久，警察又来联系，委婉地交代说可以删掉数据了。

没有直接说要删掉，而是说安装监控是为了预防店内犯罪，一般市民在店前通过的情形被拍摄下来涉及隐私问题，所以只要没有发现犯罪行为，那么应该尽快删除影像记录，也就是说建议删除。

警察这样的行为就发生在这不足两周的时间内，只能给人感觉是弓冈的尸体被发现之后，检方为了不让辩方多事，想要一手封锁信息。

"你的同伴可真厉害啊。"白川苦笑着说。

辩方得到白川实力相助后获得反转，检方为此也进一步加强了攻势。

"从他们的做法来看，对方已经知道弓冈是真凶，却还在强硬地让松仓顶罪。"

小田岛这样嘀咕着。冲野觉得倘若最上的内心有一丝丝怀疑弓冈是真凶，都不会仅凭凶器这一个物证便要严肃制裁松仓。最上是从一开始就打心眼儿里认定松仓是凶手，几乎没有动摇过。如果委托警察指导删除监控录像的人是最上，那么他也只是单纯地为了铲除公审路上的障碍吧。

以最上的为人，绝不会对这种事情有丝毫的妥协。某种意义上，可以说冲野也是因为最上的不妥协而被清除出场了。

"关于录像，我们只能要求对方拿出他们所掌握的资料，如果里面拍到的是弓冈就是意外收获。"白川耸耸肩说，"总之，我们向大众媒体传达冤案的可能性才是最重要的。只要在公审前制造一定的舆论，审判员们就不得不慎重选择。"

果然，白川的想法是这次的公审只要能避开死刑就算合格了。冲野虽然觉得不对，但是事实上自己去做也不会有更好的结果，于是没有再说出勉强白川的话。

"从事有关冤案指导的人中有人对这个案子感兴趣，我会让他们前去支援松仓，到拘留所探视，坚定松仓的信心。今天的演讲中我也会提起这件事，你们如果有空的话，一起来听听吧。"

"太感谢了，我们洗耳恭听。"小田岛面露喜色地低头道谢。

"好了，还有别的会面，那我就失陪了。"

白川站起身来，端过来的冰咖啡还没动过就跟着一个不知何时冒出来的男人，往休息室里侧的桌子走去。隐隐约约传来白川爽朗打着招呼的声音，随后便消失在其他客人的欢声笑语中了。

小田岛羡慕地望着白川远去的背影，过了一会儿忽然回过神来，喝着桌上的冰咖啡，看向冲野。

"冲野先生，你还没有做律师备案吧？"小田岛一副闲聊的口吻问起冲野。

"已经在申请备案资料了，再看时机吧……"

要开始律师的工作，首先要去律师协会申请备案，必须得到认证才行。曾就职东京地检的人若要从属于东京律师协会，也必须经过严格审查。

现在这个案件，只要不露面不被发现，律师协会的审查应该能通过的，但是冲野还没有马上去备案的心思。主要是这次的案子目前还多有牵制，自己成为律师想做什么工作，想要成为什么样的律师，这些在心中还并不清晰。如果有了奋发的动力，就会充满热情。如果还没有找到，那么身体的引擎实在很难发动起来。

"冲野先生肯助我一臂之力，我感觉特别安心，不过当律师事关生计，还是尽早开始比较好。这个行业非常残酷，对后来者并不友善。好比狮子和猎豹吃剩下的残渣，才能轮到鬣狗，必须从底层做起。你虽然优秀，但是如果不够顽强，想要在这个单打独斗的世界里占得一席之地是很难的。"小田岛一本正经地说完，带着自虐似的微笑补充道，"会像我一样辛苦。"

冲野不禁苦笑了一下。他不觉得辛苦有何不可，也不觉得这个问题有多严重。

"咦，那不是船木先生吗？"

小田岛脸上的笑容一闪而过，望着人来人往的大堂，《平日周刊》的船木正在休息室外面。

小田岛站起来唤了船木，船木听到后走进了休息室。

"你们好。"

船木也是来听白川的演讲的。

"冲野先生，你和小田岛先生一起来这种地方，不怕被人看到吗？"小田岛把白川的冰咖啡递给他，船木喝了一口说道。

"不会有检察官来听白川先生演讲的。"冲野开玩笑地说，"话说，山中湖的事情后来怎样了？"

被冲野这么一问，船木面露难色。

"什么消息都没有。从大森的公寓消失之后，只掌握到弓冈在箱根旅馆逗留的行踪，但是没有发现凶手，别墅周边也没线索。"

"这样啊。"冲野叹了口气,"搜查人员里面,也没有可疑的线索。"

"和黑社会有关吧?"船木若有所思地说,"用了手枪,所以跟黑社会扯上关系也不为奇了。"

冲野虽然觉得不可能,但如果这不是事实,又该如何解释?

"公审那边呢?还看不出能取胜的迹象吗?"船木反问道。

"托白川老师的福,相扑场打退了一局。"小田岛说,"不过现在我们反扑的手被封住了。"

"嗯,最近'白马骑士'也被各种打击报复的报道缠身,即便如此他还是快马加鞭地积极参与,不过也不能一味地依赖他,无论如何小田岛先生你们要靠自己努力啊。"

"凶器是最大的障碍。"冲野对这无法改变的现实抱怨道,"只要凶器在,检方就坚不可摧。可问题是,松仓以外的人是如何操作的呢,上面居然只有松仓的指纹……"

冲野若有所思地说着,船木突然扬起手打断了他,脸朝休息室门口的走廊望去。

是一个五十多岁,面色冷酷的男人,身穿一件旧的羽绒夹克,挎包挂在肩下。

"哎哟哟,这不是《平日周刊》的……小田岛律师也在啊,这是在开什么有意思的会呢?"

那个男人走到冲野他们桌前,不友好地看着三人,充满讽刺地问道。

"水野先生,倒是你,有何贵干?"船木冷冰冰地反问。

"没什么大不了的事,看到假装人权派的腹黑律师齐聚一堂,我得听听作为被告方,有什么好说的。"

这个叫水野的男人，往里面白川的方向瞥了一眼，说道。

"你这家伙，太无礼了！"

小田岛提高了嗓门喊起来，水野把目光移向小田岛，放肆地笑起来。

"小田岛老师最初见面时还是一副清贫的样子，现在看来已经完全被这冒牌人权派和这左翼杂志毒害，真是可怜啊。"

"你……你说什么呢？"

船木拦住了脸涨得通红、嘴唇颤抖的小田岛。

"算了算了，这个人就是靠惹怒对方赚钱的记者，还是不要当真了。"

原来这个男人，就是曾经住在根津案中的单身公寓，和被害女中学生相识的《日本周刊》的记者。冲野从他们的言谈中推测出了男人的身份。

"那么，这位也是律师？"水野注意到了冲野，目光投向冲野。

"新来的律师。"船木像是早有准备，干脆地回答，"是小田岛先生在法律学校的朋友。冲田先生，这位是我们的劲敌《日本周刊》的主笔水野先生。"

水野眯着眼睛盯着冲野看了看，小声哦了一声。

"像个新人，是来拜听大师的讲话吗？"

"哎，是的。"冲野面无表情地接了水野的话。

"没法让人感动啊，"水野说，"难得的年轻人也要被污染了。"

"水野先生，不要在这儿多管闲事。"船木压低嗓门说。

"人权派啊，"水野毫不理会，继续说，"明明是个褒义词，现在倒成了揶揄某些人的称呼了。正确的说法，应该是叫作冒牌人权派。

年轻人可不能学啊。"

"喂！"

小田岛抬高嗓门，船木赶忙用手制止了他。

"在这种人看来，律师全都是伪善者，金钱的奴隶，这种想法才是左翼思想呢。"

"我可没说全都是。"水野用手指着船木，"真正的人权律师才不会想要万众瞩目。他们大隐于市，天生有保护弱者的情怀。"

"比方说谁？"

由于工作关系，船木对律师界还是比较清楚的，于是挑衅地问。

"我就说一个人，在月岛经营一家小事务所的前川直之律师。"

船木似乎没听过这个律师，显得有些纳闷。冲野也没听说过。

"如果有兴趣，可以去拜访一次看看。"水野看着冲野说，"他是我的后辈，住在隔壁宿舍，一直拼命努力学习。可能是从物质匮乏的学生时代延续过来的秉性，到现在脑子里还是没有赚大钱的想法。他不想要丰功伟绩，无欲无求，只想帮助那些有困难的人。那个政界的幕后捐款事件，特搜部出动时，表面上高岛进和丹野和树的顾问律师是山北光明，也不知是好事还是坏事，山北是像白川一样的作秀律师。对死去的丹野来说，当时能直抒心中苦闷的人不是山北，而是前川。不能到台前，宁愿在幕后奉献。即便最终是最差的结局，所有的努力都白费，那家伙只能默默收拾心情，回归到日常。电视上只看到山北言辞尖锐地批判检方，其实还有这些背后的故事。"

一直默默听着的冲野脑海中出现了一个巨大的阴影。本以为水野说的事情和自己不相干，但是听到丹野和树的名字时，不经意间他出现在了自己面前，冲野感觉自己身体开始僵硬。

"不过，正因为有《平日周刊》这种先是靠特搜泄露的情报对高岛、丹野围攻绞杀，现在又倒打一耙开始打击检方的媒体，山北想要大肆煽动也是可以理解的了。"

面对这样的冷嘲热讽，船木正打算反驳回去，却被冲野抢先发了声。

"丹野议员为什么不和山北先生，而是和你所说的无名律师前川先生商量呢？"

对于冲野脱口而出的疑问，水野放缓了语速。

"因为他们是大学同学。丹野不住在我们的宿舍楼，我不是很熟，不过他们在同一家法律研究会一起学习过，关系当然亲近些。当然，并不仅仅因为亲近才会敞开心扉。不管有名还是无名，丹野知道前川可以信任，才会拜托他。"

冲野终究还是意识到了那个可怕的可能性，身体好像被冰封一样动弹不得。

他知道自杀的丹野议员原本是律师。先前也从沙穗那里听说过，由于丹野议员的自杀，最上的情绪发生了很大的变化……是同为事务官的长浜提到的。

最上和丹野议员是大学同学，关系要好，所以丹野自杀时最上很受打击。

北丰宿舍作为根津事件的案发现场，当时住了很多独身的打工者，也有几个大学生。当时不在场证明中显示他们是市谷大学的学生。

冲野依稀记得宿舍管理员，也就是被害人的父母——久住夫妻是从北海道过来的。最上应该也是北海道出身，曾听过他的初次上任是在札幌。

"你怎么了？"水野惊讶地看到冲野的脸色越来越奇怪，不觉问了一句。

最上毅当时是不是也住在那个宿舍？

这句话马上就要从喉咙里冒出来，冲野还是生生咽回去了。

这个问题问出之后所要面对的世界，让冲野觉得惊恐。

太恐怖了。

"没……没什么……"

冲野呆呆地看着水野，动了动干燥的嘴唇回答道。

然后，一直盯着冲野的水野脸色一变，两只眼睛失了神，表情阴晴不定了起来，仿佛在拼命地回想自己是否遗落了重要的信息。

"你……"

他刚说出一个字，想要再说些什么的样子却顿住了。目光游离之下，他像是要把冲野的样子记下来，看了一眼就撇开了头。

"告辞了。"

话音未落，水野快步走出了休息室。

"什么呀，这个家伙，明明说是来听演讲的，现在就离开了。"

"本来就是来砸场的，才不会真的来听，被工作人员关在门外才好。"

小田岛和船木望着水野的背影这样聊着，一旁的冲野全然不在状态。

"那么，就拜托大家了。"

快到演讲时间了，白川从里面的桌子走出来对冲野他们也打了招呼，然后走出休息室。

"好了，我们也赶紧过去吧。"

小田岛说着站起身来。看到小田岛起身，冲野轻轻张开了口：

"不好意思……我想先回去了。"

"啊？"

小田岛和船木互相对视一眼，船木先领会到冲野的立场，点点头。

"嗯，像刚才那样不知道又会碰到谁，你还是回去比较好。"

冲野含含糊糊地回了一句，就告辞离开了饭店。

回到丰州的公寓之后，冲野坐在沙发里发呆。夕阳西下，房间里暗沉下来，他忘记了开灯，只想被紧紧拥抱。

一动不动过了很久，门口传来了门铃声。是沙穗。从日比谷饭店回来的路上，冲野给沙穗发了信息，让她工作结束后过来一趟。

冲野总算注意到房间里的昏暗，打开灯，在玄关处等着沙穗。

听到电梯门打开的声音，冲野打开门认出沙穗的身影，什么都没说，一把拉过她的手进到房间里。虽然没有很用劲，沙穗还是倒在了冲野的怀里。

"怎么啦？"

沙穗笑嘻嘻地问。冲野没有回答，只是抱紧了她。

沙穗也用手臂抱住了冲野的后背。

这次，她语气里带着担心地问："怎么啦？"

冲野环抱着沙穗苗条的腰身，尽力平复心情之后开了口，可是声音里还是带着些许颤抖。

"弓冈失踪的那个周末，最上叫我休假了。"

"欸？"

"我一直全身心投入审讯，以为他是担心我太累，结果不是的……最上是为了那个周末能自由行动。"

"到底怎么回事？"沙穗在冲野的耳根处轻轻地问。

"我一直以为蒲田案的搜查是田名部管理官在主导……其实不是的。那个管理官只是参与过根津案的搜查，仅凭那点纠葛是说不通的，回想起来，从一开始其实就是最上在主导。"

"最上检察官……怎么回事？"

"根津案里的单身宿舍原本是学生宿舍，从当时留在宿舍的学生看来，应该是市谷大学的学生宿舍。今天，我碰到了住过那个宿舍的杂志记者，就是那个《日本周刊》的记者。他提及了一位律师的名字，说是同住宿舍的后辈。那位律师的同学，就是自杀的丹野和树。"

沙穗抬起头，睁大了眼睛看着冲野。

"他们好像是法律研究会的好友，听到这些，不用说也知道，最上也在。而且，恐怕事件的若干年前，最上也住在那个宿舍，和那个记者一样，很喜欢那个遇害的女孩子。"

并没有证据证明最上住过那个宿舍。了结了弓冈之后，把松仓认定为蒲田案的凶手并且捏造证据的人是最上，得出这个结论之前也许应该再慎重一些。

可是，听了冲野的话，沙穗没有提出任何疑问。若是如此，一切都顺理成章起来，只是事实的真相反转得竟如此巨大。

"如果是最上检察官干的……"

此话一出口，沙穗的身体不禁颤抖了一下，有时看起来比冲野还要沉稳的沙穗也隐藏不住内心的震撼，可见冲击之大。

冲野用力抱紧沙穗，沙穗在冲野怀中接着说："手枪是怎么弄到手的，我想我也知道了。"

冲野吃惊地松开手臂，看着沙穗。

"谍访部？"

越深思越觉得最上犯案的可能性很高，与此同时，恐惧感再次袭来。

"怎么办？"

冲野没有回答，只是摇头叹气。

"听我说，"沙穗抓起冲野的手腕，说，"结束吧，再深究下去，不会有好结果的。"

"让它结束，是说甩手不管了吗？"冲野痛心地问沙穗，"可是已经知道了……"

"已经够了，别再管了，再查下去，只会让启一郎你更加痛苦。"

拼命劝说的沙穗，眼里噙着泪水，让冲野一阵心疼。

"把这个案子早点忘记，开始律师的工作吧。我也把事务官的工作辞掉，我们离开东京也好，去小镇上开一间小事务所，两个人一起努力。"

一瞬间，想到这样的未来，那本是梦寐以求的事情，然而并没有让他的心晴朗起来。

"别担心，"冲野抱着她的肩膀说，"工作的事情我会考虑的，我也想要和你一起奋斗，我真的是这么想的，你不要担心。再稍微给我点时间整理一下心情，好吗？"

听着冲野痛苦地说出违背自己心意的话，沙穗眼睛里闪现过一丝心疼，随后满怀期望地深深地点了点头。

17

10月过半，末入麻里向最上汇报了第四次预审的内容。

据说进展顺利，基本下次就可以汇总了，总算是要确定公审的日程了。

貌似辩方已经拿不出反击的材料，公审应该不会有问题了，麻里带着几分自负武断地保证。

多亏了他们的尽心尽力，表面看来，这场否认案正顺利地向公审推进。

可是，真的能顺利继续下去吗？

最上并没有那么乐观。

当弓冈的尸体在别墅被发现时，最上就处在了水深火热之中。

自从别墅尸体判明是弓冈，青户多次来电详细汇报案情，每当听到关于自己犯下罪行的搜查进展，最上都感到脊背阵阵发凉。一想到不知何时跟自己有关的线索会落入警察眼中导致事情败露，就忍不住神经紧张，心神不宁。自己的罪行暴露于众之时，大概就是松仓的公审诉状成为白纸之日，一想到这个可能性并不低，平凡的日子也变得痛苦不已了。

不过，目前从青户的报告来看，没有证据表明弓冈和蒲田事件有关，所以并未影响公审流程，山梨县立案的搜查本部也没有把最上列为重要嫌疑人的动静。

或许，什么都不会发生，公审会按计划进行吧……

即便预审总结顺利结束，初次公审也要排到年后了。

按部就班地顺利进行，让最上感到急不可耐，想到还要经过高法、最高法裁决，确定量刑，再到执行死刑，他就开始急得发疯。

自己能等到那个时候吗……

在焦虑中艰难度日，总算熬到了周末，下午在家里书斋里翻看案例时，手机响了。

来电显示出水野比佐夫的名字，最上接通了。

"是最上吗？"

"好久不见。"

一段时间音信全无，是因为之前负气说要断绝关系，或者是顾虑最上的工作吧，那么他为何现在打破了沉默打电话过来呢？最上稍许有些意外。

可能水野还记得上次吵架责骂最上时的难堪，生硬地"哦"了一声，在尴尬的气氛中沉默了一会儿，终于开了口："有件事想问问你。"

"什么事？"

"其实我也不知道问你是否合适，"水野继续，"你认识一个叫冲田的男人吗？"

"冲田？"

"二十五岁往上不到三十岁的年轻男子。"

"冲野的话我倒是认识。"

"冲野……是个什么人？"

"夏天之前在东京地检做检察官的年轻人，不过已经辞职了。"

水野低声嘀咕的声音传到最上耳朵里。

"莫非那家伙和这次松仓的案子有关系？"

为什么水野会问及此事，最上有些在意。

"他怎么了？"

"我是问他和这次松仓的案子有关系吗？既然他已经辞职了，那么透露给我也是可以的吧。"

"在蒲田署碰到的时候，你若不是单单盯着我一个人，现在就没必要问这样的问题了。"

听到最上有意刁难的回答，水野啧了一声。

"那个时候，他在啊……"

"冲野怎么了？"最上又问了一遍。

"那家伙，跟松仓的律师小田岛在一起，《平日周刊》的记者也在。那个记者报道了松仓冤枉的嫌疑，和白川雄马关系也很好，把白川请来的估计就是他。"

是吗？果然是冲野在暗中较劲……最上黯然感慨。

"恐怕那家伙跟辩方律师泄露了搜查信息啊，真是个浑蛋，最好能毁了他。"

"不用管了，"最上说完，想到水野的性格又补充道，"不要碰他。"

"为什么？"水野义愤填膺地叫道。

"我已经摧毁过一次他的将来，够了。"

"可是……"水野嘟哝着，沉默了一会儿有些难以启齿地继续说道，"最上，我说走了嘴……虽然没有说出你的名字，但是看那家伙的脸色，好像是察觉到了什么。恐怕他知道了你也住过那个宿舍。"

"是吗？"最上努力做出一副淡然的样子回答，"没关系，他现在的所作所为也不想暴露给老东家知晓，所以彼此彼此了。就算他知道了，也做不了什么。"

"是吗，那就好。"

"没关系的。"最上又说了一遍,"公审会正常进行,不需要担心。"

"是吗,说得也对。"水野仿佛勉强接受了他的说辞。

电话挂断后,最上轻轻叹了口气。

如果冲野察觉到的事情,只到水野担心的程度也就罢了……

若是察觉到更严重的事情……

最上想到这里,不由得闭上了眼睛。

可是,担心也无济于事。

最上早已决定,如果冲野为自己选择了一条背道而驰的路,他将毫不退缩地正面迎战。

剩下的,就只能尽人事听天命了。

18

"冲田。"

刚出公寓便被叫住,冲野看了看那个男人,马上就认出了他是前几天在日比谷饭店遇到的《日本周刊》的水野记者。

"不,是冲野。"

他目不转睛地看着冲野,从容地改了称呼。

"有何贵干?"

冲野盯着水野,低声问。

"给你一句忠告。"水野示威一般地向前一步,"你最近才从东京地检辞职吧,而且还曾是蒲田夫妇被刺杀案的负责人。"

冲野没有说话,只是继续盯着他。

"这样的人和松仓的辩护律师小田岛密会可不妥当哦。而且，坐在一起的记者还写了维护松仓的报道。被人看见了那可是大问题……"

水野结实的身体压近冲野，一字一顿地说。

"我不会说你的坏话，劝你就此收手。"

冲野没有回答他，反问："最上也住过根津的宿舍吧？"

"你在说什么？"

水野岔开了话题，不过眼神中还是隐隐透露出了动摇。

"我不认识什么最上。"水野避开了冲野的视线，接着重振精神，做出一副强势的样子，"不知道你对老东家有什么恨，虽然辞去了公务员，也还是有保密义务的。不要因为自暴自弃就来拖那些为了正义竭尽全力的人的后腿。"

正义……

所谓的正义，到底在哪里……

这个男人并不知道最上为了把松仓强拉上法庭究竟做了什么吧。他可能坚定地认为松仓就是蒲田案的真凶。

"如果是为了告发不正当行为，并不受保密义务的限制。"

冲野说完，水野惊讶地看着他。

"这话什么意思？"

"没什么。"冲野摇摇头结束了对话，"多谢你的忠告。"

留水野一人愣在那里，冲野转身离开了。

"今年做到年底，我就把事务官的工作辞了。"

凉夜笼罩的房间里，在床上一番肌肤相亲的温存过后，沙穗枕在冲野的手臂上。

"明年开年，把事务所开起来吧？启一郎你还有好多事情要准备哦……两个月可是一眨眼就过去的。"

听着沙穗的话，冲野想起白天水野的事情。

"可以告一段落了……对吧？"

沙穗把脸转向冲野反问，想要听到他的肯定回答。

冲野没有出声。沙穗为了得到答案，一动不动地看着冲野。

"我会开始工作的。"冲野回答过后，"不过，对不起，"他接着说，"正因如此，才不能放任蒲田案不管。"

沙穗低下眼眉看着冲野。

冲野看着她轻轻开了口：

"不管松仓的过去多么不堪，这次的案件确实是冤案。沉默，不是一个决定以律师的身份安身立命的人该做的事情，否则我就不配当律师。所以，沙穗，即便是为了自己，我也必须完成这个案子，为了今后能跟你一起努力，我不能不管。"

沙穗的眼眶湿润，难过地望着冲野，大概知道说服不了冲野，没有再说什么了。

"我就是这样的人，你应该知道的。"

冲野这么一说，沙穗点点头。

"明白了，已经阻止不了了。"她像是下定了决心，轻轻叹了口气，接着说道，"既然如此，就得想想办法了，你打算怎么做？"

"嗯……"

最直接的办法，是把对最上的怀疑直接告诉警视厅的森崎。

可是，即使森崎明白了，他势单力薄也做不了什么，重要的是上面会如何行动。

冲野没有任何证据。最上是否住过根津的宿舍，警察一查便知，可是就算查实了，也不能跟最上杀死弓冈这个结论关联起来，如果没有证据，很可能不会认真理会冲野。

或者，即使觉得冲野的话可信，把现任检察官作为嫌疑对象，警察那边也会觉得为难吧。警方和检方联动，迟早会由检察院来主导搜查，警方受检方管辖，也许会早早把问题抛给检方。

检方虽不至于包庇隐瞒，但是万一中途有了动作，冲野自己会被如何对待就不得而知了，没有人会承诺把他当作认真的告发者来实施保护。

还是想想别的办法吧……冲野想。

"最好还是报道出来吧。"

船木会帮我的吧。警方也好，检方也罢，必须逼迫他们不得不行动。

即便如此，要做的话也必须一气呵成。

如果有可靠的证词就好了。

比如，谁把手枪卖给了最上。

冲野觉得找到了突破口，看着沙穗。

"话说回来，你说最上过去审讯诹访部的时候，用麻将答题不过是找了个台阶，其他还有什么吗？诹访部还说了什么？"

"嗯，那时候最上好像去了他的老家调查，跟他说随时可以把他兄长带来审查，还能强行搜他老家。他的兄长似乎也干了不好的事，如果深入调查可能会被起诉，对他而言，兄长是父亲般的存在，老家多病的老母亲也靠他照顾，所以他希望最上手下留情，饶过他哥。"

"原来如此。"冲野呆呆地苦笑道，"可真是无情啊。"

最上一旦下定决心，便会不择手段。

冲野再次意识到必须与这个男人战斗到底。

第二天，冲野跟《平日周刊》的船木取得联系，拜托他去调查一个活跃在六本木地界的名叫诹访部利诚的掮客的联络方式。

"这个人，和蒲田事件有关吗？"船木提出了疑问。

"嗯，可能有关。"

另外，冲野去杂货店买了副麻将和麻将垫，每天在自己公寓里，把麻将牌反扣在桌上混在一起，练习看清牌的移动轨迹。

几天后，船木有联络了。

"在六本木问了熟人，终于搞到了。"

说完，他把诹访部的手机号码给了冲野。

"这个男人，听说也经营枪支。莫非和弓冈的死有关？"

"还不能断言。等到了合适的时机，会和你说的。"

冲野回答之后道了谢，挂断了电话。

"这几天在我周围转悠的，原来是小哥你啊？"

跟诹访部电话联系之后，就听到对方这么问过来。

"我想见你，但是辞了职查不到你的联系方式，只好请熟人帮忙了。"

"怎么回事，春天的时候你还一脸骄傲地当着检察官，怎么突然辞职了？"诹访部感到意外，呵呵笑着说。

从诹访部嘴里问到了他所在的酒吧名字后，冲野那天夜里去了六本木。

诹访部正在地下酒吧吧台的角落里喝着酒。和在办公室看到的一样，在那件双排扣西装包裹下的身体，在昏暗的店里看起来，就像是一团影子。酒吧中央摆着台球桌，年轻人们闲散地打着球，店里回响着清脆的撞击声。

"我有事想问你，也有事想拜托你。"冲野在诹访部旁边坐下，开门见山地说。

"先来喝一杯吧。"诹访部制止了急切的冲野，嘴角浮出从容的笑容。

冲野向吧台要了杯啤酒，手里拿过杯子之后，诹访部把自己的威士忌举了起来。

"庆祝前检察官开业。"

"开业还早着呢。"冲野冷淡地说，确认酒保离远了，转身探向诹访部，"在那之前，还有点事情要解决。"

诹访部晃着酒杯里的冰块，侧目看着冲野。

"所以你想问我的事情是？"

冲野微微颔首，把脸凑近。

"你，卖枪给最上了吧？"

诹访部面无表情地把嘴凑近威士忌的酒杯，喝了一口，慢慢地无声笑了。

"说笑话呢。"

"这不是笑话。"冲野压低了声音，"在职检察官悄无声息地枪杀了某起案件的真凶。在我看来，这是再清楚不过的事实。而另一个和本案无关的男人正被污蔑为犯人，这是在人为制造冤案。"

"噗，"诹访部嘴角上扬，"太跳跃了，完全听不懂，给我说得明白点。"

是明知故问？还是最上没有告诉他详情？无论如何，哪怕单纯为了告诉他自己已经掌握了不少情况，冲野也决定继续补充。

"在山中湖的别墅里发现了一具被枪杀的男尸，刚巧在他被确定为蒲田老夫妇被杀案的重要嫌疑人时失踪的。与此同时，另外一个男人被逮捕即将送上法庭，当然他是拒不认罪的。为什么他会被认定为嫌疑人呢，是因为二十三年前，他是根津女中学生被害案的凶手。时效过后，他逃掉了惩罚，今年春天新闻已经播报过，我想你也许记得那个案子。而最上极有可能在发生根津案的宿舍里住过，也就是说，被害女中学生和最上关系很好。对于这个推理我虽然没有确凿的证据，但是应该不会错。换句话说，最上为了惩罚逃过诉讼时效的男人，杀死了碍事的蒲田案真凶。就是这样一个故事。这里的疑点是杀死真凶的手枪马卡洛夫是哪儿来的。检察官是弄不到的，不过有门路就另当别论了，也就是，你。"

诹访部安静地听着，嘴角浮着笑意，像是把冲野的话当作了下酒菜，喝光了杯里的威士忌。

"我不知道最上检察官是不是做了这样的事，"诹访部露出他标志性的笑容，"不过别把我卷进来。"

"希望你承认卖给过他。"

听了冲野的话，诹访部哑然失笑。

"你是不会出卖人的，这一点我很清楚。"

"既然如此，你应该知道对我说这些话是没用的咯。"

和在办公室审讯时一样，一副若无其事的样子，果然和这个家伙有关……冲野看着诹访部想。

"真心希望你能帮忙。有人正在蒙冤，不能坐视不理。我不是让你做着被捕的准备来为我做证。我认识一个周刊的记者，请他写出来，他绝对不会泄露信息源的。我原本也是冒险跟他来往，不过最终证明他是个可以信赖的人。告诉我交易的方法，费用，就可以写出惊动检察机关上层的报道，他们就不能视而不见，不得不去调查真伪，这就是我的目的。"

"真是不好意思。"诹访部撇着嘴巴说，"我可没这个义务。最上干了什么我不知道，那个男人有没有蒙冤，也跟我没有任何关系。"

"以前，最上先生审讯你的时候，好像是以你老家来要挟你的吧。"

"那家伙可真是个冷酷无情的检察官。"诹访部叼了根烟点上火，眯起眼睛吐出一圈紫烟，"不过呢，我老娘和哥哥都去世了，没有弱点可以给你要挟了，不好意思啦。"

"我不会用那种方式。"冲野说着，提起放在脚边的包，打开给诹访部看，"就用这个赌一把，给我个机会。"

"那是什么？"诹访部瞟了一眼，认出是麻将箱后笑起来。

"真是拼命哪，小哥哥。"诹访部愉快地说，"今天小姐姐不在，没关系吗？"

"嗯。"冲野回答，"不过不能提上次那样的条件。"

"把她借给我一天的条件吗？"诹访部笑了，"我没指望哦。胆子那么大，眉头都不皱一下，说明条件太简单，没有价值嘛。"

"但是，如果你答应了我，今后你只要需要律师，我无偿为你辩护。"

"这还不错。"

诹访部哼哼笑了两声，说罢从冲野的包里取出了麻将箱。

"小哥儿你这么拼，我喜欢，来吧。"

他走到台球桌旁，喊了声"给我让开"，把球桌上的球推到旁边去了。

"喂！"

被打断游戏的年轻人很恼火，手里拿着球朝诹访部走来，同伴们看到诹访部不好惹的样子，连忙制止了他。

诹访部完全不介意的样子，把麻将箱放到台球桌上打开。

冲野像上次沙穗一样，站在他的右侧。

"摆得很整齐嘛，准备得不错。"

他嘴里叼着烟，把字牌盒子里不要的牌挑出来。

然后把盒子放在台球桌上，利索地翻了过来，所有的牌面都整齐地朝向底部了。万字、筒子、索子统统翻了过来。

红、蓝、绿、黑……冲野在自己的脑中给藏青色的牌面涂上了颜色。

"那就开始了。"

诹访部开始洗牌，左手放在黑色牌上动了起来，右手推倒红色混入绿色中，又用左手将红绿混杂的牌移到蓝色中。

"拿实物的话，就不能像上次那样便宜你了。"

诹访部的手一直摆弄着，确实比上次用指尖凭空摆弄的时候快了很多。转眼间，四种颜色已经完全混在一起。

"能跟得上吗？若是胡说八道瞎猜，我会失望的。"

"你才是，不要乱过头了反而把自己弄糊涂了。"冲野盯着牌的动向说，"用实物可蒙混不得。"

"呵呵呵……"

诹访部低声嘲笑的声音消失，他的手也停了下来，慢悠悠地抽着烟，冲野的视线一刻也没离开过混乱的牌。

"那么开始码牌吧？"

诹访部说着，用左手两张两张地取牌，从自己的右手边开始码起来。这家伙是左撇子啊……在办公室审讯时没有注意到的细节，此刻冲野的脑子里却能清醒地意识到。

最初排好的四张牌是诹访部的……

黑色——是字牌。

取过六堆、十二张放在一边，然后是诹访部的四张。这也是字牌吗？还是混了红色在里面？

又放了十二张，然后是诹访部的四张。

有些难分辨，不过还是觉得有黑色在里面。

诹访部把那长长的一列牌中靠近手边的一排，毫不费力地码在另一排上面。

"小哥要是不码牌，就没气氛了。"

被他这么一说，冲野也随便码了十堆，同时诹访部在码上家的牌了。

"就这些吗？好吧，把我的给你。"

诹访部从面前的右侧拿了七堆递给冲野。

"好了，掷骰子了。"

诹访部把两个骰子放到手中，轻轻地晃动起来。

两面都是五点。

"十。从小哥开始。"

冲野把自己堆起来的十堆往右边挪了挪，诹访部把右边两个拿到自己手边。

诹访部继续摸牌，四张四张拿到自己面前，最后两张从上家拿来，扔掉了其中一张五筒。

"差一张听牌。"

诹访部手起牌落，一边重新组牌一边说。

最初用左手摸的是字牌，所以应该胡的是字牌。是集齐了中发白的大三元？还是东南西北的大四喜？小四喜？也有可能是国士无双。

"真的集齐了？"为了给自己争取时间，冲野故意问。

"不用担心。"诹访部不客气地回答。

总觉得有其他颜色混在一起，是错觉吗？

是错觉。

冲野这样断定，坚定地抛掉了这个想法。

"清一色。"冲野说。

在诹访部把手中的牌推倒之前，时间好像静止了一般。

朝上的牌面，全都是字牌。

东南西北白发两张两张整齐地排列着，最左边的是从上家抓到的一张两万。如果是中的话，就听牌了。

字一色七对子的清一色。

"猜对了。"

冲野屏住的气息深深倾吐了出来，诹访部像是呼应他似的，悠然地吐出紫色的烟雾。

"啧，"诹访部苦笑了一下，不过转瞬即逝，"没办法，还是告诉你吧。"

听他这么一说，冲野做好心理准备从他口中听到那个沉重的回答。

可是，诹访部摇摇头。

"真遗憾，我没卖给他。"

一刹那，冲野大脑一片空白，不知道他在说什么。

"你……"

冲野一下子血气涌上脑门，一把揪住了诹访部的衣领。

"喂喂，和你想的不一样就来打我啊，搞错了吧。"

冲野不知道该说什么，顿觉身体泄了气。诹访部毫不费力地把衣领从冲野手中拉回来，拍了拍肩膀整理好衣服。

"不好意思了，帮不上忙。"

他说完回到了吧台。

真的和诹访部没关系吗？

还是因为他"只卖东西不卖人"的原则？

无论为何，决意突破的大门被封堵，带着无措的心情，冲野度过了一个不眠之夜。

次日，冲野心中确定自己只剩下一条路，于是打了电话约《平日周刊》的船木见面。本想找个没人的地方，但是一时想不出哪里合适，考虑到船木的公司在筑地，于是和他约在了胜关桥，从公寓走过去也方便。

到了午后约定的时间，冲野在胜关桥胜侧的一旁等待，船木从筑地方向走了过来。

"景色真不错。"

冲野站在下行到河边一侧的阶梯上，船木来到他身边，被眼前风景吸引。

被风吹起的隅田川水波粼粼，极目远眺，河流两岸的高层住宅鳞次栉比，晴空树若隐若现，只露出尖尖的顶，往下游望去，越过一座桥能望见东京铁塔。

"沿着河边再走走，有个地方能清楚地看见晴空树和东京铁塔。"

船木说着却没有移步的意思，转过身来背对着河流靠在栏杆上。

"诹访部以打空告终。你好不容易为我调查到的线索却白费了，真是抱歉。"冲野说。

船木的表情没有变化，干脆地点点头。

"是吗，那也是没办法的事。我听说他嘴巴特别紧，问不到也不奇怪。"

"这样的话，就只能我自己出面了。"

听到冲野的话，船木眉毛一挑。

"你出面，是什么意思？"

"请你写篇报道，就以蒲田案原检察官告发的形式。"

船木喉咙里咕咚一声，变了脸色。

"如果冲野先生是想以这种方式恢复名誉的话，我不阻拦。"

"不是名誉的问题，只是除此之外，我想不出别的办法了。"

"那么还是重新考虑一下比较好。"船木小心翼翼地说，"站到台前所要面对的舆论压力是非同一般的。当然对我刊来说这个想法很有诱惑力，但我并不建议你这么做。最好和小田岛先生、白川先生一起商量商量。"

"你不必担心我。只是，在那之前，还有一事烦请帮忙。"

船木歪过头来问道："什么事？"

"有个叫最上毅的男人，过去有没有住过根津案里的北丰宿舍，如果确定他入住过，我就笃定地去告发。"

"最上毅……是什么人？"

"东京地检，我的检察官前辈。"冲野回答。

船木睁大眼睛："欸？"

"他作为本部系检察官，是去监督蒲田案搜查本部的。我作为他的助手参与到搜查本部，之后被任命为主要负责人，后来一直受他指挥强行起诉松仓。"

"他有可能住过根津的宿舍吗？"船木声音沙哑地问道。

"他毕业于市谷大学法学部，听说和自杀的丹野议员是同学。之前和《日本周刊》的水野先生在饭店偶遇时，从他口中听到丹野议员的名字，我才恍然大悟。弓冈失踪的那个周末，最上让我暂停审讯，我原以为是让疲于审讯的我休息一下，现在想来，其实是为了自己方便动手才支开了我。"

"这……真是出人意料。"

船木呼出了口粗气，转过脸面向河川稍微整理思绪，不一会儿又转过头来，看着冲野说：

"这和谏访部有什么关系？"

"说一个最上过去负责过的案子。今年春天有个本部案件，谏访部作为证人成为审讯对象，我接到最上指示来负责审讯。他的理念是'只卖东西不卖人'，昨天也因此让我束手无策。不过最上对他的背景和性格摸得很透，如果需要枪，应该会去找他。"

"也就是说，一个检察官，其实是有办法搞到枪的。"

船木说完陷入了沉思，像是下定了决心，点了点头。

"明白了。如果真如冲野先生所言，那就不是搜查违规，而是前所未闻的在职检察官杀人事件。这绝对不能置之不理。我先去调查一下最上检察官学生时代是否住过那个宿舍。"

"那就拜托你了。不过最好考虑一下调查方式。如果去问《日本周刊》的水野，估计会蒙混过去的。"

"是吗？"船木顺势问道，"比方说，水野等最上的同学会有共犯的可能吗？"

"也不能说没有，但是可能性比较低。"冲野回答，"在饭店碰到之后的一天，那位水野特意跑来追究我是检察官的事情，还警告我，看不出他有参与的迹象。为了制裁松仓而杀死弓冈，某种程度上，这更符合检察人员的逻辑。若是外面的人，倒不如更希望和蒲田案不相干的松仓早日重获自由，然后亲自杀死他更符合逻辑。"

"有道理，"船木轻声附和道，"不过，这个真相，越深思越惊悚。"

"我意识到可能是最上的时候，也觉得难以置信，整个人都是蒙的。可是，现实中弓冈被杀，松仓被捕，明知道有人在动手脚却置若罔闻，我实在做不到。"

"是啊。"船木赞同地点点头，"稍微给我点时间，我会认真调查的。"

船木这样说着，打起精神长出了口气。

11月上旬的时候，冲野从小田岛处获知，公审前预审结束了，初次公审定在年后的 1 月 16 日。

预审最终由于辩方的证据不够充分，不容乐观地朝着公审的方向发展而去。

"白川先生因为太忙没能来参加预审，得跟他去汇报一下，一想到还要跟声援者们做说明，心情就烦躁，人多了也是件为难的事情。"

"不要泄气，真正的战斗才刚刚开始。"

冲野犹豫了一会儿，不过为了给小田岛鼓劲，还是多说了几句。

"现在我让船木先生去做些调查，其结果可能会助我们一臂之力。"

"不知道你们在调查什么，但是预审已经结束了，公审的回旋很困难了。"

"嗯，这个我知道。"

恐怕船木的报道刊登出来，小田岛也会震惊吧。但是船木的调查还没有结果，冲野无法笃定那个可怕的将来。

这两个星期，冲野在焦躁不安中度日，和小田岛打电话时也是一样的心情。

又过了两天，冲野终于接到了船木的电话。

"冲野先生，现在说话方便吗？如果不方便，可以再去那里会面。"

听到船木这样说，坐在起居室沙发上的冲野，顿时有种紧张感。

"只要你那边没问题，就可以在电话里说。找到线索了吗？"

冲野想尽早听到结果，这时传来船木清楚的回答："找到了。"

"最上检察官果然在学生时代住过根津的北丰宿舍。我装作对自杀的丹野议员的生平取材采访，追查到了市谷大学的法律研究会相关人员，其中有个人说前川直之律师、最上检察官跟丹野议员关系密切，两个人都是北海道出身，住在同一个宿舍。然后进一步调查，他们的研究班也问明白了，从一位退休的教授那里找到了他们的同学，其中有一个同学成了市谷大学的职员，那个人保管着当时的毕业论文集和名单。我找了个理由让他给我看了名单，那上面最上毅的住址是北丰宿舍。这是不会错了。"

"原来如此。"

虽然早有心理准备，但亲耳听到事实还是倍感冲击。

"还不只这些。"船木继续说，"我还用了各种手段调查了最上检察官的周围，了解到他的叔父住在小田原。有个奇怪的事情，也就是5月中旬的周末，恐怕就是弓冈失踪的那个12日、13日的周六、周日吧，最上检察官以跟朋友去露营为由，向这位叔父借了车。周六来借，周日晚上还回去了。"

"冲野先生，我已经掌握了这些线索，你就没有必要出面了，凭这些就能写了。"

眼前的大山崩塌在即。尽管早已做好自毁的准备，但是一旦听闻地动山摇，五脏六腑顿觉毛骨悚然，一种恐惧感油然而生。

"冲野先生，到了这个地步，作为记者我不得不把它写出来，但是这暂时放到一边，我想再和你确认一遍。"

船木说完，简短地问道："写出来真的没关系吗？"

这个问题已经没有了选择。他是在问是否做好了思想准备。已经没有退路，既然如此，就借着这个回答来扫除自己心中的恐惧吧。

他深深地吸了一口气。

"写吧。"

19

"最上先生。"

11月中旬的某个夜晚，晚风中混杂着寒冷的空气。工作结束的最上和长浜一起离开办公楼，走向霞关车站的途中，一个男子站在路边像是在等人，擦肩而过时突然开了口：

"我是《平日周刊》的记者，有些问题想问一下，不知道能否给点时间？"

最上诧异地看着旁边这个脸上浮着浅笑，眉目间充满挑衅的男子，放缓了脚步，与此同时，该男子递上名片，靠近跟前。

"你不知道在职检察官是禁止采访的吗？"

长浜气愤地提高了嗓门，站在最上前面拦住了该男子。

"只是问一点私人的问题。"

这句意味深长的话，触动了最上的神经。

"不行不行，《平日周刊》是想被记者俱乐部除名吗？"长浜语气强硬地制止了他，赶紧催促最上说，"检察官，我来处理，您先走吧。"

听到长浜的话，最上心中虽有迟疑，还是离开了他们，向前走去。

"最上先生，说说您学生时代的宿舍生活吧。"

听到背后传来的声音，最上不由得回头看。

记者的表情像是抓到了巨大的把柄，得意扬扬地看着最上。

"最上先生5月12、13日去哪里了……"

男子的话还没说完就被长浜的怒斥打断，但已经穿透了最上的耳朵。

最上只觉得脖颈发凉，传来阵阵寒意，转过身来无意识地加快了步伐。

终究还是被发现了吗？

心中没有出现否定的想法。

大脑一片空白，无法思考。

他强迫自己冷静下来思考了一下，结果和刚刚直觉意识到的没有区别。

终究还是被发现了……

最上深吸了一口气。

已经麻木的大脑被一股不知哪里来的力量紧紧抓住。

过了一会儿他才意识到，那是一股深深的挫败感。

原来终究不过是一场有勇无谋的惨败。

可是当初，无论如何也做不到坐视不管的。

最上回想自己的心境变迁，被迫放弃的那个念头让他痛苦地想到了这些。

进入11月下旬的那个周二，最上被永川正隆刑事部长叫过去。

在刑事部长的办公室里，除了永川，肋坂达也副部长也在。他们看着最上走进房间，目光中是前所未有的阴郁。

"坐吧。"

最上走到沙发的另一边坐下来，永川开了口：

"后天发售的《平日周刊》，听说会发表关于蒲田案的突破性报道，这是从《平日新闻》的记者那里听来的，说是令人震惊的特大新闻。"

永川盯着最上问道："你可有线索？"

自从遇到那个记者突如其来的骚扰之后，可能是因为有了充分的思想准备，最上只是觉得那个日子快要来了，没有表现出任何情绪来。

　　"关于蒲田案，尤其是白川雄马加入辩方之后，《平日周刊》断断续续发表过一些支持辩方的报道，这次应该也是这些伎俩吧。"

　　两个人冷冰冰地看着最上。

　　"现在，正在和《平日新闻》的记者交涉，让他们给我们看早期印刷本。虽然还不知道详细的内容，不过现在得到的消息是，对某位检察官提出了不少的质疑。"

　　永川说完，看了看最上的反应，沉默了一会儿继续。

　　"那个检察官说的就是你。"

　　"质疑什么？"最上迎着他们的视线反问。

　　"其一，松仓重生自首的根津案的现场，那个学生宿舍，负责蒲田案的检察官在学生时代也曾住过。"

　　最上眯了眯眼睛，轻轻点了点头。

　　"坦白说，确实是事实。"

　　"为什么之前不说？"肋坂低声问。

　　"这是很久以前的事情了，案发时我已经不住在那里了。怀疑松仓之后从专案组听说那个案子，查看资料时才发觉那是自己住过的宿舍。当时没想到这种关系需要向谁报告，把已经着手调查的案件扔给别人。可能是我想得太简单了，我觉得自己不说也不会有什么问题。如果这一点是该批评的，我承认错误。"

　　"这次的案件，你相当执着于把松仓告上法庭，难道不是因为有这一层关系吗？"

"副部长您要怎么想，我都没有反驳的立场。我本人觉得没有任何关系。这是在客观分析搜查情况的基础上，逮捕、起诉一步步走来的。"

肋坂不再说话，严肃地把双手交叉着抱在胸前。

"还有一点，"永川提高了声音开了口，"在蒲田专案组讨论到的弓冈嗣郎，他失踪的那个5月中旬的周末，你去哪里了？"

"5月中旬？"

"5月12、13日。"

"半年前的事情了……如果有重要的事情，我应该会记在备忘录里的，一下子想不起来，无法回答。"

"不是去了小田原，从亲戚那里借了车吗？"

原来如此，周刊记者是从这里找到线索的，最上不动声色地想。

"不记得是不是那天了，不过5月份确实去看过叔父，跟他借过车子。天气不错想出去兜兜风的。"

"去哪里了？"

"没有目的地，只是沿着山路、河边随便开开，散散心。"

永川和肋坂都没有相信最上的话。但是，最上一副满不在乎、佯装不知的表情。

被永川叫过去，进行了这番简单的对话，之后会面便结束了。当然，最上并不认为这就结束了，不过他表面上像什么都没发生一样，回到了日常工作中。

过了两天，《平日周刊》发售了，晨报上登着大大的标题"蒲田老夫妇被杀案——检察官的可怕疑点于公审前浮出水面"，上班的电车中也挂上了同样的广告。

报道是最上几天前遇到的那个一脸得意的记者写的，内容非常深入。报道抓住最上学生时代住过北丰宿舍这一事实，还从叔父处确认到，弓冈在箱根失去最后音信的前一天，最上向叔父借了车子，直到第二天很晚才归还。从内容上，最上跟弓冈被杀一案有着十二分的关联。报道中还写到据蒲田案的知情人称，最上对指控松仓非常执着。这样的证言应该是冲野说的吧……最上看着报道，陷入了沉思。

周刊发售的那天，最上目光所及之处竟然是不可思议的安静。大家像没有看到《平日周刊》的报道，一切如常。长浜也没有涉及任何和报道有关的话题。虽然不知暗地里是如何行动的，但是永川和肋坂都没有再找过他。

可是，接下来的日子里，可以明显感觉到搜查本部的刑警中有工作往来的那些人对他冷淡了起来，去办公楼食堂时，也总能感觉到周围监视的视线。

后来，本该交给最上的新本部案也渐渐没有了。

12 月的第一个周一，最上刚到办公室，就被永川叫了去。

“这是调令，职务到红砖房去问吧。”

永川只此一言，说罢把一张纸递给了最上，上面写着调入法务综合研究所的总务企划部的调令。

在最上看不见的地方，调查在切切实实地进行着，张开了一张大大的捕网。这就是这张调令包含的内容。

调令既出，就只能遵守，这就是公务员的宿命。最上无言地行了个礼，便从刑事部长室离开了。

回到办公室，同样接到事务局调令的长浜，过了一会儿黑着一张脸回来了。

"我们要分别了。"

最上说完，长浜难过地点点头说："真是太遗憾了。"

长浜把最上管理的本部事件资料抱到肋坂副部长的房间之后，帮最上整理私人物品。

"让我来吧。"

长浜帮最上把装了私人物品的纸箱子放到台车上，搬到了法务综合研究所所在的红砖楼里，到了研究所，被领进了一间像会议室一样的小房间，里面摆了一张会议桌。

长浜把纸箱放在会议桌上，再次深深地低下头。

"以前的日子里多谢您的照顾。"

"你也帮了我很多忙。"最上说着，伸出了手，"副检察官的学习不要放松，要拓宽自己的工作面。"

长浜双手握住，深深地点了几下头，终于下定决心开了口：

"检察官，在您困难的时候我帮不上忙真的非常抱歉。虽然有很多流言蜚语，但是我相信您一定可以战胜，期待有朝一日还能跟您一起工作。"

被周刊提出质疑后，长浜没有在最上面前提及过那件事。这会儿听到他这么说，最上心中五味杂陈。

"谢谢你。"

最上简短的话语中饱含感激，送长浜出去。

那之后，法务综合研究所的职员抱了一堆资料到最上的房间来。

"这个资料里有这十年的二次考试（司法实习生考试）考过的

题目，如果你有评价、提议之类的，请总结成报告提出来。"

并没有要求期限。也就是说这只是把最上困在这间办公室的手段而已。

从那之后，最上每天在红砖房的这间小屋里安静度日，没有任何人来往。虽然可以在家中和朱美、奈奈子一起吃晚饭，但是内心的压迫感已经不由分说地表现了出来，秋天一起吃饭时那种轻松的氛围日渐沉重起来。

调离搜查检察官职务后大约过了一个星期。一天夜里，晚饭结束后，最上的手机响了，对方自称是最高检的石塚检察官："有些事情要问，明天请来一趟最高检。"

终究是来了。挂断电话，最上有强烈的预感。一般针对案件的传唤，如今也落到了自己头上。原本以为会是管辖山中湖事件的甲府地检，结果却是最高检。看来本次涉嫌检察官作案的事情在检察机关内部唤起了超前的危机感。

"朱美……"

深夜，房间里一片漆黑，最上睡不着，用被子裹住了身子，感觉到旁边的朱美也还没睡，便轻声地唤了一声。

"可能要发生让你担心的事情了。我不会有事的，不过到时只能顾到自己，家里的事情就交给你了。"

朱美沉默了一会儿，终于开了口：

"小田原的叔父来过电话，说是有周刊的人去打听消息他就回答了，他问自己是不是做了多余的事情。"

"是吗？"

"我跟他说不用担心。"

"那就好。"

"要是我当时和你一起去叔父那里就好了。"

朱美对于最上的事情了解到何种程度，她不开口，最上也不清楚。对于回不去的过去她心里确有些后悔，可是她没有责备最上，却在责备自己，这让最上心中隐隐作痛。

"韩剧里总会发生些现实中发生不了的事情，以前觉得很有意思，不过活得越久，现实里也越有可能会发生各种事情哪……"

朱美小声嘀咕着，轻轻叹了口气。

次日，最上来到最高检，走进用于审讯的小房间，和石塚昭二隔着桌子面对面。石塚是最高检的刑事副部长。五十多岁的样子，长相俊朗，看向最上的目光中没有一丝松懈。

"关于山中湖的枪杀弃尸案，山梨县警方的搜查有了很大的进展。"石塚说，"被害男子曾被提名为蒲田老夫妇被杀案的重要嫌疑人。你如果知道什么，希望不要隐瞒，老实交代。"

"我什么都不知道。"面对石塚为了不错过任何一丝迟疑的严厉目光，最上不见任何闪躲，淡淡地回答，"由于弓冈喝醉跟旁边的人透露了自己杀害蒲田老夫妇的罪行，搜查本部提出在锁定松仓的嫌疑之前，应该要去确认弓冈的话的真伪。我最初觉得酒桌上说的话并不可信，但是也不能排除弓冈和松仓是共犯的可能性，所以和搜查本部意见一致，决定分派人员去调查弓冈。只是，在那之后，搜查本部报告说弓冈行踪不明，跟他相关的进一步调查也陷入困境。对于弓冈，我所知道的只有这些。"

"也就是说，除了把他作为搜查对象，接收警察交上来的报告之外你什么也不知道。"

"是的。"

"警察交给你的资料里面，记录有弓冈的手机号码。"

"我不记得。我想应该是记录了大致的基本信息。"

"警方查到，5月10日星期四，下午五点后在地检附近的某公用电话亭有一个打给弓冈手机的记录。"

最上没有回答。

"5月12、13日，你干了什么？"

"应该是去住在小田原的叔父家玩了，然后借了车出去兜风，应该就是那天。"

从叔父家借了车子开到哪里去，还有时间，都被一一问及，最上回答只是随意的，已记不清具体路线，临时小憩的地方也是在路边小站，具体是哪个站不记得了，很多没能答得出。

"去山中湖附近了吗？"

"漫无目地开车兜风，记不太清了……只是，我不记得有特意选择山中湖附近的某地作为目的地。"

"道路车牌号自动读取系统捕捉到了你叔父的车牌号。"石塚在最上面前铺开地图，用手指描画出连接小田原和山中湖的国道，"你开车多次往返于这条138号国道，恐怕你休息的车站是在这里吧。用这里的公用电话，在13日傍晚五点左右，给弓冈的手机打过电话。然后……"

他的手指落在小田原到芦之湖附近一带。

"那个时间段，弓冈在箱根汤本。四点半左右，监控拍到他出了站台。三十分钟后，有人从车站给弓冈的手机打了电话之后，你开的车上了138号国道朝小田原方向驶去——准确地说，应该是箱根汤本方向——有记录留下来的。"

石塚稍微探出身子继续说：

"当然，那之后，又拍到你往山中湖方向的行迹。"

自从弓冈的遗体暴露后，随着最上的过去和箱根的行踪逐渐明朗起来，警察能顺藤摸瓜追查到这些，也许不过是时间的问题。

但是，石塚口中只有间接证据……最上对自己说。

"既然车牌号自动读取系统拍到了，那么也只能说明我的行迹。硬把我和弓冈联系起来，真是让人为难。"

"你是说你没和弓冈见面？"

"当然没。"

"最上君。"石塚稍微缓和了语气叫了最上的名字，"我们对你持有多大的怀疑，你自己应该也能稍微感受到，我就直接说了。当这个事情交到我这里来的时候，真是大吃了一惊。我想怎么可能？要调查的可是在职检察官，而且经验丰富，事业有望，仅仅从你在地检刑事部从事本部系工作来看，就能推断出是个有能力的人才。这样的人真的和杀人埋尸案有关吗？

"但是，当我着手调查案件背景和人物关系，从警察那边听到搜查报告后，我就理解了。这样说可能有问题，不过正因为你身为检察官，才会发生那样的事。我也想过，如果站在你的立场，我又会怎么做呢。

"当然，人都死了，找什么理由都无法原谅了。这个案子不仅给检察机关，给整个法律界都带来了巨大的冲击，不可能简单赎罪的。

"不过，我是以同伴的身份来跟你对话。虽然我和你经历不同，但是同为检察官，我想有些事情必然可以感同身受，无论你今后如何，我都认为你是真正的检察官。所以啊，以检察官和检察官的身份，请你告诉我，你赌上检察官的事业，甚至赌上你的人生，做了什么？请你亲口告诉我。"

石塚的语气中饱含热情。也许这个男人能理解最上的行为中那超越了善恶的部分……他的每一句话都透露出这样的信息。

可是……

他对最上流露出来的共情，有多少是真心实意？在这个位置上，所有的感同身受都是为了攻破嫌疑人的心理防线。最上对这些套路再清楚不过。

"对我抱有多大的怀疑，我很清楚。只是，我本身没做的事情，实在不敢当，若是以此为前提，我无话可说。"

"最上！"石塚突然变脸，怒目瞪着最上，"悬崖勒马吧！你要走的那条路是万丈深渊！"

最上面无表情地听着他的咆哮。

那日之后，最上每天都要被传唤去最高检，接受石塚的审讯。

石塚有时用充满人情味的话语来感化他，有时又用激烈的言辞来鞭打他，或者用长时间的沉默来打心理战。

每当稍有动摇，最上就会想一旦自己投降谁最高兴。脑子里浮现出的是松仓的笑脸。这是他无论如何也不能接受的，于是继续咬牙坚持着。

和石塚的对抗持续到第四天，从他的言辞中，最上感觉到证据迎来了最后关键性的进展。手枪的出处还没有暴露，不过得益于道路车牌号自动读取系统，在箱根汤本站附近的监控有数据留存下来，可以清晰地确认出最上的行踪，足以从理论上证明他和弓冈有过接触。

已经进入寒冬了，大街上张灯结彩，洋溢着迎接圣诞节的华丽温馨，而最上每天早上被车子接去最高检，经过漫长的审讯，晚上再被车子送回府邸。

审讯开始后大概一个星期的那天晚上，最高检的车子送回最上，车刚停在门前，最上就被几个人围住了。

"是最上检察官吗？"

最上被聚光灯包围，正面架起了一台电视台的摄像机。

"山中湖抛尸案，最上检察官知情吗？"

一个女记者说完便把话筒转过来对准最上，最上没有理会她，疾步走进了家门。

媒体是很灵敏的。可能已经了解到了一整天都关在审讯室里的最上所不知道的动向。

逮捕快到了吧……

最上和家人安安静静地吃过晚饭，回到书房时手机响了。

是公审部的末入麻里。

"蒲田案的初次公审，被申请延期了。"

麻里认真地汇报。

"是吗？"

恐怕公审的日子不会到来了。最上万念俱灰地咬紧了嘴唇。

"力不从心，真的非常抱歉。"

最上的嫌疑日渐浮出水面，不知她有没有想过这个公审究竟是否合理。被交代的任务就要拼尽全力，只是这个结果太不尽如人意。麻里的语气中传达出了深深的遗憾。

"不是你的错。你做得很好。谢谢你。"

最上从心底致谢，挂断了电话。

"如果哪天我回不来，这个家就交给你了。如果有什么为难的事情，就去找前川商量，哪怕是小事情。他会帮忙的。"

夜晚，一片漆黑的卧室里，最上对朱美说。

"没关系的，忍忍就过去了。"

最上给朱美鼓劲，也像是在说给自己听。

朱美无疑对丈夫将要面对的事情有了某种预感，一句话都没有多问。

"明天的晚饭，吃什么好呢？"沉默中，朱美问起这个问题。

"有什么想吃的吗？"

"对哦。"她的体贴让最上感到一种无法言状的平静，"天冷了，还是吃火锅吧……石狩火锅吧。"

"好的呀。"朱美有些开心地说，"那我明天去买些新鲜的鲑鱼肉。"

"好，拜托你了。"

第二天早上，最上又被车子接走，接受最高检的石塚的审讯。

可是这天，石塚没有像往日一样，对这个连续审讯了几天的案子穷追不舍，爽快地接受了最上的否认，有时还会跑题聊到家常和过去的事情。

"我也在札幌地检干过两年，比你上任稍微早点。在 A 厅上班就是打打酱油，然后到处玩。冬天每个周末，都带着滑雪板去雪山，一到周一，顶着一张晒黑的脸，唯有两只眼睛上留着护目镜的印子，去审讯……"

最上心不在焉地听着石塚的话，脑海里浮现的不是白雪皑皑的故乡，而是冲野现在在干什么。

"饭也特别好吃啊。拉面、羊肉，还有寒冷的季节一定要吃的火锅。石狩火锅当然不错，螃蟹火锅和鲥鱼火锅也很棒哪。"

螃蟹火锅和鲥鱼火锅最上都爱吃，不过他还是更爱今晚朱美等他回去吃的石狩火锅。在故乡时自不必说，在北丰宿舍时，也经常拜托老板娘理惠做。不过，要说期待的话，要数今晚的石狩火锅了，和朱美的体贴一样，能瞬间温暖最上的心……这样的晚餐现在就开始期待了。

中午和石塚面对面坐着，吃了他安排的幕间便当。喝过事务官泡的茶，想去上厕所，于是事务官跟到了卫生间。这样的情形从第一天以来一直是这样，初时觉得非常讨厌，但时至今日倒也习惯了。

上完厕所回到审讯室，石塚不知道去了哪里。

最上在安静的房间里，陷入了沉思。中饭前感到垂涎三尺的今晚的石狩火锅，为什么突然一下子变得好遥远，好像是个幻影般的约定。也许朱美并没有指望今夜真的能够全家人围坐着吃火锅，只不过是给今天的最上一点支撑希望的念想吧……

为什么会这么想，是因为吃完午饭又饿了吗？

还是，因为石塚还不回来？

不久，门终于打开，石塚一脸严肃地回来了。

他手上，果然握着一张纸和一副手铐。

20

那一天，冲野在日比谷图书文化馆，找一本关于律师讲述自己工作或者人生的书，在阅览室里埋头苦读，最近的每一天都是如此度过，心神不宁而又浑浑噩噩。

他还是没能向律师协会提交备案申请。自己想成为什么样的律师？想做什么工作？还没有清晰的想法。

说到底，自己只不过是不得已辞去了检察官的职务，所以连自己是不是真的想做律师，都还没有弄清楚。

可是沙穗已经决定年内就辞职，表达了要支持冲野事业的决心。冲野也不得不调整心态，把过去放下，抱着这样的想法在前辈的书中寻找着能够指引自己的话语。

傍晚，有些累了，冲野走出了图书馆。他把手插进羽绒服口袋里，走在夕阳西下的日比谷公园里，不知不觉朝检察院办公大楼的方向走去，在透过树缝能够看见办公楼的地方停了下来。这样心里就感到满足了吗？还是意识到即使远远望着也无济于事？自己也不清楚。不管怎样，再这样走下去，只会让身体越来越冷，冲野开始往回走。

最上，现在怎么样了……冲野不经意间想道。听船木说最上好像正在接受检察机关内部调查。这也是冲野心神不宁的原因之一。不，应该说是全部。他在等待着那个结果，却又害怕着那个结果。

冲野缩着肩膀走路的时候，感觉到手机在振动。是船木打来的。冲野站在路边，把手机拿到耳旁。

"冲野先生，现在说话方便吗？"

船木的声音一反常态，听上去欣喜若狂，冲野条件反射般紧张起来。

"什么事？"

"最上检察官被捕。据说今天下午最上检察官被捕了。"

船木的话带来的冲击，使得冲野不由得再次掉转头往办公大楼走去。

检察厅门口，准备将移送拘留所的最上用"长枪短炮"包围起来的记者们已经严阵以待，形成了一堵人墙。

最上，他在做什么呢？

大概辩解书已经写好，在默默地等待移送手续完成吧？

冲野本来已经做好了心理准备，可是当亲眼看到，现实仍让他颤抖不已。想到如果不是自己的坚持，就不会有这样的结果，心情更加复杂起来。

握在手中的手机再次振动了起来，这次是小田岛。

"冲野先生，成功了！"他的声音也是兴奋不已，"听说最上检察官因杀人和弃尸嫌疑被捕了。"

"我也刚刚从船木先生那里听说了。"

"检察院申请了公审延期，也承认了违规搜查。这样松仓的释放只是时间问题了。"

"祝贺你。"冲野意识到自己的言不由衷。

"谢谢谢谢，多亏了冲野先生！这是我们的胜利！"

听着小田岛意气风发的话，冲野想，自己真的赢了吗？

那确实是一场不能逃避，必须取胜的战斗。结果来看，他揭露了将自己扫地出门的对手的阴谋，把凶手的罪行昭告于天下。

所以可以算是胜利了。

那么，应该可以放下过去，往前走了……

可是，冲野的心，完全没有一点豁然开朗的感觉。

这是胜利的心情吗？

冲野不知道。

21

"3823 号，律师会面。"

从单人房出来的最上，跟随着狱警，走过冰冷的通道来到会客室。

在会客室露面之后，看到透明隔板对面坐着的是前川。最上走进去后，狱警锁上了门。

"最上……"

前川看到最上后站了起来。他的眼睛通红，手中攥着手帕。

"真是可怜哪……这么冷的地方，太可怜了。"

前川说着凑近了隔板，眼泪扑簌扑簌地滴下。

"别哭。"

最上有点为难地说，坐到了椅子上。

"能不哭吗？"前川说，"水野也哭到崩溃了……一直说着该让他去做，该让他去做。"

最上想要笑一下却笑不出来，只能紧闭了双唇。

"这里很冷吧……太可怜了。"

"嗯，挺冷的。"

"我带了毛毯和厚衣服。要是还缺什么尽管说。"

"嗯，谢谢。"

"最上，你什么都不用担心，都交给我好了。你只要好好休息，其他的全都交给我。"

"能拜托你吗？"

"当然啊。"前川说。

"对不住……我能拜托的人也只有你了。"

听最上这么一说，前川又开始扑簌扑簌掉下眼泪，不停地用手帕擦着眼睛。

"别哭了。"

听了最上的话，前川摇摇头，他不是想哭，只是情不自禁。

"我有福气啊，"前川带着哭腔说，"能给你出力，没有比这更开心的事了。我当了律师真好啊，当初拼了命地学习真是太好了，最上，从今天开始我要为你而活了。"

听了前川的话，最上再也忍不住，小小的房间里，和前川一起啜泣着。

次日，法院的拘留提问结束后，最上刚刚返回拘留所，又被叫出去探视。朱美和奈奈子来了，前川担心她们第一次探视搞不清楚状况，也陪着过来。

从早上到午后，家里被入室搜查，而且由于最上的免职，需要尽早搬离官宅寻找住处，隔板对面坐着的朱美一脸难以掩饰的疲惫，眼睛里充满了血丝，但是言谈举止中没有任何动摇，坚定而从容。

"害你受累了。"

最上的千言万语化作了这一句。

"奈奈子，你要替爸爸照顾好妈妈。"

听了最上的话，奈奈子目光坚定地点点头。

"今天去学校了吗？"

"没，今天请假了。"

"是吗，明天开始要和往常一样去学校。"

听罢，奈奈子轻轻点了点头。

"今后，你也会因为这次的事情受到挫折，"最上叮嘱女儿，"真的是很抱歉。不过，即便如此，爸爸想跟你说的话，还是一样的……"

"你是幸运的，是这句吧？"奈奈子脸色神秘地接过话，微微笑着说，"我知道的。嗯，渐渐明白了。我没关系的，你不用担心我。"

"嗯，"最上点点头，"你很聪明。"

"爸爸也要这样想，爸爸也是幸运的。"

"嗯，爸爸也是幸运的……说得没错。"

最上意识到自己眼睛湿润了，咬紧了嘴唇。他的奈奈子已经长大，比由季活着的时候还要大了，即便面对苦难，也能撑住自己。看到女儿如此坚强，最上深深感觉到上天对自己的恩赐。

"没能吃到石狩火锅，真是遗憾呢。"朱美用淘气的口气说着，"等你出去又可以期待啦。"

"是啊……想到出去就有石狩火锅，我也会加油的。"

曾经日益疏远的家人，此刻却将温暖透过隔板传递了过来。

最上心中那份融化的孤独化成了一声轻轻的叹息。

22

最上被批捕的第二日，东京地方法院按照辩方的申请，决定释放松仓重生。检察明白已经失去申请公审延期等维持公审的手段，对于法院的决定没有提出异议。

冲野在傍晚的电视新闻里看到了松仓的释放记者会。松仓的身旁，坐着小田岛和白川。

"过去的日子真的像噩梦一样痛苦。现在终于可以松一口气了。"

"辩护律师一直坚信我的无辜，为我竭心尽力，真的是非常感谢。"

松仓吐字不清地描述着自己现在的心境并表达对辩护律师的感谢。

"找到了莫名其妙的证据栽赃到我的头上，我就觉得非常奇怪，我知道肯定有阴谋，不曾想竟是检察官要陷害我，真是太恐怖了。"

他用这种说法，把自己的蒙冤和最上的逮捕联系在一起。

"虽然之前有报道称松仓先生对诉讼时效已过的女中学生被杀害案自首了，但那也是受到警方逼迫，他本人是一概不承认的。"

白川口中居然说出了如此出人意料的话。

"非让我先承认过去的案子，一直跟我说时效已经过了，时效已经过了……我想让他们相信这次我是无辜的，只能承认了，真的是在非常痛苦的情况下被逼出来的。"

松仓仿佛回到了那个痛苦的情景一般脸色狰狞地说。

画面切换到演播厅，新闻解说员以严肃的口吻评论说，在这一系列事件中，民众已对检察机关为首的搜查权力产生不可逆转的怀疑，必须彻查肃清。

冲野关上电视机，在沙发上坐了一会儿，拖着沉重的身子站起来换上了西装。今夜在溜池的白川律所里，要举办为松仓重获自由的庆祝聚会，包括支援者在内也会参加。白天时，小田岛叮嘱他一定要来。坦白说，这并不是个让人愉快的聚会，只是在这次的案件中，白川对冲野的评价很高，说无论如何都要见一面，再者，对于沉冤昭雪的松仓，冲野想为审讯中的粗暴行为道一声歉，于是答应了出席。

和下晚班的上班族们逆流抵达溜池山王车站，出站后冲野拉上外套的衣领，口中哈着白气走在夜色笼罩下的大街上。高大上的现代办公大楼的入口处，挂着白川法律事务所的牌子。

走进大楼，乘坐电梯直达律所的楼层。电梯打开后，刚好看到在大厅一角和委托人打着电话的小田岛。他认出冲野后，抬起那只空着的手打着招呼，跟电话对方说有事情便挂断了。

"哎呀，你辛苦了。"小田岛收好手机，笑嘻嘻地对冲野说，"今天有个无罪释放记者见面会，事情太多，有些手忙脚乱。"

"看过你们的新闻了。"

"哎呀，多亏了冲野先生。真的是非常感谢。"

这样说着，小田岛连忙抓起冲野的手握住。许是肩上的重担卸下，小田岛的表情非常轻松。

"哪里。"冲野握着手，觉得有必要提一下，说道，"只不过，松仓否认了根津案，那个自首并不是他受到了胁迫。"

"没错，"小田岛皱了皱眉头附和道，引着冲野走到墙边，"这话咱就在这里说。这是白川先生的提议，松仓这次因为蒙冤受了不少罪，即便能回归社会，周围人看他的目光也不似从前，所以这个建议算是帮松仓回归社会的一个手段吧。怎么说呢，松仓也无辜蹲了半年拘留所。"

小田岛一再强调松仓的冤屈，冲野也不好再去深究了。

"当然，白川先生也很在意你，说有话要对你说。"

"我不再是搜查方的人，没有立场再说什么，只不过是看到见面会有些在意而已。"

"不光是这个，白川先生特别欣赏你，甚至很在意你为何还在犹豫律师备案这件事。他说莫非你很后悔在本案搜查时自己作为检察官把松仓当作凶手对待，还没有走出来。"

"我也不清楚有没有走出来，但是今天来是想要跟他本人道个歉的。"

"是吗，这样也好。忘掉过去，一起来痛痛快快喝一杯。"

小田岛说着，按下了白川事务所的门铃。和小田岛的事务所不同，这里的安保很完备，不一会儿，里面有位女员工出来开了门。

入口的地方大概是法律事务员工的工作区，房间里并排摆了几张桌子。小田岛打开旁边的一扇门，是一间和大厅差不多宽敞的房间，十几个男女在里面谈笑风生。墙上挂着油画，角落里摆着沙发和长椅，看来平时可能是用于和委托人进行简单面谈的房间。现在并排着几台送餐的小推车，倒颇有些自助派对的样子。

在房间里侧看到了松仓的笑脸，围在他身边的不知是市民活动家的支援者，还是这家事务所的同事。穿着陈旧的奶白色外套的松仓，在这个摩登的空间中显得异常突兀，不过满面春风的样子诉说着他才是这场派对的主角。

"白川老师。"

正单手举着酒杯跟人说着话的白川听到小田岛的召唤后转过头来，看到冲野立即双眼眯成一条缝笑起来。

"哟，来了。冲野君，就在等你呢。"

白川的手在冲野的肩头拍了拍，高兴地说："这次的胜利，你功不可没。"

"哪里，我什么都没……"

冲野回答的时候，白川看向松仓的方向。

"看，你看看，松仓的笑脸。这场战役是多么不容易，这才是刑事辩护的乐趣。我也想让你看看。"

面对白川期待的目光，冲野点点头，说："是的。"

"去和他打声招呼吧。可能有些别扭，但现在你是他的救命恩人。"

白川说完，没等冲野回复，那只原本拍着冲野肩膀的手便推着他朝松仓走过去。

"松仓先生，神秘嘉宾到了。"

白川轻快地说着，从围住松仓的人群中走了进去。

正跟周围谈笑风生的松仓，看到冲野瞬间眼神紧张起来，面色难看。

"好久不见。"冲野不好意思地和松仓打了招呼。

"啊！是你……！"松仓的声音里夹杂着愤怒。

"松仓先生，这个人为了洗清你的冤屈付出了很多。"

松仓没有在意白川的话，只是狠狠地盯着冲野。

"老师，这个检察官是个恶魔！"

他不顾一切地对冲野咆哮。

"你，你到底有什么脸面过来？"

"冷静冷静。"白川苦笑着说，"他怀疑你受到冤枉，甚至辞去了检察官的工作。如果没有他，你是出不来的。"

"出不来也好怎么也好，就是这家伙威胁我，强迫我认罪的！说我是杀人犯，把我骂得狗血淋头！这样的家伙怎么可能救我！"情绪激动的松仓嘴唇颤抖地控诉冲野。

"那个时候……真的是太失礼了。"冲野说着向松仓低下了头。

"我不会这么简单原谅你的！"松仓气得涨红了脸，"跪下！给我跪下！"

"够了吧。"白川尴尬地插了一句。

"真的是非常抱歉。"

冲野再次深深地低下头。这时吐痰的声音传来，一口浓痰从松仓嘴里吐到了冲野头上。

"你，够了！"

白川吃惊地训斥松仓，正想着该怎么收场，冲野已经起身离开。

"根津的案子也跟我半毛钱关系没有！"

松仓尖锐的叫声从冲野的背后传来。

"你去给我拿条热毛巾来。"

白川拜托了身边的女子，勉强挤出笑脸追上冲野。

"哈哈哈，他在监狱里待太久了，一时兴奋过头了。"

白川从派对的房间里走出去，招呼冲野走进他那间安静的办公室，女子拿了热毛巾来，帮冲野擦了头发。

"你也别往心里去，这样也算充分谢罪了，借此跟他划清界限吧。"白川点上一根烟，吸了一口，这样说道。

女子走出房间后，白川在办公桌前摆弄着什么，然后递给冲野一个信封。

"这是什么？"

"这次的酬劳。收下吧。"

"不，这不能收。"

"没多少钱，你就收下吧。"白川把信封硬塞到冲野上衣口袋里，继续说，"无偿奉献不是坏事，不过不能变成自己的嗜好哦。你已经不是无论干不干活都旱涝保收的公务员了，今后，必须得靠自己的知识和智慧来赚钱。计较得失是在这个世界生存的生命线，我这次无偿参与其中，也有自己的小算盘，这样的免费服务如果在将来不能带来更大的利益，就没有意义了。今天的记者会已经将这个意义最大化了。你看到电视可能觉得不太舒服，但是松仓也有他的生活，半年时间蒙冤受罪，这个结局并不坏。当然，对我本身也有益处。"

这个被称为"白马骑士"的男人，凭借着这次事件再次完美发挥了他对冤案的敏锐嗅觉，展现了他非凡的能力，还进一步让松仓对曾经自首的犯罪事实进行否认，成功营造出他为无辜蒙冤者服务的形象。考虑到这样的宣传效果，无偿服务确实合算。

"我也被一部分人揶揄说什么'人权派、人权派'，但是正义是能为你带来金钱的。"白川流露出戏谑的眼神，"如果不晓得这个道理，就会像小田岛那样艰难度日。不管我说的话中不中听，这都是容易被忽略的事实。"

白川灭掉香烟，目光扫过他办公室里厚重的红木办公桌、书架、真皮沙发、兰花大花瓶，然后看着冲野，眼神里希望得到他的认同。

"我之所以要说这些，是因为你非常有前途。跳出检察院跟老东家抗争，看似危险实则相当有趣。而且最终让把自己扫地出门的前辈，以正义的名义名誉扫地。实在太精彩了。现在这个案子也告一段落了，赶紧去把律师登录备案完成吧。如果对律师界心存不安，可以先来我这里，两三年都可以。在我这里掌握律师的入门知识之后再独立，比你直接开事务所，应该要容易得多。我会为你准备一些案子让你施展拳脚。可能待遇一开始不能跟检察官相提并论，不过学成之后收入必然会水涨船高。"

原来冲野口袋里硬塞进来的信封，也是白川为了将来自己利益最大化的投资之一。冲野碰了一下，相当厚。

"想来我这里工作的新人，可是排着长队的。这事不错，怎么样？"

冲野正要开口，白川双手轻轻拍了拍冲野的两只手腕。

"不急，你慢慢考虑，答案自然而然就出来了。"

白川用轻快的语气说完，手里拿着另一个信封，目光示意冲野现在应该返回派对了。

"松仓先生，这是全体支援者给你的贺礼。"

从办公室出来的白川，离开了冲野，再次走到松仓的身边，把信封递给他。周围响起了掌声和欢呼声。

"这样好吗？"松仓没有了刚才的愤怒，破颜一笑，"多谢！"

"想吃什么去买来吃。你最喜欢什么？"

"是啊，都关了近半年了，说起喜欢的东西，现在脑子里是，又白又软的……女人的大胸，嘿嘿嘿。"

"哈哈哈，你可真是……太得意忘形了！"

冲野听着他们的笑声，走出了房间。

他走出大楼后，沿着人行道往车站走去，途中看到一家便利店走了进去，把信封从口袋中取出来，整个儿塞进了收银台旁边的灾害募捐箱里。

从便利店出来，一群准备去参加忘年会的上班族从冲野的眼前经过。呆呆地望着他们的背影，冲野独自走在夜晚的商务区大街上。冷风吹在脸上，像针扎一样疼。

那个人，在这个寒冷的夜里，在做什么呢……冲野忽然想起最上，那一瞬间，胸口好像被揪住一样疼痛难忍。

翌日，冲野把白天准备好的律师备案所需的资料，用挂号信寄走了。第二天下午，和已经提出辞职正在休年假的沙穗约好，乘坐电车往小菅方向去了。

对于冲野着手律师备案，沙穗由衷地感到高兴，但听到冲野说想去见最上时，心中咯噔一下，总觉得有些担心，便要求陪着一起，冲野没有反对，不过他想单独跟最上见面。

"你在这儿等我。"

在探视所提交申请时，冲野对沙穗说完，在探视人一栏里只写下了自己的名字。沙穗觉得那样也好，并没有提出异议。

不久被叫到号，冲野把沙穗留在等候室，接受完安检乘坐电梯到达了指定楼层。在窗口问到了接待室的号码之后，便走进了房间。

狭小的房间内，冲野屏住呼吸等待着。过了一会儿，隔板对面的门打开了。

是身穿毛衣的最上。只见他舒展筋骨，笑容沉稳地坐下。在冲野看来，那是最上故作的坚强，那让他一句话也没能说出口。

最上毫无芥蒂地轻声打着招呼。"好久不见。"

"好久不见。"

"还好吗？"

"嗯。"冲野回答过后，接着说，"天气越来越冷了，最上先生在这里身体可好？"

"谢谢。"最上嘴角有了些笑意，"还行，我很好。"

"是吗？"

"律师的工作开始了吗？"

"还没。昨天终于把备案资料整理好寄过去了。"

"这样啊。"

"橘辞掉了事务官的工作要过来帮我，我们琢磨着开家小的事务所。"

最上听着冲野的话，眯着眼睛点点头。

两个人就要陷入沉默，冲野正准备开口道出此行的目的，最上突然对冲野说："对不起。"

"什么？"

"我害了你。"

最上心里一阵难过，咬住了嘴唇，接着慢慢地开了口：

"是我害你这样大有前途的年轻人离开了检察厅。这不是我的本意，却造成了这样的结局，这是我最为悔恨的。除此之外，我一点儿也不后悔。我要说的只有这些。"

冲野的心揪在一起，眨着眼睛几度哽咽，竭力控制住内心澎湃的情绪。好不容易能出声了，他声音颤抖地说："最上先生，让我做你的辩护人吧。"

冲野参与告发的事情最上应该是知道，他明白这种话本不该说出口，可是想到以律师的身份走出的第一步，他只想为最上辩护。

"拜托了，我会拼尽全力的。"冲野低下头拜托。

抬起头，最上正用温和的目光看着自己。

"谢谢……不过，不用了，我已经有人帮忙了。"最上这样回答。

"我可以做他的助手，请让我成为辩护团的一员吧。"

冲野向前探出身子恳求最上同意，最上只是轻轻地摇头。

"冲野……真的不用了，已经有人在全心全意帮我了。"他看着冲野，平静地诉说着，"我希望你去帮助其他人，那些只有你能帮助的人肯定在某个地方等着你，为了那些人去拼尽全力，而不是我。"

最上说罢，坚定地点点头。

冲野浑身虚脱，默不作声。

和最上会面结束后，冲野回到等候室。沙穗看到他，什么都没问，只是偎依在他身旁，陪他一起走在回去的路上，冲野一言不发。

沿着拘留所外圈的围墙，走过单调无趣的人行道，沿着荒川河边的大道，转到小菅站的小巷里。走在这条回家的路上，冲野一直沉默不语。临近傍晚的冬日斜阳已经失去了热度，从河边吹来的冷风沿着堤坝灌下来。

通过检票口，走上阶梯，刚好有一辆电车驶来，冲野却没有跑过去追赶的心情，慢慢走到月台，目送电车远离。

轨道的对面，是那座东京拘留所。

冲野一动不动地站在月台上，思绪万千地望着，那座南北展翅形状的楼里面关押着的人，再也没有飞翔的自由了。

从那里出来，有些人还能尽情地展翅飞翔，有些人或许永远都无法再打开翅膀。

这里面有何不同？

最上的眼神，并不属于失去自由的人。

那是当初在司法实习研修所遇到时一样的眼神。

他与那座建筑如此格格不入，以至当冲野与他四目相对时，内心就被击溃了。

他说只有让冲野离开了检察厅才是他最大的悔恨。

他一直都是检察官。

他想让那个因时效逃脱了刑罚的男人，付出惨痛的代价。

以莫须有之罪处以极刑，没有比这更残酷恐怖的惩罚了。

这正是深知冤屈带来的悲痛欲绝的检察官才会做出的选择。

可是为此，他自己也必须付出沉重的代价。

不能让另外一个人为此逃脱法网。

因为他是检察官。

他说除此之外没有任何后悔。

他在那座楼里越发清醒地坚持着正义。

原本冲野也是为了坚持正道。

可是冲野的正道，却变成了春风得意、享受自由的松仓和困在围墙中的最上。

冲野不明白了。

自己做错了什么？

明明没有做错，为什么会是这样的心情？

冲野已经完全搞不清楚了。

当初到底想做什么？

自己有怎样的信念，又是站在了哪一边？

所谓的正义，是如此扭曲而又莫名其妙的东西吗？

急行电车越来越近了。

远离月台的内侧线上传来电车高速驶来的压迫感。

那轰隆隆的声音毫不客气地震撼着冲野的心。

"啊……"

冲野咬紧了牙关极力压抑着，却还是无法阻止他内心的崩溃。

"啊啊啊啊啊啊啊啊啊啊啊啊啊啊！"

仿佛要盖过眼前疾驰的特快列车的轰隆声，冲野用尽全身的气力咆哮起来。

沙穗从旁紧紧抱住了冲野，像是要阻止他内心的崩溃，双手用力地紧紧抱住。

"啊啊啊啊啊啊啊啊啊啊啊啊啊！"

冲野在沙穗的怀里挣扎着，拼了命地呐喊。

今后自己将要如何活下去？

无论如何也找不到答案。

想要救最上，也许最终是想救赎自己吧。

"啊啊啊啊啊——啊啊啊啊——"

声音逐渐嘶哑，最后变成了呜咽。

随着特快列车的驶离，拘留所再次出现在眼前。那是无论如何叫喊也到达不了的彼岸。

冲野抽泣着，望着那个人所在的地方，悲伤化作了眼泪。

参考文献

《检察的正义》：乡原信郎著，筑摩书房。

《特搜神话的终焉》：乡原信郎著，飞鸟新社。

《检察官失职》：市川宽著，每日新闻社。

《拘留一百二十日》：大坪弘道著，文艺春秋。

《被"权利"操纵的检察官》：三井环著，双叶社。

《支配检察的"恶魔"》：田原聪一郎、田中森一著，讲谈社。

《"捏造"的检察》：井上薰著，宝岛社。

《热血检察快跑》：五岛幸雄著，法学书院。

《检察官的工作一本通（改订版）》：受验新报编辑部编，法学书院。

《我成为律师之前》：菊间千乃著，文艺春秋。

还要向为取材提供很多方便的乡原信郎律师表示衷心的感谢。

此外，对包括原检察在内的法律界人士的协助，或者在本书中关于检察的业务描述，提出过宝贵意见的所有人，借此再次表达感谢。

本故事纯属虚构，如有雷同实属巧合。

文治

磨铁图书旗下子品牌

更好的阅读

责任编辑　邓　　敏

特约监制　潘　良　于　北

产品经理　苟新月

特约编辑　叶　青

版权支持　冷　婷　李孝秋　金丽娜

营销支持　金　颖　于　双

封面设计　609工坊

关注我们

官方微博：@文治图书

官方豆瓣：文治图书

联系我们：wenzhibooks@xiron.net.cn

图书在版编目（CIP）数据

检察方的罪人 /（日）雫井脩介著；乔蕾译 .—2
版 .—成都：四川文艺出版社，2024.12
　ISBN 978-7-5411-6924-3

　Ⅰ . ①检… Ⅱ . ①雫… ②乔… Ⅲ . ①长篇小说—日
本—现代 Ⅳ . ① I313.45

中国国家版本馆 CIP 数据核字（2024）第 060024 号

版权登记号：图进字 21-2024-084 号

JIAN CHA FANG DE ZUI REN

检察方的罪人

［日］雫井脩介 著　乔蕾 译

出 品 人　冯　静
图书策划　磨铁图书
责任编辑　邓　敏
特约监制　潘　良　于　北
装帧设计　609 工坊
责任校对　段　敏

出版发行　四川文艺出版社（成都市锦江区三色路 238 号）
网　　址　www.scwys.com
电　　话　010-82068999（发行部）　028-86361781（编辑部）

印　　刷　河北鹏润印刷有限公司
成品尺寸　145mm×210mm　　　开　　本　32
印　　张　13.625　　　　　　　字　　数　300 千
版　　次　2024 年 12 月第二版　印　　次　2024 年 12 月第一次印刷
书　　号　ISBN 978-7-5411-6924-3
定　　价　58.00 元